KEN FOLLETT

PEUR BLANCHE

Traduit de l'anglais par Jean Rosenthal

ÉDITIONS FRANCE LOISIRS

Titre original : WHITEOUT

Édition du Club France Loisirs,
avec l'autorisation des Éditions Robert Laffont

Éditions France Loisirs,
123, boulevard de Grenelle, Paris
www.franceloisirs.com

ISBN : 2-7441-8481-0

La veille de Noël

1 h 00

Épuisés, les deux hommes fixèrent sur Antonia Gallo un regard chargé de rancœur et d'hostilité. Ils voulaient rentrer chez eux et Antonia s'y opposait. Pourtant, et c'était bien là le pire, ils savaient qu'elle avait raison.

Tous trois appartenaient au service du personnel d'Oxenford Medical. Antonia – Toni pour tous – supervisait les installations et plus spécialement la sécurité, que l'on prenait très au sérieux dans ce petit laboratoire spécialisé dans les virus les plus redoutables.

Au cours d'un contrôle surprise des stocks, Toni avait constaté la disparition de doses d'un produit expérimental, un agent antiviral classé top secret et dont la formule n'avait pas de prix. Il s'agissait peut-être d'un vol, en vue d'une revente à une société concurrente. Mais une autre éventualité, beaucoup plus grave, avait assombri le visage criblé de taches de rousseur de Toni et creusé des cernes sous ses yeux verts : le voleur avait pu dérober le produit antiviral pour un usage personnel, ce qui impliquait que quelqu'un avait été contaminé par un virus mortel.

Les laboratoires d'Oxenford étaient installés dans une riche résidence de vacances bâtie à l'époque victorienne. On la surnommait le Kremlin à cause de sa clôture double, de ses gardes en uniforme et de sa sécurité électronique dernier cri, mais elle évoquait plutôt une église avec ses arcs brisés, sa tour et ses gargouilles alignées au bord des toits.

Le service du personnel s'était vu attribuer les chambres les plus vastes. Entre les fenêtres gothiques et les murs tendus d'étoffe, les classeurs remplaçaient aujourd'hui les garde-robes, et les tables encombrées d'ordinateurs et de téléphones, les coiffeuses, leurs flacons de cristal et leurs brosses à monture d'argent.

Installés devant un standard téléphonique, Toni et les deux hommes appelèrent systématiquement chaque détenteur du passe donnant accès au laboratoire. Il y avait quatre niveaux de biorisque, et le laboratoire BRN-4 (biorisque de niveau 4) obligeait les savants à revêtir une combinaison spatiale pour manipuler des virus contre lesquels on ne connaissait ni vaccin ni antidote. C'était dans le local BRN-4 – celui qui bénéficiait de la meilleure protection – qu'étaient entreposés les échantillons du produit expérimental volé.

N'y accédaient que ceux qui avaient suivi un entraînement spécifique, indispensable même pour les responsables de l'entretien qui assuraient le remplacement des filtres à air et réparaient les autoclaves. Toni elle-même avait dû se soumettre à cette formation pour pouvoir pénétrer dans le labo afin d'en vérifier la sécurité.

Sur les quatre-vingts employés que comptait la société, seuls vingt-sept détenaient ce passe, mais la plupart étaient partis pour les vacances de Noël. Toni et ses deux assistants s'acharnaient à retrouver leurs traces.

Toni venait de persuader la réception du Club Beach, un hôtel de la Barbade, d'aller chercher une jeune laborantine du nom de Jenny Crawford.

En attendant, Toni jeta un coup d'œil à son reflet dans la fenêtre : l'heure tardive n'avait joué ni sur son tailleur chocolat rayé de blanc, impeccable, ni sur sa coiffure, ni sur son visage qui ne trahissait pas sa fatigue. Le sang écossais de sa mère avait dominé celui de son père, espagnol, et expliquait son teint pâle et ses cheveux blond vénitien. Elle était grande et saine. Pas mal pour trente-huit ans, se dit-elle.

— Vous travaillez en pleine nuit, maintenant ! lança Jenny en guise de salut.

— Nous avons découvert une erreur dans le journal d'accès au BRN-4.

Jenny, un peu ivre, ne s'inquiéta pas.

— C'est déjà arrivé, répondit-elle, désinvolte, mais on n'a pas estimé nécessaire d'en faire un plat.

— Parce que je n'assumais pas encore la responsabilité de ce service, rétorqua sèchement Toni. Quand avez-vous eu accès pour la dernière fois au BRN-4 ?

— Mardi, je crois. L'ordinateur ne peut pas le confirmer ?

Bien sûr que si, mais Toni voulait vérifier que la version de Jenny concordait avec l'enregistrement.

— Et à la chambre froide ?

Il s'agissait d'un réfrigérateur du BRN-4, fermé à clef.

Jenny perdait patience : il suffisait d'activer le clavier à touches qui en commandait l'ouverture pour que se mette en marche une caméra de surveillance qui fonctionnait aussi longtemps que la porte restait ouverte.

— Vous rappelez-vous la dernière fois que vous avez utilisé Madoba-2 ?

Ainsi s'appelait le virus sur lequel travaillaient actuellement les savants.

— Bonté divine, fit Jenny abasourdie, c'est ça qui a disparu ?

— Non, absolument pas. Malgré tout...

— Je ne manipule aucun virus, je travaille surtout dans le labo de culture de tissus.

Cela correspondait aux renseignements que possédait Toni.

— Avez-vous, ces dernières semaines, remarqué un comportement étrange ou anormal chez un de vos collègues ?

— La Gestapo n'aurait...

— Je répète, avez-vous... ?

— Non, pas du tout.

— Une dernière question : votre température estelle normale ?

— Nom d'un chien ! seriez-vous en train de suggérer que j'ai été contaminée par le Madoba-2 ?

— Des frissons, de la fièvre ?

— Non !

— Donc vous ne risquez rien. De plus cela fait onze jours que vous avez quitté le pays, et si quelque chose n'allait pas, vous ressentiriez des symptômes comparables à ceux de la grippe. Merci, Jenny. Il s'agit sans doute d'une simple erreur dans le journal de bord, mais nous devions le vérifier.

— Ma nuit, par votre faute, est quand même foutue, grommela Jenny en raccrochant.

— Jenny Crawford n'est pas dans le coup. C'est une garce, mais honnête, résuma Toni à l'adresse de Howard McAlpine, le directeur du laboratoire.

Une épaisse barbe grise envahissait ses joues, laissant juste un masque rose autour de ses yeux. Toni appréciait ce collaborateur qui savait être méticuleux sans être pointilleux ; pourtant cette situation préoccupante le rendait de mauvaise humeur. Renversé dans son fauteuil, Howard croisa les mains derrière sa nuque.

— Les produits qui manquent à l'appel ont été, à coup sûr, utilisés de façon parfaitement légitime ; on aura simplement oublié de le noter dans le journal de bord, débita-t-il avec une certaine irritation.

— J'espère que vous avez raison, dit Toni calmement.

Elle se leva et s'approcha de la fenêtre. Le bureau du personnel dominait l'aile qui abritait le récent laboratoire BRN-4 ; ses cheminées en sucre d'orge et sa tour de l'horloge identiques à toutes celles du Kremlin rendaient difficile à localiser par un étranger ce laboratoire de haute sécurité protégé par des fenêtres opaques et de lourdes portes de chêne sculptées condamnées. Les gargouilles cachaient dans leurs têtes monstrueuses des caméras de surveillance. Cette construction conventionnelle dissimulait en fait un véritable blockhaus sur trois niveaux : au rez-de-chaussée les labos, un magasin, une unité de recherche, ainsi qu'une installation de soins intensifs en cas d'infection par un virus dangereux (elle n'avait jamais servi) ; à l'étage, le matériel de filtrage de l'air et la climatisation ; au sous-sol, un dispositif perfectionné pour stériliser tous les déchets produits sur place.

— Cet exercice nous aura appris beaucoup de choses, reprit Toni, rassurante.

Pour elle, la situation s'avérait délicate : n'ayant aucune autorité sur les deux hommes, ses supérieurs et ses aînés, elle avait néanmoins insisté pour qu'ils considèrent cette erreur dans le journal de bord comme une crise. Ils l'aimaient bien tous les deux, mais n'avait-elle pas poussé le bouchon un peu loin ? Malgré tout, elle s'y sentait obligée : la sécurité publique, la réputation de la société et sa propre carrière étaient en jeu.

— Dorénavant, nous devrons être en mesure de joindre n'importe où dans le monde tous ceux qui ont accès au BRN-4 et augmenter la fréquence des vérifications du journal de bord.

McAlpine poussa un grognement : c'était à lui, directeur du laboratoire, qu'incombait cette responsabilité. La véritable raison de sa mauvaise humeur s'expliquait par le fait qu'il aurait dû découvrir l'erreur lui-même. L'efficacité de Toni le mettait dans une mauvaise position.

Elle se tourna vers l'autre homme, le directeur des ressources humaines.

— Où en sommes-nous de votre liste, James ?

James Elliot leva les yeux de l'écran de son ordinateur. Peut-être pour se distinguer de tous ces savants en veste de tweed, il s'habillait comme un agent de change : costume rayé et cravate à pois. Il semblait considérer les règlements de sécurité comme de la paperasserie de bureaucrate, il oubliait qu'il ne travaillait jamais en contact avec des virus. Toni le trouvait pompeux et stupide.

— À une exception près, nous avons contacté tous ceux qui ont eu accès au BRN-4, déclara-t-il. (Il s'exprimait en professeur exaspéré par la bêtise de l'un de ses élèves.) Personne ne s'est trompé sur l'heure de sa dernière entrée dans le labo et de sa dernière ouverture de la chambre forte, personne n'a eu affaire à un collègue au comportement étrange, et enfin personne n'a de fièvre.

— Quel est celui qui manque ?

— Michael Ross, un laborantin.

— Je connais Michael, dit Toni. Jeune, intelligent et timide. J'ai eu l'occasion d'aller chez lui : il habite une petite maison à une vingtaine de kilomètres d'ici.

— Il travaille pour la société depuis huit ans ; jamais rien à redire à son propos.

McAlpine parcourut du doigt une longue liste et précisa :

— Il est entré pour la dernière fois au labo voilà trois dimanches de cela pour un examen de routine des animaux.

— Et depuis ?

— Il est en vacances.

— Pour combien de temps ? Trois semaines ?

— Il devait rentrer aujourd'hui, intervint Elliot. Hier plutôt, précisa-t-il après avoir jeté un coup d'œil à sa montre. Lundi matin. Mais il ne s'est pas présenté.

— Malade ?

— Je l'ignore.

— A-t-on cherché à le joindre ? fit Toni en haussant les sourcils.

— Ça ne répond ni chez lui ni sur son portable.

— Ça ne vous paraît pas bizarre ?

— Qu'un jeune célibataire prolonge ses vacances sans prévenir son employeur ? Pas vraiment bizarre !

Toni se tourna vers McAlpine.

— Selon vous pourtant, Michael a de très bons états de service.

— Il est très consciencieux, fit le directeur d'un air soucieux, et ce congé sans autorisation m'intrigue.

— Qui accompagnait Michael la dernière fois qu'il est entré au labo ? demanda Toni.

Le règlement du BRN-4 imposait, en raison du danger, qu'on y travaillât toujours à deux. McAlpine consulta son listing.

— Le Dr Ansari, un biochimiste.

— Je ne crois pas le connaître.

— *La* connaître. Il s'agit d'une femme, Monica.

— Quel est son numéro ? fit Toni en décrochant le téléphone.

Monica Ansari parlait avec un accent écossais et semblait avoir été tirée de son sommeil.

— Vous savez, Howard McAlpine m'a déjà appelée.

— Je suis navrée de vous déranger de nouveau.

— Il est arrivé quelque chose ?

— C'est au sujet de Michael Ross. Nous n'arrivons pas à le joindre. Je crois que vous avez travaillé ensemble au BRN-4, dimanche, il y a quinze jours.

— En effet. Un instant, j'allume. (Un silence.) Mon Dieu, on est en pleine nuit.

— Michael est parti en vacances le lendemain, insista Toni.

— Il m'a parlé d'un séjour chez sa mère dans le Devon.

Cela rappela à Toni la raison pour laquelle elle était allée chez Michael Ross. Environ six mois plutôt, elle avait mentionné au cours d'une conversation à la cantine combien elle aimait les portraits de vieilles femmes peints par Rembrandt, où chaque pli du visage, chaque ride était tendrement reproduit, et qui traduisait, avait-elle ajouté, le grand amour que le peintre avait dû éprouver pour sa mère. Michael s'était alors animé et lui avait parlé des reproductions qu'il avait découpées dans des magazines et des catalogues de ventes aux enchères. En sortant du bureau, elle l'avait accompagné chez lui où elle avait admiré les portraits, tous de vieilles femmes, encadrés avec goût et occupant un panneau de son petit salon. Elle avait craint qu'il ne l'invite à sortir un soir – elle l'aimait bien, mais pas à ce point-là. À son vif soulagement, il ne cherchait qu'à lui montrer sa collection. Un vrai fils à sa maman, avait-elle conclu.

— Voilà qui devrait nous aider, dit Toni à Monica. Ne quittez pas. (Elle se tourna vers James Elliot.) Est-ce que l'adresse de sa mère figure dans le dossier ?

Elliot déplaça sa souris et cliqua.

— Oui, en tant que personne à prévenir en cas d'accident, fit-il en décrochant le téléphone.

Toni continua sa conversation avec Monica.

— Michael vous a-t-il paru normal cet après-midi-là ?

— Absolument.

— Êtes-vous entrés ensemble au BRN-4 ?

— Oui. Ensuite, naturellement, nous sommes allés chacun dans un vestiaire différent.

— Se trouvait-il déjà dans le labo proprement dit lorsque vous êtes entrée ?

— Oui, il s'est changé plus vite que moi.

— Avez-vous travaillé auprès de lui ?

— Non. Je m'occupais de cultures de tissus dans un labo annexe, lui examinait les animaux.

— Êtes-vous partis ensemble ?

— Il est sorti quelques minutes avant moi.

— N'aurait-il pas pu accéder à la chambre forte sans que vous vous en doutiez ?

— Facilement.

— Que pensez-vous de Michael ?

— Il est sympa... sans doute inoffensif.

— Oui, c'est le mot juste.

— Lui connaissez-vous une petite amie ?

— Non.

— Le trouvez-vous séduisant ?

— Pas mal, mais pas sexy.

— Exactement, fit Toni en souriant. D'après vous, rien de bizarre chez lui ?

— Non.

Toni perçut une hésitation mais ne réagit pas, pour laisser le temps à Monica. À côté d'elle, au téléphone, Elliot demandait Michael Ross à sa mère.

— Ce que je veux dire, reprit Monica au bout d'un moment, c'est que vivre seul n'implique pas forcément qu'on soit timbré, n'est-ce pas ?

Auprès de Toni, Elliot continuait sa conversation :

— Bizarre. Pardonnez-moi de vous avoir dérangée à une heure aussi tardive.

Sa curiosité éveillée par ce qu'elle entendait de la conversation d'Elliot, Toni conclut en disant :

— Merci encore, Monica. J'espère que vous n'aurez pas de mal à vous rendormir.

Toni raccrocha.

— Michael Ross a eu largement le temps d'ouvrir la chambre forte, annonça-t-elle. Et il vit seul, ajouta-t-elle en regardant Elliot. Avez-vous eu sa mère ?

— Le numéro est celui de la maison de retraite où Mme Ross est morte l'hiver dernier, révéla-t-il d'une voix mal assurée.

— Oh ! merde ! lâcha Toni.

3 h 00

Éclairés par de puissants projecteurs, les tours et les pignons du Kremlin se découpaient sur un ciel clair. Il faisait moins cinq et il n'y avait pas de neige. En face du bâtiment s'étendait un parc à l'anglaise avec des arbres de bonne taille et des buissons. Une lune presque pleine baignait d'un éclat blême des nymphes nues s'ébattant dans des fontaines à sec devant des dragons de pierre qui montaient la garde.

Un rugissement de moteurs brisa le silence : deux camionnettes qui arboraient les quatre cercles noirs brisés sur fond jaune symbolisant dans le monde entier le risque biologique sortirent du garage. La sentinelle avait déjà relevé la barrière du poste de garde, et les véhicules prirent la direction du sud en roulant à tombeau ouvert.

Toni Gallo conduisait la camionnette de tête ; elle accélérait à fond dans les virages comme si elle était au volant de sa Porsche. Trois hommes formés aux procédures de décontamination l'accompagnaient. La seconde camionnette, pilotée par un infirmier, contenait une unité d'isolation mobile ; un médecin russe, Ruth Solomons, occupait la place du passager.

Toni avait peur de se tromper, mais elle était tout

aussi terrifiée à l'idée d'avoir raison. L'hypothèse d'Howard McAlpine – une utilisation justifiée du produit par un savant étourdi – était peut-être valable ; Michael Ross avait pu, tout bonnement, prolonger ses vacances sans permission et l'histoire de sa mère n'être rien de plus qu'un malentendu. Dans ce cas, on ne manquerait pas de dire que Toni avait réagi de façon excessive – hystérique, ajouterait James Elliot. Michael Ross dormait peut-être du sommeil du juste dans son lit après avoir débranché son téléphone. Elle frémit en imaginant son entretien du lendemain matin avec son patron, Stanley Oxenford.

Mais, si elle avait raison, la situation était bien plus catastrophique.

Un employé, porté manquant, avait menti sur sa destination alors que des échantillons du nouveau remède avaient disparu de la chambre forte. Michael Ross pensait-il avoir contracté une maladie mortelle et tenté le tout pour le tout avec un produit encore au stade des essais et ne protégeant pas contre tous les virus ? Quelles que fussent ses intentions, il avait tenu à s'assurer que personne ne passerait chez lui pendant deux semaines en se prétendant dans le Devon auprès d'une mère morte depuis un an.

Monica Ansari, en écartant la possibilité que la solitude de Michael en fît un cinglé, suggérait exactement le contraire. La biochimiste avait trouvé le comportement de Michael bizarre, mais son esprit rationnel de savant la faisait hésiter à se fier à une simple intuition.

Toni, elle, estimait qu'il ne fallait jamais négliger une intuition.

Elle osait à peine envisager les conséquences d'une dispersion du virus Madoba-2 hors du labo.

Extrêmement contagieux, il pouvait être véhiculé très rapidement par des quintes de toux ou des éternuements ; il propageait la mort. Frissonnante, elle écrasa la pédale de l'accélérateur.

La route était déserte et ils arrivèrent en vingt minutes à peine chez Michael Ross. L'entrée de la maison n'était pas clairement indiquée, mais Toni se souvenait des lieux. Elle s'engagea dans une allée étroite qui menait à une petite construction en pierre derrière le mur d'un jardin. Pas de lumière. Toni arrêta la camionnette auprès d'une Golf Volkswagen, sans doute celle de Michael. Puis elle klaxonna longuement sans susciter la moindre réaction. Toni coupa alors le moteur et le silence s'installa.

Si Michael était parti, pourquoi sa voiture était-elle là ?

— Messieurs, ordonna-t-elle, en tenue je vous prie.

Ils enfilèrent leur combinaison spatiale orange, opération rendue difficile par l'épaisseur et la rigidité du tissu plastique. Ils s'aidèrent mutuellement à remonter la fermeture à glissière étanche et à attacher leurs gants aux poignets avec du ruban adhésif. Ils complétèrent leur équipement par des bottes en caoutchouc qui doublèrent les chaussons en plastique intégrés à leur tenue.

La respiration s'effectuait grâce à un filtre à particules d'air – pour barrer la route à tout germe ou virus – muni d'un ventilateur électrique actionné par une pile fixée à la ceinture. Il arrêtait également toutes les odeurs à l'exception des plus fortes. Il émettait un chuintement constant que certains trouvaient oppressant. Un dispositif fixé à l'intérieur du casque leur permettait de se parler et de communiquer avec le central du Kremlin par un canal radio protégé par un système de brouillage.

Quand ils furent prêts, Toni regarda de nouveau la maison et se dit que si quelqu'un jetait un coup d'œil dehors et apercevait les sept silhouettes orange, il serait subitement convaincu de l'existence des extraterrestres.

Mais si quelqu'un se trouvait à l'intérieur, il ne regardait pas par la fenêtre.

— J'entre la première, annonça Toni en se dirigeant d'un pas raide vers la porte.

Elle pressa le bouton de sonnette, donna un coup de heurtoir et attendit un peu avant de faire le tour de la maison. Au fond du jardin bien entretenu se dressait une cabane en bois. La porte de derrière n'était pas fermée à clef. Toni entra dans la maison. Elle se souvenait d'avoir accompagné Michael dans cette cuisine pour préparer le thé. Elle traversa rapidement une pièce en allumant au passage : les Rembrandt décoraient toujours les murs du salon, et la maison était propre, bien rangée et déserte.

Par le micro de son casque, elle annonça aux autres :

— Il n'y a personne.

Pourquoi était-il parti sans mettre le verrou ? Parce qu'il ne comptait pas revenir.

Voilà qui compliquait la situation : Michael présent, on aurait rapidement résolu le mystère. Maintenant, il fallait lancer des recherches et Dieu seul savait où. Impossible aussi de prévoir quand on le retrouverait. Combien de journées, de semaines d'angoisse ?

Elle ressortit dans le jardin et, pour ne rien négliger, entra dans la cabane dont la porte n'était pas verrouillée. Elle perçut aussitôt une odeur déplaisante et vaguement familière – très forte, se dit-elle, puisqu'elle franchit le filtre. Puis elle comprit : du sang, il régnait dans la resserre des relents d'abattoir.

— Qu'y a-t-il ? demanda Ruth Solomons qui avait surpris le murmure de Toni.

— Un instant, répondit-elle. (Elle tâtonna dans l'obscurité pour trouver un commutateur.) Oh ! mon Dieu ! s'écria-t-elle. Venez vite ! Ruth d'abord.

Michael Ross gisait sur le sol au milieu d'une flaque de sang ; il saignait des yeux, du nez, de la bouche et des oreilles. Pas besoin d'un médecin pour diagnostiquer une massive hémorragie multiple – symptôme classique du Madoba-2 et des infections similaires. Son corps, véritable bombe à retardement bourrée du virus mortel, représentait un énorme danger. Pourtant il vivait encore : sa poitrine se soulevait et s'abaissait et un faible gargouillement sortait de sa bouche. Toni se pencha vers lui et dut s'agenouiller dans la mare poisseuse.

— Michael ! cria-t-elle pour se faire entendre à travers son casque. C'est Toni Gallo, du labo !

Une lueur de compréhension apparut dans les yeux injectés de sang. Il ouvrit la bouche et marmonna quelque chose.

— Quoi ?

— Aucun remède, énonça-t-il avec difficulté avant de vomir un liquide noirâtre qui éclaboussa la visière de Toni.

Elle bondit en arrière, affolée, se sachant pourtant protégée par sa combinaison.

Ruth Solomons l'écarta pour examiner Michael.

— Le pouls est très faible, annonça-t-elle. (Elle

ouvrit la bouche de Michael et de ses doigts gantés dégagea les vomissures.) Un laryngoscope... vite !

En quelques secondes, un infirmier lui avait tendu l'instrument et Ruth avait réussi à aider Michael à respirer plus facilement.

— Le brancard d'isolement, le plus vite possible.

Ruth ouvrit sa trousse et en tira une seringue déjà prête – morphine et coagulant sanguin, supposa Toni. Elle enfonça l'aiguille dans le cou de Michael et pressa le piston. Quand elle retira la seringue, la minuscule perforation saignait abondamment.

Toni fut submergée par le chagrin : elle revoyait le jeune homme parcourir les couloirs du Kremlin ou parler avec animation de ses gravures devant une tasse de thé. La vue de ce corps si désespérément atteint lui était insupportable.

— Bon, fit Ruth. Emmenez-le.

Deux infirmiers le soulevèrent et le portèrent jusqu'à un chariot enfermé dans une tente en plastique transparent. Ils firent glisser le brancard par un hublot qu'ils verrouillèrent ensuite hermétiquement.

Avant de remonter dans l'ambulance, il fallut tout décontaminer. Un des membres de l'équipe de Toni avait déjà sorti une grande cuvette en plastique semblable à une piscine d'enfants. Le Dr Solomons et les infirmiers s'y installèrent tour à tour et on les aspergea d'un puissant désinfectant.

Toni savait que les chances de survie de Michael diminuaient de seconde en seconde, mais elle savait aussi qu'il fallait rigoureusement respecter les procédures de décontamination pour éviter d'autres décès. Un virus redoutable s'était échappé du laboratoire dont elle assurait la sécurité. Cela ne s'était encore jamais produit dans l'histoire d'Oxenford Medical.

Qu'elle ait eu raison d'ennuyer ses collègues à propos des produits disparus ne la consolait guère ; elle avait échoué dans sa tâche – prévenir ce genre d'incident. Cela coûterait-il la vie à ce pauvre Michael ? À qui d'autre encore ?

Les infirmiers chargèrent le brancard d'isolement dans l'ambulance, le Dr Solomons sauta à l'arrière avec le patient.

— Il est tombé dans le coma, prévint une voix déjà lointaine.

Toni avait demandé à Ruth de la tenir au courant, mais ce que le docteur ajouta ensuite fut inaudible. Déjà les portières de l'ambulance claquèrent, et le véhicule fonça dans la nuit.

— Désinfectons, ordonna Toni pour dissiper ses sombres pensées.

L'un de ses assistants prit un rouleau de ruban jaune sur lequel était inscrit « Biorisque – accès interdit » et entreprit de le déployer tout autour de la propriété – maison, cabane, jardin – et de la voiture de Michael. Heureusement, il n'y avait pas à se préoccuper des voisins : si Michael avait habité dans un immeuble, il aurait été déjà trop tard pour procéder à la décontamination des bouches de ventilation communes.

Le reste de l'équipe se munit de sacs-poubelle, d'arrosoirs de jardin en plastique déjà emplis de désinfectant, de cartons de chiffons et de grands conteneurs en plastique blanc. Il fallait asperger puis essuyer chaque surface. Les bibelots et les objets précieux tels que les bijoux seraient transportés au Kremlin dans des conteneurs scellés où on les stériliserait en autoclave. Le reste serait enfermé dans des sacs renforcés qui seraient détruits dans l'incinérateur médical situé en dessous du labo BRN-4.

Résistant à la tentation d'arracher sa combinaison, Toni demanda qu'on l'aide à nettoyer les vomissures noires de Michael et qu'on l'asperge. Ensuite elle examina les lieux, cherchant des indices qui lui expliqueraient ce qui s'était passé. Ses craintes étaient fondées, Michael avait bien dérobé le remède expérimental car il se savait contaminé par du Madoba-2. Mais dans quelles circonstances s'était-il exposé au virus ?

Dans la cabane, elle trouva une boîte en verre avec un extracteur d'air. Un lapin, mort certainement de la maladie qui avait contaminé Michael, gisait là. Venait-il du laboratoire ?

À côté, un bol marqué « Joe » éclaira Toni : les techniciens des laboratoires faisaient preuve de bonté envers les animaux qu'ils soumettaient à leurs expériences, mais s'interdisaient de s'y attacher au point de les baptiser puisqu'ils devraient les sacrifier plus tard. Pourtant Michael avait donné à cette bête une identité et l'avait traitée comme un animal familier. Son travail lui inspirait-il des remords ?

Toni sortit de la cabane. Une voiture de patrouille de la police se garait auprès de la camionnette de décontamination, ce qui ne surprit pas Toni. Selon les directives élaborées par Toni elle-même, les gardes de sécurité du Kremlin devaient prévenir le commissariat régional d'Inverbum dès le déclenchement d'une alerte rouge, et on venait juger de l'importance de l'incident.

Toni avait débuté dans la vie professionnelle comme fonctionnaire de police. Sa carrière n'avait connu pour ainsi dire que des succès : promotion rapide, prototype dans les médias du policier moderne et, très certainement, appelée à devenir la première femme commissaire divisionnaire d'Écosse. Puis, il y a deux ans, Toni s'était fâchée avec son chef à propos d'un problème brûlant, le racisme dans la police : il prétendait qu'on ne rencontrait que des cas isolés, elle affirmait que les incidents racistes, systématiquement dissimulés par les policiers, étaient bien plus nombreux qu'on ne le pensait. Un journal avait eu vent de la querelle, elle avait refusé de revenir sur ses déclarations et avait dû démissionner. Elle vivait à l'époque avec un collègue, Frank Hackett ; leur liaison avait duré huit ans. C'était encore douloureux.

Deux jeunes inspecteurs descendirent de la voiture de patrouille, un homme et une femme qu'elle ne reconnut pas. Pourtant Toni connaissait la plupart des policiers de sa génération ; certains parmi les plus âgés se souvenaient même de son défunt père, le sergent Antonio Gallo, Toni l'Espagnol.

— Jonathan, dit-elle dans son micro, la police vient d'arriver. Pourriez-vous vous décontaminer pour aller leur parler ? Dites simplement qu'il s'agit bien de la disparition d'un virus du labo. Ils appelleront Jim Kincaid et je m'expliquerai avec lui.

Le commissaire Kincaid était chargé de ce qu'on appelait les incidents CBRN – chimiques, biologiques, radiologiques et nucléaires. Il avait collaboré au projet de Toni et, à eux deux, ils mettraient sur pied une réaction – prudente et discrète – à cet incident.

Elle retourna dans la maison pour collecter les renseignements concernant Michael Ross que lui demanderait Kincaid. Sur un guéridon de son bureau, Michael avait disposé trois photographies encadrées de sa mère : une adolescente mince, moulée dans un pull ; une jeune mère comblée portant un bébé qui ressemblait à Michael ; et une femme d'une soixantaine d'années avec un gros chat noir et blanc sur les genoux.

Toni s'assit devant l'ordinateur et lut les e-mails en pianotant maladroitement sur le clavier avec ses gros gants de caoutchouc. Michael avait commandé par Internet un livre intitulé *Éthique animale* et pris des renseignements sur les cours de philosophie morale dispensés à l'université. Elle découvrit qu'il avait récemment visité sur le Web des sites consacrés aux droits de l'animal. De toute évidence il se posait des questions sur l'aspect moral de son travail. Mais rien de sa détresse n'était apparu à Oxenford Medical.

Toni compatissait : son cœur se serrait quand elle voyait un beagle ou un hamster, malade du microbe injecté par les savants. Là-dessus, elle revoyait la mort de son père ; atteint d'une tumeur au cerveau à cinquante ans à peine, il était mort en pleine confusion mentale, humilié et souffrant le martyre. Un jour peut-être les recherches sur le cerveau du singe parviendraient à soigner le mal dont il avait souffert, ce qui, à son avis, justifiait l'expérimentation animale.

Michael rangeait ses papiers dans un classeur en carton soigneusement étiqueté : Factures, Garanties, Relevés bancaires, Modes d'emploi. À la rubrique « Adhésions », Toni trouva un reçu de sa cotisation à une organisation appelée « Les animaux sont libres ». L'image commençait à se préciser. Travailler calma son désarroi : à l'aise dans les procédures d'enquête, elle était contente d'utiliser ses talents d'autrefois et de constater qu'elle n'avait pas perdu la main – quitter la police avait été douloureux.

Dans un tiroir, elle découvrit le carnet d'adresses et l'agenda de Michael où rien n'était inscrit depuis les deux dernières semaines. Elle aperçut par la fenêtre un éclair bleuté, celui du gyrophare d'une Volvo grise ; Jim Kincaid, sans doute.

Elle sortit et se fit décontaminer par un membre de l'équipe. Puis elle ôta son casque pour parler au commissaire. Mais le visage qu'elle distingua à la lueur du clair de lune était celui du commissaire Frank Hackett – son ex. Son cœur se serra. Bien que ce fût lui le responsable de leur rupture, il continuait à jouer les victimes.

Elle résolut de se montrer calme, amicale et professionnelle.

Il descendit de la voiture et s'approcha d'elle.

— Attention, ne franchis pas la ligne, le prévint-elle. Je vais sortir.

Elle comprit tout de suite qu'elle avait manqué de tact. C'était lui le policier et donc lui qui devait donner des ordres. Son air contrarié lui montra qu'elle l'avait vexé.

— Comment vas-tu, Frank ? tenta-t-elle pour se rattraper.

— Qu'est-ce qui se passe ici ?

— Il semble qu'un technicien du labo ait chopé un virus. On vient de l'emmener dans une ambulance sécurisée et nous sommes en train de décontaminer la maison. Où est Jim Kincaid ?

— En vacances.

— Où ? insista Toni, espérant qu'on pourrait joindre Jim et le faire revenir pour cette urgence.

— Au Portugal. Sa femme et lui y possèdent un petit studio en copropriété.

Dommage, se dit Toni. Jim connaît les biorisques, pas Frank.

Comme s'il lisait dans ses pensées, Frank voulut la rassurer :

— Ne t'inquiète pas, fit-il en montrant un document photocopié épais d'au moins deux centimètres. J'ai pris le protocole. (C'était le plan de crise sur lequel Toni s'était mise d'accord avec Kincaid. Manifestement, Frank l'avait déjà lu.) Ma première tâche est de sécuriser le secteur, ajouta-t-il en regardant autour de lui. (Toni avait commencé par là, mais elle n'en dit rien pour laisser Frank s'affirmer.) Vous ! cria-t-il à deux policiers, bloquez l'entrée de l'allée avec la voiture et ne laissez passer personne sans me consulter.

— Bonne idée, approuva Toni même si, en vérité, cela ne changeait rien à rien.

— Ensuite, continua Frank en citant le document, assurons-nous que personne ne quitte les lieux.

Toni acquiesça.

— Il n'y a personne d'autre ici que les gens de mon équipe, tous en combinaison.

— Je n'aime pas ce protocole : il confie à des civils la responsabilité des lieux du crime.

— Qu'est-ce qui te fait penser qu'il s'agit d'un crime ?

— On a volé des échantillons d'un médicament.

— Pas ici.

Frank ne releva pas.

— D'ailleurs, comment ton type a-t-il attrapé le virus ? Vous portez bien ces combinaisons au laboratoire, n'est-ce pas ?

— Ce sera au service de santé local d'éclaircir ça,

dit Toni pour gagner du temps. Ça ne sert à rien de hasarder des hypothèses.

— Y avait-il des animaux ici quand tu es arrivée ? (Toni hésita. Il n'en fallait pas plus à Frank, un bon policier à qui rien n'échappait.) Un animal est donc sorti du labo et a contaminé le technicien à un moment où il ne portait pas de combinaison ?

— J'ignore ce qui s'est passé et je ne veux pas laisser circuler des hypothèses qui ne tiennent pas debout. Pourrions-nous pour l'instant nous concentrer sur la sécurité publique ?

— Certainement. Mais il n'y a pas que le public qui t'intéresse. Tu cherches à protéger la société et *ton cher* Pr Oxenford.

Toni se demanda pourquoi il avait employé ce qualificatif mais une sonnerie provenant de son casque interrompit sa réaction.

— J'ai un appel, dit-elle à Frank. Excuse-moi.

Elle tira les écouteurs de son casque et les coiffa : la sonnerie retentit une nouvelle fois, puis un sifflement signala qu'on établissait la communication et enfin elle entendit la voix d'un garde de sécurité au central du Kremlin.

— Le Dr Solomons pour Mlle Gallo.

— Allô, fit Toni.

— Toni, Michael est mort,

— Oh ! Ruth, gémit Toni en fermant les yeux, je suis vraiment désolée.

— Il aurait succombé même si nous l'avions trouvé vingt-quatre heures plus tôt. Je suis pratiquement certaine qu'il avait contracté le virus Madoba-2.

— Nous avons tout tenté, murmura Toni d'une voix étranglée.

— Avez-vous une idée de la façon dont c'est arrivé ?

— La cruauté envers les animaux le préoccupait et la mort de sa mère, l'année dernière, l'a probablement déstabilisé, se contenta de dire Toni à cause de la présence de Frank.

— Pauvre garçon.

— Ruth, la police est là, je vous parlerai plus tard.

— D'accord.

On coupa la communication et Toni ôta son casque.

— Il est donc mort, releva Frank.

— Il s'appelait Michael Ross et il semble avoir été contaminé par un virus appelé Madoba-2.

— De quel animal s'agissait-il ?

Saisie d'une brusque inspiration, Toni décida de tendre un petit piège à Frank.

— Un hamster, répondit-elle, baptisé Peluche.

— D'autres personnes auraient-elles pu avoir été contaminées ?

— C'est la question numéro un. Michael vivait seul ici, n'avait pas de famille et guère d'amis. Un visiteur venu avant que Michael tombe malade ne risque rien, à moins d'une grande intimité, comme le partage de l'aiguille d'une seringue hypodermique. Mais si cet hypothétique visiteur avait constaté des symptômes, il aurait appelé un médecin. On peut donc espérer que le virus n'a contaminé personne. (Toni essayait de minimiser les choses. Avec Kincaid, elle aurait joué franc jeu car il aurait tout fait pour éviter de provoquer une panique. Avec Frank, c'était différent.) Quoi qu'il en soit, conclut-elle, nous devons contacter en priorité les personnes susceptibles d'avoir rencontré Michael ces seize derniers jours.

— Je t'ai entendue dire, fit Frank en essayant une autre tactique, qu'il était très préoccupé par la cruauté envers les animaux. Appartenait-il à un groupe ?

— Oui, « Les animaux sont libres ».

— Comment le sais-tu ?

— J'ai examiné ses affaires personnelles.

— C'est le travail de la police.

— Je suis d'accord, mais il ne t'est pas possible d'entrer dans la maison.

— Il me suffirait d'enfiler une combinaison.

— Non, car tu devrais suivre une formation aux risques biologiques avant d'être autorisé à en porter une.

— Alors apporte-moi ces papiers ici, s'énerva-t-il.

— Quelqu'un de mon équipe pourrait te faxer tous ces documents, et aussi télécharger le disque dur de son ordinateur.

— Je veux les originaux ! Qu'est-ce que tu caches là-dedans ?

— Rien, je te le promets. Mais tout ce qui se trouve dans la maison doit être décontaminé, soit avec un désinfectant, soit à l'autoclave – procédés qui détruisent les papiers et pourraient bien endommager un ordinateur.

— Je vais faire changer ce protocole. Je me demande si le divisionnaire sait ce que Kincaid t'a laissée faire.

Toni se sentait lasse : elle affrontait au beau milieu de la nuit une crise majeure et voilà qu'un ancien amant rancunier l'obligeait à marcher sur la pointe des pieds.

— Frank, je t'en prie... Tu as peut-être raison, mais

c'est comme ça, alors pourrions-nous essayer d'oublier le passé et travailler en équipe ?

— Que tous se plient à ta volonté, voilà ta conception du travail en équipe.

— Touché ! fit-elle en riant. Alors, à ton avis que devrions-nous faire maintenant ?

— Je vais informer le service de santé qui, d'après le protocole, est l'organisme responsable qui devra désigner le consultant en risques biologiques et convoquer une réunion demain à la première heure. En attendant, je charge deux inspecteurs de téléphoner à chaque numéro du carnet d'adresses de Michael Ross. Je te conseille d'interroger de ton côté tous les employés du Kremlin et que ce soit fait quand nous rencontrerons les gens du service de santé.

Toni hésitait : elle avait quelque chose à demander à Frank à propos de son meilleur ami, Carl Osborne, un reporter de la télévision locale plus soucieux de sensation que d'exactitude et qui, s'il avait vent de cette histoire, déclencherait une émeute. Or la meilleure façon de procéder avec Frank était de dire les choses en passant, sans ordonner ou quémander.

— Il y a dans le protocole un paragraphe que je dois mentionner, précisant qu'aucune déclaration ne doit être faite à la presse avant que les principaux intéressés – police, services de santé et société – se soient concertés.

— Pas de problème.

— Si j'en parle, c'est parce qu'il n'est pas nécessaire de provoquer un affolement général, puisqu'il y a de fortes chances pour que personne ne soit en danger.

— Bien.

— Nous n'avons pas l'intention de dissimuler quoi que ce soit ; pourtant les termes de chaque communiqué doivent être soigneusement pesés. Personne ne doit paniquer.

— Tu as peur, fit Frank en souriant, que certains journaux à sensation ne révèlent que des hamsters tueurs ont été lâchés dans la campagne !

— Tu me dois un service, Frank. J'espère que tu t'en souviens.

— Moi ? fit-il, son visage s'assombrissant.

— Tu te rappelles Johnny Kirk le Fermier, chuchota-t-elle bien qu'il n'y eût personne dans les parages.

Kirk était un gros importateur de cocaïne qui vivait à Garscube Road, le difficile faubourg de Glasgow, et n'avait jamais vu une ferme de sa vie. Son surnom venait des énormes bottes de caoutchouc vert qu'il portait pour soulager la douleur de ses cors aux pieds. Frank avait monté un dossier contre Johnny le Fermier. Au cours du procès, Toni était accidentellement tombée sur des témoignages qui auraient aidé la défense. Elle en avait parlé à Frank qui n'avait rien dit au tribunal. Johnny était réellement coupable et Frank avait obtenu une condamnation – mais si jamais la vérité éclatait, c'en serait fini de la carrière de Frank.

— Tu me menaces, lança-t-il, furieux, de remettre cette histoire sur le tapis si tu ne fais pas ce que tu veux ?

— Non, je voulais juste te rappeler une situation où tu as eu besoin que je la boucle et où je l'ai fait.

Son attitude se modifia une nouvelle fois. Un instant, il avait eu peur, mais il retrouvait son habituelle arrogance.

— Nous faisons tous de temps en temps des entorses à la loi, c'est la vie.

— Exactement. Et je te demande de ne pas parler de cette histoire à ton ami Carl Osborne ni à personne d'autre des médias.

Frank eut un grand sourire.

— Voyons, Toni, fit-il en feignant l'indignation, je ne fais jamais de choses pareilles.

7 h 00

Kit Oxenford s'éveilla de bonne heure, impatient et anxieux : aujourd'hui, il allait cambrioler Oxenford Medical.

L'idée l'excitait parce que ce serait un coup fumant digne de figurer dans *Le Crime parfait*, et qui, de plus, le vengerait de son père en mettant la société par terre et en ruinant Stanley Oxenford. Le fait que le vieux ne connaîtrait jamais l'identité du responsable rendait la situation encore plus cocasse, et Kit pourrait savourer sa satisfaction jusqu'à la fin de ses jours.

Pourtant il ressentait aussi une certaine anxiété, ce qui ne lui arrivait pas souvent car son bagout lui permettait de se sortir de n'importe quel pétrin.

Pour la circonstance, et contrairement à ses habitudes, il avait échafaudé un plan. C'est de là, peut-être, que venait le problème.

Allongé dans son lit, les yeux fermés, il évoquait les obstacles qu'il lui faudrait surmonter, matériels d'abord comme la double clôture, les barbelés, les projecteurs et les alarmes, protégées par des fusibles, des amortisseurs et des dérivations automatiques susceptibles de déceler le moindre court-circuit, directement reliées à la direction régionale de la police d'Inverburn par une ligne téléphonique constamment vérifiée. Kit et ses complices n'étaient pas impressionnés par ce système sophistiqué, pas plus que par les patrouilles régulières ou le circuit fermé de télévision, équipé de commutateurs à haute sensibilité détectant toute substitution de matériel comme, par exemple, le remplacement de l'alimentation de la caméra par le signal d'une cassette de magnétoscope.

Kit avait trouvé le moyen de parer à tout cela.

Restait enfin le savant processus du contrôle des accès : un permis ressemblant à une carte de crédit, avec une photo de l'utilisateur accrédité et ses empreintes digitales incrustées dans une puce. Difficile d'en venir à bout, mais Kit, brillant docteur en informatique, savait comment s'y prendre : il avait lui-même conçu – avantage indéniable – un logiciel contrôlant la sécurité du Kremlin. Kit avait réalisé pour son ingrat de père un système pratiquement impénétrable, mais dont il connaissait les secrets.

Ce soir, vers minuit, son client, un Londonien discret et inquiétant, Nigel Buchanan, et deux de ses collaborateurs l'accompagneraient jusqu'au laboratoire BRN-4, l'endroit le plus sécurisé de toute l'Écosse. Kit ouvrirait la chambre forte réfrigérée grâce à un simple code à quatre chiffres et Nigel déroberait des échantillons du précieux remède antiviral de Stanley Oxenford.

Nigel ne les garderait pas longtemps : il devait respecter des délais stricts et les remettre le lendemain matin à 10 heures, le jour de Noël. Kit ignorait la motivation et l'identité du bénéficiaire ; une multinationale pharmaceutique, supposait-il, à laquelle la possession d'un échantillon analysé épargnerait des années de recherches, et qui serait en mesure de fabriquer sa propre version du médicament au lieu de payer à Oxenford des milliards de livres de redevance.

Évidemment, c'était malhonnête, mais de tels enjeux excusaient le procédé. Kit imaginait très bien le distingué président de la société, crinière argentée et costume rayé, déclarant d'un ton hypocrite : « Pouvez-vous affirmer que personne de chez nous n'a enfreint la loi pour se procurer cet échantillon ? »

Le mieux, dans le plan de Kit, résidait, selon lui, dans le fait qu'on ne s'apercevrait du vol que longtemps après que Nigel et lui auraient quitté le Kremlin. Demain, mercredi, on fêterait Noël et le surlendemain serait encore férié. Donc, dans l'hypothèse où un chercheur ferait du zèle en venant travailler, on donnerait l'alarme vendredi au plus tôt ; mais il y avait de fortes chances qu'on ne remarquât rien avant le week-end, ce qui laisserait à Kit et à ses complices jusqu'au lundi de la semaine suivante pour brouiller les pistes. C'était plus qu'il ne leur fallait.

Alors pourquoi s'affolait-il ? Il évoqua le visage de Toni Gallo, la responsable de sécurité de son père, une très jolie rouquine avec des taches de rousseur, mais à la personnalité un peu trop forte à son goût. Une fois, il lui était arrivé de la sous-estimer : les conséquences avaient été désastreuses.

Son plan était brillant.

— Brillant, dit-il tout haut pour essayer de se convaincre.

— Quoi donc ? demanda une femme dont il avait oublié la présence. (Il poussa un petit cri de surprise et ouvrit les yeux. L'appartement était plongé dans l'obscurité.) Qu'est-ce qui est brillant ? répéta la voix.

— Ta façon de danser, improvisa-t-il.

Il l'avait rencontrée dans une boîte la veille au soir.

— Tu ne te débrouilles pas mal non plus, dit-elle avec un fort accent de Glasgow. Joli jeu de jambes.

Il se creusa la cervelle pour retrouver son prénom. Maureen, se dit-il, catholique sûrement. Il roula sur le côté et passa un bras autour d'elle en essayant de se rappeler à quoi elle ressemblait. Il décela d'agréables rondeurs ; il appréciait les filles bien en chair et celle-là se rapprochait de lui, pleine de bonne volonté. Blonde ou brune ? se demanda-t-il. Cela pourrait être sympa de faire l'amour avec cette inconnue ; il s'apprêtait à lui palper les seins quand il se souvint de ce qui l'attendait ce jour-là. Cela mit un terme à ses dispositions amoureuses.

— Quelle heure est-il ? s'enquit-il.

— Celle de tirer un petit coup, suggéra Maureen.

Kit consulta la pendule de la chaîne hi-fi.

— 7 h 10, lut-il. Je me lève, j'ai une journée chargée.

Il devait se présenter chez son père pour le déjeuner, prétendument pour fêter Noël, mais en fait pour voler un accessoire nécessaire au cambriolage.

— Comment peux-tu être occupé la veille de Noël ?

— Et si j'étais le père Noël ? fit-il en s'asseyant au bord du lit et en allumant.

— Eh bien, déclara Maureen déçue, la petite mignonne restera au plumard à moins que le père n'y voie un inconvénient.

Il se retourna, mais elle avait tiré l'édredon sur sa tête : il ne savait toujours pas de quoi elle avait l'air. Tout nu, il se dirigea vers la cuisine pour faire du café.

Son loft offrait deux beaux espaces : un séjour avec

un coin-cuisine et plus loin une chambre à coucher. La salle de séjour était encombrée de matériel électronique : un grand téléviseur à écran plat, une chaîne stéréo dernier cri et plusieurs ordinateurs et accessoires reliés entre eux par un enchevêtrement de câbles. Kit s'entraînait depuis toujours à forcer le verrouillage des ordinateurs. La seule façon, selon lui, de devenir un expert en sécurité des logiciels était de commencer par les pirater.

Pendant qu'il installait le système de protection du BRN-4 conçu pour son père, il avait réussi l'un de ses plus beaux coups : avec la complicité de Ronnie Sutherland, alors chef de la sécurité pour Oxenford Medical, il avait mis au point une méthode pour piquer du fric à la société. Il avait trafiqué le logiciel de comptabilité de telle façon que les factures des fournisseurs étaient majorées par l'ordinateur de un pour cent, sommes qu'il transférait sur le compte en banque de Ronnie grâce à une transaction n'apparaissant nulle part. Personne ne vérifiait les calculs de l'ordinateur, jusqu'au jour où Toni Gallo avait vu la femme de Ronnie garer un coupé Mercedes tout neuf devant le magasin Marks & Spencer's d'Inverburn.

Kit avait été stupéfait puis affolé par l'obstination avec laquelle Toni avait mené son enquête : il y avait une erreur dans les comptes et il fallait trouver l'explication. Pas question de renoncer. Pis encore, quand elle avait élucidé le mystère, elle avait averti le patron sans tenir compte des supplications de son fils ni du fait que Stanley Oxenford, dans sa rage, la mettrait dehors, elle, et non son propre fils. Enfin, à court d'arguments, Kit avait effleuré sa hanche d'une main légère et lui avait décoché son sourire le plus enjôleur en déclarant d'une voix suave : « Plutôt qu'ennemis, nous devrions être, vous et moi, des amis. » Mais il avait fait chou blanc.

Le père avait licencié son fils qui, depuis, n'avait pas retrouvé de travail. Il continuait à jouer dans un casino clandestin que Ronnie lui avait fait connaître et où on lui faisait crédit, sans doute parce que son père était un célèbre savant milliardaire. Il essaya de ne pas penser à la dette qu'il avait maintenant accumulée et dont le montant le rendait malade. Pour un peu il se serait jeté dans le Forth. Mais, après le coup de ce soir, il rembourserait tout et prendrait un nouveau départ.

Il emporta sa tasse de café dans la salle de bains et se regarda dans la glace. « Tu prends de la brioche », déplora-t-il en se rappelant la silhouette mince comme celle d'un lévrier qui était la sienne à l'époque de sa sélection au sein de l'équipe britannique des jeux Olympiques d'hiver. Il s'entraînait de façon intensive tous les week-ends. Heureusement, il n'avait rien perdu de son épaisse chevelure noire qui retombait sur son front – aujourd'hui un peu soucieux – en boucles attendrissantes et arrivait encore à jouer les Hugh Grant, tête timidement baissée, regard bleu en coin et sourire ravageur. Toni Gallo lui avait certes résisté, mais Maureen s'était laissé prendre encore la nuit dernière.

Tout en se rasant, il alluma la télé de la salle de bains et tomba sur le journal local. Le Premier ministre britannique venait d'arriver dans sa circonscription écossaise où il passerait Noël. Les Glasgow Rangers s'étaient offert pour neuf millions de livres le buteur Giovanni Santangelo. « Un bon vieux nom écossais », ironisa Kit. Le temps resterait froid et dégagé ; une violente tempête de neige dérivait de l'Arctique vers le sud mais passerait sans doute à l'ouest de l'Écosse. Puis tomba, annoncée par Carl Osborne, un célèbre journaliste de la télévision écossaise connu pour ses reportages à sensation, une nouvelle locale qui fit se glacer le sang de Kit.

Jetant un coup d'œil à l'écran, Kit reconnut Osborne qui posait devant le bâtiment même qu'il comptait cambrioler dans la soirée, celui d'Oxenford Medical. Il faisait encore nuit, mais de puissants projecteurs illuminaient les détails chargés de la façade victorienne.

— Merde, s'inquiéta soudain Kit, qu'est-ce que c'est que ce foutoir ?

— Dans notre Écosse, et plus précisément dans l'édifice que vous apercevez derrière moi et qu'on surnomme ici le château de Frankenstein, des savants se livrent à des expériences sur des virus parmi les plus dangereux au monde.

« Qu'est-ce qu'il raconte ? s'insurgea Kit. Le Kremlin, pas le château de Frankenstein. Osborne vient de l'inventer. »

— Mais, aujourd'hui, la nature se venge de l'espèce humaine et de ses ingérences : l'un de ces virus a causé la mort d'un jeune technicien.

Kit reposa son rasoir. « Quelle mauvaise publicité pour Oxenford Medical ! pensa-t-il aussitôt. Tant pis pour mon père, mais pourvu que cela ne contrecarre pas mes projets personnels. »

— Michael Ross, trente et un ans, a été contaminé par un virus baptisé Ebola, d'après le village d'Afrique où il a germé. Cette affreuse maladie provoque de douloureux furoncles qui envahissent progressivement le corps.

Osborne affirmait n'importe quoi, Kit en était à

peu près certain, mais les téléspectateurs, eux, ne le sauraient pas. La mort de Michael Ross allait-elle compromettre ses projets ?

— Oxenford Medical prétend depuis toujours que ses travaux de recherches ne présentent aucune menace. Le décès de Michael Ross conduit à en douter sérieusement.

Osborne, engoncé dans un gros anorak et un bonnet de laine enfoncé jusqu'aux sourcils, paraissait ne pas avoir beaucoup dormi. « On a dû l'alerter au petit matin », se dit Kit.

— Ross a probablement été mordu par un animal qu'il a volé, ici, au laboratoire pour l'apporter chez lui à quelques kilomètres de là, poursuivit Osborne.

La situation empirait ; il allait devoir renoncer. Quel coup dur !

— Michael Ross travaillait-il seul ou au sein d'un groupe cherchant à libérer d'autres animaux ? Faut-il envisager que des chiens et des lapins apparemment inoffensifs mais en réalité porteurs du fléau des laboratoires secrets d'Oxenford Medical rôdent dans la lande écossaise en répandant partout le virus mortel ? Personne ici n'est en mesure de le dire.

En tout cas, selon Kit, la réaction prévisible des gens du Kremlin serait de renforcer au plus vite les mesures de sécurité et Toni Gallo devait déjà s'acharner à durcir les procédures, à vérifier les alarmes et à donner des consignes aux gardes.

— Quelle poisse ! s'écria-t-il tout haut, fou de rage.

— Il semble, continuait Carl Osborne, que la mort de Michael Ross a été causée par son amour pour Peluche, un hamster.

Le ton était tel qu'on s'attendait presque à voir le reporter essuyer une larme. La présentatrice du studio, une jolie blonde impeccablement coiffée, demanda :

— Carl, un commentaire d'Oxenford Medical sur cet extraordinaire accident ?

— Oui, fit Carl en regardant un carnet. Les responsables se déclarent consternés par la mort de Michael Ross, mais ils précisent qu'il n'y a aucune raison de craindre d'autres victimes. Ils recherchent cependant toutes les personnes ayant rencontré Ross au cours des seize derniers jours.

— Ceux qui ont été en contact avec lui risquent sans doute d'avoir été contaminés.

— Et d'en avoir contaminé d'autres. Que Michael Ross soit l'unique victime semble donc plus un vœu pieux qu'une prévision scientifique.

— Une affaire extrêmement préoccupante, conclut la présentatrice à l'attention de la caméra. C'était Carl Osborne en direct d'Oxenford Medical. Et maintenant les résultats de football.

Kit se rua sur la télécommande pour éteindre le téléviseur. Dans sa rage, il se trompa de touche et finit par arracher la fiche de la prise. Il aurait aussi bien jeté le poste par la fenêtre.

C'était une véritable catastrophe car, même si les sinistres prévisions d'Osborne ne reposaient sur aucun fondement, la sécurité au Kremlin allait être impitoyablement renforcée et un cambriolage dans la soirée devenait une très mauvaise idée. Le joueur chez Kit commandait de renoncer : avec une bonne main, il était prêt à parier sa chemise, sinon mieux valait se coucher.

Au moins, songea-t-il amèrement, plus besoin de passer Noël avec mon père. Nous tenterons le coup un peu plus tard, quand l'excitation sera retombée et que la sécurité sera redevenue normale. Le client se laissera peut-être persuader de reculer sa date limite. Kit frémit en songeant que son énorme dette resterait impayée. Mais inutile d'aller de l'avant quand on courait à l'échec.

Il sortit de la salle de bains. La pendule sur la chaîne indiquait 7 h 28, un peu tôt pour téléphoner, mais c'était urgent. Il décrocha le combiné et composa le numéro.

— Oui ? répondit aussitôt une voix d'homme.

— C'est Kit. Il est là ?

— Qu'est-ce que tu veux ?

— J'ai besoin de lui parler. C'est important.

— Il n'est pas encore levé.

— Merde.

Kit ne voulait pas laisser de message et, de toute façon, ne tenait pas à ce que Maureen entende ce qu'il avait à dire.

— Préviens-le que j'arrive, ordonna-t-il sans attendre la réponse.

7 h 30

Toni Gallo pensait qu'avant l'heure du déjeuner elle aurait perdu son emploi.

Cela ne faisait pas longtemps qu'elle travaillait là. Elle commençait tout juste à ajouter quelques touches personnelles dans son bureau : sur la table, une photographie d'elle en compagnie de sa mère et de sa sœur, Bella, prise quelques années auparavant, quand sa mère était en bonne santé ; à côté, pour remédier à son orthographe souvent défaillante, son vieux dictionnaire à la reliure fatiguée. La semaine dernière, elle avait accroché au mur une photo d'elle, jeune et pleine d'ardeur, en uniforme d'agent de police, prise dix-sept ans auparavant.

Elle connaissait maintenant le plan imaginé par Michael Ross pour contourner les mesures de sécurité prises par elle : il en avait découvert les points faibles et les avait exploités. Elle n'avait à s'en prendre qu'à elle-même.

Elle ne savait rien de tout cela deux heures plus tôt, quand elle avait téléphoné à Stanley Oxenford, PDG et actionnaire majoritaire d'Oxenford Medical.

Ce coup de téléphone, pour lui annoncer la pire des nouvelles et en endosser la responsabilité, elle le redoutait. Elle s'arma de courage pour affronter sa déception, son indignation et peut-être sa fureur.

— Vous allez bien ? lui demanda-t-il.

Elle avait failli éclater en sanglots car elle ne s'attendait pas à ce qu'il se préoccupe d'abord de son état. Elle ne méritait pas une telle bonté.

— Je vais très bien, avait-elle répondu. Nous avions tous enfilé une combinaison avant d'entrer dans la maison.

— Mais vous devez être épuisée.

— J'ai réussi à dormir une heure vers 5 heures.

— Bon, fit Stanley et il poursuivit aussitôt : je connais Michael Ross. Un type tranquille, la trentaine, avec nous depuis quelques années – un technicien expérimenté. Comment diable est-ce arrivé ?

— J'ai retrouvé un lapin mort dans la cabane de son jardin. Il venait sans doute du laboratoire et il l'aura mordu.

— Non, trancha Stanley d'un ton définitif. Michael s'est probablement coupé avec un couteau souillé et le lapin était sans doute un animal familier, mort de faim après que Michael est tombé malade.

Toni aurait bien voulu y croire, mais force lui était de révéler les faits à son patron.

— Le lapin se trouvait dans une cage à biorisques improvisée, protesta-t-elle.

— Je continue à en douter. Michael devait travailler en binôme au BRN-4 et, même si son collègue ne le regardait pas, la caméra de télévision qui se trouve dans chaque pièce l'aurait repéré en train de voler un lapin. De même pour les gardes devant lesquels il ne pouvait pas trimbaler un lapin sans qu'ils le remarquent. Enfin, les savants travaillant au labo le lendemain matin se seraient immédiatement rendu compte qu'un des animaux avait disparu ; ils ne peuvent peut-être pas faire la différence entre un lapin et un autre, mais ils savent certainement combien participent à l'expérience.

Malgré l'heure matinale, son cerveau tourne comme le V12 de sa Ferrari, se dit Toni. Mais il se trompe.

— C'est moi qui ai mis en place toutes ces barrières de sécurité, insista-t-elle. Et je vous assure qu'aucun système n'est parfait.

— Bien sûr, vous avez raison. (Si on lui opposait de bons arguments, il pouvait faire machine arrière avec une stupéfiante rapidité.) Je présume que nous avons des enregistrements vidéo du dernier passage de Michael au BRN-4 ?

— C'est le détail que je m'apprête à vérifier.

— Je serai là-bas à 8 heures. Tâchez d'avoir quelques réponses à me donner à ce moment-là, je vous prie.

— Encore une chose. Le personnel va arriver, les bruits vont courir. Puis-je annoncer que vous ferez une déclaration ?

— Bonne idée. Je m'adresserai à tous dans le grand hall à, disons, 9 h 30.

On utilisait toujours l'entrée de la vieille maison pour les réunions importantes.

Toni avait alors convoqué une des gardes de sécurité, Susan Mackintosh, une jolie fille d'une vingtaine d'années aux cheveux coupés à la garçonne avec un piercing à l'arcade sourcilière.

— L'uniforme vous va bien, apprécia-t-elle en remarquant tout de suite la photo accrochée au mur.

— Merci. Vous deviez partir en permission, je le sais, mais j'ai besoin d'une femme.

— Je connais ça, fit Susan en haussant un sourcil d'un air aguicheur.

Toni se rappela la fête de Noël de la société, le vendredi précédent. Susan s'était déguisée en John Travolta dans le film *Grease* : cheveux gominés, jean en tuyau de poêle et chaussures à semelles de crêpe, comme en portaient les maquereaux de Glasgow. Elle avait invité Toni à danser, mais celle-ci avait refusé gentiment. Quelques verres plus tard, Susan lui avait demandé si elle couchait avec des hommes. « Pas autant que je le voudrais », lui avait répondu Toni.

Toni était flattée d'attirer une fille aussi jeune et aussi jolie, mais elle fit semblant de ne pas s'en apercevoir.

— Installez-vous un bureau dans le grand hall et interceptez chaque employé dès son arrivée. Ne les laissez pas regagner leur bureau ou leur labo sans vous avoir parlé.

— Que faudra-t-il que je leur dise ?

— Vous leur signalerez qu'il y a eu un problème de sécurité concernant une culture de virus et que le Pr Oxenford leur donnera des directives ce matin. Soyez calme et rassurante, mais n'entrez pas dans les détails : mieux vaut laisser cela à Stanley.

— D'accord.

— Demandez-leur ensuite quand ils ont vu pour la dernière fois Michael Ross. On a déjà posé cette question au téléphone la nuit dernière à ceux ayant accès au BRN-4, mais ça ne fait jamais de mal de revérifier. Si quelqu'un l'a vu depuis son départ en vacances il y a deux semaines dimanche, prévenez-moi aussitôt.

— D'accord.

Toni avait une question délicate à lui poser et elle hésita un peu avant de lui demander :

— Selon vous Michael était-il homo ?

— Pas activement.

— Vous en êtes certaine ?

— Iverburn est une petite ville : il y a deux pubs homo, une boîte, deux restaurants, une église... Je connais tous ces endroits et je ne l'y ai jamais rencontré.

— Bon. J'espère que vous ne m'en voudrez pas d'avoir supposé que vous sauriez, simplement parce que...

— Ne vous inquiétez pas. (Susan eut un sourire en regardant Toni droit dans les yeux.) Il faut se donner plus de mal que ça pour me vexer, assura-t-elle en tournant les talons.

— Merci.

Puis Toni visionna l'enregistrement vidéo de la dernière visite de Michael Ross au BRN-4. Elle détenait désormais les réponses que souhaitait Stanley : elle lui expliquerait ce qui s'était passé et il lui demanderait sans doute de démissionner.

Elle se rappelait leur première entrevue : elle avait prétendu être conseillère en sécurité indépendante ; pourtant elle n'avait aucun client. Frank, son partenaire depuis huit ans, l'avait quittée. Elle avait sombré dans la dépression après son départ et la découverte de la sénilité de sa mère. À l'époque Toni se sentait, comme Job, abandonnée de Dieu.

Puis Stanley l'avait convoquée pour lui proposer un contrat à durée déterminée : il craignait d'être victime d'espionnage industriel et il voulait qu'elle vérifie les mesures de sécurité. Elle ne lui avait pas dit qu'il s'agissait de sa première mission.

Elle avait passé les locaux au peigne fin et vérifié le train de vie des employés occupant un poste clef.

Il s'avéra que, si personne n'espionnait Oxenford Medical, en revanche Kit, le propre fils de Stanley, volait de l'argent à la société.

Cette découverte fut un véritable choc pour Toni qui avait jugé Kit peu fiable certes, mais charmant. Comment peut-on voler son propre père ? « Le vieux singe peut se le permettre, il est assis sur un tas d'or », avait répondu nonchalamment Kit. Tony savait, pour avoir passé des années dans la police, que la perversité profonde guidait rarement les criminels qui agissaient le plus souvent par cupidité en invoquant de mauvaises excuses.

Kit lui avait demandé de la boucler, promettant en contrepartie de ne jamais recommencer. Elle avait été tentée car elle trouvait cruel de révéler à un homme récemment éprouvé par un deuil la bassesse de son fils. Mais, finalement, et à son corps défendant, elle avait tout raconté à Stanley.

Elle n'oublierait jamais son expression : il avait pâli, puis grimacé en gémissant comme s'il ressentait soudain une douleur intérieure. En le voyant lutter contre l'émotion, elle avait perçu sa force et sa sensibilité, et s'était sentie vivement attirée vers lui.

Son intégrité avait été récompensée : Stanley avait viré Kit et engagé Toni à temps complet. Elle lui vouait depuis une loyauté sans faille, farouchement déterminée à ce qu'il ne regrette pas de lui avoir fait confiance.

Sa vie après cela s'était améliorée. De responsable de la sécurité, Stanley n'avait pas tardé à la nommer directrice des installations et à augmenter son salaire. Elle s'était acheté une Porsche rouge.

Un jour elle lui raconta qu'elle avait fait partie de l'équipe de squash de la police nationale ; Stanley l'avait alors défiée sur le court de la société. Elle l'avait battu, mais de justesse, et ils prirent l'habitude de jouer une fois par semaine. Très en forme pour son âge, il disposait d'une meilleure allonge que la sienne, cependant elle le dominait par des réflexes ultrarapides. De temps en temps, quand elle était moins concentrée, il réussissait à lui prendre un jeu, pourtant en général elle finissait par gagner.

Elle trouvait de plus en plus sympathique cet adversaire au jeu subtil qui savait non seulement prendre des risques – souvent payants –, mais aussi perdre avec bonne grâce. Puis un jour elle réalisa qu'elle éprouvait des sentiments qui dépassaient le simple plaisir que lui procuraient leurs joutes oratoires. Et maintenant elle perdrait beaucoup plus que sa place.

Elle s'apprêtait à descendre dans le grand hall pour l'accueillir quand son téléphone sonna.

— Ici Odette, annonça une femme avec un accent du sud de l'Angleterre.

— Salut ! fit Toni, ravie.

Elle avait rencontré l'inspecteur Odette Cressy, de la police métropolitaine de Londres, lors d'un stage à Hendon cinq ans plus tôt. Elles avaient le même âge. Odette était célibataire et, depuis que Toni s'était séparée de Frank, elles étaient parties deux fois en vacances ensemble. Seule la distance les avait empêchées de devenir des amies intimes ; elles se téléphonaient au moins tous les quinze jours.

— Je t'appelle à propos de ta victime de virus.

— Ça t'intéresse ? (Toni savait qu'Odette appartenait à la brigade antiterroriste.) Je ne devrais sans doute pas te poser la question.

— Exact, c'est pourquoi je me contenterai de te

signaler que ce nom, Madoba-2, m'a rappelé quelque chose. Je te laisse deviner le reste.

Toni fronça les sourcils ; l'ex-inspecteur de police analysa rapidement la situation. D'après certains renseignements, Odette soupçonnait un groupe de s'intéresser au Madoba-2 : une allusion faite par un suspect au cours d'un interrogatoire, le nom du virus mentionné dans une conversation interceptée par la police ou tapé sur son moteur de recherches informatiques par quelqu'un dont les lignes étaient surveillées. Désormais, à chaque disparition d'une quantité significative de virus, la brigade antiterroriste évoquerait la possibilité d'un vol par des fanatiques.

— Je ne pense pas que Michael Ross ait été un terroriste, répondit Toni. À mon avis, il s'est tout simplement attaché à un animal de laboratoire parmi d'autres.

— Et ses relations ?

— J'ai retrouvé son carnet d'adresses ; la police d'Inverburn vérifie les noms en ce moment même.

— En as-tu gardé une copie ?

— Bien sûr. Je peux te la faxer tout de suite.

— Merci... Ça me fera gagner du temps. (Odette donna un numéro que Toni nota aussitôt.) Comment ça se passe avec ton patron ?

Toni n'avait parlé à personne de ses sentiments pour Stanley, mais Odette pratiquait la télépathie.

— Je ne crois pas aux amours de bureau, tu le sais. D'ailleurs, sa femme est morte récemment...

— ... dix-huit mois, si je m'en souviens bien.

— C'est peu, après quarante ans de mariage, il adore ses enfants et ses petits-enfants qui verraient probablement d'un mauvais œil quiconque essaierait de remplacer sa femme.

— Tu sais combien on gagne à faire l'amour avec un homme plus âgé. Il craint tellement de ne plus être à la hauteur qu'il se donne deux fois plus de mal pour te plaire.

— Je te crois sur parole.

— J'allais oublier ! Il est riche ! Écoute, c'est bien simple, si tu ne te décides pas, moi je le prends. En attendant, tiens-moi personnellement au courant de tout ce qui concerne Michael Ross.

— Naturellement.

Toni raccrocha et jeta un coup d'œil par la fenêtre. Stanley Oxenford dans sa Ferrari F50 bleu foncé se garait à sa place réservée. Elle introduisit la copie du carnet d'adresses de Michael dans le fax et composa le numéro d'Odette.

Puis, avec le sentiment d'un criminel qui marche à l'échafaud, elle se rendit à la rencontre de son patron.

8 h 00

Les fenêtres cintrées du grand hall filtraient la lumière qui dessinait des motifs sur le sol dallé et donnait à la salle les airs d'une église. De puissants madriers soutenaient une poutraison en porte-à-faux et délimitaient un espace au centre duquel se dressait un bureau bizarrement moderne entouré de hauts comptoirs ; un garde en uniforme y siégeait sur un tabouret.

Le sexagénaire élancé, épais cheveux gris, yeux bleus, qui arriva par la grande porte n'avait rien du savant qu'on imagine volontiers chauve, voûté et binoclard. Stanley Oxenford ressemblait plutôt, selon Toni, aux comédiens qui interprètent le rôle d'un général de la Seconde Guerre mondiale. Il s'habillait avec goût et ne faisait jamais vieux jeu. Aujourd'hui, il portait un costume de tweed gris clair avec gilet, une chemise bleu pâle et – peut-être par respect pour le défunt – une cravate de tricot noir.

De la table à tréteaux qu'elle avait installée près de la porte d'entrée, Susan Mackintosh s'adressa à Stanley. Il répondit brièvement et se tourna vers Toni :

— Excellente, cette idée d'agrafer chacun dès son

arrivée pour lui demander quand il a vu Michael pour la dernière fois.

— Je vous remercie, fit Toni.

Au moins un bon point pour moi, pensa-t-elle.

— Et les employés qui sont en congé ? reprit Stanley.

— Le service du personnel a passé toute la matinée à les appeler.

— Bien. Avez-vous découvert ce qui s'est passé ?

— Oui. C'est moi qui avais raison : il s'agissait bien du lapin.

Malgré les circonstances tragiques, il sourit. Il aimait bien qu'on le provoque, surtout une jolie femme.

— Comment le savez-vous ?

— Par l'enregistrement vidéo. Voulez-vous le voir ?

— Oui.

Ils suivirent un large couloir lambrissé de chêne puis s'engagèrent dans un petit passage conduisant à la station centrale de surveillance qui occupait l'ancienne salle de billard. Pour en assurer la sécurité, on avait muré les fenêtres avec des briques et doublé le plafond pour dissimuler les câbles. Un mur entier était tapissé par des téléviseurs montrant les points sensibles du site, parmi lesquels chaque salle du BRN-4. Sur une longue console s'alignaient les écrans tactiles reliés aux alarmes. Des milliers de points de contrôle électronique surveillaient la température, l'humidité et la ventilation de tous les laboratoires : si une porte restait trop longtemps ouverte, une sirène retentissait. Un garde sanglé dans un uniforme impeccable était assis à un poste de travail qui permettait d'accéder à l'ordinateur central de sécurité.

— On a fait le ménage ici depuis ma dernière visite, apprécia Stanley, surpris.

Quand Toni avait pris ses fonctions, elle avait trouvé un véritable capharnaüm au sol jonché de tasses sales, de vieux journaux, de stylos à bille cassés et de paniers-repas à moitié vides. La pièce était maintenant soigneusement rangée ; il n'y avait plus sur le bureau que le dossier que le garde consultait. La remarque de Stanley fit plaisir à Toni.

Il jeta un coup d'œil à la pièce voisine très vivement éclairée. Cette ancienne armurerie regorgeait d'équipements, dont le central téléphonique. Des milliers de câbles étaient identifiés par des étiquettes inamovibles faciles à lire, ce qui réduisait les délais en cas de défaillance technique. Nouveau hochement de tête approbateur de Stanley.

Tant mieux, se dit Toni ; mais Stanley connaissait déjà mon sens de l'organisation. Mon travail consistait essentiellement à ne laisser sortir aucun produit dangereux du BRN-4 – et, là, j'ai échoué.

Ainsi que cela lui arrivait parfois, elle se demanda ce que pensait Stanley : déplore-t-il la mort de Michael Ross pour les éventuelles retombées sur sa société ou ce manquement à la sécurité le rend-il furieux ? Contre qui dirigera-t-il ses foudres : contre moi, Michael ou encore Howard McAlpine ? Quand Stanley saura ce qu'a fait Michael, me félicitera-t-il d'avoir aussi vite découvert la vérité ou bien me virera-t-il pour avoir laissé se produire une chose pareille ?

Assise à côté de lui devant un écran de contrôle, Toni se mit à pianoter sur le clavier pour faire apparaître les images qu'elle voulait lui montrer. La vaste mémoire de l'ordinateur les stockait vingt-huit jours puis les effaçait. Toni connaissait à fond le programme et naviguait avec aisance.

De façon aussi soudaine qu'absurde, elle se rappela une soirée au cinéma avec un flirt de quatorze ans dont elle avait laissé la main s'égarer sous son chandail. Ce souvenir gênant la fit rougir : pourvu que Stanley ne remarque rien.

Sur l'écran de contrôle, Michael s'arrêtait devant l'entrée principale et présentait son laissez-passer.

— La date et l'heure s'affichent au bas de l'écran, précisa-t-elle. C'était le 8 décembre à 14 h 27.

Encore quelques touches et une Golf Volkswagen verte se garait sur l'emplacement qui lui était réservé. Un homme un peu frêle en sortit et prit à l'arrière un gros sac marin.

— Surveillez bien ce sac, dit Toni.

— Pourquoi ?

— Il contient un lapin.

— Comment a-t-il pu faire cela ?

— Je suppose qu'il lui a administré un tranquillisant et qu'il l'a bien enveloppé. Il travaille depuis des années avec des animaux de laboratoire, il sait comment les calmer.

L'image suivante montrait Michael présentant son laissez-passer, à la réception cette fois, et une jolie Pakistanaise d'une quarantaine d'années entrant dans le grand hall.

— Monica Ansari, reconnut Stanley.

— Une amie à lui qui avait besoin d'examiner des cultures de tissus et qui en a profité pour faire, comme chaque week-end, son inspection de routine des animaux.

Tous deux s'engagèrent dans le couloir qu'avaient emprunté Toni et Stanley mais, au lieu de bifurquer vers la salle de contrôle, ils continuèrent jusqu'au bout, jusqu'à une porte ressemblant à toutes celles du bâtiment, avec quatre panneaux encastrés et une poignée de cuivre, à ceci près qu'elle était en acier. À côté, bien visible sur le mur, le symbole jaune et noir de risque biologique.

Le Dr Ansari brandit un passe en plastique devant un lecteur de carte, puis pressa son index gauche sur un petit boîtier : quelques secondes plus tard, l'ordinateur avait vérifié que son empreinte digitale correspondait aux données enregistrées sur la puce incrustée dans la carte ; ainsi les cartes perdues ou volées n'étaient-elles pas utilisées par n'importe qui. Elle en profita pour adresser un petit salut moqueur à la caméra de télévision. Enfin la porte s'ouvrit et Monica entra, Michael sur ses talons.

Stanley et Toni les suivirent alors dans un petit vestibule tapissé de cadrans surveillant la pression de l'air dans le labo : plus loin on pénétrait dans le BRN-4, plus la pression de l'air diminuait, ce qui interdisait toute fuite d'air vers l'extérieur. Ils passèrent ensuite chacun dans un vestiaire.

— C'est à ce moment qu'il a sorti le lapin du sac, expliqua Toni. S'il avait été accompagné d'un homme et non par Monica, le plan n'aurait pas marché. Naturellement, il n'y a pas de caméra dans les vestiaires.

— Bien entendu, s'exclama Stanley, sinon personne ne voudrait travailler chez nous.

— C'est vrai et il faudra penser à autre chose. Regardez ceci.

L'image suivante les emmena à l'intérieur du labo, parmi de classiques cages à lapin à l'abri d'une cloison isolante en plastique transparent. Toni fit un arrêt sur image.

— Pouvez-vous m'expliquer en quoi consistent exactement les travaux des savants de ce laboratoire ?

— Bien sûr. Ils y testent l'efficacité – déjà vérifiée dans de nombreux cas – de notre nouveau médicament contre un échantillon de Madoba-2, cette variante d'Ebola qui provoque, aussi bien chez les lapins que chez les humains, une fièvre hémorragique mortelle. Deux groupes de lapins ont été contaminés par le virus ; un seul a reçu une injection du médicament.

— Quel a été le résultat ?

— Échec décevant chez les lapins, et très certainement aussi chez les humains.

— Vous l'ignoriez, il y a seize jours.

— Exact.

— Dans ce cas, je crois comprendre ce que Michael tentait.

Elle appuya sur une touche pour reprendre le déroulement de la cassette : une silhouette, combinaison spatiale en plastique bleu clair et casque transparent, apparut dans le champ. Devant la porte, elle chaussa des bottes en caoutchouc, puis se dressa sur la pointe des pieds pour attraper un tuyau jaune d'air filtré pendant du plafond. Une fois branché dans le dispositif d'admission dans la ceinture, la combinaison se gonfla, transformant en bibendum celui qu'elle protégeait.

— C'est Michael, annonça Toni. Il s'est changé plus rapidement que Monica et donc, à cet instant, il se trouve là tout seul.

— Ce qui ne devrait pas arriver mais qui se produit quand même. Le principe de toujours associer deux personnes est respecté, mais pas minute par minute. *Merda !* jura Stanley qui avait appris de sa femme un vocabulaire italien assez coloré.

Michael, encombré par son costume d'astronaute, s'approcha d'une cage à lapin. Il tournait le dos à la caméra et la combinaison gonflée masqua quelques instants ce qu'il faisait. Enfin il s'écarta et déposa quelque chose sur une paillasse en acier inoxydable.

— Vous n'avez rien remarqué ? demanda Toni.

— Non.

— Les gardes de sécurité qui surveillaient les écrans de contrôle non plus, fit remarquer Toni qui cherchait à défendre ses gens. (Si Stanley n'avait rien vu, il serait mal placé pour le reprocher à d'autres.) Regardez de nouveau. (Elle revint deux minutes en arrière et arrêta l'image au moment où Michael entrait dans le champ.) Il y a un lapin dans cette cage en haut à droite.

— Je vois.

— Observez Michael plus attentivement : il tient quelque chose sous le bras.

— En effet... enveloppé dans un plastique bleu.

Elle fit défiler la cassette, s'arrêtant une nouvelle fois sur Michael s'éloignant des cages.

— Combien de lapins dans la cage en haut à droite ?

— Deux ! Bon sang, s'exclama Stanley, déconcerté, d'après votre théorie, Michael faisait sortir un lapin du labo. Vous venez de me le montrer en apportant un !

— Un remplaçant. Sinon les savants auraient remarqué qu'il en manquait un.

— Pourquoi sauve-t-il un lapin en en condamnant un autre ?

— Dans la mesure où il agit rationnellement, parce que celui qu'il a sauvé présente une particularité.

— Bonté divine, tous les lapins se ressemblent.

— Sans doute pas pour Michael.

— Vous avez raison, approuva Stanley. Comment savoir ce qui se passait dans son esprit à ce moment-là ?

Toni fit un peu avancer l'enregistrement.

— Il a fait son boulot comme d'habitude : il a vérifié l'eau et la nourriture dans les cages, s'est assuré que les animaux résistaient toujours et a coché chacune de ces tâches sur une liste. Monica est alors entrée, mais pour se rendre dans un laboratoire voisin où elle travaillait sur ses cultures de tissu, si bien qu'elle n'a pas pu le voir. Il s'est ensuite occupé des macaques du grand labo et il est revenu. Maintenant, regardez.

Michael débrancha son tuyau d'arrivée d'air, selon la procédure normale : la combinaison contenait trois à quatre minutes d'air frais et, quand la réserve commençait à s'épuiser, la visière s'embuait, ce qui avertissait l'utilisateur. Il entra dans une petite pièce contenant la chambre froide, un réfrigérateur verrouillé utilisé pour emmagasiner des spécimens vivants de virus. On y abritait aussi, puisqu'il s'agissait de l'endroit le mieux sécurisé de tout le bâtiment, toutes les réserves du précieux médicament antiviral. Il pianota une combinaison de chiffres sur le clavier : une caméra de surveillance à l'intérieur du réfrigérateur le montra choisissant deux doses d'antiviral déjà prêtes dans des seringues jetables.

— La petite pour le lapin et l'autre sans doute pour lui, expliqua Toni. Comme vous, il s'attendait à voir le médicament agir contre le Madoba-2. Il comptait guérir un lapin et s'immuniser.

— Les gardes auraient dû le voir prendre le produit dans la chambre forte.

— Oui, mais sans que cela leur paraisse suspect ; il est autorisé à manipuler ces produits.

— Ils auraient dû remarquer qu'il n'avait rien noté dans le journal de bord.

— Peut-être, mais n'oubliez pas qu'il n'y a qu'un seul garde pour trente-sept écrans et que, de plus, il n'est pas formé aux pratiques de laboratoire.

Stanley poussa un grognement.

— Michael, reprit Toni, a dû se dire qu'on ne remarquerait pas l'erreur d'inventaire avant la vérification annuelle et qu'on l'attribuerait certainement à une erreur d'écriture. Il ne savait pas que je prévoyais un contrôle surprise.

Michael refermait la chambre forte et regagnait le labo des lapins en rebranchant son tuyau d'air.

— Il a fini son travail, expliqua Toni, et il retourne aux cages à lapins. (Une fois de plus le dos de Michael dissimulait à la caméra ce qu'il était en train de faire.) Maintenant il extirpe son lapin favori de sa cage et le glisse, je pense, dans une combinaison miniature, sans doute confectionnée à partir des morceaux d'une vieille tenue.

On ne voyait que le côté gauche de Michael quand il sortit ; aussi était-il difficile d'affirmer qu'il tenait quelque chose sous son bras droit.

En quittant le BRN-4, chacun devait passer par une douche chimique pour décontaminer la combinaison, puis prendre une vraie douche avant de se rhabiller.

— Cette petite combinaison aurait protégé le lapin

sous la douche chimique, dit Toni. À mon avis, il l'a ensuite jetée dans l'incinérateur. Une simple douche n'aurait pas fait de mal à l'animal. Arrivé dans le vestiaire, il a fourré le lapin dans son sac marin. Les gardes l'ont vu repartir avec le sac qu'il avait en arrivant et ne se sont doutés de rien.

Stanley se renversa contre le dossier de son siège.

— Ça, alors, lâcha-t-il, j'aurais juré que c'était impossible.

— Le lapin l'a certainement mordu quand il lui a injecté le médicament. Il s'est fait une injection à son tour, persuadé qu'il ne risquait rien.

— Pauvre garçon, soupira Stanley d'un air navré. Pauvre et stupide garçon.

— Maintenant, conclut Toni, vous en savez autant que moi.

Elle l'observait, attendant son verdict. Finie, cette étape de sa vie ? Le chômage comme cadeau de Noël ?

Il la regarda dans les yeux.

— Une mesure de sécurité évidente s'imposait ; si nous l'avions prise, nous aurions évité cela.

— Je sais, une fouille systématique des sacs pour toute personne entrant au BRN-4 ou en sortant.

— Exactement.

— J'ai donné l'ordre ce matin.

— Vous refermez la porte de l'écurie après la fuite du cheval.

— Je suis désolée, fit-elle. Vous me versez un salaire pour éviter ce type de situation ; j'ai échoué et je ne peux que vous donner ma démission.

— Si je veux vous virer, s'énerva-t-il, vous le saurez bien assez tôt. (Elle le dévisagea. S'agirait-il d'un sursis ?) Vous êtes consciencieuse, reprit-il en se radoucissant. Vous vous sentez coupable alors que personne ne pouvait prévoir ce qui s'est passé.

— J'aurais pu imposer la fouille des sacs.

— Ce à quoi je me serais opposé pour ne pas perturber le personnel.

— Oh !

— Écoutez-moi bien. Depuis votre arrivée, la sécurité est plus stricte que jamais. Votre travail est fichtrement bon et j'ai bien l'intention de vous garder. Alors, je vous en prie, cessez de vous apitoyer sur vous-même.

— Merci, souffla-t-elle, les jambes soudain coupées.

— Maintenant, nous avons devant nous une journée chargée... Au travail, conclut-il avant de sortir.

Soulagée, elle ferma les yeux. Merci pour votre indulgence, lui dit-elle en elle-même.

8 h 30

Miranda Oxenford commanda un cappuccino viennois, surmonté d'une pyramide de crème fouettée, et au dernier moment, pour faire bonne mesure, une part de gâteau aux carottes. Elle fourra la monnaie dans sa poche et emporta son plateau jusqu'à la table où sa sœur Olga, toute mince, se contentait d'un double espresso et d'une cigarette. Le café était décoré de guirlandes de papier et un arbre de Noël clignotait au-dessus du gril ; un petit malin avait mis *Surfin'USA* des Beach Boys.

Miranda, PDG d'une agence de recrutement de techniciens de l'information, et Olga, avocate, travaillaient dans le centre de Glasgow. Elles se retrouvaient souvent le matin dans un café de Sauci Hall Street pour faire le point avant d'attaquer la journée.

La petite rondouillarde dont Miranda apercevait le reflet dans une glace ne ressemblait guère à Olga qui avait la taille élancée de leur père et les sourcils noirs de Mamma Marta – surnom qu'elles donnaient à leur mère italienne de naissance, récemment disparue. Avec son tailleur gris foncé et ses escarpins pointus, ses airs de Cruella devaient terrifier les jurys. En revanche, la tenue de Miranda – jupe plissée et pull brodé de petites fleurs – avait été choisie pour charmer, non pour intimider.

— Tu travailles la veille de Noël ? lui demanda Olga.

— Une heure seulement, répondit Miranda, le temps de m'assurer qu'on n'a rien laissé traîner avant les vacances.

— Moi c'est pareil.

— Tu as entendu la nouvelle ? Un technicien du Kremlin est mort contaminé par un virus.

— Oh ! mon Dieu ! ça va gâcher les fêtes.

Olga cherche à paraître insensible mais je sais que c'est faux, commenta Miranda pour elle-même.

— Je l'ai entendu à la radio et je n'ai pas parlé à papa depuis. Le pauvre garçon, dit-on, se serait attaché à un hamster du labo et l'aurait rapporté chez lui...

— Pour faire quoi, pour le sauver ? coupa Olga.

— Il a probablement été mordu, poursuivit Miranda. Il vivait seul, voilà pourquoi l'alerte n'a pas été donnée. En tout cas il n'aura sans doute contaminé personne d'autre. Malgré tout, c'est un sale coup pour papa. Il ne le montrera pas mais je suis certaine qu'il se sent responsable.

— Il aurait dû s'engager dans un domaine scientifique moins risqué, les armes atomiques par exemple.

Miranda sourit. Elle était particulièrement contente de voir Olga aujourd'hui : toute la famille se réunissait pour Noël à Steepfall, la maison de leur père, et Miranda amenait son fiancé, Ned Hanley. Elle voulait être sûr qu'Olga se montrerait aimable avec lui. Mais elle aborda le sujet par une voie détournée.

— J'espère que ça ne va pas gâcher les vacances, j'en attendais tellement. Tu sais que Kit vient ?

— Je suis profondément sensible à l'honneur que nous fait notre petit frère.

— Il avait refusé, mais je l'ai fait changer d'avis.

— C'est papa qui va être content, ironisa Olga.

— Je suis certaine que oui, protesta Miranda. Ça lui a brisé le cœur de virer Kit.

— Je ne l'ai jamais vu aussi en colère. J'ai cru qu'il allait tuer quelqu'un.

— Il a pleuré ensuite.

— Ça, je ne l'ai pas vu.

— Moi non plus. C'est Lori qui me l'a dit. (Lori était la gouvernante de la maison.) Mais aujourd'hui il a pardonné et oublié.

— La grandeur d'âme de papa est sans limites, dit Olga en écrasant sa cigarette. Kit a retrouvé du travail ?

— Non.

— Tu ne peux pas lui dégoter quelque chose ? C'est dans ta branche et il est plutôt doué.

— Le marché est calme, et tout le monde sait qu'il a été viré par son propre père.

— A-t-il cessé de jouer ?

— Probablement, il l'a promis à papa. De toute façon il n'a pas d'argent.

— C'est papa qui a payé ses dettes, n'est-ce pas ?

— Nous ne sommes pas censées le savoir.

— Allons, Mandy, pria Olga en reprenant le surnom qu'on donnait à Miranda dans son enfance. Il y en avait pour combien ?

— Demande à papa... ou à Kit.

— Dix mille livres, n'est-ce pas ?

Miranda détourna la tête.

— Plus que ça ? Vingt ?

— Cinquante, murmura Miranda.

— C'est pas vrai ! Ce petit salaud a claqué cinquante bâtons de notre héritage ? Attends un peu que je le voie.

— Assez parlé de Kit. Ned sera là pour Noël ; j'aimerais que tu apprennes à le connaître et que tu le traites comme un membre de la famille.

— Mais Ned devrait déjà faire partie de la famille. Abrège les fiançailles et mariez-vous. Vous avez tous les deux déjà été mariés, c'est pas comme si tu avais besoin de faire des économies pour ton trousseau.

Ce n'était pas la réaction qu'espérait Miranda : elle cherchait plus de chaleur de la part d'Olga à propos de Ned.

— Tu sais comment il est, le défendit-elle, perdu dans son univers.

Rédacteur en chef de la respectable *Glasgow Review of Books*, Ned ne faisait preuve d'aucun esprit pratique.

— Je ne comprends pas que tu supportes son indécision ; cela me ferait horreur.

La conversation prenait de moins en moins la tournure souhaitée par Miranda.

— Crois-moi, après ce tyran de Jasper, je considère Ned et son incapacité à donner des ordres comme une bénédiction.

— N'empêche, tu t'es très bien débrouillée sans homme ces cinq dernières années.

— C'est vrai, et j'en étais fière, surtout quand la crise m'a privée de ces grosses primes.

— Alors pourquoi en prendre un autre ?

— Euh...

— Ne me dis pas que c'est pour le sexe. Tu as quand même entendu parler des vibromasseurs ?

— Ça n'est pas la même chose, s'esclaffa Miranda.

— Fichtre non ! C'est plus gros, plus dur et plus fiable. Et, quand tu en as fini, tu le ranges dans le tiroir de ta table de nuit et tu n'y penses plus.

Miranda commençait, comme souvent lors des discussions avec sa sœur, à perdre pied.

— Ned se comporte très bien avec Tom alors que Jasper ne lui adressait la parole que pour lui donner des ordres. Ned s'intéresse à lui, lui pose des questions et écoute ses réponses.

— À propos de beau-fils, comment Tom s'entend-il avec Sophie, la fille de Ned ?

— Elle vient, elle aussi, à Steepfall : je passe la prendre plus tard dans la matinée. Tom regarde Sophie comme les Grecs considéraient les dieux : comme des êtres surnaturels redoutables à moins qu'on ne les apaise par de constants sacrifices. Il lui offre des bonbons – il a onze ans –, mais cette gamine de quatorze ans, squelettique et prête à se laisser mourir pour ne pas grossir, préférerait des cigarettes, déclara Miranda en regardant avec insistance le paquet de Marlboro light d'Olga.

— Nous avons tous nos faiblesses, riposta Olga. Reprends donc un peu de gâteau aux carottes.

Miranda reposa sa fourchette et but une gorgée de café.

— Sophie est parfois un peu difficile, mais cela s'explique : elle éprouve pour moi autant d'animosité que sa mère.

— Et Ned te laisse régler ce problème.

— Ça m'est égal.

— Il habite chez toi maintenant. Verse-t-il un loyer ?

— Il n'en a pas les moyens : le magazine le paie des clopinettes et il rembourse l'hypothèque sur la maison où vit son ex. Ça le met mal à l'aise de dépendre de moi financièrement, crois-moi.

— Je ne vois pas pourquoi : il te saute quand l'envie lui en prend, il compte sur toi pour s'occuper de son impossible fille et il n'a pas à payer de loyer.

— C'est un peu sévère, fit Miranda vexée.

— Tu n'aurais pas dû le laisser emménager avant d'avoir fixé une date pour le mariage.

Miranda s'était fait la même réflexion, mais ne l'aurait pas avoué pour un empire.

— Il estime que les autres ont besoin de temps pour s'habituer à son remariage.

— Qu'est-ce que tu entends par « les autres » ?

— Sophie, pour commencer.

— Qui reprend l'attitude de sa mère – tu viens de le reconnaître. Par conséquent Ned ne t'épousera que quand son ex l'y autorisera.

— Olga, je t'en prie, oublie ta robe d'avocate avec moi.

— Il faut bien que quelqu'un te dise ces choses-là.

— Tu schématises tout. Je sais bien que c'est ton métier, mais je suis ta sœur, non un témoin hostile.

— Je regrette de t'avoir parlé.

— Moi non, car c'est exactement ce que *je ne veux pas* t'entendre dire à Ned. J'aime cet homme et je veux l'épouser ; je te demande donc d'être aimable avec lui.

— Je ferai de mon mieux, susurra Olga.

Miranda tenait à faire comprendre à sa sœur à quel point c'était important.

— J'ai besoin de lui, insista-t-elle, pour construire une nouvelle famille, pour nous et pour les deux enfants. Je te demande de m'aider à le persuader que nous pouvons y arriver.

— Entendu.

— Ces vacances seront déterminantes : si elles se passent bien, je suis à peu près sûre qu'il fixera la date du mariage.

— Message reçu, la rassura Olga en lui tapotant la main. J'ai compris l'enjeu que cela représente pour toi et je me tiendrai bien.

Satisfaite, Miranda passa à un autre sujet sensible.

— Si la situation pouvait s'améliorer entre papa et Kit..., soupira-t-elle.

— Je le souhaite également, mais ce n'est guère de notre ressort

— Kit m'a appelée il y a quelques jours. Pour je ne sais quelle raison, il tient absolument à dormir dans la maison d'amis à Steepfall.

— En quel honneur disposerait-il de la villa pour lui tout seul ? protesta Olga. Pourquoi Ned, Hugo, toi et moi devrions-nous nous entasser dans deux petites chambres de la vieille maison ?

— Je sais que c'est déraisonnable, expliqua Miranda que la résistance d'Olga n'étonnait pas, mais je lui ai dit que je n'y voyais pas d'inconvénient. Je l'avais persuadé – avec beaucoup de difficulté – de venir : je n'allais pas ajouter un obstacle.

— Quel sale petit égoïste ! Quelle raison t'a-t-il donnée ?

— Je ne lui ai pas posé la question.

— Eh bien moi, je vais le faire, déclara Olga en prenant son portable.

— N'en fais pas un plat, supplia Miranda.

— Je veux juste lui poser la question... Kit... qu'est-ce que c'est que cette histoire ? Tu veux dormir dans la maison d'amis ? Tu ne trouves pas que c'est un peu... Pourquoi non ? Je vois... Mais si tu...

Elle s'arrêta brusquement comme s'il lui avait raccroché au nez.

— Qu'est-ce qu'il y a ? demanda Miranda pourtant sans illusion sur la réponse de leur frère.

— Le sujet est clos, bougonna Olga en rangeant son portable. Il a changé d'avis, il ne viendra pas à Steepfall.

9 h 00

Oxenford Medical était en état de siège. Reporters, équipes de télévision et photographes massés devant les grilles brandissaient appareils photo et micros. Ils bombardaient de questions les employés arrivant à leur travail.

Les gardes s'efforçaient désespérément de réglementer la circulation, mais les journalistes ne se montraient guère coopératifs. Bien évidemment, les défenseurs des droits des animaux avaient sauté sur l'occasion pour se faire un peu de publicité et agitaient des banderoles en braillant des slogans devant les cameramen qui, faute de mieux, les filmaient.

Du bureau de Stanley Oxenford, une grande pièce d'angle ayant jadis servi de chambre au maître de maison, Toni Gallo assistait à la scène, furieuse et impuissante. Le décor dans lequel Stanley travaillait mélangeait l'ancien et le moderne : son ordinateur était posé sur une table en bois abîmée qu'il possédait depuis trente ans et un microscope optique des années soixante qu'il utilisait encore de temps à autre trônait sur un guéridon au milieu de cartes de Noël (dont l'une était de Toni). Une gravure victorienne de la classification périodique des éléments était accrochée au mur à côté de la photographie d'une superbe mariée aux cheveux noirs, son épouse, Marta.

Stanley parlait souvent d'elle : « Froide comme une église..., Marta utilisait souvent cette expression... Marta et moi nous rendions en Italie une année sur deux... Marta adorait les iris. » Mais il n'avait fait allusion qu'une seule fois aux sentiments qu'il éprouvait pour elle : « La douleur s'estompe mais ne disparaît jamais complètement, avait avoué Stanley à Toni qui louait la beauté de Marta. Je la pleurerai jusqu'à la fin de mes jours. » Quelqu'un m'aimera-t-il un jour comme Stanley a aimé Marta ? s'était alors demandé Toni.

Côte à côte – leurs épaules se touchant presque – ils regardaient avec consternation les voitures envahir l'herbe du talus et la foule de plus en plus bruyante et agressive.

— Je suis vraiment désolée, déplora Toni.

— Ce n'est pas votre faute.

— Vous avez beau me dire de ne plus m'apitoyer sur moi-même, je ne peux m'empêcher de penser à ce lapin qui a franchi mon cordon de sécurité et à mon salopard d'ex qui a raconté l'histoire à Carl Osborne.

— Je présume que vous ne vous entendez pas bien avec lui.

Le fait que Frank se soit immiscé dans sa vie professionnelle lui donna l'occasion de s'expliquer devant Stanley.

— Franchement, j'ignore pourquoi Frank me déteste. Je ne l'ai jamais rejeté, au contraire c'est lui qui m'a plaquée – et à un moment où j'avais vraiment besoin qu'on me soutienne. Il m'a suffisamment punie, me semble-t-il, mais non...

— À mon avis, il voit en vous un reproche vivant. Vous lui rappelez sa lâcheté.

En quelques mots, Stanley avait éclairé le comportement de Frank.

— C'est bien vu, reconnut-elle dans un élan de gratitude qu'elle prit soin de ne pas trop montrer.

— Nous ne pardonnons jamais à ceux à qui nous avons fait du tort.

Ce paradoxe fit sourire Toni : Stanley connaissait aussi bien les gens que les virus.

Il posa une main légère sur son épaule : pour la rassurer ? Il n'avait que de rares contacts physiques avec ses employés, trois fois exactement en un an : il lui avait serré la main en lui tendant son premier contrat, une autre fois en la présentant à ses collaborateurs et enfin lors de sa promotion. Lors du verre de Noël, il avait dansé uniquement avec Dorothy, sa secrétaire, une grosse femme très maternelle qui veillait sur lui comme une cane sur son caneton. Toni aurait aimé l'inviter, mais elle craignait de manifester trop ouvertement ses sentiments ; elle avait regretté par la suite de ne pas s'être montrée aussi culottée que Susan Mackintosh.

— Frank n'a peut-être pas cherché à vous contrarier en dévoilant l'affaire, reprit Stanley. Il l'aurait connue de toute façon. J'imagine qu'Osborne manifestera sa gratitude en parlant favorablement de la police d'Inverburn en général et du commissaire Frank Hackett en particulier.

Elle sentait la tiédeur de sa main à travers la soie de son corsage. Geste fortuit ou délibéré ? Comme d'habitude elle ne savait pas ce qu'il pensait. Pourvu qu'il ne devine pas à quel point j'aime qu'il me touche, songea-t-elle.

— Votre analyse est généreuse, dit-elle sans pour autant partager ses hypothèses à propos de Frank et de Carl Osborne.

Elle était décidé à faire en sorte que la société ne pâtît pas des agissements de Frank.

On frappa à la porte et Cynthia Creighton, la responsable des relations publiques de la société, entra. Stanley s'empressa d'ôter sa main de l'épaule de Toni.

Cynthia avait une cinquantaine d'années. Sa jupe de tweed et ses bas de laine soulignaient sa maigreur. Habituellement assez réservée, Cynthia allait cette fois céder à la crise de nerfs.

— On m'a *bousculée*, débita-t-elle, échevelée, le souffle court, de vraies bêtes sauvages. Où est la police ?

— Une patrouille devrait arriver dans un quart d'heure tout au plus, assura Toni.

— Il faudrait les arrêter tous.

Toni découvrit l'incapacité de Cynthia face à un drame de cette ampleur : elle gérait le modeste budget de bienfaisance, accordait des bourses à des équipes scolaires de football et sponsorisait des événements divers. Ainsi le nom d'Oxenford Medical apparaissait-il fréquemment dans les articles de l'*Inverburn Courier*, articles qui n'avaient à voir ni avec les virus ni avec les expériences sur des animaux. Toni connaissait l'importance de cette tâche ; les lecteurs accordaient du crédit à leur presse locale tout en demeurant sceptiques devant les journaux nationaux. La discrète publicité de Cynthia protégeait la société contre les papiers virulents de Fleet Street capables de jeter le discrédit sur n'importe quelle entreprise scientifique. Mais ces chacals déchaînés entraînaient Cynthia dans un désarroi tel qu'elle ne pouvait pas prendre les décisions qui convenaient.

Stanley était du même avis.

— Cynthia, dit-il, travaillez avec Toni là-dessus : ses années dans la police lui ont donné l'expérience des médias.

— C'est vrai ? fit Cynthia soulagée et reconnaissante.

— Je n'ai jamais été confrontée à une situation aussi violente, mais j'ai quand même passé un an au service de presse.

— Que faut-il faire à votre avis ?

— Eh bien...(Toni ne se sentait pas qualifiée pour prendre les commandes, mais il y avait urgence et elle semblait être la meilleure candidate disponible. Elle revint à ses principes fondamentaux.) Il existe une méthode simple pour traiter avec les médias (simpliste peut-être en l'occurrence, songea-t-elle sans rien en dire). Premièrement, décider de son message, deuxièmement, qu'il repose sur la vérité pour ne jamais avoir à faire machine arrière et troisièmement l'asséner encore et encore.

— Hum...

Stanley était sceptique mais n'avait rien de mieux à suggérer.

— Ne devrions-nous pas présenter des excuses ? proposa Cynthia.

— Non, trancha aussitôt Toni. Ce serait reconnaître une négligence de notre part. Or ce n'est pas vrai : personne n'est parfait, mais notre sécurité est de premier ordre.

— Ce sera notre message ? s'enquit Stanley.

— Je ne crois pas. Ce serait une attitude trop

défensive. (Toni resta un moment songeuse.) Commençons par expliquer que nos laboratoires travaillent sur un sujet d'une importance vitale pour l'avenir de l'homme... non, c'est trop apocalyptique... font des recherches médicales qui aboutiront à sauver des vies – c'est mieux – et qui comportent des risques, mais notre sécurité est aussi stricte que possible. Ce qui est certain c'est que bien des gens mourront inutilement si nous arrêtons.

— Ça me plaît, approuva Stanley. Chaque année un nouveau virus arrive de Chine et tue des milliers de gens. Notre médicament évitera ces victimes.

— Ce que vous dites est parfait, acquiesça Toni. Simple et efficace.

Stanley était encore préoccupé.

— Comment allons-nous faire passer le message ?

— Vous devriez convoquer une conférence de presse de manière que, à midi, les services d'information, qui chercheront un angle nouveau, aient obtenu plus de précisions de notre part. Après cela, la plupart de ceux qui piétinent sous les fenêtres partiront – de nouveaux développements étant peu probables. De plus, comme tout le monde, ils voudront rentrer chez eux pour Noël.

— J'espère que vous avez raison, dit Stanley. Cynthia, voulez-vous prendre les dispositions, je vous prie ?

— Mais que faut-il que je fasse ? s'inquiéta Cynthia encore sous le choc.

Toni prit les choses en main.

— La conférence de presse se tiendra dans le grand hall : c'est la seule salle assez grande et on y a déjà disposé des sièges puisque le Pr Oxenford doit s'adresser au personnel à 9 heures et demie. Nous allons prévenir les journalistes qui attendent dehors ; ça les calmera un peu et ils répercuteront la nouvelle à leur rédaction. Ensuite informons l'Associated Press et Reuters : ils alerteront les représentants des médias qui ne sont pas encore ici.

— Bien, fit Cynthia avant de tourner les talons.

Elle paraissait si peu sûre d'elle que Toni décida d'aller la voir dès que possible.

— Monsieur ! Lawrence Mahoney de l'ambassade des États-Unis à Londres sur la une, annonça Dorothy par l'Interphone.

— Je me souviens de lui avoir fait visiter les lieux il y a quelques mois, intervint Toni.

L'armée américaine finançait en effet une grande partie des recherches d'Oxenford Medical car le département de la Défense considérait le nouveau médicament antiviral de Stanley comme une parade possible à la guerre biologique. Le département avait fourni à Stanley l'argent dont il avait besoin et Mahoney venait vérifier que tout était conforme à ce que souhaitait son gouvernement.

— Faites-le patienter, Dorothy, fit Stanley. Toni, Mahoney compte plus pour nous que tous les médias britanniques réunis et je ne voudrais pas lui parler sans avoir une idée de l'attitude qu'il va adopter.

— Voulez-vous que je tâte un peu le terrain ?

— Oui.

— Bonjour, Larry, c'est Toni Gallo, annonça-t-elle dans le combiné, nous nous sommes rencontrés en septembre. Comment allez-vous ?

— Je suis inquiet, bougonna-t-il de sa voix nasillarde qui rappelait à Toni celle de Donald Duck.

— Pourquoi ?

— J'espérais parler au Pr Oxenford, répondit-il sèchement.

— Il en va de même pour lui, affirma Toni aussi sincère que possible. Pour l'instant, il se trouve avec le directeur du laboratoire. (En réalité, assis au bord de son bureau, il l'observait avec une attention doublée – peut-être – d'une certaine affection. Elle croisa son regard et il détourna les yeux.) Il vous appellera dès qu'il aura apprécié la situation dans son ensemble – avant midi, certainement.

— Comment diable avez-vous laissé une chose pareille se produire ?

— Le jeune homme a fait sortir, sans en parler, un lapin du laboratoire dans son sac marin. Nous avons déjà décrété la fouille obligatoire de toutes les sacoches à l'entrée des BRN-4 : cela ne pourra pas se reproduire.

— Quelle mauvaise publicité pour le gouvernement américain. On va nous reprocher de lâcher des virus mortels sur l'Écosse.

— Pas de danger, affirma Toni en croisant les doigts.

— La presse locale a-t-elle insisté sur le fait que ces recherches sont financées par les Américains ?

— Non.

— Ils le découvriront tôt ou tard.

— Nous devrons certainement nous préparer à répondre à des questions là-dessus.

— Il ne faudrait pas qu'on dise – cela nuirait autant à vous qu'à nous – que les recherches sont menées ici parce que les Américains estiment qu'elles représentent un trop grand danger aux États-Unis.

— Merci de cette mise en garde, mais nous avons à cela une réponse très convaincante. Nous procédons aux essais à l'endroit même où le Pr Oxenford a inventé le médicament, c'est-à-dire en Écosse.

— C'est simple : je ne veux pas avoir à transférer les recherches à Fort Detrick. Voilà qui prouve notre bonne volonté.

Cette menace réduisit Toni au silence. Le transfert à Fort Detrick, l'Institut de recherche médicale pour les maladies infectieuses de l'armée américaine, signifierait la fin du Kremlin.

— Nous n'en sommes pas là, il s'en faut de beaucoup, reprit-elle après une longue pause, sans pour autant se trouver très convaincante.

— J'espère bien que non. Demandez à Stanley de me rappeler.

— Merci, Larry. (Elle raccrocha et dit à Stanley :) Ils ne peuvent pas transférer vos recherches à Fort Detrick, n'est-ce pas ?

— Aucune clause du contrat ne le prévoit, observa-t-il. (Il avait cependant pâli.) Mais il s'agit de l'État le plus puissant du monde. Que puis-je contre eux ? Intenter un procès ? À supposer que je puisse me le permettre, je passerais le restant de ma vie devant des tribunaux.

La découverte de la vulnérabilité de cet homme calme qui avait une solution pour chaque problème remua Toni. Elle aurait aimé le réconforter.

— Ils feraient ça ?

— Je suis persuadé que, s'ils avaient le choix, les microbiologistes de Fort Detrick préféreraient mener ces recherches eux-mêmes.

— Et vous ?

— Je me retrouverais en faillite.

— Quoi ? s'exclama Toni, consternée.

— J'ai tout investi dans le nouveau laboratoire,

expliqua Stanley d'un ton sinistre. Mon découvert personnel s'élève à un million de livres. Selon le contrat, les frais du labo sont pris en charge par le département de la Défense pendant quatre ans. En cas de désistement immédiat, je n'ai aucun moyen de régler les dettes – pas plus celles de la société que les miennes.

Toni avait du mal à admettre que l'avenir de Stanley – et le sien – puisse être si soudainement menacé.

— Mais le nouveau médicament vaut des millions !

— Potentiellement, oui. Sur le plan scientifique, je n'ai aucun doute, c'est pourquoi je n'ai pas hésité à emprunter des sommes pareilles. Mais je n'avais pas prévu qu'une mauvaise publicité pourrait anéantir le projet.

Elle lui toucha le bras.

— Et tout cela parce qu'un crétin de commentateur de télévision traque la sensation, s'insurgea-t-elle. J'ai du mal à le croire.

Stanley tapota la main qu'elle avait posée sur son bras puis la retira et se leva.

— Inutile de gémir. Sortons-nous plutôt de ce pétrin.

— C'est vrai. Vous êtes prêt à parler au personnel ?

— Oui. (Ils sortirent ensemble du bureau.) Ce sera un bon entraînement pour la conférence de presse.

Ils arrivaient à la hauteur du bureau de Dorothy quand celle-ci leur fit un signe : « Un instant, je vous prie », dit-elle dans le combiné.

— Le Premier ministre, en personne, annonça-t-elle visiblement impressionnée. Il veut vous dire un mot.

— Descendez dans le hall et faites-les patienter, demanda Stanley à Toni. Je serai le moins long possible, promit-il avant de regagner son bureau.

9 h 30

Harry McGarry fit attendre Kit Oxenford plus d'une heure.

McGarry, qu'on appelait Harry Mac, était né à Govan, une banlieue ouvrière de Glasgow. Il avait grandi dans une H.L.M. près d'Ibrox Park, berceau de l'équipe protestante de football de la ville, les Rangers. Grâce aux bénéfices qu'il avait retirés – de la drogue, des jeux clandestins, des cambriolages et de la prostitution –, il avait émigré à Dumbreck, de l'autre côté de Paisley Road, un kilomètre et demi sur la carte, mais socialement un bond en avant. Il habitait maintenant une grande maison neuve, avec une piscine.

L'intérieur était décoré comme un hôtel de luxe, avec des copies de meubles de style et des gravures encadrées aux murs, mais aucune photo de famille, aucun bibelot, aucun bouquet, aucun animal familier pour lui apporter une touche personnelle. Kit, un peu nerveux, attendait dans le vaste hall en contemplant le papier peint à rayures jaunes et les pieds fragiles des guéridons, sous l'œil d'un garde du corps corpulent en costume noir mal coupé.

L'empire de Harry Mac s'étendait sur l'Écosse et le

nord de l'Angleterre. Sa fille, Diana, le secondait ; on la surnommait Daisy, c'était une brute sadique.

Harry possédait le cercle de jeu clandestin où jouait Kit. En Angleterre, les casinos autorisés souffraient d'une législation mesquine qui limitait les bénéfices : pas de pourcentage pour la banque, pas de droit d'entrée, pas de pourboire, pas de consommations aux tables, et il fallait être membre depuis vingt-quatre heures avant de pouvoir jouer. Harry, lui, ne se souciait pas des lois et Kit aimait bien l'atmosphère louche des tripots clandestins.

Kit trouvait stupides la plupart des joueurs et les gérants de casino ; il estimait que l'intelligence devrait toujours gagner. Au black jack où, à chaque main possible correspondait une façon de jouer – le basic – qu'il connaissait par cœur, il améliora ses chances en gardant la trace des cartes par paquets de six jeux. Il partait de zéro, ajoutait un point pour chaque petite carte – deux, trois, quatre, cinq et six – et en retirait un pour chaque grosse carte – dix, valets, reines, rois et as (il ne tenait pas compte des sept, des huit et des neuf). Quand le chiffre qu'il avait en tête était positif, cela signifiait que le talon contenait plus de grosses cartes que de petites, et qu'il avait une chance supérieure à la moyenne de tirer un dix. Les nombres négatifs indiquaient une forte probabilité de tirer une basse carte. Ainsi savait-il quand parier gros.

Mais Kit avait connu une mauvaise passe et, quand sa dette atteignit cinquante mille livres, Harry avait réclamé son argent.

Kit avait dû supplier son père de lui venir en aide. Quelle humiliation ! D'autant plus qu'il reconnaissait maintenant la vérité : son père l'aimait et aurait fait à peu près n'importe quoi pour lui, Kit le savait pertinemment. Ses efforts pour prétendre le contraire ne se fondaient sur rien. Cela dit, ça en avait valu la peine : Stanley avait payé.

Kit avait promis, sincèrement, de ne plus jamais rejouer mais la tentation avait été trop forte. Il avait été incapable de résister à ce qui l'excitait le plus au monde. Quand une nouvelle fois sa dette avait atteint cinquante mille livres, il avait encore eu recours à son père ; Stanley avait mis le holà. « Je n'ai pas cet argent, avait-il dit. Je pourrais peut-être l'emprunter, mais à quoi bon ? Tu le perdrais et tu reviendrais m'en demander davantage jusqu'au jour où nous serions fauchés tous les deux. » Kit l'avait accusé d'être insensible et avare, l'avait traité de Shylock et d'Harpagon en jurant de ne plus jamais lui adresser la parole. Il avait blessé son père et Stanley n'avait pas changé d'avis.

Kit aurait dû alors quitter le pays ; il rêvait d'aller vivre en Italie, à Lucques, dans la ville natale de sa mère. Toute la famille s'y était rendue à plusieurs reprises quand il était enfant, avant la mort de ses grands-parents. C'était une jolie ville entourée de murs, ancienne et paisible, avec de petites places ombragées où on servait des espressos. Il connaissait un peu l'italien – Mamma Marta parlait sa langue natale à ses enfants. Il louerait une chambre dans une de ces grandes vieilles maisons et proposerait ses services aux personnes en panne d'ordinateur, un travail facile.

Au lieu de cela, il avait essayé de regagner au jeu ce qu'il devait.

Sa dette atteignait maintenant un quart de million de livres.

Pour cette somme, Harry Mac le traquerait jusqu'au pôle Nord. Il songea au suicide et se demanda en regardant les grands immeubles du centre de Glasgow s'il oserait monter sur leur toit pour se jeter dans le vide.

Trois semaines auparavant, il avait été convoqué dans cette maison. Il s'y était rendu, malade de peur ; sûr qu'on allait le rosser. Il s'était même demandé comment ses bourreaux empêcheraient le sang de tacher les canapés de soie jaune. « Un certain monsieur veut te poser une question », avait seulement dit Harry. Kit n'imaginait rien d'autre que : « *Où est mon putain d'argent ?* »

Le mystérieux interlocuteur s'appelait Nigel Buchanan. Quadragénaire peu loquace, vêtu d'une élégante veste de cachemire, d'un pantalon sombre et d'une chemise à col ouvert, s'exprimant avec un léger accent londonien, il s'était contenté de demander à Kit s'il pouvait le faire pénétrer dans le laboratoire du niveau 4 à Oxenford Medical.

Deux autres personnes assistaient à la conversation : Daisy – musclée, vingt-cinq ans environ, nez cassé, peau grise, anneau sur la lèvre inférieure et mains gantées de cuir – et Elton, un beau Noir de l'âge de Daisy, apparemment un acolyte de Nigel.

Kit était si soulagé de ne pas se faire tabasser qu'il aurait dit oui à n'importe quoi. De toute façon, Nigel lui offrit trois cent mille livres pour une soirée de travail et résolvait d'un coup tous ses problèmes : il réglerait ses dettes, s'établirait à Lucques et réaliserait son rêve. Il débordait de joie.

Plus tard, Harry lui avait parlé de Nigel en termes respectueux : cambrioleur professionnel, celui-ci ne volait que sur commande et selon un prix fixé d'avance.

— C'est le meilleur, avait dit Harry. Tu cherches une toile de Michel-Ange ? Pas de problème. Une tête nucléaire ? Il te la trouvera – si tu en as les moyens. Tu te rappelles Shergar, le cheval de course qui avait été enlevé ? C'était Nigel. Il vit au Liechtenstein.

Comme si, à ses yeux, ce petit État était un lieu de résidence plus exotique que la planète Mars.

Kit avait passé les trois semaines suivantes à préparer le vol du médicament antiviral. Une bouffée de remords l'assaillait, mais la satisfaction de la vengeance l'emportait le plus souvent. En outre ce serait un sale coup pour Toni Gallo.

Nigel avait méticuleusement passé en revue tous les détails avec lui et consultait Elton à propos de l'équipement, notamment des voitures. Ce précieux expert en technique semblait avoir déjà travaillé avec Nigel. Daisy participerait à l'expédition, officiellement à titre de renfort mais en réalité – du moins Kit le soupçonnait-il – pour lui rafler, aussitôt versées, les deux cent cinquante mille livres.

Kit avait suggéré, pour les retrouver, un terrain d'aviation désaffecté près du Kremlin. « Super, avait commenté Elton consulté du regard par Nigel. L'acheteur viendra certainement en avion, on s'y rencontrera », avait-il ajouté.

Au bout du compte, Nigel avait trouvé le plan brillant ; Kit en avait rougi de plaisir. Mais aujourd'hui où il devait annoncer à Harry l'annulation de l'opération, il se sentait misérable et terrifié.

Harry le fit enfin appeler. Le garde du corps le conduisit derrière la maison jusqu'au pavillon de la piscine, construit comme une orangerie de la Belle

Époque, avec des tuiles vitrifiées dans des tons sombres, alors que la piscine était d'un vert foncé déplaisant. Un décorateur d'intérieur a dû proposer ces couleurs, se dit Kit, et Harry a dû accepter sans même les regarder.

Harry avait cinquante ans et le teint grisâtre des fumeurs invétérés. Ses formes trapues drapées dans un peignoir de bain violet, il buvait du café noir dans une petite tasse en porcelaine tout en lisant les horoscopes du *Sun*. Daisy faisait des longueurs, avec pour seul vêtement des gants de plongée – elle portait toujours des gants.

— Je n'ai pas besoin de te voir, mon garçon, débita Harry, je ne veux pas te voir. Je ne sais rien de toi ni de ce que tu fais ce soir. Et je n'ai jamais rencontré aucun Nigel Buchanan. Tu piges ? conclut-il, sans même offrir à Kit une tasse de café.

Kit, qui arborait son plus beau costume, celui en mohair bleu uni, et une chemise blanche au col ouvert, se sentait mal dans cette atmosphère moite. Il comprit qu'il avait enfreint Dieu sait quel principe de l'étiquette criminelle en contactant Harry le jour du cambriolage, mais il n'avait pas le choix.

— Il faut que je vous parle, s'obstina-t-il. Vous n'avez pas vu les nouvelles ?

— Et alors ?

Kit réprima son agacement : inutile d'attendre que cette engeance avoue ignorer une actualité, si banale fût-elle.

— C'est l'affolement à Oxenford Medical, annonça-t-il. Un technicien est mort d'un virus.

— Qu'est-ce que tu veux que je fasse, que j'envoie des fleurs ?

— Ce cambriolage déjà difficile à cause du système

d'alarme ultraperfectionné devient impossible avec une sécurité renforcée. De plus la femme qui en est chargée est une vraie terreur.

— Et toi, une vraie poule mouillée !

— Il va falloir annuler, déclara-t-il en s'appuyant aussi confortablement que possible au dossier d'un fauteuil.

Harry ne lui avait pas proposé de s'asseoir.

— Laisse-moi t'expliquer une chose, fit Harry en allumant une cigarette avec un briquet en or. (Une quinte de toux le secoua et l'obligea à cracher – dans la piscine. Puis il but une gorgée de café avant de reprendre) : Premièrement, je me suis engagé ; toi qui es si bien élevé, tu devrais savoir que quand un homme annonce quelque chose qui ne se produit pas, il passe pour un branleur.

— Oui, mais...

— Ne t'avise pas de m'interrompre.

Kit se tut.

— Deuxièmement, Nigel Buchanan n'est pas un collégien camé qui s'apprête à cambrioler un supermarché sur Goven Cross, mais une légende vivante qui compte parmi ses relations londoniennes des gens extrêmement respectables. Quand tu traites avec ces pointures, raison de plus pour ne pas passer pour un branleur. (Il marqua une pause, comme pour mettre Kit au défi de protester mais celui-ci ne dit rien : il était prisonnier d'une meute de loups et maintenant il attendait, pétrifié, d'être mis en pièces). Et troisièmement tu me dois un quart de million de livres. Ceux qui m'ont dû autant d'argent aussi longtemps ne se déplacent plus maintenant qu'avec des béquilles. Je pense que je me fais bien comprendre.

Kit acquiesça sans mot dire ; la terreur lui donnait la nausée.

— Alors ne me raconte pas qu'il va falloir annuler, conclut Harry en reprenant le *Sun* comme si la conversation était terminée.

Kit se força à poursuivre.

— J'ai dit de remettre à plus tard, pas d'annuler, parvint-il à articuler. Un autre jour, quand tout ce tintouin se sera calmé.

— À 10 heures le matin de Noël, voilà ce que Nigel a dit, fit Harry sans même lever les yeux. Et je veux mon fric.

— Ça ne rime à rien de s'obstiner puisqu'on se fera prendre ! lança Kit désespéré. (Harry ne réagit pas.) Tout le monde peut attendre un peu, non ? (Autant parler à un mur.) Mieux vaut tard que jamais.

Harry jeta un coup d'œil vers la piscine et fit un geste. Daisy, qui devait les surveiller du coin de l'œil, se hissa aussitôt hors de l'eau, en gardant ses gants. Ses épaules et ses bras étaient robustes, mais ses seins, peu développés, bougeaient à peine quand elle marchait ; l'un était tatoué et l'autre agrémenté d'un anneau de piercing. Quand elle fut plus proche, Kit constata qu'elle était entièrement rasée et qu'elle avait le ventre plat, des cuisses maigres et un pubis proéminent. Son père pouvait lui aussi voir le moindre détail de son anatomie. L'ambiance parut très bizarre à Kit.

— Kit veut nous faire attendre, Daisy, expliqua-t-il en se levant et en resserrant la ceinture de son peignoir. Explique-lui ce que nous en pensons... Moi, je suis trop fatigué.

Il fourra le journal sous son bras et s'éloigna.

Daisy empoigna Kit par les revers de son plus beau costume.

— Écoutez, supplia-t-il, je veux simplement nous éviter à tous un désastre.

Daisy, sans tenir compte de ses supplications, le secoua puis le rattrapa avant qu'il ne tombe par terre, mais pour le jeter dans la piscine.

Il s'estima heureux, pensant s'en tirer avec un costume fichu ; mais quand il refit surface, elle sauta sur lui, frappant son dos à coups de genou. Il poussa un cri et but la tasse.

Ses pieds touchèrent le fond du petit bain. Il s'efforça de se remettre debout, mais Daisy lui coinçait la tête sous son bras et la maintint sous l'eau.

Il retint son souffle pour recevoir le coup suivant. Comme elle ne bougeait pas et qu'il avait besoin de respirer, il se débattit pour essayer de se libérer ; en vain.

Il luttait contre la panique et l'envie d'ouvrir la bouche. Il comprit que Daisy l'immobilisait de son bras gauche, un genou posé sur le fond et la tête dépassant juste de la surface. Il laissa ses pieds retomber. Si elle crut qu'il avait perdu connaissance, elle ne desserra pas pour autant son étreinte. Prenant solidement appui sur ses pieds, il rassembla toutes ses forces pour échapper brusquement à l'étreinte de Daisy. Elle bougea à peine et se contenta de serrer plus fort, lui coinçant le crâne comme dans une tenaille.

Il ouvrit les yeux et vit contre sa joue les côtes saillantes. Il tourna la tête de quelques centimètres et la mordit. Elle tressaillit et son étreinte faiblit légèrement. Il serra davantage les mâchoires, mais des doigts gantés s'enfoncèrent dans ses yeux. Il eut alors le réflexe de s'écarter et machinalement desserra les dents qui lâchèrent prise.

La panique l'envahissait. Incapable de retenir plus longtemps son souffle, privé d'oxygène, il se mit à suffoquer ; l'eau se précipita dans ses poumons, il toussa et vomit en même temps. Chaque nouveau spasme apportait encore un peu plus d'eau dans sa gorge. Il se rendit compte qu'il n'allait pas tarder à mourir.

Là-dessus, elle parut céder, lui mit la tête hors de l'eau. Il aspira goulûment une bouffée d'air salvatrice et recracha un jet d'eau. Puis, sans lui laisser le temps d'une nouvelle inspiration, elle lui replongea la tête sous l'eau et, au lieu d'air, il inhala de l'eau.

Ses forces décuplées par la terreur obligeaient Daisy à se cramponner pour le maintenir et il n'arrivait pas à relever la tête. Il n'essaya plus de garder la bouche fermée et laissa l'eau envahir ses poumons. Plus tôt il se noierait, plus tôt cette agonie prendrait fin.

Daisy lui accorda une autre précieuse goulée d'air avant de lui replonger la tête dans la piscine.

Il se mit à hurler, pourtant aucun son ne sortait de sa bouche. Il se débattait encore, mais plus faiblement. Harry n'avait pas demandé à Daisy de le tuer puisqu'il comptait sur lui pour le cambriolage : elle n'avait probablement pas toute sa tête et il semblait bien qu'elle allait pousser les choses trop loin. Il pensa à la mort, ouvrit les yeux sur un brouillard verdâtre, puis sa vision commença à s'assombrir comme si la nuit tombait.

Il perdit connaissance.

10 h 00

La Toyota pilotée par Miranda emmenait Ned, qui ne savait pas conduire, et Tom qui jouait assis à l'arrière avec sa Game Boy. La banquette était repliée pour faire plus de place aux cadeaux enveloppés de papier rouge et or et enrubannés de vert.

La neige avait commencé à tomber sur la terrasse de son appartement au dix-huitième étage, Great Western Road, juste avant leur départ. La météo annonçait une tempête sur la mer, au nord, qui éviterait l'Écosse.

Rouler avec les deux hommes de sa vie vers la maison paternelle pour y passer Noël en famille lui rappelait son impatience, à l'approche des vacances universitaires, de retrouver la cuisine familiale, des salles de bains impeccables, des draps repassés et cette impression d'être aimée et chouchoutée.

Elle se dirigea d'abord vers la banlieue où vivait l'ex-femme de Ned pour y prendre sa fille, Sophie.

La console de Tom jouait une mélodie en mineur, pour indiquer sans doute qu'il avait mis son vaisseau spatial en vrille ou qu'il avait été décapité par un gladiateur.

— J'ai vu dans un magazine, soupira-t-il, une

publicité pour des écrans vraiment super qu'on fixe derrière les appuis-tête et qui permettent aux gens assis à l'arrière de regarder des films et tout ça.

— Un accessoire tout à fait indispensable, renchérit Ned avec un sourire.

— Cher probablement, intervint Miranda.

— Pas tant que ça, rétorqua Tom.

— Combien ? demanda Miranda en regardant dans le rétroviseur.

— Je ne sais pas au juste, mais il n'avait pas l'air cher, tu vois ce que je veux dire ?

— Renseigne-toi sur le prix et nous verrons si nous pouvons nous le permettre.

— D'accord, c'est top ! Et si c'est trop cher pour toi, je demanderai à grand-père.

Miranda sourit.

— De bonne humeur, grand-papa vous donnerait la lune.

Miranda avait espéré que Tom hériterait le génie scientifique de son grand-père. Il travaillait bien à l'école mais sans être un élève extraordinaire. D'ailleurs, en quoi consistait exactement le talent de son père ? Ce brillant microbiologiste avait quelque chose de plus : la vision de l'orientation à donner au progrès et les qualités d'un meneur capable d'insuffler l'esprit d'équipe à des savants. Comment repérer ce genre de don chez un garçon de onze ans ? Pour l'instant, rien ne le passionnait plus que sa nouvelle console de jeux.

Elle alluma la radio. Un chœur entonnait un chant de Noël.

— Si j'entends encore une fois *Mon beau sapin*, je me suicide en m'empalant sur un arbre de Noël, annonça Ned.

Miranda changea de fréquence et tomba sur John Lennon chantant *War is Over*.

— Tu sais, gémit Ned, que Radio Satan joue à longueur d'année de la musique de Noël ? C'est bien connu.

— Ça te va ? s'esclaffa Miranda qui avait fini par trouver une station de musique classique proposant un trio avec piano.

— Haydn... parfait.

Ned se montrait intraitable à propos de la culture pop : cela faisait partie de son numéro d'intellectuel comme de ne pas savoir conduire. Cela ne gênait pas Miranda qui détestait elle aussi la musique pop, les feuilletons télévisés et les mauvaises reproductions de toiles célèbres. Pourtant elle aimait bien les chants de Noël.

Elle tolérait affectueusement les manies de Ned, mais sa conversation matinale avec Olga la tracassait. Ned ? Un faible ? C'est vrai, elle aurait apprécié un peu plus d'autorité chez lui, pas autant cependant que chez son mari Jasper qui, au lit, se conduisait égoïstement, la prenant brutalement en ne pensant qu'à son plaisir à lui. Miranda, à sa grande honte, s'était sentie libérée et avait apprécié cela jusqu'à ce que son excitation s'émousse à force de constater qu'il ne se préoccupait jamais des autres. Malgré tout, il lui fallait admettre qu'elle aurait bien voulu que Ned se comportât ainsi de temps à autre.

Ses pensées revinrent à Kit : elle s'était donné beaucoup de mal pour le convaincre de passer Noël en famille, sa défection la décevait énormément. Il avait commencé par refuser, puis il avait cédé ; son dernier revirement ne la surprenait donc guère. Elle aurait tant aimé les rassembler tous comme lors de la plupart des Noëls du vivant de leur mère. La rupture entre son père et Kit lui faisait peur. Survenant si vite après la mort de Mamma Marta, elle fragilisait dangereusement la famille. Quelles certitudes conserverait-elle si ce bastion vacillait ?

Elle s'engagea dans une rue bordée de vieux pavillons ouvriers et s'arrêta devant une maison plus grande – qui aurait pu loger un contremaître –, celle où Ned avait vécu avec Jennifer jusqu'à leur rupture, deux ans auparavant. Ils l'avaient modernisée à grands frais et Ned croulait encore sous les traites. Chaque fois que Miranda passait par là, elle se fâchait au souvenir de la pension que Ned versait à Jennifer.

Miranda serra le frein à main mais ne coupa pas le contact. Elle resta dans la voiture avec Tom pendant que Ned se dirigeait vers le pavillon. Miranda n'y entrait pas car, bien que Ned ait quitté le domicile conjugal avant de la rencontrer, Jennifer se montrait aussi hostile que si Miranda avait été responsable de leur rupture. Elle évitait de la rencontrer, lui parlait sèchement au téléphone et – à en croire les indiscrétions de Sophie – la qualifiait de « grosse poufiasse ». Jennifer était maigre comme un clou, et son nez, qui ressemblait vraiment à un bec d'aigle, méritait le qualificatif d'aquilin.

Sophie, en jean et pull révélant son nombril, ouvrit à Ned qui l'embrassa et entra.

Dans la voiture, la radio jouait une danse hongroise de Dvorak ; de l'arrière arrivaient les bips irréguliers de la Game Boy de Tom. Des flocons de neige tourbillonnaient autour de la voiture et Miranda augmenta le chauffage. Ned sortit alors de la maison, l'air contrarié.

— Jennifer est sortie, annonça-t-il. Sophie n'a même pas commencé à se préparer. Veux-tu venir l'aider à faire sa valise ?

— Oh ! Ned, hésita Miranda, c'est délicat.

Elle était mal à l'aise à l'idée d'entrer en l'absence de Jennifer, mais Ned paraissait préoccupé.

— À vrai dire, insista Ned, je ne sais pas bien ce dont la petite a besoin.

Miranda le croyait sans difficulté : Ned considérait déjà comme un défi de faire sa propre valise. Il ne s'en était jamais chargé quand il vivait avec Jennifer. Pour leurs premières vacances ensemble – à Florence – elle avait, par principe, refusé de s'en occuper ; il avait bien été obligé d'apprendre. Toutefois, pour les voyages suivants – un week-end à Londres, quatre jours à Vienne –, elle avait vérifié ses bagages et constaté qu'il avait chaque fois oublié quelque chose d'important. A fortiori, faire la valise de quelqu'un d'autre dépassait ses possibilités.

Elle poussa un soupir et arrêta le moteur.

— Tom, il va falloir que tu viennes aussi.

La maison est joliment décorée, apprécia Miranda en pénétrant dans le vestibule. Jennifer a l'œil. Telle une bonne bourgeoise du siècle dernier, elle avait associé avec goût meubles rustiques et tissus de couleurs vives.

Il y avait des cartes de Noël sur la cheminée, mais pas d'arbre.

Imaginer Ned vivant dans ce décor la troublait. Le soir il rentrait alors dans cette maison comme il le faisait maintenant dans l'appartement de Miranda : il écoutait les nouvelles, dînait, lisait des romans russes et se brossait machinalement les dents avant d'aller se coucher et tenir une autre femme dans ses bras.

Sophie, vautrée sur un canapé, regardait la télévision ; son nombril était orné d'un bijou de pacotille. Ça sentait la cigarette.

— Sophie, mon chou, Miranda va t'aider à te préparer, tu es d'accord ?

L'accent suppliant de Ned fit grincer des dents Miranda.

— Je regarde un film, bougonna Sophie.

Miranda savait que Sophie réagirait à la fermeté, pas aux supplications. Elle saisit la télécommande et éteignit la télévision.

— Montre-moi ta chambre, je te prie, Sophie, dit-elle d'un ton décidé. (Sophie ne semblait pas d'humeur à obéir.) Dépêche-toi, nous n'avons pas beaucoup de temps.

Sophie se leva à contrecœur et se dirigea à pas lents vers une chambre en désordre, décorée de posters de garçons bizarrement coiffés et affublés de jeans ridiculement larges.

— Nous passons cinq jours à Steepfall, alors, pour commencer, il te faut cinq culottes.

— Je n'en ai pas cinq propres.

Miranda n'en croyait pas un mot mais elle reprit :

— Alors, nous prendrons ce que tu as ; tu feras un peu de lessive. (Sophie restait plantée au milieu de la pièce, son joli visage transformé par la rébellion.) Je n'ai pas l'intention de te servir de femme de chambre. Donne-moi quelques culottes, décréta Miranda en regardant Sophie dans les yeux.

Incapable de soutenir son regard, Sophie baissa les yeux, tourna la tête et ouvrit le premier tiroir d'une commode bourré de sous-vêtements.

— Prends cinq soutiens-gorge, poursuivit Miranda.

Sophie commençant à s'exécuter, Miranda passa à la penderie.

— Tu auras besoin de deux ou trois robes pour le soir, fit-elle en décrochant une robe rouge avec de fines bretelles bien trop sexy pour une gamine de quatorze ans. Elle est jolie, mentit-elle.

Sophie se dégela un peu.

— Elle est neuve.

— Il va falloir l'envelopper dans du papier de soie sinon elle se froissera. Où y en a-t-il ?

— Dans le tiroir de la cuisine, je pense.

— Je vais le chercher pendant que tu déniches deux jeans propres.

Miranda descendit, contente d'avoir trouvé avec Sophie le juste milieu entre bienveillance et autorité.

— Ned, sais-tu où est rangé le papier de soie ? cria-t-elle de la cuisine à Ned qui regardait la télé avec Tom.

— Désolé, je ne sais pas.

— M'aurait étonnée, maugréa Miranda en ouvrant les tiroirs.

Ce qu'elle cherchait se trouvait tout au fond du placard à couture sous une boîte de rubans, ce qui l'obligea à s'agenouiller sur le carrelage. Elle sentit son visage se congestionner. C'est ridicule, se dit-elle. Je n'ai que trente-cinq ans, je devrais être capable de me pencher sans effort. Il faut que je perde cinq kilos, donc privée de pommes sautées avec la dinde de Noël.

Lorsqu'elle mit la main sur le papier de soie, elle entendit soudain la porte de derrière s'ouvrir et des talons résonner sur le carrelage : Jennifer était rentrée.

— Qu'est-ce que vous foutez là ? s'écria-t-elle.

Malgré sa petite taille, elle réussissait à impressionner grâce à son front haut et à son nez busqué.

Elle était vêtue avec élégance : manteau évasé et escarpins à talons hauts.

Miranda se releva, un peu essoufflée et surtout extrêmement mortifiée de sentir une goutte de sueur perler sur sa gorge.

— Je cherchais du papier de soie.

— Ça, je le vois. J'aimerais que vous m'expliquiez la raison de votre présence chez moi.

— Bonjour, Jenny, fit Ned apparaissant sur le seuil, je ne t'avais pas entendue rentrer.

— Manifestement, je ne t'ai pas donné le temps de sonner l'alarme, lança-t-elle d'un ton sarcastique.

— Je te demande pardon, j'ai demandé à Miranda d'entrer..., bredouilla-t-il.

— Eh bien, tu as eu tort ! l'interrompit Jennifer. Je ne veux pas de tes femmes ici.

L'idée que Ned entretenait un harem était fausse : depuis sa rupture avec Jennifer, il avait vu une première femme une fois, la seconde, c'était Miranda. Se justifier aurait semblé puéril, aussi Miranda coupa-t-elle court en déclarant :

— J'essayais juste d'aider Sophie.

— Je n'ai pas besoin de vous pour élever Sophie. Veuillez sortir de chez moi.

— Jenny, fit Ned, je suis désolé si nous t'avons surprise, mais...

— Ne te donne pas le mal de t'excuser, flanque-la-moi dehors.

Miranda rougit violemment : personne n'avait jamais été aussi grossier avec elle.

— Je ferais mieux de partir, déclara-t-elle.

— En effet, appuya Jennifer.

— Je me dépêche, assura Ned en s'adressant à Miranda.

Miranda en voulait autant à Ned qu'à Jennifer même si pour l'instant elle ne savait pas très bien pourquoi. Elle se dirigea vers le vestibule.

— Vous pouvez sortir par-derrière, lança Jennifer.

À sa grande honte, Miranda hésita. Elle regarda Jennifer et discerna sur son visage une esquisse de ricanement qui lui donna du courage.

— Je ne crois pas, déclara-t-elle calmement en continuant vers la porte d'entrée. Tom, viens !

— Une seconde, cria-t-il. (Elle entra dans le salon, lui saisit le poignet et le traîna dehors.) Ça fait mal ! protesta-t-il.

— La prochaine fois, fit-elle en claquant la porte, viens dès que je t'appelle.

Devoir attendre dans la voiture comme une domestique que Ned quitte la maison de son ex-femme lui donnait envie de pleurer. Jennifer avait-elle combiné cette scène pour humilier Miranda ? C'était bien possible. Ned en tout cas avait été désespérant et elle lui en voulait non seulement d'avoir laissé Jennifer l'insulter sans protester mais aussi de lui avoir présenté des excuses. En quel honneur ? Si Jennifer avait préparé la valise de sa fille ou forcé celle-ci à le faire elle-même, Miranda n'aurait pas eu à entrer dans la maison et, surtout, elle n'aurait pas passé sa colère sur son fils. C'était Jennifer qui méritait sa colère, pas Tom.

Elle le regarda dans le rétroviseur.

— Tommy, pardon de t'avoir fait mal.

— Ça n'est pas grave, répondit-il sans lever le nez de sa Game Boy. Pardon de ne pas être venu quand tu m'as appelé.

— Alors, conclut-elle, tout est pardonné.

Elle essuya précipitamment une larme sur sa joue.

11 h 00

— Chaque jour, exposait Stanley Oxenford, des milliers de personnes sont victimes d'un virus. À peu près tous les dix ans, une épidémie de grippe sévit dans le Royaume-Uni et y cause environ cinq mille décès. En 1918, elle a tué à elle seule plus que l'ensemble de la Première Guerre mondiale. En 2002, trois millions de personnes sont mortes à cause du sida. Le responsable ? Le virus VIH. Et n'oublions pas que les virus sont également à l'origine de dix pour cent des cancers.

Toni, assise auprès de lui dans le décor faussement médiéval du grand hall, écoutait attentivement. Le débit était calme, mais Toni connaissait assez bien Stanley pour percevoir dans sa voix un frémissement à peine audible. La menace de Lawrence Mahoney l'avait secoué et son apparence imperturbable cachait tout juste la crainte de la faillite.

Elle observa les visages en face d'eux. Les journalistes saisissaient-ils toute l'importance de ses travaux ? Parmi eux, certains faisaient preuve d'intelligence et croyaient en la nécessité de dire la vérité, mais les autres, beaucoup trop hélas ! ne rêvaient que d'écrire l'article le plus sensationnel. Que de tels individus puissent tenir entre leurs mains le sort de Stanley la révoltait. La puissance de la presse à scandales était une réalité brutale de la vie moderne. Qu'un nombre non négligeable de ces plumitifs décrivent Stanley comme un savant fou dans un château à la Frankenstein, et les Américains seront suffisamment embarrassés pour cesser de financer ses recherches.

La tragédie frapperait non seulement Stanley, mais surtout l'humanité entière. Certes, le programme d'expérimentation de l'antiviral serait repris et mené par une autre équipe, mais un Stanley acculé à la faillite n'inventerait plus rien. « Réveillez-vous, crétins de journalistes, il s'agit de *votre* avenir aussi ! » fulminait Toni en elle-même.

— Les virus font partie de la vie, mais rien ne nous oblige à les accepter passivement, déclarait Stanley. (Il continuait de s'exprimer posément, du ton qu'il prenait avec des collègues plus jeunes. Toni admirait cette façon d'avoir transformé un discours en conversation.) Les savants savent vaincre les virus. Jusqu'à celui du sida, le plus grand tueur était celui de la variole ; mais en 1796 fut inventée la vaccination par un certain Edward Jenner, un savant, et, aujourd'hui, la variole a disparu. De même la polio a été éradiquée de nombreux pays. Avec le temps, nous vaincrons la grippe, le sida et même le cancer – et ces victoires seront obtenues par des savants comme nous, travaillant dans des laboratoires tels que celui-ci.

Une femme leva la main et demanda :

— Sur quoi travaillez-vous ici... exactement ?

— Voudriez-vous vous identifier ? intervint Toni.

— Edie McAllan, correspondant scientifique de *Scotland on Sunday*.

Cynthia Creighton, assise à la gauche de Stanley, prit note.

— Nous avons développé un médicament contre les virus – un antiviral –, répondit Stanley. C'est rare. Nombreux sont les antibiotiques qui tuent les bactéries, mais rares ceux qui attaquent les virus.

— Quelle est la différence ? fit un homme qui ajouta : Clive Brown, du *Daily Record*.

Toni n'était pas mécontente de la direction que prenaient les questions : si le *Record*, une feuille à scandales, se concentrait sur des faits scientifiques, les journalistes allaient peut-être comprendre, ce qui diminuait le risque de publier des foutaises préjudiciables.

— Les bactéries, ou les germes, expliqua Stanley, sont des êtres vivants minuscules, visibles cependant avec un microscope optique. Chacun de nous en abrite des milliards ; certaines sont utiles car elles contribuent par exemple à la digestion ou elles débarrassent notre peau des cellules mortes. D'autres provoquent des maladies qu'on peut traiter avec des antibiotiques. Les virus, plus petits et plus simples que les bactéries, ne sont visibles qu'au microscope électronique. Comme ils ne peuvent se reproduire seuls, ils s'emparent du mécanisme d'une cellule vivante et la forcent à produire des copies. On ne connaît jusqu'à présent aucun virus utile à l'être humain. Nous ne disposons que d'un arsenal très limité pour les combattre, c'est pourquoi l'apparition d'un nouvel antiviral représente une merveilleuse nouvelle pour l'humanité.

— Contre quel virus en particulier, demanda Edie McAllan, votre médicament est-il efficace ?

Encore une question scientifique. Toni commença à croire que cette conférence de presse allait avoir les résultats que Stanley et elle espéraient. Elle se contraignit pourtant à modérer son optimisme : son expérience au service de presse de la police lui avait enseigné que des questions sérieuses et intelligentes débouchaient parfois sur des articles complètement ineptes, ou qu'un papier sensé pouvait être réécrit par un abruti.

— C'est précisément la question à laquelle nous nous efforçons de répondre, expliqua Stanley. Nous expérimentons le médicament sur une collection de virus afin de déterminer sa portée.

— Cette collection inclut-elle des virus dangereux ? demanda Clive Brown.

— Bien sûr, répondit Stanley. Lutter contre des virus inoffensifs n'intéresse personne.

Ce qui n'était qu'une réponse spirituelle à une question stupide déclencha des rires dans le public. Brown parut se vexer et Toni sentit son cœur se serrer : un journaliste humilié ne reculait devant rien pour se venger. Elle s'empressa donc d'intervenir.

— Merci de votre question, Clive, dit-elle pour l'amadouer. Ici, à Oxenford Medical, nous imposons des mesures de sécurité particulièrement strictes dans les laboratoires où sont manipulées des préparations particulières. Au BRN-4 – c'est-à-dire biorisque de niveau 4 –, le système d'alarme est directement relié à la direction de la police d'Inverburn. Des gardes de sécurité sont mobilisés vingt-quatre heures sur vingt-quatre et ce matin nous en avons doublé le nombre. À titre de précaution supplémentaire, ce personnel-là n'a pas accès au BRN-4 qui est surveillé par un réseau de télévisions en circuit fermé.

Mais Brown n'était pas calmé.

— Si votre sécurité est sans faille, comment se fait-il que le hamster soit sorti ?

Toni avait préparé sa réponse.

— Laissez-moi préciser trois points : premièrement, il ne s'agissait pas d'un hamster. Vous tenez cette information inexacte de la police. (Elle avait délibérément donné à Frank un renseignement erroné et il était tombé dans le piège. Il s'était trahi lui-même et se désignait comme étant à l'origine de la fuite.) Fiez-vous à nous en ce qui concerne les faits qui se déroulent ici. Donc c'était un lapin et il ne s'appelait pas Peluche. (Cette remarque fit rire tout le monde et Brown laissa échapper un sourire.) Deuxièmement, le lapin a été sorti en cachette du laboratoire dans un sac. Nous avons fouillé tous les sacs à l'entrée du BRN-4 afin que cela ne se reproduise pas. Troisièmement, je n'ai pas parlé de sécurité parfaite, mais d'exigences les plus strictes. C'est le maximum de ce que peuvent faire des êtres humains.

— Vous reconnaissez donc que votre laboratoire est un danger pour la population écossaise.

— Absolument pas. Vous êtes plus en sécurité ici que vous ne le seriez à filer sur l'autoroute M8 ou à prendre un vol au départ de Prestwick. Des virus tuent chaque jour, mais jamais personne n'est mort à cause d'un virus provenant de notre labo. La seule victime n'était pas un membre quelconque de la population, mais un employé qui a délibérément enfreint le règlement et s'est mis en danger en pleine connaissance de cause.

Tout bien considéré, cela ne se passe pas trop mal, songeait-elle en attendant la question suivante. Les caméras de télévision tournaient, les flashes jaillissaient et Stanley ressemblait bien à un savant brillant ayant le sens de ses responsabilités. Mais elle craignait que les chaînes de télévision ne jettent au panier la séquence peu spectaculaire de la conférence de presse et ne diffusent plutôt des images des jeunes massés derrière les grilles et scandant des slogans sur les droits de l'animal. Elle aurait voulu trouver quelque chose de plus intéressant pour attirer l'attention des cameramen.

Là-dessus, Carl Osborne, l'ami de Frank, intervint pour la première fois. Il avait à peu près le même âge que Toni, un physique de vedette de cinéma, et des cheveux un rien trop blonds pour qu'ils fussent naturels.

— Quel danger ce lapin fait-il courir au public ?

— Le virus, répondit Stanley, n'est guère contagieux d'une espèce à l'autre. Pour contaminer Michael, nous pensons que le lapin a dû le mordre.

— Et si le lapin s'était échappé ?

Stanley regarda par la fenêtre : il tombait quelques flocons de neige.

— Il serait mort de froid.

— Supposez qu'il ait été dévoré par un autre animal, un renard, par exemple. Aurait-il pu être contaminé ?

— Non. Les virus sont adaptés à un petit nombre d'espèces, en général une seule, parfois deux ou trois. À notre connaissance, celui-ci ne contamine pas les renards ni aucune autre forme de vie sauvage en Écosse. Il ne s'attaque qu'aux humains, aux singes macaques et à certains types de lapins.

— Mais Michael aurait pu transmettre le virus à d'autres personnes.

— En éternuant, oui. C'est la possibilité qui nous a le plus inquiétés. Toutefois, Michael ne semble pas avoir vu qui que ce soit durant la période critique. Et nous avons déjà contacté ses collègues et ses amis. Néanmoins, nous vous serions reconnaissants de bien vouloir utiliser vos journaux et vos programmes de télévision pour lancer un appel : que tous ceux qui ont eu l'occasion de le voir nous contactent sans délai.

— Nous ne cherchons pas à minimiser l'affaire, s'empressa d'ajouter Toni. Comme je l'ai déjà expliqué, nous sommes extrêmement préoccupés par cet incident et nous avons déjà renforcé les mesures de sécurité. Mais, en même temps, nous devons veiller à ne pas exagérer les choses. (Demander à des journalistes de ne pas en rajouter, se dit-elle amèrement, c'est un peu comme conseiller à des avocats de ne pas se montrer d'humeur querelleuse.) La vérité est que le public n'a couru aucun danger.

Mais Osborne n'en avait pas terminé.

— Imaginez que Michael Ross ait contaminé un ami qui, à son tour, aurait contaminé quelqu'un d'autre... Combien de victimes potentielles ?

— Nous ne pouvons pas tomber dans ce genre de folle hypothèse, répliqua aussitôt Toni. Le virus ne s'est pas répandu. Une seule personne est morte. Une de trop, certes, mais ce n'est pas une raison pour commencer à parler des quatre cavaliers de l'Apocalypse.

Elle se mordit aussitôt la langue, elle avait été stupide : quelqu'un ne manquerait pas de citer cette phrase hors de son contexte, ce qui donnerait l'impression qu'elle avait prévu le Jugement dernier.

— J'ai cru comprendre, reprit Osborne, que vos recherches sont financées par l'armée américaine.

— Par le département de la Défense, en effet,

confirma Stanley, qui s'intéresse aux moyens de lutter contre la guerre bactériologique.

— Est-il vrai que les Américains ont choisi l'Écosse parce qu'ils estimaient ces recherches trop dangereuses pour être effectuées aux États-Unis ?

— Au contraire, une part importante de ces travaux se poursuit aux États-Unis au Centre de contrôle des maladies d'Atlanta, en Géorgie et à l'Institut des recherches médicales pour les maladies contagieuses de l'armée américaine à Fort Detrick.

— Alors pourquoi l'Écosse ?

— Parce que c'est ici, à Oxenford Medical, que le médicament a été inventé.

Toni décida de mettre un terme à la conférence de presse sur ce coup gagnant.

— Il ne s'agit pas de couper court aux questions, mais certains d'entre vous bouclent en milieu de journée, fit-elle remarquer. Chacun est maintenant en possession d'un dossier d'information. Cynthia, ici présente, tient à votre disposition des exemplaires supplémentaires, le cas échéant.

— Encore une question, dit Clive Brown du *Record*. Comment réagissez-vous à la manifestation qui se déroule dehors ?

Toni se rendit compte soudain qu'elle avait oublié de donner quelque chose en pâture aux caméras.

— Les manifestants proposent une réponse simple à une question éthique complexe et, comme la plupart des réponses simples, celle-là est erronée. (Toni avait raison, mais pour ne pas paraître un peu trop abrupte, elle ajouta :) Nous espérons seulement qu'ils n'auront pas pris froid.

Toni profita des rires du public pour se lever, indiquant par là que la conférence était terminée. Là-dessus, une inspiration lui vint. Elle fit signe à Cynthia Creighton et, discrètement mais de façon pressante, lui murmura :

— Descendez vite à la cantine et demandez à deux ou trois employés du réfectoire d'apporter aux manifestants du café et du thé brûlants.

— Quelle généreuse idée ! approuva Cynthia.

Il ne s'agissait pas de générosité mais de cynisme. Elle expliquerait cela plus tard.

— Allez, allez ! Dans les deux minutes qui viennent !

Cynthia sortit précipitamment et Toni se tourna vers Stanley pour le féliciter.

— Bien joué. Vous avez mené cela à merveille.

Il prit dans la poche de son veston un mouchoir à pois rouges et s'épongea discrètement le front.

— J'espère que ça a marché.

— Nous le saurons en regardant le journal télévisé de 13 heures. Mais vous devriez vous éclipser maintenant, sinon ils vont tous essayer de vous coincer pour obtenir une interview exclusive.

Elle le sentait sous pression et voulait le protéger.

— Vous avez raison. De toute façon, il faut que je rentre. (Il habitait une ferme sur une falaise, à huit kilomètres du labo.) J'aimerais être là-bas pour accueillir ma famille.

Elle était déçue. Elle s'attendait à faire avec lui le bilan de la conférence de presse.

— D'accord, fit-elle. Je vais surveiller les réactions.

— En tout cas personne ne m'a posé la question que je redoutais le plus.

— Laquelle ?

— Le taux de survie dans les cas de contamination par Madoba-2.

— Qu'est-ce que cela veut dire ?

— Si redoutable que soit une infection, d'ordinaire quelques individus s'en tirent. Le taux de survie permet de mesurer la dangerosité de la maladie.

— Et quel est-il pour Madoba-2 ?

— Zéro, lâcha Stanley.

Toni le dévisagea, heureuse de ne pas l'avoir su plus tôt.

— Tiens, fit-il en regardant derrière elle, voilà Osborne.

— Je vais le cueillir au passage. (Elle s'avança pour intercepter le journaliste pendant que Stanley sortait par une porte de côté.) Bonjour, Carl. J'espère que vous avez obtenu tout ce dont vous aviez besoin ?

— Je crois que oui. Je me demandais seulement quel avait été le premier succès de Stanley.

— Il faisait partie de l'équipe qui a mis au point l'Acyclovir.

— Qu'est-ce que c'est ?

— La pommade contre les gelures, le Zovirax. C'est un antiviral.

— Vraiment ? C'est intéressant.

Toni ne le crut pas et se demanda où il voulait en venir.

— Pouvons-nous compter sur vous, dit-elle, pour faire un reportage judicieux qui reflète la réalité sans exagérer le danger ?

— Autrement dit, vous cherchez à savoir si je vais parler des quatre cavaliers de l'Apocalypse ?

— Quelle idiotie de ma part ! grimaça-t-elle, je suis tombée dans le genre d'hyperbole que j'essayais d'éviter.

— Ne vous inquiétez pas. Je n'ai pas l'intention de vous citer.

— Merci.

— Pas de quoi, car je l'aurais volontiers utilisée, si j'avais été certain que le public sache ce que cela veut dire. (Il changea de sujet.) Je ne vous ai guère vue depuis votre rupture avec Frank. Ça fait combien de temps maintenant ?

— Il m'a quittée à Noël, il y a deux ans.

— Et comment ça va ?

— Si vous voulez savoir la vérité, j'ai eu de mauvais moments. Mais la situation commençait à s'améliorer... jusqu'à aujourd'hui.

— Retrouvons-nous de temps en temps pour bavarder un peu.

Elle n'en avait aucune envie, mais elle répondit poliment :

— Bien sûr, pourquoi pas ?

Il la surprit en enchaînant aussitôt :

— Dînons ensemble alors ?

— Dîner ? répéta-t-elle.

— Oui.

— Vous voulez dire : sortir avec vous ?

— Oui, je confirme.

Elle s'attendait à tout sauf à cela.

— Non ! déclara-t-elle. (Puis elle se rappela le danger que représentait cet homme et elle essaya d'adoucir son refus.) Je suis désolée, Carl, vous m'avez prise au dépourvu. Ça fait si longtemps qu'on se connaît que je ne pense tout simplement pas à vous sous cet angle-là.

— Je pourrais peut-être vous faire changer d'opinion, fit-il, tout à coup vulnérable. Donnez-moi une chance.

Elle continuait à penser non, mais elle hésita un moment. Bel homme, charmant, célébrité locale nantie d'un beau salaire, Carl représentait pour la plupart des quadragénaires seules une occasion à ne pas manquer. Mais il ne l'attirait pas du tout et, même sans son penchant pour Stanley, elle n'aurait pas été tentée de sortir avec Carl. Pourquoi ?

À cause de son manque d'intégrité, comprit-elle en une seconde. Un homme capable de déformer la vérité pour faire un reportage à sensations se montrerait sans doute tout aussi malhonnête dans d'autres domaines. Ce n'était pas un monstre bien sûr et on en rencontrait pas mal comme lui chez les hommes ; moins chez les femmes. Mais Toni était incapable d'envisager des relations intimes avec quelqu'un d'aussi superficiel. Comment s'offrir à quelqu'un en qui on n'a pas confiance ? Cette seule idée la révoltait.

— Je suis flattée, dit-elle sans vergogne. Mais c'est non.

Il n'était pas prêt à renoncer.

— En vérité, vous m'attirez depuis longtemps, alors même que vous viviez avec Frank. Vous avez dû vous en rendre compte.

— Il vous arrivait de flirter avec moi, comme avec la plupart des femmes...

— Mais, avec vous, c'était différent.

— Et cette fille de la météo ? Il me semble me souvenir d'une photo dans le journal.

— Marnie ? Ça n'a jamais été sérieux. Je l'ai fait surtout pour la publicité.

Marnie a dû le plaquer, pensa Toni, sinon ce rappel ne l'agacerait pas autant.

— Je suis navrée, compatit-elle.

— Manifestez votre sympathie en actes, pas en mots. Je vous invite à dîner ce soir. Je viens de réserver une table à La Chaumière.

Toni ne fut pas dupe : il fallait s'y prendre à l'avance dans ce restaurant superchic. Il avait sans doute réservé pour Marnie – depuis quelque temps déjà.

— Ce soir, je suis prise.

— Vous porteriez encore le deuil de Frank ?

— Je l'ai fait un moment, reconnut Toni avec un rire amer, idiote que je suis, mais aujourd'hui, c'est fini. Tout à fait fini.

— Donc, il y a quelqu'un d'autre.

— Je ne vois personne.

— Mais vous vous intéressez à quelqu'un. J'y suis ! Au vieux professeur !

— Ne soyez pas ridicule, lâcha Toni.

— Ma parole, vous rougissez.

— J'espère que non ; pourtant cela n'aurait rien d'étonnant pour une femme soumise à un tel interrogatoire.

— Seigneur, elle s'est entichée de Stanley Oxenford. (Carl ne savait pas essuyer un refus ; son visage trahissait la rancœur.) Bien sûr, il est veuf et ses enfants sont grands. Tant de fric à dépenser à deux !

— Carl, vous êtes blessant.

— Comme toute vérité. Or vous n'avez d'yeux que pour ceux qui réussissent. À preuve Frank et sa carrière fulgurante, la plus rapide de toute l'histoire de la police écossaise. Et maintenant un savant milliardaire. Vous êtes une vraie groupie, Toni !

Il fallait mettre un terme à cet échange avant qu'elle ne se mette en colère.

— Merci d'être venu à la conférence de presse, dit-elle en lui tendant la main qu'il serra machinalement. Au revoir, lança-t-elle en tournant les talons.

Elle tremblait de colère ; il avait profané les sentiments qu'elle gardait au plus profond de son cœur. Elle se sentait des envies de meurtre et non d'amour. Elle essaya de se calmer. La grave crise professionnelle qu'elle traversait lui interdisait toute émotion.

Elle se dirigea vers la réception et s'adressa au chef des gardes de sécurité, Steve Tremlett.

— Restez ici jusqu'à ce qu'ils soient tous partis et assurez-vous qu'aucun d'eux ne tente une petite visite non guidée.

Un fouineur déterminé pourrait attendre un détenteur de passe et pénétrer dans les secteurs de haute sécurité sur ses talons.

— Ne vous inquiétez pas, la rassura Steve.

Elle commençait à se calmer un peu. Elle enfila son manteau et sortit. Sous la neige qui tombait plus fort, trois employés de la cantine distribuaient des boissons chaudes. Les manifestants avaient laissé tomber leur action et discutaient entre eux dans une ambiance bon enfant.

Toutes les caméras étaient braquées sur eux.

Tout s'est parfaitement bien passé, se dit-elle. Pourquoi suis-je si déprimée ?

Elle regagna alors son bureau et, savourant cet instant de solitude, elle fit le point : elle avait bien contrôlé la conférence de presse, sauvé son patron des griffes d'Osborne et couronné le tout par cette idée géniale de boissons chaudes. Avant de crier victoire, il fallait attendre la relation des événements par les médias, mais chacune de ses décisions lui semblait bonne.

Elle tenta d'analyser les raisons de son cafard. Il y avait Osborne bien sûr – mais aussi, et surtout, Stanley. Elle s'était beaucoup démenée pour lui dans la matinée et il s'était éclipsé pratiquement sans un mot de remerciement, l'apanage des patrons, sans doute. Il allait retrouver cette famille dont Toni connaissait l'importance sans plus se soucier de cette collègue, appréciée et respectée certes, mais pas aimée.

Le téléphone sonna. Elle hésita un moment avant de décrocher, agacée par ce joyeux gazouillis. Elle n'avait pas envie de parler.

— Si vous passiez à la maison d'ici une heure ? suggérait Stanley de sa voiture. Nous regarderions les informations pour apprendre ensemble le sort qui nous attend.

Son moral remonta dans l'instant : le soleil venait, pour elle, de sortir des nuages.

— Bien sûr, accepta-t-elle. Je serais ravie.

— Autant qu'on nous crucifie côte à côte.

— Ce serait un honneur pour moi.

12 h 00

Plus Miranda remontait vers le nord, plus la neige tombait dru. De lourds flocons blancs tourbillonnaient devant le pare-brise de la Toyota avant d'être balayés par les essuie-glaces. La visibilité diminuait et Miranda dut ralentir. La neige semblait insonoriser la voiture et seul le chuintement des pneus rivalisait avec le programme de musique classique diffusé par la radio. Sophie écoutait son baladeur et Tom était absorbé par le crépitement des bips de sa Game Boy. Ned restait silencieux ; le regard perdu sur le paysage enneigé, il dirigeait du doigt le concerto pour violoncelle d'Elgar. L'expression tranquille de son visage barbu révéla à Miranda qu'il n'avait absolument pas conscience de l'avoir laissée tomber.

— Je regrette la sortie de Jennifer, dit-il, devinant son mécontentement.

— Jennifer a été fichtrement grossière, appuya-t-elle après avoir vérifié dans le rétroviseur que Sophie ne pouvait pas l'entendre.

— Je regrette, répéta-t-il, n'éprouvant manifestement pas le besoin de se lancer dans des explications ni de lui présenter des excuses.

— Ça n'est pas le comportement de Jennifer qui

m'ennuie, mais le tien, lui asséna-t-elle, décidée à faire voler en éclats sa confortable inconscience.

— J'ai commis une erreur en te faisant entrer sans l'avoir prévenue.

— Il ne s'agit pas de cela, des erreurs, nous en commettons tous.

— De quoi s'agit-il, alors ? s'agaça-t-il.

— Oh ! Ned ! Tu ne m'as pas défendue !

— Mais tu es, me semble-t-il, parfaitement capable de te défendre toute seule.

— La question n'est pas là ! Bien sûr que je sais me débrouiller toute seule. Je n'ai pas besoin qu'on me materne. Mais tu aurais dû me soutenir.

— Jouer le preux chevalier dans son armure étincelante.

— Parfaitement !

— J'ai estimé plus important de calmer le jeu.

— Eh bien, tu as eu tort. Quand le monde se révèle hostile à mon égard, je n'attends pas que tu adoptes la solution la plus adaptée à la situation, j'attends que tu sois de mon côté.

— Malheureusement, je ne fais preuve d'aucune combativité.

— Je le sais, conclut-elle, et le silence s'installa.

La route, étroite, longeait un bras de mer. Elle desservait de petites fermes autour desquelles des chevaux protégés par une couverture broutaient paisiblement et traversait des villages à l'église toute blanche et aux maisons alignées au bord de l'eau. Tant de sérénité ne déteignit pas sur Miranda qui restait très déprimée. Même si sa famille réservait à Ned l'accueil qu'elle avait souhaité, persistait-elle vraiment dans son envie d'épouser un homme aussi passif ? Elle avait apprécié en lui la délicatesse et l'érudition, mais elle se rendait compte maintenant qu'elle recherchait aussi le cran. Était-ce trop demander ? Elle pensa à son père : d'humeur égale, on ne l'avait pourtant jamais taxé de faiblesse.

Elle approchait de Steepfall et son moral remonta. La maison se trouvait au bout d'un chemin qui serpentait longuement dans les bois avant, au sortir des arbres, de contourner une falaise tombant à pic dans la mer.

On apercevait d'abord le garage, une ancienne étable équipée de trois portes basculantes, mais Miranda ne s'y arrêta pas et se gara devant la maison.

Cette vieille ferme dominant la plage, ses épais murs de pierre percés de petites fenêtres et son toit d'ardoise ranimèrent ses souvenirs d'enfance : elle redevint pour quelques instants la petite fille de cinq ans en socquettes blanches qui, assise au soleil sur le perron de granit, faisait la classe à trois poupées, deux cochons d'Inde dans leur cage et un vieux chien somnolent. Sensation intense, s'évanouissant pourtant aussitôt qu'éprouvée.

La Ferrari bleu foncé de son père stationnait devant la maison, attendant que Luke, l'homme à tout faire, la mette au garage. C'était une voiture dangereusement rapide, à la carrosserie voyante et dont l'entretien coûtait une fortune rapporté aux huit kilomètres quotidiens jusqu'au laboratoire. Ainsi posée au sommet de cette morne falaise, elle paraissait aussi déplacée qu'une courtisane en talons hauts dans une cour de ferme boueuse. Mais son père ne possédait ni yacht, ni cave, ni chevaux de course ; il n'allait jamais skier à Gstaad ou jouer à Monte-Carlo. La Ferrari constituait son seul luxe.

Miranda arrêta la Toyota ; Tom se précipita dans

la maison, suivi à bonne distance par Sophie dont c'était la première visite, même si elle avait déjà rencontré Stanley une fois, à l'anniversaire d'Olga, quelques mois auparavant. Miranda décida d'oublier pour l'instant Jennifer. Elle prit la main de Ned et ils entrèrent ensemble par la porte de service. Après le vestibule et son grand placard à bottes, une seconde porte donnait sur une vaste cuisine. Les odeurs familières l'assaillaient : la viande rôtie, le café moulu, les pommes et les cigarettes françaises de Mamma Marta dont la trace persistait encore ; Miranda se savait de retour à la maison. Jamais aucun autre lieu n'avait comblé le cœur de Miranda comme celui-là ; ni le studio de Camden Town, témoin de ses premières frasques, ni le moderne pavillon de banlieue où elle avait été brièvement mariée à Jasper Casson, pas plus que l'appartement dans le vieil immeuble XVIIIe siècle, à Glasgow, où elle avait élevé Tom, seule d'abord et maintenant avec Ned.

Un grand caniche noir prénommé Nellie s'approcha, tout frétillant, et lécha les arrivants. Miranda salua Luke et Lori, le couple philippin qui préparait le déjeuner.

— Votre père vient de rentrer, il se lave les mains, dit Lori.

Miranda demanda à Tom et à Sophie de mettre le couvert ; il n'était pas question qu'ils restent plantés devant la télévision tout l'après-midi.

— Tom, montre à Sophie où se trouvent les couverts.

Être responsable d'une tâche aiderait Sophie à se sentir de la famille.

Le réfrigérateur contenait quelques bouteilles du vin blanc préféré de Miranda : sa mère avait toujours bu du vin et Stanley avait pris l'habitude de veiller à ce qu'il n'en manquât jamais. Miranda déboucha une bouteille et versa un verre à Ned.

Un bon début, estima-t-elle : Sophie toute contente d'aider Tom et Ned sirotant avec satisfaction son sancerre. Voilà qui, mieux que la scène avec Jennifer, donnera le ton des vacances.

Si Ned devait faire partie de la vie de Miranda, il faudrait qu'il aime cette maison et la famille qui y avait vécu. Il était déjà venu, mais dans la journée et sans Sophie ; il s'agissait donc de sa première vraie visite et elle tenait beaucoup à ce que cela lui plaise et à ce qu'il s'entende avec tout le monde.

Jasper, le mari de Miranda, n'avait jamais aimé Steepfall. Les premiers temps, il avait déployé tout son charme ; par la suite, il avait choisi de se retirer dans son coin et il repartait plein de hargne. Il n'appréciait pas Stanley, qu'il trouvait autoritaire – pourtant Stanley donnait rarement des ordres, alors que Marta avait tellement l'habitude de commander qu'on la surnommait parfois Mamma Mussolini. Aujourd'hui, avec le recul, Miranda comprenait pourquoi : Jasper sentait son emprise sur elle menacée par la présence de cet autre homme qui l'aimait – il n'osait pas la rudoyer devant son père.

Le téléphone sonna. Miranda décrocha le poste accroché au mur auprès du grand frigo.

— Allô ?

— Miranda, c'est Kit.

— Bonjour, petit frère ! s'exclama-t-elle, ravie. Comment vas-tu ?

— Un peu secoué, en fait.

— Comment ça ?

— Je suis tombé dans une piscine. C'est une longue histoire. Comment ça se présente à Steepfall ?

— Pas mal, nous buvons le vin de papa en regrettant ton absence.

— Eh bien, j'arrive !

— Bon ! fit-elle sans lui demander la raison de son revirement puisque c'était « une longue histoire ».

— Je serai là dans une heure environ. Mais, dis-moi, est-ce que je pourrais encore disposer de la maison d'amis ?

— J'en suis certaine. En réalité ça dépend de papa, mais je vais lui en parler.

Stanley père entra juste au moment où Miranda raccrochait. Il portait le pantalon et le gilet de son costume, mais il avait retroussé les manches de sa chemise. Il serra la main de Ned puis embrassa Miranda et les enfants.

— Tu as perdu du poids ? lui demanda-t-elle, le trouvant très en forme.

— J'ai joué au squash. Qui téléphonait ?

— Kit. En définitive, il vient, précisa-t-elle en guettant le visage de son père, anxieuse de voir sa réaction.

— J'y croirai quand je le verrai.

— Oh ! papa ! Tu pourrais y mettre plus d'entrain.

— Nous adorons tous Kit, fit-il en lui tapotant la main, mais nous savons aussi comment il est. J'espère qu'il viendra, mais je ne compte pas dessus, ajouta-t-il.

Son ton est léger, se dit Miranda, mais il souffre encore.

— Il tient vraiment à coucher dans la maison d'amis.

— Il a dit pourquoi ?

— Non.

La petite voix de Tom se fit alors entendre :

— Il amène sans doute une fille et il ne veut pas que nous entendions ses cris d'extase.

Le silence tomba sur la cuisine. Miranda était abasourdie : d'où sort-il cela ? Il a onze ans et ne parle jamais de sexe. Puis les rires éclatèrent et Tom expliqua pudiquement qu'il avait « lu ça dans un livre ». Miranda songea que Tom, qui essayait d'épater Sophie, ne resterait plus son petit garçon bien longtemps.

— De toute façon, fit Stanley, peu m'importe où chacun couche, vous le savez. (Il jeta un coup d'œil furtif à sa montre.) Il faut que je regarde le journal télévisé de 13 heures.

— Je suis désolée de la mort de ce technicien, dit Miranda. Qu'est-ce qui l'a poussé à ça ?

— Personne n'est à l'abri d'idées bizarres, mais celui qui vit seul ne peut pas s'entendre dire qu'il commet une folie.

La porte s'ouvrit et Olga entra, comme toujours, en parlant :

— Ce temps, quelle abomination ! Ça dérape partout. C'est du vin que vous buvez ? Vite une goutte avant que j'explose. Nellie, je t'en prie, ne me flaire pas ainsi, c'est considéré comme vulgaire chez les humains. Bonjour, papa, comment vas-tu ?

— *Nella merda*, lâcha-t-il.

Miranda reconnut l'une des expressions italiennes utilisées par sa mère, qui se figurait que ses enfants ne la comprendraient pas.

— J'ai entendu parler du type qui est mort, dit Olga. C'est si mauvais pour toi ?

— Nous le verrons en regardant les infos.

Olga était suivie de son mari, Hugo, un petit homme plein de charme ; ses lèvres s'attardèrent sur la joue de Miranda une seconde de trop.

— Où Hugo doit-il mettre les bagages ? s'informa Olga.

— En haut, précisa Miranda.

— Je suppose que tu as réclamé la maison d'amis.

— Non, c'est Kit.

— Oh, non ! protesta Olga. Un grand lit double, une salle de bains et une kitchenette, tout ça pour une personne seule alors que nous serons quatre à partager la salle de bains minuscule de l'étage.

— Il l'a demandée expressément.

— Eh bien, moi je la demande de même.

— Bonté divine, Olga, s'énerva Miranda, que sa sœur commençait à agacer, pense à quelqu'un d'autre qu'à toi, pour changer. Kit n'est pas venu ici depuis... depuis toute cette histoire. Je veux simplement m'assurer que tout se passe bien.

— Alors, pour obtenir la meilleure chambre, il faut voler de l'argent à papa... C'est ça, ta logique ?

— Et revoilà l'avocate. Garde ça pour tes doctes amis.

— Allons, vous deux, gronda leur père en retrouvant le ton qu'il employait quand elles étaient petites. Dans ce cas, je trouve qu'Olga a raison et que Kit fait preuve d'égoïsme. Miranda et Ned dormiront dans la maison d'amis.

— Ainsi, maugréa Olga, personne n'est satisfait.

Miranda soupira. Pourquoi Olga discutait-elle ? elle connaissait pourtant leur père : il disait oui la plupart du temps, mais quand c'était non, inutile d'insister. Il pouvait se montrer indulgent, mais il ne supportait pas qu'on lui force la main.

— Pour vous apprendre à ne pas vous disputer, conclut-il.

— Faux, il y a trente ans que tu nous imposes ces jugements de Salomon et nous n'avons toujours rien appris.

— Tu as raison, reconnut Stanley en souriant. Ma méthode éducative a toujours été mauvaise. Faut-il que je recommence ?

— C'est trop tard.

— Dieu merci.

Miranda espérait seulement que Kit n'allait pas s'offusquer et repartir. L'entrée de Caroline et de Craig, les enfants d'Hugo et d'Olga, mit un terme à la discussion.

Caroline, dix-sept ans, portait une cage contenant plusieurs rats blancs que la chienne Nellie renifla avec excitation. Caroline communiquait avec les animaux pour ne pas avoir à le faire avec les gens. Cette phase, banale chez une fillette, est préoccupante à dix-sept ans, pensa Miranda,

Craig, quinze ans, trimbalait deux gros sacs en plastique bourrés de cadeaux. Il arborait le sourire malicieux d'Hugo et il était déjà aussi grand qu'Olga. Il posa les sacs, salua négligemment la famille et fonça sur Sophie ; ils s'étaient déjà rencontrés une fois, pour l'anniversaire d'Olga.

— Tu as un piercing dans le nombril ! s'exclama Craig. La classe ! Ça t'a fait mal ?

C'est à ce moment-là que Miranda réalisa la présence dans la pièce d'une étrangère. La nouvelle venue, debout près de la porte du vestibule, avait dû arriver par l'entrée principale. Grande et d'une beauté frappante – pommettes hautes et nez busqué, superbes cheveux blond vénitien et admirables yeux verts – elle portait un tailleur marron à petites rayures blanches un peu froissé. Son savant maquillage ne dissimulait pas complètement les traces laissées sous ses yeux par la fatigue. Elle contemplait d'un œil amusé la scène qui se déroulait dans la cuisine encombrée. Depuis combien de temps nous observe-t-elle ? se demanda Miranda.

Chacun, en découvrant la présence de Toni, se tut. Intrigué, Stanley se retourna.

— Toni ! fit-il en se levant d'un bond avec une expression de contentement qui n'échappa pas à Miranda. C'est gentil à vous d'être venue. Mes enfants, je vous présente ma collègue Antonia Gallo.

La femme eut un large sourire, comme si rien n'était plus charmant à ses yeux que le spectacle d'une grande famille en train de se quereller. Un sourire large et généreux avec des lèvres bien pleines. Voilà donc l'ex-flic qui a pris Kit à piquer dans la caisse de la société, se dit Miranda. Malgré cela, papa semble la trouver sympathique.

Il entama les présentations avec dans sa voix un frémissement d'orgueil que nota Miranda.

— Toni, je vous présente ma fille Olga, son mari Hugo et leurs enfants, Caroline avec ses rats et Craig, le grand gaillard. Voici mon autre fille, Miranda, son fils Tom, son fiancé Ned, et la fille de Ned, Sophie. (Très attentive, Toni salua aimablement chaque membre de la famille. Elle se rappellera les huit prénoms, se dit Miranda.) Voici Luke qui épluche les carottes et Lori au fourneau. Nellie, devant le poêle, ne vous demandera pas de partager son os même si elle est ravie de votre visite.

— Je suis enchantée de faire la connaissance de chacun de vous.

Elle paraissait sincère mais en même temps un peu tendue.

— Vous avez dû avoir une journée difficile, dit Miranda. Je suis désolée de la mort de ce technicien.

— C'est Toni qui l'a découvert, précisa Stanley.

— Dieu merci, ajouta Toni, nous sommes pratiquement certains qu'il n'a contaminé personne. Il ne nous reste plus qu'à espérer que les médias ne vont pas nous clouer au pilori.

Stanley regarda sa montre.

— D'ailleurs, nous allons regarder les nouvelles dans mon bureau, s'excusa-t-il auprès des siens.

Il ouvrit la porte pour laisser passer Toni et ils quittèrent la cuisine. Les enfants se remirent à bavarder et Hugo dit quelque chose à Ned à propos de l'équipe d'Écosse de rugby. Miranda se tourna vers Olga, leur querelle oubliée.

— Jolie femme, murmura-t-elle, songeuse.

— En effet, approuva Olga. Elle a quoi, à peu près mon âge ?

— Trente-sept, trente-huit ans. Et papa a perdu du poids.

— J'ai remarqué cela.

— Partager une crise rapproche.

— C'est tout ?

— Qu'est-ce que tu en penses ?

— La même chose que toi.

— C'est bien mon avis, conclut Miranda en vidant son verre de vin.

13 h 00

Toni était un peu étourdie par le nombre et la vitalité des acteurs qui avaient joué devant elle cette scène de la cuisine : ils buvaient du vin, cuisinaient, se querellaient et riaient de leurs plaisanteries. Comme lorsqu'on débarque au beau milieu d'une réception qui bat son plein et où on ne connaît personne. Elle aurait volontiers participé, mais elle se sentait une étrangère au sein de ce foyer créé par Marta et Stanley; elle l'en admirait d'autant plus et enviait ses enfants. Ils ne se rendent sans doute pas compte de leur chance. Elle était restée là quelques minutes, perplexe mais fascinée. Pas étonnant qu'il fût si attaché à sa famille.

Cela la consternait et l'excitait à la fois. Elle pouvait, si elle le voulait, s'imaginer faisant partie de ce groupe, occupant auprès de Stanley la place de l'épouse, l'aimant comme tous ses enfants et se réchauffant dans la chaleur de cette harmonie familiale. Mais elle réprima ce rêve parce qu'elle l'estimait irréalisable et qu'il était inutile de se torturer. La force même de ces liens familiaux lui en interdisait l'accès; à preuve le regard attentif, sans concession, un peu hostile, des deux filles, Olga et Miranda ; voire celui de Lori, la cuisinière, encore que plus discret.

Elle comprenait leur réaction : il leur aurait paru déloyal envers Marta qui avait régné trente ans sur cette cuisine de ne pas se montrer hostile. Toute femme plaisant à Stanley devenait une menace : elle désorganiserait la famille, bouleverserait le comportement de leur père et donnerait à son affection une direction nouvelle ; elle pourrait leur donner des demi-frères et des demi-sœurs qui se moqueraient bien de l'histoire de la famille, qui ne seraient pas unis par les liens sacrés d'une enfance partagée ; elle les priverait d'une part de leur héritage, voire de la totalité. Stanley était-il sensible à ces tensions sous-jacentes ? Tout en le suivant, elle ressentait une fois de plus la frustration exaspérante de ne pas savoir ce qu'il pensait.

Toni pénétra dans une grande pièce, très masculine, avec un majestueux bureau victorien à tiroirs, une bibliothèque pleine de gros ouvrages de biologie et un canapé au cuir abîmé placé devant une cheminée où crépitait un feu de bois. Le chien s'allongea devant l'âtre comme un tapis noir tout bouclé. Sur la tablette de la cheminée, Toni vit la photographie encadrée d'une jeune adolescente aux cheveux bruns en tenue de tennis – celle-là même qui posait en mariée dans le bureau du Kremlin. Son short court révélait de longues jambes athlétiques. À en croire le maquillage appuyé et le bandeau dans les cheveux, la photo datait, selon Toni, des années soixante.

— Marta était une scientifique, elle aussi ? demanda Toni.

— Non. Elle avait un doctorat d'anglais. Quand je

l'ai rencontrée, elle enseignait l'italien en classe de première dans un lycée de Cambridge.

Cette réponse étonna Toni qui imaginait Marta partageant la passion de Stanley pour son travail. Ainsi pas besoin d'un diplôme de biologie pour être son épouse.

— Elle était jolie.

— Ravissante, répondit Stanley. Grande, belle, sexy, étrangère, une diablesse sur un court qui faisait des ravages quand elle en sortait. Ça a été le coup de foudre : cinq minutes après qu'on me l'eut présentée, j'étais amoureux.

— Et réciproquement ?

— Ça a pris plus longtemps. Elle avait une cour d'admirateurs et les hommes tombaient comme des mouches. Je n'ai jamais réussi à comprendre pourquoi elle avait fini par me choisir. Elle m'a dit plus tard qu'elle ne pouvait résister à un intellectuel.

Aucun mystère, se dit Toni. Marta a aimé, comme moi, la force de Stanley. On sait tout de suite que cet homme fait ce qu'il dit, est ce qu'il paraît, qu'on peut compter sur lui. Sans oublier sa chaleur, son intelligence et son élégance.

Si Stanley n'avait pas été son patron, elle lui aurait demandé : « Qu'éprouvez-vous maintenant ? Vous considérez-vous marié à ce souvenir ? » En outre, sur la cheminée, Marta brandissait sa raquette de tennis comme une matraque.

Mais, à présent, elle devait oublier ses émotions et se concentrer sur la crise qu'ils avaient à affronter.

— Avez-vous appelé l'ambassade des États-Unis ? lui demanda-t-elle.

— Oui. J'ai calmé Mahoney pour le moment, mais il va regarder les nouvelles comme nous.

Les quelques minutes qui vont suivre, songea Toni, seront déterminantes pour la survie de la société, pour la situation de Stanley, pour mon travail et, d'une façon générale, pour l'humanité qui risque de perdre les services d'un grand savant. Pas d'affolement cependant, conclut-elle, gardons l'esprit pratique. Elle prit un bloc dans son sac pour noter ses réactions à chaud. Elle reviendrait plus tard sur les commentaires du journal télévisé que Cynthia Creighton s'apprêtait à enregistrer au bureau.

Les nouvelles régionales passèrent avant les informations nationales.

La mort de Michael Ross faisait encore la une, mais le reportage n'était pas présenté par Carl Osborne. C'est bon signe, se dit Toni avec espoir. Cela élimine les inexactitudes scientifiques débitées par Carl : le virus était correctement désigné sous le nom de Madoba-2. Le présentateur souligna le fait que le shérif conduirait une enquête sur le décès de Michael.

— Pour l'instant, murmura Stanley, ça va.

— Le rédacteur en chef du journal a probablement regardé le reportage bâclé de Carl Osborne en prenant son petit déjeuner. Arrivé au bureau, il a demandé qu'on lui décrive la situation de façon plus rigoureuse.

Apparut alors une image des grilles du Kremlin.

« Les défenseurs des droits des animaux ont profité de la tragédie pour organiser une manifestation devant les bâtiments d'Oxenford Medical », commentait le présentateur.

Toni fut agréablement surprise : elle n'espérait pas une formulation plus favorable. Cela impliquait que les manifestants manipulaient cyniquement les médias.

Puis on passa à la conférence de presse. Toni s'entendit insister avec un accent plus écossais qu'elle ne s'y attendait sur l'efficacité du système de sécurité du laboratoire. Ce n'était pas très convaincant : mieux aurait valu laisser la caméra filmer le sas d'entrée du BRN-4, le boîtier de reconnaissance des empreintes digitales et ses portes étanches de sous-marin. Les images pèsent toujours plus que les mots.

On vit Carl Osborne demander :

— Quel danger exactement ce lapin présentait-il pour le public en général ?

Toni se pencha en avant. C'était le moment crucial.

On donna l'échange entre Carl et Stanley, où Carl évoquait des scénarios catastrophes et où Stanley expliquait combien ils étaient peu probables. Ce n'était pas bon : le public ne retiendrait que l'idée de risques de contamination de la vie sauvage, même si Stanley les avait fermement écartés.

Sur l'écran, Carl disait :

— Michael aurait pu transmettre le virus à d'autres gens.

— Oui, répondit gravement Stanley, en éternuant.

Malheureusement on interrompit là la conversation.

— Sacré bon sang ! murmura Stanley.

— Ce n'est pas encore fini, remarqua Toni.

Elle attendait qu'on la montre disant qu'Oxenford Medical ne cherchait absolument pas à minimiser le risque. Au lieu de cela, une voix hors champ commenta des images de Susan Mackintosh en train de téléphoner : elle appelle chacun des employés pour s'assurer qu'ils n'ont pas été en contact avec Michael Ross. Très bien, se dit Toni, soulagée ; on ne cache pas le danger que présente la situation, mais on a la confirmation des mesures positives prises par Oxendorf.

La retransmission de la conférence de presse se termina sur un gros plan de Stanley déclarant d'un ton grave :

— Avec le temps, nous vaincrons la grippe, le sida et même le cancer – et ce sera l'œuvre de savants comme nous, travaillant dans des laboratoires comme celui-ci.

— Excellent, approuva Toni.

— Est-ce que cela contrebalancera le dialogue avec Osborne sur les risques de la contamination de la vie sauvage ?

— Je pense que oui. Vous avez l'air très rassurant.

On découvrit ensuite les employés de la cantine distribuant des boissons chaudes aux manifestants qui piétinaient dans la neige.

— Excellent..., fit Toni, ils l'ont utilisée.

— Je n'avais pas vu cela, dit Stanley. Qui en a eu l'idée ?

— Moi.

Carl Osborne brandissait un micro sous le nez d'une employée en disant :

— Ces gens manifestent contre votre société. Pourquoi leur distribuez-vous du café ?

— Parce qu'il fait froid dehors, répondit-elle.

Toni et Stanley éclatèrent de rire, ravis de cette réplique et de ce qu'elle reflétait de positif concernant la société.

Le présentateur revint à l'antenne pour déclarer :

— Le Premier ministre d'Écosse a diffusé ce matin le communiqué suivant : « J'ai parlé aujourd'hui aux représentants d'Oxenford Medical, à la police et aux autorités sanitaires de la région d'Inverburn. Je peux vous assurer que toutes les mesures possibles sont prises pour s'assurer que le public ne court pas d'autre danger. » Et maintenant la suite des informations.

— Mon Dieu, soupira Toni, je crois que nous nous en sommes bien tirés.

— Quelle idée formidable, cette distribution de boissons chaudes ! Quand vous est-elle venue ?

— À la dernière minute. Écoutons le journal national.

L'histoire de Michael Ross passa après un tremblement de terre en Russie. On reprenait la séquence, mais Osborne en avait disparu – sa célébrité ne dépassait pas les frontières de l'Écosse. On voyait Stanley déclarer : « Le virus n'est pas transmissible d'une espèce à l'autre. Pour que Michael ait été contaminé, nous pensons que le lapin a dû le mordre. » Le ministre britannique de l'Environnement fit à Londres une déclaration modérée. Le reportage national ne laissait percer aucun affolement, pas plus que le journal régional d'Écosse. Toni se sentit extrêmement soulagée.

— Heureusement, fit Stanley, tous les journalistes ne ressemblent pas à Carl Osborne.

— Il m'a invitée à dîner, lança Toni en se demandant pourquoi elle lui racontait cela.

— *Ha la faccia peggio del culo !* s'écria-t-il. Quel aplomb !

L'image, « son visage est encore plus laid que son cul ! », la fit rire.

— C'est un homme séduisant, démentit-elle.

— Vous ne le pensez pas vraiment, n'est-ce pas ?

— Il est bel homme, protesta-t-elle.

Tu essayes de le rendre jaloux, tu ne devrais pas jouer à ce petit jeu, se dit-elle.

— Que lui avez-vous répondu ? demanda-t-il.

— J'ai refusé, évidemment.

— J'espère bien, dit-il avant d'ajouter, un peu gêné, ça ne me regarde pas, mais il n'est pas digne de vous, absolument pas.

Son regard revint au téléviseur et il zappa sur une chaîne d'information. Il fut question du séisme en Russie, des victimes et des équipes de secours. (Toni se sentit ridicule d'avoir parlé à Stanley d'Osborne, mais elle n'était pas mécontente de sa réaction.) Puis le journaliste revint sur l'histoire de Michael Ross sans, une fois de plus, marquer le moindre affolement. Stanley éteignit le poste.

— Eh bien, la télévision ne nous a pas cloués au pilori.

— Pas de journaux demain, puisque c'est Noël, observa Toni, et jeudi, ce sera du réchauffé. Je crois que nous pouvons respirer – à moins de développements inattendus.

— C'est vrai : si nous perdions un autre lapin, nous serions de nouveau dans le pétrin.

— Il n'y aura plus d'incidents au labo, déclara Toni avec fermeté. Je vais m'en assurer.

— J'admire, fit Stanley en hochant la tête, la façon magistrale dont vous avez mené toute cette affaire. Je vous en suis très reconnaissant.

— Nous avons dit la vérité et on nous a crus, jubila-t-elle.

Ils échangèrent un sourire : c'était un moment d'heureuse intimité. Là-dessus, le téléphone sonna.

Stanley tendit le bras et décrocha.

— Oxenford, dit-il. Oui, passez-le-moi, je vous prie, j'ai hâte de lui parler.

Il regarda Toni en murmurant : Mahoney.

Nerveuse, Toni se leva. Stanley et elle pensaient avoir bien géré les rapports avec les médias... mais qu'en disait le gouvernement américain ? Elle chercha à lire sur le visage de Stanley.

— Alors, Larry, avez-vous regardé les informations ?... Je suis content que vous le pensiez... Nous avons évité la pire des réactions, celle que vous craigniez... Vous connaissez ma directrice des installations, Antonia Gallo : c'est elle qui s'est occupée de la presse... Excellent travail, je suis d'accord... Absolument... Désormais nous devons surveiller de très près la sécurité... mais oui. Merci de votre appel. Au revoir.

Stanley raccrocha et décocha un grand sourire à Toni.

— Parfait, la rassura-t-il en l'attirant soudain pour la serrer contre lui.

Elle enfouit son visage contre l'épaule de Stanley : le tweed de son gilet lui parut d'une étonnante douceur. Elle respirait son odeur tendre et tiède et, nouant ses bras autour de lui, elle le serra à son tour et pressa ses seins contre sa poitrine.

Elle aurait volontiers passé le reste de sa vie ainsi mais, au bout de quelques secondes, elle se dégagea doucement l'air un peu honteux. Comme pour retrouver les convenances, elle lui serra la main.

— C'est vraiment grâce à vous, répéta-t-il.

Ce bref contact physique l'avait excitée et elle s'étonnait de la rapidité avec laquelle tout cela était arrivé.

— Voudriez-vous visiter la maison ? proposa-t-il.

— Avec plaisir, accepta Toni, ravie.

Il était rare qu'un homme propose à ses invités

de faire le tour de la maison. Encore une forme d'intimité.

Les deux pièces, situées sur l'arrière, qu'elle connaissait déjà, la cuisine et le bureau, donnaient sur une cour entourée de dépendances. Stanley emmena Toni dans la salle à manger, une extension moderne d'où l'on voyait la mer. Dans un coin, une vitrine avec des coupes d'argent.

— Les trophées de tennis de Marta, annonça fièrement Stanley. Son revers était pire qu'un lance-roquettes.

— Elle était classée ?

— Elle a été qualifiée pour Wimbledon, mais elle attendait Olga et n'a pas pu participer au tournoi.

De l'autre côté du couloir, dominant également la mer, Toni visita le salon avec un arbre de Noël au pied duquel les cadeaux s'entassaient. Un tableau, un portrait en pied, représentait Marta à quarante ans avec plus de formes et une certaine douceur dans le dessin de la mâchoire. C'était une pièce agréable et chaleureuse, mais déserte ; Toni devina que le véritable cœur de la maison battait à la cuisine.

Le plan était simple : salon et salle à manger devant, cuisine et bureau derrière.

— Il n'y a pas grand-chose à voir au premier, prévint Stanley, mais il monta quand même l'escalier et Toni lui emboîta le pas. Me fait-il visiter ma future demeure ? se demanda-t-elle. Idée stupide qu'elle s'empressa de chasser. Il se montrait simplement aimable.

Mais il l'avait serrée contre lui.

Dans la partie la plus ancienne de la maison, au-dessus du bureau et du salon, se trouvaient trois petites chambres et une salle de bains qui portaient encore les traces des enfants qui avaient grandi là. Un poster de U2 sur un mur, une vieille batte de cricket dont le manche s'effilochait dans un coin, et sur une étagère la série complète des *Chroniques de Narmia*.

Dans la nouvelle aile, Stanley montra à Toni une grande chambre avec un dressing-room et une salle de bains. Le grand lit était fait et tout était parfaitement rangé. Toni se sentait tout à la fois excitée et un peu gênée de se trouver dans le domaine de Stanley. Un autre portrait de Marta trônait sur la table de chevet, cette fois une photographie en couleurs prise quand elle avait une cinquantaine d'années. Ses cheveux étaient gris et son visage décharné, sans doute à cause du cancer qui avait fini par la tuer. C'était un portrait peu flatteur. Toni se dit que Stanley devait encore l'aimer pour chérir même ce triste souvenir.

Elle ne savait pas ce qui l'attendait ensuite. Allait-il tenter un geste sous le regard de sa femme qui les surveillait de la table de nuit et avec ses enfants réunis au rez-de-chaussée ? Cela ne lui ressemblait guère. Il y pensait peut-être, pourtant il respecterait l'étiquette qui lui imposait de séduire une femme suivant le procédé normal. Au diable le protocole, le dîner et la séance de cinéma, aurait-elle voulu dire. Allons-y, bon sang. Mais elle admira en silence la salle de bains de marbre, et ils redescendirent.

Cette visite, un privilège pour elle, aurait dû la rapprocher de Stanley. Cependant elle se sentait exclue, comme si elle avait regardé, par une fenêtre, une famille attablée. L'impression était plutôt décevante.

Dans le hall, le grand caniche poussa Stanley du bout de son museau.

— Nellie veut sortir, annonça-t-il. (Il regarda par

une petite fenêtre.) La neige s'est arrêtée... si nous allions prendre un peu l'air ?

— Avec plaisir.

Toni enfila sa parka et Stanley un vieil anorak bleu. Ils sortirent dans un univers tout blanc. Leurs deux voitures, garées côte à côte et couronnées de neige, ressemblaient à des vacherins glacés. Prenant un itinéraire dont il avait manifestement l'habitude, le chien se dirigea vers la falaise. Stanley et Toni lui emboîtèrent le pas. Le chien, avec sa toison noire, rappelait beaucoup la défunte Marta à Toni.

Leurs pieds, en s'enfonçant dans la neige poudreuse, révélaient en dessous une herbe drue. En traversant une longue pelouse parsemée d'arbres rabougris penchés par le vent incessant, ils croisèrent deux des enfants qui rentraient : l'aîné des garçons au sourire charmeur et la fillette boudeuse avec un piercing au nombril, Craig et Sophie. Quand Stanley lui avait présenté tout le monde dans la cuisine, elle s'était empressée de mémoriser chaque détail. Craig se donnait beaucoup de mal pour charmer Sophie, Toni l'avait remarqué, mais la jeune fille marchait les bras croisés en regardant le sol. Toni enviait les choix simples qui s'offraient à eux : au seuil de l'adolescence, ils n'avaient rien d'autre à faire qu'à se lancer dans l'aventure de la vie. Elle aurait voulu conseiller à Sophie de ne pas le faire languir et d'accepter l'amour quand il se présente. Ce ne sera pas toujours si aisé.

— Quels sont vos projets pour Noël ? demanda Stanley.

— Très différents des vôtres. Je vais dans un centre de remise en forme avec des amis, uniquement des célibataires et des couples sans enfants, passer un

Noël d'adulte : ni dinde, ni pétards, ni chaussures dans la cheminée, ni père Noël. Des heures à se faire dorloter et converser entre grandes personnes.

— Ça me paraît merveilleux. Vous n'alliez pas chez votre mère d'habitude ?

— Si, ces dernières années, mais pour ce Noël-ci, ma sœur Bella a décidé de s'en occuper – à ma grande surprise, d'ailleurs.

— Pourquoi ?

— Bella a trois enfants, répondit Toni avec un sourire désabusé, et elle estime que ça la dispense de toute autre responsabilité. Je ne suis pas certaine que ce soit juste, mais comme j'adore ma sœur, je l'accepte.

— Vous n'avez pas envie d'avoir d'enfants un jour ?

Elle retint son souffle : quelle réponse à cette question très intime préférait-il entendre ? N'en ayant aucune idée, elle choisit de dire la vérité.

— Peut-être. Le désir de maternité a dominé l'existence de ma sœur, contrairement à moi. J'envie votre famille : de toute évidence ils vous aiment, vous respectent et sont heureux auprès de vous. Mais je ne tiens pas à sacrifier tout le reste pour devenir mère de famille.

— Je ne suis pas sûr que vous ayez tout à sacrifier.

Pour vous, oui, songea Toni, mais les chances de Marta à Wimbledon ? Bien sûr, ce ne fut pas ce qu'elle répondit.

— Et vous ? se contenta-t-elle de demander. Vous pourriez envisager d'avoir une nouvelle famille ?

— Non, mes enfants n'aimeraient pas cela du tout.

Toni éprouva un certain désappointement devant cette position tranchée.

Ils arrivèrent à la falaise. Sur la gauche, le promontoire descendait en pente douce jusqu'à une plage maintenant tapissée de neige. À droite, un à-pic dont l'accès était barré par une robuste clôture de bois d'un mètre vingt de haut, assez grande pour arrêter de petits enfants mais ne gênant pas la vue. Ils s'accoudèrent tous deux à la palissade et regardèrent les vagues se briser trente mètres plus bas – une houle longue et profonde évoquant la poitrine d'un géant endormi.

— Quel site ! admira Toni.

— Il y a quatre heures, j'ai bien cru le perdre.

— Votre maison ?

— Oui, fit-il en hochant la tête. J'ai dû nantir la propriété pour garantir mon découvert. Si je fais faillite, la banque devient propriétaire de la maison.

— Mais votre famille...

— Cela leur briserait le cœur. Mais maintenant que Marta n'est plus là, ils représentent tout ce à quoi je tiens réellement.

— C'est vrai ?

— An bout du compte, fit-il en haussant les épaules, oui.

Elle l'observa. Que signifiait son air grave ? S'agissait-il d'un message ? Son centre d'intérêt ne se limite pas à ses enfants, se dit Toni, son travail compte également beaucoup. Mais il veut me faire comprendre l'importance que revêt pour lui l'unité de sa famille. Les voir réunis dans la cuisine lui avait servi de démonstration. Mais pourquoi avoir choisi ce moment pour le lui dire ? Parce qu'il craignait de lui avoir donné une impression erronée ?

Elle avait besoin de savoir la vérité. Ce qui restait de ces dernières heures demeurait pour le moins ambigu : il l'avait touchée, serrée dans ses bras, il lui avait fait visiter sa maison et demandé si elle voulait des enfants. Que devait-elle comprendre ?

— Vous êtes en train de me dire, déclara-t-elle, que vous ne mettrez jamais en péril ce que j'ai découvert dans votre cuisine, l'harmonie de votre famille.

— En effet. Consciemment ou non, c'est de là que chacun d'eux puise ses forces.

Elle se retourna vers lui et le regarda droit dans les yeux.

— Et c'est tellement important pour vous que jamais vous ne fonderez une autre famille.

— Exactement

Voilà qui était clair, se dit Toni. Il m'aime bien, mais il n'ira pas plus loin. La brève étreinte dans le bureau ? Une expression spontanée de triomphe. La visite de la maison ? Un moment d'intimité irréfléchi. Les larmes lui montèrent aux yeux. Horrifiée à l'idée de se trahir, elle détourna la tête en disant :

— Ce vent...

Elle fut sauvée par le jeune Tom qui se précipitait en criant :

— Grand-papa ! Grand-papa ! Oncle Kit est là !

Ils rentrèrent avec le petit garçon sans parler, gênés tous les deux.

Une trace de pneus toute fraîche menait à un coupé Peugeot noir, pas extraordinaire, mais chic : la voiture parfaite pour Kit, se dit Toni avec amertume. Elle n'avait pas envie de le rencontrer. Dans des moments meilleurs, cette perspective ne l'aurait pas réjouie, alors, pour l'instant, c'était au-dessus de ses forces. Mais elle avait laissé son sac dans la maison et elle fut bien obligée de suivre Stanley à l'intérieur.

Chacun dans la cuisine accueillait Kit, le fils prodigue : Miranda le serrait dans ses bras, Olga l'embrassait, Luke et Lori étaient radieux, Nellie aboyait joyeusement. Toni s'arrêta sur le seuil et observa les retrouvailles du père, à la fois content et affligé, comme quand il parlait de Marta, et du fils, qui semblait sur ses gardes. Kit tendit une main, mais son père le serra dans ses bras.

— Je suis très content que tu sois venu, mon garçon, vraiment très content.

— Je vais chercher mon sac dans la voiture, dit Kit. Je suis dans la maison d'amis, n'est-ce pas ?

— Non, répliqua Miranda, un peu nerveuse, au premier.

— Mais...

— Ne fais pas d'histoire, intervint Olga. Papa l'a décidé et c'est sa maison.

Toni vit un éclair de rage passer dans les yeux de Kit, mais il se reprit aussitôt.

— Ah bon ! lâcha-t-il.

Il essayait de donner l'impression qu'il n'en faisait pas un drame, mais cette lueur dans son regard criait tellement le contraire que Toni se demanda quel projet secret il nourrissait pour tenir à ce point à dormir ce soir-là ailleurs que dans la maison principale.

Elle s'éclipsa dans le bureau de Stanley. Le souvenir de leur brève étreinte lui revint brusquement. Jamais, songea-t-elle, elle ne serait aussi près de lui faire l'amour. Elle s'essuya les yeux avec sa manche.

Elle glissa son bloc-notes dans son sac, passa la bandoulière sur son épaule et revint dans le vestibule.

Elle fit un geste d'adieu à Stanley qui parlait à la cuisinière ; il interrompit sa conversation et s'approcha.

— Toni, merci pour tout.

— Joyeux Noël.

— À vous aussi.

Elle sortit rapidement.

Dehors, Kit ouvrait le coffre de sa voiture. Toni y aperçut deux boîtes grises, de l'équipement informatique. Est-ce qu'un spécialiste en télécommunications avait besoin de les transporter avec lui pour passer Noël chez son père ?

Elle espérait le croiser sans avoir à lui parler, mais, au moment où elle ouvrait la portière de sa voiture, il leva les yeux et surprit son regard.

— Joyeux Noël, Kit, dit-elle poliment.

Il prit une petite valise dans le coffre et referma d'un geste sec.

— Va te faire voir, salope, répondit-il avant de s'engouffrer dans la maison.

14 h 00

Craig était heureux de revoir Sophie, cette jolie brunette aux yeux noirs et aux rondeurs agréables qui, lors de l'anniversaire de sa mère, l'avait attiré non à cause de son physique mais de son attitude : elle se fichait de tout et cela le fascinait. Rien ne l'impressionnait : ni la Ferrari de son grand-père, ni ses propres talents de footballeur – il jouait dans l'équipe d'Écosse junior –, ni son avocate de mère. Sophie s'habillait comme elle l'entendait, ne tenait aucun compte des panneaux « Interdit de fumer » et plantait au milieu d'une phrase quiconque l'ennuyait. À la fameuse soirée, elle s'était disputée avec son père à propos d'un piercing au nombril – il le lui interdisait formellement – et voilà qu'elle exhibait un anneau au milieu du ventre.

Cela rendait les rapports avec elle difficiles : rien, lors de la visite de Steepfall, ne lui plut. L'absence de commentaire s'apparentait le plus souvent chez elle à un compliment. Sinon, elle se contentait d'un bref « C'est grave », « Nul » ou encore « Oh non ! » Pourtant elle n'était pas partie, donc il ne l'ennuyait pas.

Il l'emmena jusqu'au bâtiment le plus ancien, la grange qui datait du XVIIIe siècle. Son grand-père y avait fait installer l'eau, l'électricité et le chauffage, mais sans masquer les grosses poutres de la charpente. Le rez-de-chaussée était aménagé en salle de jeux avec un billard, un baby-foot et une grande télé.

— C'est pas mal, ici.

— Cool, lâcha-t-elle – sa remarque la plus enthousiaste de la journée. Elle désigna une estrade : Qu'est-ce que c'est ?

— Une scène.

— Pour quoi faire, une scène ?

— Ma mère et tante Miranda jouaient des pièces quand elles étaient petites. Un jour, elles ont monté *Antoine et Cléopâtre* avec quatre copains dans cette grange.

— Bizarre.

— Tom et moi nous dormons ici, annonça-t-il en désignant deux lits de camp. Monte, je vais te montrer ta chambre.

Une échelle menait au grenier à foin. Pas de cloison, rien qu'un garde-fou. Il y avait deux lits une place faits avec soin, une tringle pour accrocher les vêtements et un pichet. La valise de Caroline, sa sœur aînée, était posée à même le sol, ouverte.

— Pas très intime, commenta Sophie.

Craig l'avait remarqué : la disposition des lits lui semblait pleine de promesses. Caroline et son jeune cousin Tom seraient dans les parages, évidemment, cependant il avait le pressentiment excitant que des occasions intéressantes se présenteraient.

— Tiens, fit-il en dépliant un vieux paravent. Si ça te gêne, tu peux te déshabiller derrière ça.

Elle le foudroya du regard.

— Ça ne me gêne pas, s'insurgea-t-elle comme si cette idée même était une insulte.

Cette flambée de colère le ravit.

— Je proposais ça comme ça, expliqua-t-il en s'asseyant sur un des lits. C'est très confortable... bien plus que nos lits de camp.

Elle haussa les épaules.

Dans ses scénarios, elle venait maintenant s'asseoir auprès de lui sur le lit. Après quoi, soit elle feignait de le repousser et de lutter contre lui jusqu'à l'inévitable baiser, soit elle lui prenait la main pour lui dire à quel point elle tenait à son amitié avant de l'embrasser. Mais la réalité montrait une jeune personne rien moins qu'espiègle ou sentimentale qui examinait avec dégoût le grenier à foin. Inutile de s'attendre à un baiser. Elle se mit d'ailleurs à chantonner doucement : « Un beau sapin, tout plein de merde... »

— La salle de bains est juste en dessous, derrière la scène. Il n'y a pas de baignoire, mais la douche marche.

— Quel luxe ! ironisa-t-elle en redescendant sans cesser son interprétation toute personnelle du classique de Noël.

Bah, se dit-il en lui emboîtant le pas, nous ne sommes arrivés que depuis deux heures ; j'ai encore cinq jours pleins pour faire sa conquête.

— J'ai autre chose à te montrer, annonça-t-il en l'entraînant dehors, plein d'espoir.

Ils traversèrent une grande cour carrée délimitée sur chaque côté par un bâtiment : la maison principale, la maison d'amis, la grange qu'ils venaient de quitter et le garage. Craig entraîna Sophie jusqu'à la porte d'entrée, en évitant la cuisine – et ses éventuelles corvées. En entrant dans le vestibule, il aperçut des flocons de neige accrochés dans ses cheveux et s'arrêta net pour la contempler, pétrifié.

— Quoi ? fit-elle.

— La neige dans tes cheveux, s'enflamma-t-il. C'est superbe.

Elle secoua la tête d'un geste impatient et les flocons disparurent.

— T'es bizarre, s'étonna-t-elle.

Bon, en conclut-il, elle n'aime pas les compliments.

Il la précéda dans l'escalier. La partie ancienne de la maison comprenait trois petites chambres et une salle de bains un peu désuète. L'appartement de grand-papa se trouvait dans l'aile nouvelle. Craig frappa à la porte pour avertir son grand-père de sa présence : pas de réponse, il entra.

Il traversa rapidement la chambre et pénétra dans le dressing-room. Il ouvrit une porte, écarta des costumes, à rayures, en tweed et à carreaux, la plupart dans les gris et les bleus, se glissa dans la penderie et poussa la cloison du fond. Un panneau d'environ cinquante centimètres carrés pivota sur une charnière. Craig, suivi par Sophie, se faufila par l'ouverture et referma tout derrière eux.

Il tâtonna dans l'obscurité et trouva un commutateur qui commandait une ampoule nue accrochée à une poutre.

Ils se trouvaient dans un grenier où il y avait de tout : un canapé dont le crin jaillissait par des déchirures du capitonnage, des albums de photos tombant en poussière posés à même le plancher, des cartons, des caisses dont Craig avait découvert au cours de visites précédentes qu'elles contenaient les bulletins scolaires de sa mère, des romans d'Enid Blyton portant l'inscription tracée d'une main enfantine : *Ce livre appartient à Miranda Oxenford, 9 ans et demi*, ainsi qu'une collection de cendriers, de coupes et de vases aussi laids les uns que les autres – cadeaux superflus ou achats mal avisés. Sophie passa un doigt sur les cordes d'une guitare poussiéreuse : elle était désaccordée.

— Ici, annonça Craig, on peut fumer.

Des paquets de cigarettes vides de marques oubliées – Woodbines, Players, Senior Service – lui donnaient à penser que la dépendance de sa mère au tabac datait de cette époque et celle de la grassouillette tante Miranda au chocolat aussi – les emballages de tablette jonchaient le sol. Quant aux nombreux magazines du style *Men Only, Playboy,* et *Hustler,* ils avaient probablement été amassés par oncle Kit.

Pourvu qu'elle ne les remarque pas, pria Craig. En vain.

— Oh, dis donc, du porno ! s'exclama-t-elle soudain plus intéressée qu'elle ne l'avait été de toute la matinée. Elle s'assit sur le canapé et commença à feuilleter.

Craig détourna la tête – il les avait tous lus, même s'il était prêt à jurer le contraire. Le porno, c'est un truc de garçon, et strictement personnel. Mais Sophie lisait *Playboy* sous son nez, aussi attentivement que si elle préparait un examen.

Pour détourner son attention, Craig raconta :

— Nous nous trouvons dans la laiterie de l'ancienne ferme. Grand-père l'a transformée en cuisine. La hauteur sous le toit étant très importante, il l'a réduite en faisant poser un plafond et en créant cet espace de rangement.

Elle ne leva même pas les yeux du journal.

— Elles sont toutes rasées ! pouffa-t-elle, ce qui le gêna encore davantage. Ça fait drôle !

— On peut voir dans la cuisine, insista-t-il, là où le conduit de la cuisinière traverse le plafond.

Il s'allongea à plat ventre, l'œil collé à un large interstice entre les planches et le tuyau métallique. De là on découvrait entièrement la cuisine – et même le vestibule tout au fond –, la longue table en pin, les placards de chaque côté, les accès à la salle à manger et à la buanderie, le fourneau entre l'office et le cellier et la porte de côté. Presque toute la famille était rassemblée autour de la table. Caroline, la sœur de Craig, nourrissait ses rats, Miranda servait du vin, Ned lisait le *Guardian*, Lori faisait pocher un saumon entier dans une poissonnière.

— On dirait que tante Miranda est un peu paf, lança Craig.

Cette information attira l'attention de Sophie qui abandonna sa lecture pour s'allonger près de Craig.

— Ils peuvent voir qu'on les espionne ? demanda-t-elle.

Lui, il ne s'occupait que de sa voisine, de ses cheveux ramenés derrière les oreilles et découvrant la peau d'une joue qui semblait d'une infinie douceur.

— Tu vérifieras la prochaine fois que tu iras dans la cuisine, suggéra-t-il. Tu verras que, derrière cette fente, il y a un éclairage au plafond qui le rend difficile à remarquer, même quand on connaît son existence.

— Alors, personne ne sait que tu es ici ?

— Tout le monde sait qu'il y a un grenier. Mais méfie-toi de Nellie : elle lèvera les yeux et penchera la tête pour écouter dès que tu bougeras. Elle saura que tu es là – et si quelqu'un l'observe, il pourra s'en apercevoir.

— Quand même, c'est super. Regarde mon père. Il

fait semblant de lire le journal mais il n'arrête pas de faire de l'œil à Miranda. Pouah ! (Elle roula sur le côté, prit appui sur un coude et tira de sa poche de jean un paquet de cigarettes.) Tu en veux ?

Craig secoua la tête.

— Quand on veut jouer sérieusement au football, on ne fume pas.

— Comment peut-on pratiquer un jeu sérieusement ?

— Les sports, c'est plus drôle quand on est bon.

— Ouais, tu as raison, fit-elle en soufflant la fumée tandis qu'il observait ses lèvres. C'est sans doute pour ça que je n'aime pas le sport, j'y suis trop nulle.

Craig se rendit compte qu'il avait franchi une sorte de barrière : elle lui parlait enfin et, qui plus est, très intelligemment.

— En quoi es-tu bonne ?

— Pas grand-chose.

Après un instant d'hésitation, il lança :

— À une soirée, une fille m'a dit que j'embrassais bien.

Il retint son souffle. Il fallait absolument trouver un moyen de briser la glace, mais n'était-ce pas trop tôt ?

— Oh ? fit-elle avec un intérêt purement théorique. Qu'est-ce que tu lui as fait ?

— Je pourrais te montrer.

— Pas question ! s'affola-t-elle en levant une main comme pour l'écarter, même s'il n'avait pas esquissé un geste.

L'imbécile ! il s'était laissé emporter.

— Ne t'en fais pas, dit-il en souriant pour masquer sa déception. Je ne ferai rien si tu n'en as pas envie, promis.

— C'est simplement que j'ai un petit ami.

— Oh ! je comprends.

— N'en parle à personne.

— Comment est-il ?

— Mon petit ami ? C'est un étudiant, fit-elle en détournant le regard et en plissant les yeux pour éviter la fumée de sa cigarette.

— À l'université de Glasgow ?

— Oui. Il a dix-neuf ans. Il croit que j'en ai dix-sept.

Craig n'était guère convaincu.

— Qu'est-ce qu'il étudie ?

— Qu'est-ce que ça peut faire ? Quelque chose d'assommant. Le droit, je crois.

Craig constata en regardant de nouveau par l'interstice que Lori parsemait de persil haché un plat de pommes de terre fumantes. Il eut faim, soudain.

— Le déjeuner est prêt, annonça-t-il. Je te montre l'autre sortie.

Il alla jusqu'au fond du grenier et ouvrit une grande porte. Une étroite corniche surplombait la cour de près de cinq mètres. Au-dessus de la porte, à l'extérieur du bâtiment, une poulie avait permis de hisser le canapé et les caisses de thé.

— Je ne peux pas sauter d'aussi haut, dit Sophie.

— Pas la peine. (Craig balaya de ses mains la neige qui tapissait le rebord, s'avança jusqu'au bout et descendit les quelque soixante centimètres menant à un toit en pente au-dessus du vestibule.) Facile.

Non sans inquiétude, Sophie l'imita. Il lui tendit la main et elle s'y cramponna. Il l'aida ensuite à descendre jusqu'au toit. Il remonta sur la corniche pour fermer la grande porte, puis rejoignit Sophie. Ils descendirent prudemment jusqu'au bord du toit glissant.

Craig se mit à plat ventre et sauta sur le sol. Puis Sophie s'allongea, les jambes au-dessus du vide. Craig leva les mains, la prit par la taille et la déposa dans la cour. Quelle légèreté !

— Merci, claironna-t-elle, comme si elle venait de triompher d'une pénible épreuve.

Ce n'est pourtant pas très difficile, se dit Craig en entrant avec elle dans la maison. Au fond, peut-être n'est-elle pas aussi sûre d'elle qu'elle en a l'air.

15 h 00

La neige, en soulignant de blanc gargouilles, frises et corniches, embellissait le Kremlin. Toni gara sa voiture et pénétra dans le bâtiment silencieux. La plupart des employés, ne voulant pas se laisser surprendre par la neige, étaient rentrés chez eux. D'ailleurs, a-t-on besoin d'une excuse pour partir de bonne heure le soir du réveillon ?

Elle se sentait meurtrie, comme après un accident de voiture, mais devait chasser résolument de son esprit tout rêve d'amour. Plus tard peut-être, seule dans son lit, elle repenserait à tout ce que Stanley avait dit et fait. Pour l'instant, elle avait une tâche à accomplir.

Certes, elle avait remporté un succès – pour lequel Stanley l'avait serrée dans ses bras –, mais un souci la harcelait pourtant et les paroles de Stanley résonnaient encore à ses oreilles : « Si nous perdions encore un lapin, nous nous retrouverions dans le pétrin. » C'était vrai. Un autre incident du même genre décuplerait les craintes ; aucune conférence de presse ne les étoufferait cette fois. « Il n'y aura plus d'incident de sécurité au labo », avait-elle affirmé. Elle avait maintenant une promesse à honorer.

Leurs ennemis se recrutaient parmi les activistes des droits de l'animal, et la mort de Michael Ross pouvait susciter la « libération » d'autres animaux de laboratoire. À moins que Michael n'ait travaillé avec des gens militant pour une autre idéologie et ne leur ait révélé un renseignement confidentiel leur permettant de contourner la sécurité du Kremlin.

Arrivée dans son bureau, elle composa le numéro du commissariat de police régional d'Inverburn et demanda le commissaire Frank Baxter, son ex.

— Alors, siffla-t-il, tu t'en es tirée. Tu as vraiment une veine de cocue. Tu aurais dû être crucifiée par les médias.

— Nous avons dit la vérité, Frank. L'honnêteté est la meilleure des politiques, tu le sais.

— Tu ne m'as pas dit la vérité à moi. Un hamster baptisé Peluche ! Tu m'as ridiculisé.

— Ça n'était pas fair-play, j'en conviens mais, de ton côté, tu ne devais pas raconter l'histoire à Carl. Nous sommes donc quittes.

— Que veux-tu ?

— Selon toi, est-ce que quelqu'un a aidé Michael Ross à voler le lapin ?

— Aucune idée.

— Je t'ai donné son carnet d'adresses et je présume que tu as vérifié ses contacts – les membres des « Animaux sont libres », par exemple. Ils sont paisibles ou capables d'actes plus dangereux ?

— Mon enquête n'est pas encore terminée.

— Allons, Frank, je te demande juste un conseil. Un nouvel incident est-il envisageable ?

— Je ne peux malheureusement pas t'aider.

— Frank, nous nous sommes aimés autrefois et

nous avons fait équipe pendant huit ans. Ça ne mérite pas une meilleure fin ?

— Invoques-tu nos relations passées pour obtenir de moi des informations confidentielles ?

— Mais non ! Je me fous des informations, je peux me les procurer ailleurs. Je ne supporte simplement pas d'être traitée en ennemie par quelqu'un que j'ai aimé. Une loi nous interdirait-elle d'être aimables l'un envers l'autre ?

Un déclic, puis la tonalité, il avait raccroché. Elle soupira : il lui faudrait une autre petite amie, cela le calmerait peut-être.

Elle appela Odette Cressy, sa copine de Scotland Yard.

— Je t'ai vue aux infos, dit Odette.

— Alors ?

— Super autoritaire, s'esclaffa Odette. Pas le genre à aller en boîte avec une robe affriolante. Mais moi, je sais à quoi m'en tenir !

— Surtout ne le répète à personne.

— Quoi qu'il en soit, ton incident avec le Madoba-2 ne semble pas concerner... ce qui m'intéresse.

Sous-entendu : « le terrorisme ».

— Bon, fit Toni. Mais dis-moi une chose... d'un point de vue purement théorique.

— Bien sûr.

— Des terroristes pourraient se procurer assez facilement des échantillons d'un virus, style Ebola, dans un de ces hôpitaux africains gardés par un flic de dix-neuf ans vautré sur sa chaise, la cigarette au bec. Alors pourquoi tenter le cambriolage – extraordinairement difficile – d'un laboratoire de haute sécurité ?

— Pour deux raisons : premièrement, ils ne savent

pas que c'est facile d'obtenir de l'Ebola en Afrique, deuxièmement, il ne faut pas comparer le Madoba-2 à l'Ebola : il est bien pire.

— Taux de survie : zéro, murmura-t-elle en se rappelant les paroles de Stanley.

— Exactement.

— Et « Les animaux sont libres » ? Tu as vérifié ?

— Naturellement. Ils sont inoffensifs ; ils ne dépasseront pas le stade du barrage routier.

— Bonne nouvelle. Je veux simplement vérifier qu'un incident du même genre ne se produira pas.

— À mon avis, c'est peu probable.

— Merci, Odette. Tu es une véritable amie, et c'est assez rare pour le signaler.

— Tu m'as l'air un peu déprimée.

— Mon ex me cause des difficultés.

— C'est tout ? Nous en avons l'habitude. Il s'est passé quelque chose avec le professeur ?

— Sa famille représente à ses yeux ce qu'il y a de plus important au monde et il ne fera jamais rien pour la contrarier, développa-t-elle, n'essayant même pas de duper Odette, fût-ce au téléphone.

— Le salaud !

— Quand tu dénicheras un homme qui ne soit pas un salaud, je t'en prie, demande-lui tout de suite s'il a un frère.

— Qu'est-ce que tu fais pour Noël ?

— Je vais dans un centre de remise en forme. Massage, soins du visage, manucure, longues promenades.

— Toute seule ?

— C'est gentil de t'inquiéter pour moi, fit Toni en souriant, mais je ne suis pas triste à ce point-là.

— Avec qui pars-tu ?

— Toute une bande. Bonnie Grant, une vieille

amie – nous étions à l'université ensemble, les deux seules filles du cours de mécanique. Elle a récemment divorcé. Charles et Damien, tu les connais. Et deux couples que tu n'as jamais rencontrés.

— Les deux homos vont te ragaillardir.

— Tu as raison. (Charlie et Damien, une fois déchaînés, étaient capables de la faire rire aux larmes.) Et toi ?

— Je ne sais pas très bien. Tu me connais, j'ai horreur de faire des projets.

— J'envie ta spontanéité.

— Joyeux Noël ! lança Odette avant de raccrocher.

Toni convoqua alors Steve Tremlett, le gardien-chef. Elle avait pris un risque en engageant ce copain de Ronnie Sutherland, l'ancien chef de la sécurité et le complice de Kit Oxenford. Rien ne prouvait que Steve eût été au courant de la combine, et Toni, craignant qu'il ne lui en veuille d'avoir viré son copain, avait décidé de lui accorder le bénéfice du doute : elle l'avait nommé responsable de la surveillance et il l'en avait récompensée en se montrant loyal et efficace.

Quelques instants plus tard arriva un homme, plutôt petit, soigné, trente-cinq ans environ, le front haut et les cheveux blonds coupés presque en brosse, qui portait un classeur en carton sous le bras. Toni lui désigna un siège et il s'assit.

— Selon la police, Michael Ross aurait agi seul, sans complices, dit-elle.

— Effectivement, je le crois solitaire.

— Malgré tout, il faut que ce soir tout soit solidement bouclé.

— Pas de problème.

— Assurons-nous-en. Vous avez la liste de service avec vous ?

Steve lui tendit une feuille de papier. En temps normal, les services de nuit, des week-ends et des jours de congé étaient assurés par trois gardes, l'un au corps de garde, un autre à la réception et le troisième devant les écrans de la salle de contrôle. Même quand ils avaient besoin de quitter leur poste, ils restaient reliés au réseau du laboratoire par des portables. Une fois par heure avaient lieu une tournée du bâtiment principal et une patrouille à l'extérieur. Au début, Toni avait estimé leur nombre insuffisant, mais la vraie sécurité était assurée par la technologie sophistiquée ; le personnel humain n'était là qu'en renfort. Malgré tout, pour ces vacances de Noël, elle avait doublé les effectifs : ils seraient donc deux à chacun des trois postes et patrouilleraient toutes les demi-heures.

— Vous travaillez ce soir ?

— J'ai besoin de faire des heures supplémentaires.

— Je vois.

Le travail s'effectuait normalement par tranche de douze heures, mais il n'était pas rare qu'elles soient doublées quand il manquait du personnel ou bien, comme ce soir, en cas de crise.

— Passez-moi la liste des numéros d'urgence. (En cas d'incendie, d'inondation, de coupure de courant, de panne informatique, de défaillance du système téléphonique et autres problèmes.) Appelez tous ces numéros dans l'heure qui suit et vérifiez simplement qu'on pourra les joindre pendant les fêtes de Noël, ordonna Toni.

— Très bien.

— Si vous avez le moindre doute, lui recommanda-t-elle en lui rendant sa liste, n'hésitez pas à appeler la police d'Inverburn.

— Justement, fit-il en hochant la tête, mon beau-frère Jack est de service ce soir. Ma femme a emmené les enfants chez eux pour Noël.

— Combien seront-ils ce soir au commissariat ?

— Pour l'équipe de nuit ? Un inspecteur, deux sergents et six agents de police. Plus un commissaire de garde.

Ils seront peu, se dit-elle, mais après tout, une fois les pubs fermés et les pochards rentrés chez eux, ils n'auront plus grand-chose à faire.

— Savez-vous quel commissaire ?

— Oui, votre copain Frank.

Toni ne releva pas.

— Mon portable sera allumé jour et nuit. Appelez-moi – je ne compte pas m'éloigner beaucoup. À la moindre anomalie et quelle que soit l'heure, d'accord ?

— Bien sûr.

— Même en pleine nuit...

... puisque je dormirai certainement seule, poursuivit-elle pour elle-même. (Une telle confidence aurait été gênante pour Steve.)

— Je comprends, dit-il et c'était peut-être vrai.

— C'est tout. Je pars dans quelques minutes, ajouta-t-elle après avoir jeté un coup d'œil à sa montre. (Presque 16 heures, la nuit tombait.) Joyeux Noël, Steve.

— À vous aussi, répondit-il en la quittant.

Toni aperçut son propre reflet dans la vitre : elle était ébouriffée, ce qui la faisait paraître fatiguée. Il était temps de partir : elle devait rentrer chez elle pour se changer avant de prendre la route. Elle avait quatre-vingts kilomètres à parcourir pour arriver au centre de remise en forme et elle n'accordait qu'une confiance limitée aux prévisions rassurantes de la météo.

Elle éteignit son ordinateur et ferma son classeur à clef. Malgré toutes les précautions qu'elle avait prises, elle quittait le Kremlin et ses responsabilités à contrecœur.

Elle se força à se lever : après tout, elle était la directrice des installations, pas la gardienne, et si elle avait fait tout son possible pour assurer la protection des lieux, elle pouvait partir. Sinon, il s'agissait d'incompétence et elle devrait par conséquent démissionner.

Mais la vraie raison qui la poussait à rester était que, une fois franchie la porte de son bureau, elle devrait réfléchir à Stanley.

Elle prit son sac et sortit. La neige tombait, plus drue.

16 h 00

Kit, assis au salon avec son père, son neveu Tom, son beau-frère Hugo et Ned, le fiancé de Miranda, ne décolérait plus depuis qu'on lui avait annoncé la répartition des chambres. De son cadre, Mamma Marta les contemplait avec une expression d'impatience que Kit attribuait à sa hâte d'échanger sa robe de bal contre un tablier pour faire cuire des lasagnes.

Les femmes de la famille préparaient le repas de Noël. Les aînés des enfants se trouvaient dans la grange. Les hommes regardaient un film à la télé : le héros, une brute à l'esprit étroit interprétée par John Wayne, rappela Harry Mac à Kit, qui était trop tendu pour suivre l'intrigue.

Il avait pourtant bien spécifié à Miranda qu'il avait besoin de la maison d'amis. Et puis, elle avait ajouté une telle couche de sentiments devant ces retrouvailles qu'il avait fini par accepter de venir. Et voilà qu'elle n'avait pas rempli l'unique condition qu'il avait posée. Ah ! les femmes...

Le paternel, lui, n'était pas un sentimental. Il manifestait à peu près autant de tendresse qu'un policeman de Glasgow un samedi soir et il avait négligé la demande de Miranda, sans doute encouragé par

Olga. Les prénoms de Gonerille et Regane leur auraient mieux convenu, se dit-il. Ses sœurs lui rappelaient les filles rapaces du roi Lear.

Kit avait besoin de s'absenter de Steepfall dans la nuit sans que personne s'en aperçoive. C'est pour cette raison qu'il avait demandé la petite maison dont il aurait pu s'éclipser discrètement après avoir fait semblant d'aller se coucher. Il avait déjà garé sa voiture devant le garage, loin de la maison, et personne ne l'entendrait démarrer. Il aurait regagné son lit dans la matinée alors que personne ne serait encore levé.

Maintenant, son affaire se compliquait à cause de la situation de sa chambre, à côté de celle d'Olga et d'Hugo et en outre dans la partie ancienne de la grande maison dont le parquet craquait terriblement. Il devrait attendre que tout le monde fût couché pour sortir en catimini de sa chambre et descendre à pas de loup l'escalier. Si, par hasard, il croisait quelqu'un, il expliquerait qu'il avait juste eu envie de prendre l'air, au beau milieu de la nuit et sous la neige ? Et le lendemain ? On le verrait sûrement revenir et il se justifierait en parlant d'une petite promenade, à pied ou en voiture. Plus tard, quand la police poserait des questions, on se souviendrait à coup sûr de son étrange balade matinale...

Il chassa momentanément cette idée pour se concentrer sur un problème plus immédiat : celui de voler la carte à puce utilisée par son père pour entrer au BRN-4. Nigel Buchanan n'avait cessé de le harceler à ce propos.

— Où ton père la met-il ?

— En général dans la poche de sa veste.

— Sinon ?

— Dans son portefeuille ou dans sa serviette.

— Comment peux-tu la piquer sans être vu ?

— La maison est grande : je le ferai quand il sera dans son bain ou sorti se promener.

— Il s'apercevra qu'elle a disparu.

— Non, pas tant qu'il n'aura pas besoin de s'en servir, c'est-à-dire vendredi au plus tôt. D'ici là, je l'aurai remise en place.

— Tu es certain ?

— Merde, Nige ! l'avait brutalement interrompu Elton. On compte sur Kit pour nous faire entrer dans une forteresse ; s'il n'est pas fichu de piquer un truc comme ça à son putain de père, on est mal !

Kit avait trouvé le moyen de parer au fait que la carte de Stanley ne connaissait que ses empreintes.

Le film approchait de son épilogue : John Wayne avait raison des méchants. Kit sauta sur l'occasion pour s'éclipser discrètement.

Il se leva en marmonnant qu'il allait aux toilettes. Depuis le vestibule, il aperçut dans la cuisine Olga qui bourrait de farce une énorme dinde, Miranda qui nettoyait des choux de Bruxelles et Lori sortant de la buanderie, une nappe pliée sur les bras qu'elle emportait dans la salle à manger.

Kit s'engouffra dans le bureau de son père et referma la porte. Il cherchait la veste de son père mais ne la trouva ni accrochée à la patère derrière la porte ni posée sur le dossier de son fauteuil. Pour envisager les autres possibilités, il choisit, malgré le risque, de rester sur place. Sans cambriolage, envolés les trois cent mille livres, le billet pour Lucques et, pis, le remboursement de la dette à Harry Mac. Il se rappela le traitement que Daisy lui avait infligé dans la matinée ; il en frissonna.

La serviette du paternel était posée par terre à côté du bureau. Kit la fouilla rapidement : elle contenait des dossiers avec des diagrammes incompréhensibles, le *Times* du jour ouvert à la page des mots croisés – pas tout à fait terminés –, une demi-tablette de chocolat et le petit carnet relié de cuir où son père notait, comme toute personne âgée, ce qu'il avait à faire.

Sur la table, bien rangée, aucune trace de la carte ni de quoi que ce fût qui puisse la contenir ; rien d'autre qu'une petite pile de dossiers, un pot plein de crayons et un ouvrage intitulé *Septième rapport du Comité international de taxonomie des virus*.

Le souffle court et le cœur battant plus vite, il se mit à ouvrir les tiroirs, estimant qu'il n'avait plus rien à perdre. Tant pis si on le surprenait.

En trente années d'utilisation de ce bureau, son père y avait accumulé une quantité stupéfiante d'objets inutiles : des porte-clefs, des stylos sans encre, une antique calculette à imprimante, du papier à lettres avec des indicatifs téléphoniques périmés, des manuels concernant des logiciels dépassés. Mais aucune carte électronique.

Kit quitta la pièce sans que personne l'ait vu entrer ou ressortir.

Il grimpa l'escalier sans bruit : son père, un homme ordonné, perdait rarement ses affaires et n'aurait pas abandonné son portefeuille n'importe où. La seule possibilité restante était la chambre à coucher.

Kit entra et referma la porte derrière lui.

Il réalisa que peu à peu s'effaçait la présence de sa mère. La dernière fois qu'il était entré dans cette pièce, certaines de ses affaires y traînaient encore : un sous-main en cuir, une brosse au manche en argent, une photographie de Stanley dans un cadre ancien. Tout cela avait disparu. Seuls demeuraient les rideaux et le capitonnage des fauteuils au tissu bleu et blanc très chargé, caractéristique du goût théâtral de sa mère.

La tête de lit était flanquée de deux gros coffres en acajou massif de la fin du XIXe siècle, qui faisaient office de tables de nuit. Kit ouvrit les tiroirs de droite du côté où son père avait l'habitude de dormir : une torche électrique et un volume de Proust sans doute pour meubler d'éventuelles insomnies. Du côté de sa mère, les tiroirs étaient vides.

Kit passa alors dans le dressing-room où alternaient les portes de placards peintes en blanc et celles couvertes d'un miroir. Dehors, la nuit tombante lui laissait juste assez de luminosité.

Il trouva dans une penderie, accroché sur un cintre, le veston du costume que Stanley avait porté dans la journée ; il plongea la main dans la poche intérieure et en tira un gros portefeuille de cuir noir usé par les années, qui contenait une petite liasse de billets et un assortiment de cartes en plastique – parmi lesquelles celle du Kremlin.

— Bingo, murmura Kit.

Au même moment, la porte de la chambre s'ouvrit sur Miranda, chargée d'un panier de linge en plastique orange. À cause de la pénombre, elle ne repéra pas Kit, qui se dissimula derrière un battant et qui, en se penchant un peu, la voyait dans le grand miroir fixé au mur de la chambre.

Elle alluma et commença à défaire le lit. Olga et elle aidaient parfois Lori dans certaines de ses corvées. Kit n'avait plus qu'à attendre.

Il se livra à une sorte d'examen de conscience.

Comment était-il devenu cet intrus au sein de sa propre famille, qui volait son père et se cachait de sa sœur ?

Son père l'avait laissé tomber alors qu'il avait besoin d'aide. Voilà ce qui avait tout déclenché.

Eh bien, ils le paieraient tous. Il partirait et ne dirait à personne où il allait. Il se bâtirait une vie nouvelle dans un autre pays, se fondrait dans les habitudes de la petite ville de Lucques, se nourrirait de tomates et de pasta, boirait du chianti et jouerait le soir au gin-rummy pour des haricots. Il serait comme le personnage en arrière-plan dans un grand tableau, le passant qui ignore le martyr en train d'agoniser. Là-bas, il serait tranquille.

Miranda commençait à refaire le lit avec des draps propres quand Hugo entra. Il s'était changé et, avec son pull-over rouge et son pantalon de velours vert, ressemblait à un lutin de Noël. Il referma la porte derrière lui.

— Qu'est-ce que tu veux ? demanda Miranda.

— Te donner un coup de main, suggéra-t-il, tout sourire, en commençant à border le drap.

Kit, planté derrière la porte du dressing-room, le portefeuille de son père dans une main et la carte électronique du Kremlin dans l'autre, ne pouvait pas faire un geste sans risquer d'être découvert.

— Tiens, dit Miranda en prenant Hugo au mot et en lui jetant une taie.

Hugo s'exécuta, puis l'aida à disposer le couvre-lit.

— Ça fait une éternité qu'on ne t'a pas vue, susurra-t-il. Tu me manques.

— Ne dis pas de bêtises, coupa Miranda sèchement en se servant du panier à linge comme d'un bouclier face à Hugo qui avait contourné le lit.

— Si tu me donnais un baiser en souvenir du bon vieux temps ?

De quel bon vieux temps Hugo parle-t-il ? se demanda Kit de plus en plus intrigué. Il est marié à Olga depuis près de vingt ans !

— Arrête maintenant, lança Miranda d'un ton ferme.

Hugo empoigna le panier et poussa Miranda. Ses jambes butèrent contre le bord du lit, la forçant à s'asseoir. Elle lâcha le panier pour libérer ses mains et tenter de se relever, mais Hugo réussit à s'agenouiller sur le lit et à la chevaucher.

Kit était sidéré : il connaissait Hugo et ses tendances à flirter, mais il ne pensait pas qu'il se comporterait en don Juan avec Miranda.

Hugo retroussa la large jupe plissée révélant à Kit, médusé, les hanches larges et les cuisses fortes de sa sœur, ainsi que la culotte de dentelle noire et le porte-jarretelles qu'elle portait.

— Laisse-moi tranquille, répéta-t-elle.

Kit ne savait que faire ; leurs affaires ne le regardaient pas et il n'avait pas envie d'en être témoin. Impossible de se faufiler hors de la pièce, trop petite, sans être vu. Il se rappela alors le panneau qui donnait sur le grenier, mais, s'il se glissait dans la penderie, on le verrait. Il finit par rester où il se trouvait.

— Juste un petit coup vite fait, supplia Hugo. Personne ne le saura.

Miranda prit son élan et le gifla violemment avant de lui donner un coup de genou dans l'aine. Puis elle se retourna, le repoussa avec vigueur et se releva d'un bond.

— Tu m'as fait mal ! protesta Hugo toujours allongé.

— Tant mieux, et maintenant, écoute-moi. Ne refais jamais une chose pareille.

Il referma sa braguette et se redressa.

— Pourquoi donc ? Qu'est-ce que tu feras ? Tu le diras à Ned ?

— Je devrais, mais je n'en ai pas le courage. J'ai couché avec toi une fois – j'étais seule et déprimée – et je n'ai pas cessé de le regretter depuis. (Ce fut un choc pour Kit de découvrir que Miranda couchait avec le mari d'Olga. S'envoyer la sœur de sa femme, cet arrangement pépère qui plaît à bien des hommes, était un comportement qui, de la part d'Hugo, ne surprenait pas Kit. Mais venant de Miranda, qui avait des principes... Kit l'aurait crue incapable de coucher avec le mari de qui que ce fût, a fortiori de sa sœur.) C'est ce dont j'ai le plus honte, reprit Miranda, et je ne veux pas que Ned l'apprenne.

— Alors, qu'est-ce que tu menaces de faire ? De le dire à Olga ?

— Elle divorcerait et ne m'adresserait plus jamais la parole ; la famille exploserait.

Ça ne serait peut-être pas un mal, se dit Kit, mais Miranda ne le veut à aucun prix.

— Ça ne te laisse guère le choix, n'est-ce pas ? triompha Hugo. Puisque nous ne pouvons pas être ennemis, embrasse-moi gentiment et restons bons amis.

— Impossible, lui asséna Miranda, glaciale, tu me dégoûtes.

— Ah bon ! se résigna Hugo, sans aucune gêne, alors, déteste-moi. Je t'adore quand même.

Il lui adressa son plus charmant sourire et quitta la chambre en boitillant légèrement.

Au moment où la porte claquait, Miranda cria :

— Espèce de salaud.

Kit ne l'avait jamais entendue jurer comme ça.

Elle ramassa son panier puis, au lieu de sortir comme il s'y attendait, s'avança dans sa direction, pour déposer des serviettes propres dans la salle de bains. Il n'avait plus le temps de bouger. En trois enjambées elle fut sur le seuil du dressing-room. Elle alluma et presque simultanément l'aperçut – il avait tout juste eu le temps de glisser la carte dans la poche de son pantalon.

— Kit ! Qu'est-ce que tu fabriques là ? Tu m'as fait une de ces peurs ! (Elle pâlit et ajouta :) Tu as dû tout entendre.

— Désolé, fit-il en haussant les épaules. Ça n'était pas volontaire.

De pâle, elle devint toute rouge.

— Tu ne diras rien, n'est-ce pas ?

— Bien sûr que non.

— Je parle sérieusement, Kit. Tu ne dois jamais en parler. Ce serait épouvantable : ça ferait capoter deux mariages.

— Je sais, je sais.

Là-dessus, elle remarqua le portefeuille.

— Qu'est-ce que tu mijotes ?

— J'avais besoin d'argent, hésita-t-il un instant, avant de montrer les billets.

— Oh ! Kit ! fit-elle, désemparée mais sans porter de jugement. Pourquoi cherches-tu toujours de l'argent facile ? (Il ravala une réplique indignée : l'essentiel était qu'elle crût à son histoire. Il s'efforça d'avoir l'air honteux.) Olga a raison de prétendre, poursuivit-elle, que tu préférerais voler un shilling plutôt que de gagner honnêtement une livre.

— Ça va, n'insiste pas.

— Tu ne dois pas prendre de l'argent dans le portefeuille de papa... C'est épouvantable !

— Je suis un peu coincé.

— Je te donnerai de l'argent ! (Elle reposa le panier de linge, révélant deux poches sur le devant de sa jupe. De l'une d'elles, elle tira une liasse de billets de cinquante, elle en défroissa deux et les lui tendit.) Tu n'as qu'à me demander... je ne te refuserai jamais.

— Merci, Mandy, dit-il en utilisant le surnom de leur enfance.

— Mais tu ne dois jamais voler d'argent à papa.

— D'accord.

— Et, je t'en supplie, ne parle jamais à personne à propos de moi et d'Hugo.

— Promis, fit-il.

17 h 00

Toni dormait depuis plus d'une heure quand son réveil la tira d'un sommeil profond. Elle s'était allongée sans même avoir eu le courage d'enlever sa veste et ses chaussures. Mais ce petit somme l'avait ragaillardie. Elle avait conservé de ses années passées dans la police la faculté de s'endormir n'importe où et de se réveiller instantanément.

Elle occupait un étage dans une maison de la fin du XIXe siècle divisée en appartements ; elle disposait d'une chambre, d'un salon, d'une petite cuisine et d'une salle de bains. Inverburn avait beau être un port, Toni ne voyait pas la mer de chez elle. Cela n'avait d'ailleurs pas d'importance, car elle n'était pas très attachée à cet endroit où elle s'était réfugiée après sa rupture avec Frank et où elle n'avait donc pas de souvenirs bien agréables. Elle habitait là depuis deux ans, mais considérait encore que c'était provisoire.

Elle se leva, ôta le tailleur qu'elle portait depuis deux jours et une nuit et le déposa dans un sac pour la teinturerie. Elle passa un peignoir et prépara sa valise ; elle avait prévu de partir vers midi et il lui fallait se dépêcher un peu.

Elle avait hâte de s'abandonner – elle en avait tellement besoin – entre les mains expertes des masseurs, manucures, coiffeurs, maquilleurs et d'évacuer ses toxines dans le sauna. Et, surtout, elle retrouverait de vieux amis avec lesquels elle oublierait tous ses ennuis autour d'une table de jeu ou en bavardant.

Sa mère était probablement arrivée chez Bella maintenant. Cette femme intelligente, qui avait enseigné les mathématiques et suivi Toni tout au long de sa scolarité, jusqu'à son certificat de mécanique en dernière année de licence, ne savait même plus compter sa monnaie dans un magasin. Toni, qui l'aimait profondément, souffrait de la voir décliner ainsi.

Bella n'était pas très organisée : elle faisait le ménage quand l'envie l'en prenait, la cuisine quand elle avait faim et oubliait parfois d'envoyer ses enfants en classe. Bernie, son coiffeur de mari, ne travaillait que de façon épisodique en raison d'une vague affection des bronches. « Le docteur m'a encore arrêté pour quatre semaines, répondait-il en général quand on lui demandait de ses nouvelles. Et toi, comment ça va ? »

Jusqu'à présent leur mère n'avait attaché aucune importance au laisser-aller de Bella et se rendait toujours avec plaisir dans l'H.L.M. venteuse de Glasgow du moment où elle retrouvait ses petits-enfants, même pour grignoter des chips ramollies. Mais aujourd'hui, à cause des premières atteintes de la maladie d'Alzheimer, Toni craignait que sa mère ne supporte moins bien les conditions hasardeuses d'un tel séjour et Bella le caractère de plus en plus capricieux de sa mère. Toni s'était permis, un jour, une remarque agacée à propos de Bella et sa mère avait sèchement rétorqué : « Elle ne se donne pas autant de mal que toi, voilà pourquoi elle est plus heureuse. » Dans la conversation, sa mère faisait de moins en moins preuve de tact, mais lâchait des remarques douloureusement justes.

Une fois sa valise faite, Toni se lava les cheveux puis prit un bain pour dissiper la tension de ces deux derniers jours. Elle s'endormit dans la baignoire et se réveilla en sursaut, une ou deux minutes plus tard certainement, car l'eau n'avait pas eu le temps de refroidir. Elle se leva et se frictionna vigoureusement.

Elle se regarda dans le grand miroir en se disant que ses atouts d'antan avaient seulement glissé de quelques centimètres. Frank, du moins au début, appréciait son corps. « Tu as des nichons formidables ! » s'exclamait-il avec gourmandise. Elle les trouvait trop gros mais lui les adorait. « Je n'ai jamais vu une chatte de cette couleur, déclara-t-il un jour, allongé entre ses jambes. On dirait du biscuit au gingembre. » Quand retrouverait-elle quelqu'un qui s'émerveillerait de la couleur de sa toison ?

Elle enfila un jean beige et un pull vert foncé. Elle fermait sa valise quand le téléphone sonna. C'était sa sœur.

— Salut, Bella, fit Toni. Comment va maman ?

— Elle n'est pas là.

— Quoi ? Tu étais censée la prendre à une heure.

— Je sais, mais Bernie avait la voiture et je n'ai pas pu y aller.

— Et tu n'es toujours pas partie ? fit Toni en regardant sa montre. Cinq heures et demie. (Elle imagina sa mère assise depuis des heures dans le hall de la maison de retraite, avec son manteau et son chapeau, sa valise posée auprès d'elle. Elle se fâcha.) À quoi penses-tu ?

— En fait, le temps s'est gâté.

— Il neige sur toute l'Écosse, mais pas au point de ne pas prendre la route.

— Bernie ne veut pas que je fasse cent kilomètres dans la nuit.

— Tu n'aurais pas eu à rouler de nuit si tu étais allée la chercher comme tu l'avais promis !

— Oh ! mon Dieu ! je savais que tu te mettrais en colère.

— Je ne suis pas en colère..., fit Toni. (Sa sœur lui avait déjà fait ce coup-là : dans une seconde elle disserterait sur les tendances colériques de Toni, et non sur les siennes à oublier ses promesses.) Il n'est pas question de moi mais de maman. Tu ne crois pas qu'elle doit être déçue ?

— Bien sûr que si, mais ce n'est pas ma faute s'il fait mauvais temps.

— Que comptes-tu faire ?

— Je ne peux rien faire.

— Alors tu la laisses dans sa maison de retraite pour Noël ?

— À moins que tu ne la prennes, puisque tu n'es qu'à quinze kilomètres.

— Bella, j'ai retenu une chambre dans un centre de remise en forme ! Sept amis comptent sur moi pour passer cinq jours avec eux. J'ai payé quatre cents livres d'avance et enfin j'ai hâte de me reposer un peu.

— Ça me paraît un peu égoïste.

— Je me suis occupée de maman les trois derniers Noëls et je suis égoïste ?

— Tu n'as aucune idée de ce que c'est que d'élever

trois enfants avec un mari trop malade pour travailler. Tu gagnes plein d'argent et tu n'as à t'occuper que de toi.

Je n'ai pas été assez bête pour épouser un flemmard et le laisser me faire trois enfants, songea Toni, mais elle ne dit rien. À quoi bon discuter avec Bella : sa façon de vivre était déjà une punition.

— Alors, tu me demandes d'annuler mes vacances, d'aller chercher maman et de m'occuper d'elle pour Noël.

— À toi de voir, déclara Bella, papelarde. Écoute ta conscience.

— Merci de ce bon conseil.

Toni ne supporterait pas – et Bella le savait pertinemment – de savoir leur mère seule dans sa chambre ou au réfectoire devant sa portion de dinde fadasse et de choux de Bruxelles tièdes, ou encore recevant un cadeau minable dans un emballage criard des mains du gardien déguisé en père Noël. Toni n'avait même pas besoin de réfléchir.

— Très bien, j'y vais.

— Je regrette vraiment que tu n'aies pas pu le proposer plus gracieusement, déplora sa sœur.

— Oh ! Bella, va te faire voir, s'écria Toni, et elle raccrocha.

Amèrement déçue, elle appela le centre de remise en forme pour annuler sa réservation, demanda à parler à l'un de ses amis.

— Où es-tu ? s'inquiéta Charlie. Nous sommes tous dans le Jacuzzi : tu ne sais pas ce que tu manques !

— Je ne peux pas venir, dit-elle piteusement.

Elle lui expliqua la situation en quelques mots.

— Quelle injustice ! s'insurgea-t-il, scandalisé. Tu as pourtant bien besoin de souffler un peu.

— Je sais, mais je ne peux pas supporter l'idée qu'elle reste toute seule dans cette maison quand les autres sont dans leur famille.

— N'oublie pas tous les problèmes que tu viens de rencontrer.

— Oui. C'est moche, mais je crois qu'Oxenford Medical s'en est bien tiré... à condition qu'il n'arrive rien d'autre.

— Je t'ai vue à la télé.

— Tu m'as trouvée comment ?

— Superbe – cela dit, c'est ton patron qui m'a tapé dans l'œil.

— À moi aussi, mais il a trois enfants adultes à qui il ne veut pas faire de peine, alors je crois que c'est une cause perdue.

— Quelle sale journée pour toi !

— Je suis désolée de vous laisser tous tomber.

— Sans toi, ça ne sera pas la même chose.

— Charlie, il faut que je raccroche... il vaut mieux que j'aille chercher maman le plus tôt possible. Joyeux Noël.

Elle raccrocha et resta assise à contempler le téléphone.

— Quelle vie ! râla-t-elle à voix haute. Quelle foutue saleté de vie !

18 h 00

Les relations de Craig avec Sophie n'avaient, au cours de cet après-midi entier passé avec elle, progressé que très lentement. Il avait gagné au ping-pong et perdu au billard. Leurs goûts en matière de musique coïncidaient, chacun préférant la guitare à la contrebasse avec batterie, mais la passion pour la littérature fantastique entraînait Craig vers Stephen King et Sophie vers Anne Rice. Il lui parla du mariage de ses parents, orageux mais passionné, et elle lui raconta le divorce des siens, qui se passait vraiment mal.

Pourtant aucun signe d'encouragement de sa part : jamais elle ne lui effleura le bras, jamais son regard ne s'attarda sur lui quand la conversation porta sur des sujets un peu romantiques, tels que les sorties à deux ou le flirt. Au contraire, elle évoquait un monde où il n'avait pas sa place – pas moins qu'elle d'ailleurs avec ses quatorze ans –, un monde de boîtes de nuit, d'amies droguées et de motards.

Plus le dîner approchait, plus le désespoir le gagnait : il n'allait quand même pas lui courir après cinq jours durant pour, à la fin, lui dérober un baiser. Il voulait la conquérir dès le premier jour de manière à passer les vacances à vraiment la connaître. Mais de toute évidence ce n'était pas son programme à elle ; il lui fallait donc trouver un raccourci.

Sa façon de parler sans cesse de gens plus âgés laissait entendre qu'elle le considérait comme un gosse, bien qu'il ait un an et sept mois de plus qu'elle. Il devait absolument lui prouver que sa maturité et son expérience valaient bien les siennes.

Il avait déjà embrassé des filles, Sophie ne serait pas la première. Il était sorti pendant six semaines avec Caroline Stratton, une élève de seconde de son lycée qui, bien que jolie, avait fini par le lasser. La grassouillette Lindy Riley, la sœur d'un copain du football, lui avait paru plus excitante. Elle lui avait même accordé quelques privautés qu'il n'avait jamais connues auparavant. Malheureusement, elle avait reporté son intérêt sur le joueur de synthé d'un orchestre rock de Glasgow. Sans oublier celles qu'il avait embrassées une ou deux fois.

Là, c'était différent : depuis qu'il l'avait rencontrée à l'anniversaire de sa mère, quatre mois auparavant, Sophie n'avait pas quitté ses pensées. Il avait téléchargé en écran de veille sur son ordinateur une photo prise par son père lors de la soirée qui montrait Craig gesticulant devant Sophie et la faisant rire aux larmes. Quand il regardait d'autres filles, il ne pouvait s'empêcher de les comparer à Sophie ; elles devenaient alors soit trop fades, soit trop grosses, soit, tout bonnement, banales et, de toute façon, mortellement conventionnelles. Le caractère difficile de Sophie ne le gênait pas, il avait l'habitude avec sa mère. Quelque chose chez Sophie lui allait droit au cœur.

À 18 heures, affalé sur le canapé de la grange, il décida qu'il avait assez regardé MTV pour la journée.

— Tu veux qu'on aille à la maison ? lui demanda-t-il.

— Pour quoi faire ?

— Ils doivent être tous assis à la table de la cuisine.

— Et alors ?

Alors, pensa Craig en lui-même, c'est plutôt sympa. Il fait bon dans la cuisine, on sent les bonnes odeurs du dîner qui se prépare, papa raconte des histoires drôles, tante Miranda sert du vin. On est plutôt bien. Mais il savait que cela n'impressionnerait pas Sophie, aussi lança-t-il :

— Il y aura peut-être quelque chose à boire.

— Bon, fit-elle en se levant. J'ai envie d'un cocktail.

Tu peux toujours rêver, poursuivit Craig, pour lui-même. Grand-père ne servira pas d'alcool à une gamine de quatorze ans, à la rigueur une demi-coupe de champagne. Mais Craig lui laissa ses illusions. Ils enfilèrent leur manteau et sortirent dans la cour brillamment éclairée dès la tombée de la nuit, par des lanternes accrochées à chaque bâtiment. D'épais flocons de neige tourbillonnaient dans l'air et le sol était glissant. Ils allaient entrer dans la maison principale quand Craig aperçut la Ferrari de son grand-père, sous cinq centimètres de neige. Luke n'avait pas encore eu le temps de la garer.

— La dernière fois que je suis venu, déclara Craig, grand-père m'a laissé conduire sa voiture jusqu'au garage.

— Tu conduis ? douta Sophie.

— Je n'ai pas le permis bien sûr, il n'empêche que je sais manœuvrer une voiture, affirma-t-il, sachant fort bien qu'il exagérait puisqu'il n'avait pris le volant

– celui du break Mercedes de son père – que deux ou trois fois, et encore sur une plage et sur une piste d'atterrissage désaffectée, jamais sur une route.

— Parfait, trancha Sophie, alors gare-la.

Normalement Craig aurait dû demander la permission. Mais, s'il le faisait, elle penserait qu'il cherchait à se défiler. D'ailleurs son grand-père refuserait et Craig perdrait la face devant Sophie.

— Très bien, répondit-il.

La clef était sur le tableau de bord.

Appuyée contre le mur, Sophie, les bras croisés, attendait la démonstration. Craig n'allait pas la laisser s'en tirer comme ça.

— Viens, proposa-t-il, à moins que tu n'aies peur ?

Pas facile de monter dans cette voiture aux sièges si bas – presque au niveau de l'appui des portières – que Craig dut passer une jambe à l'intérieur puis se glisser par-dessus l'accoudoir avant de claquer la porte. Il manœuvra le levier de vitesse – une simple tige d'aluminium surmontée d'un pommeau – pour s'assurer que la boîte était bien au point mort, puis il tourna la clef de contact. La voiture démarra avec un rugissement de 747.

Le vacarme, malgré les craintes de Craig, ne traversa pas les murs épais de la vieille ferme et n'attira personne dehors.

La voiture était secouée comme par un tremblement de terre et Craig sentait les vibrations à travers le siège de cuir noir.

— Super ! s'écria Sophie, tout excitée.

Craig alluma les phares : deux cônes lumineux jaillis de l'avant balayèrent le jardin. Il posa la main sur le pommeau du levier de vitesse, assura son pied sur la pédale d'embrayage et regarda derrière lui l'allée qui courait en droite ligne jusqu'à la falaise où elle amorçait un virage.

— Vas-y, l'incita Sophie.

Craig prit un air nonchalant pour masquer son manque d'entrain.

— Détends-toi, fit-il en desserrant le frein à main. Profite de la balade.

Il appuya sur l'embrayage puis passa en marche arrière. Son pied effleura la pédale d'accélérateur et le moteur répondit par un rugissement menaçant. Il lâcha le débrayage millimètre par millimètre et la voiture commença à reculer tout doucement.

Il tenait le volant d'une main légère sans le bouger et la Ferrari reculait tout droit. Quand il eut embrayé à fond, il pressa de nouveau la pédale d'accélérateur : la voiture fonça en arrière, passant sans s'arrêter devant le garage. Sophie poussa un cri de frayeur. Craig appuya sur le frein, la voiture dérapa sur la neige mais, à son grand soulagement, resta en ligne. Au moment de s'arrêter, il se souvint à la dernière minute qu'il devait débrayer s'il voulait éviter de caler.

Il était assez content de lui : il avait contrôlé la situation, même si cela avait été de justesse. Mieux encore, Sophie avait eu peur alors que lui avait – apparemment – gardé son calme. Finis, maintenant, pour Sophie ses airs supérieurs.

Le garage était perpendiculaire à la maison et les portes s'alignaient devant eux, sur la gauche. Le coupé Peugeot noir de Kit stationnait un peu en retrait. Craig appuya sur la télécommande qu'il venait de découvrir sous le tableau de bord de la Ferrari. La plus éloignée des trois portes bascula.

Une fine couche de neige recouvrait l'espace

cimenté devant le garage. Au coin du bâtiment, il y avait un buisson et un gros arbre, du côté extérieur de la terrasse. Craig n'avait qu'à éviter ces deux obstacles pour garer la voiture à sa place.

Plus confiant maintenant, il passa en première, effleura l'accélérateur, puis embraya. La voiture avança. Il tourna le volant : à petite vitesse c'était difficile car il n'y avait pas de direction assistée. La voiture tourna docilement à gauche. Un millimètre supplémentaire sur l'accélérateur et cela commença à être excitant. Il vira à droite vers la porte ouverte, mais il allait trop vite et il freina légèrement. Fatale erreur : la voiture avançait rapidement sur la neige, ses roues avant braquées vers la droite. Dès qu'il freina, les roues arrière cessèrent d'adhérer au sol et, au lieu de franchir la porte ouverte, la Ferrari glissa de côté sur la neige. Craig comprit ce qui se passait, mais il ignorait tout de la façon dont il devait réagir. Il tourna le volant un peu plus vers la droite, ce qui ne fit qu'accentuer le dérapage et la lourde voiture dériva inexorablement sur la surface glissante, comme un bateau poussé par un coup de vent. Craig appuya en même temps sur le frein et la pédale de débrayage, cela ne changea rien.

Le bâtiment du garage sortit du champ de vision de Craig qui, à quelques centimètres près, faillit emboutir la Peugeot de Kit. Puis la Ferrari, perdant de son élan, ralentit, faisant croire un moment à son conducteur qu'il s'en était tiré. Hélas ! c'était sans compter avec le gros arbre contre lequel la voiture s'immobilisa complètement.

— Formidable ! s'exclama Sophie.

— Tu parles ! cria Craig. (Il passa au point mort, lâcha la pédale de débrayage et bondit hors de la voiture. Le choc lui avait paru léger, mais les dégâts qu'il découvrit sur l'aile bleue étincelante le consternèrent.) Merde, murmura-t-il.

Sophie descendit pour regarder.

— Ça ne se voit pas beaucoup..., commença-t-elle.

— Ne dis pas n'importe quoi.

En endommageant la carrosserie de la voiture de son grand-père, il lui faisait un bien triste cadeau de Noël. Son estomac se serra.

— Peut-être qu'ils ne s'en apercevront pas, essaya Sophie.

— Bien sûr que si, rétorqua-t-il furieux. Grand-père le verra au premier coup d'œil.

— Ça m'étonnerait qu'il sorte par ce temps. Ça retardera d'autant.

— Qu'est-ce que ça change, s'énerva-t-il, sans plus dissimuler sa mauvaise humeur. Il faudra bien que j'avoue.

— Il vaudrait mieux que tu ne sois pas là...

— Je ne vois pas...

Il voyait très bien que les fêtes de Noël seraient gâchées. Mamma Marta aurait dit : « Ça va être un de ces bordels. » S'il remettait sa confession à plus tard, cela ferait peut-être moins d'histoires. En tout cas, cela valait le coup de le tenter.

— Il faut que je la rentre dans le garage, pensa-t-il à voix haute.

— L'aile abîmée contre le mur, ainsi personne ne la remarquera, suggéra Sophie.

Elle a raison, reconnut-il en lui-même.

Deux autres voitures étaient déjà garées : une grosse Land Cruiser Toyota avec quatre roues motrices que son grand-père utilisait par mauvais temps et la vieille Ford Mondeo avec laquelle Luke se rendait à son cottage distant d'un kilomètre et demi. Luke entrerait à coup sûr dans le garage pour prendre sa voiture ou, si le temps empirait, la grosse Toyota. Si la Ferrari était garée le long du mur, il ne verrait pas qu'elle était cabossée.

Le moteur tournait toujours. Craig se remit au volant, il passa en première et avança lentement. Sophie se précipita dans le faisceau des phares pour le guider.

Lors de sa première tentative, il était à une cinquantaine de centimètres du mur – trop loin –, il fallait recommencer. Il jeta un regard nerveux au rétroviseur. Heureusement le froid glacial incitait tout le monde à rester au chaud, à l'intérieur. Le troisième essai fut le bon : la voiture à une dizaine de centimètres du mur ne livrait pas son secret.

Il referma la porte du garage, puis ils se dirigèrent vers la cuisine. Craig était énervé et se sentait coupable, mais Sophie était ravie.

— C'était super ! s'exclama-t-elle.

Enfin, Craig avait réussi à l'impressionner.

19 h 00

Kit brancha son installation – ordinateur portable, scanner d'empreintes digitales et lecteur-enregistreur de cartes électroniques acheté d'occasion sur le Net – dans un petit réduit auquel on ne pouvait accéder qu'en passant par sa chambre.

Dans sa petite enfance, il dormait là sur un lit pliant installé dans cette mansarde à côté de la chambre des filles, l'autre étant celle des parents. Puis on avait ajouté une aile et Olga était partie pour l'université, libérant une chambre, mais Kit avait conservé son domaine et même son mobilier de collégien : un pupitre, une étagère, une petite télé et un lit de camp pour les copains de classe venus passer la nuit. Il songeait avec nostalgie aux heures passées à peiner sur ses devoirs assommants : géographie, biologie, souverains médiévaux et verbes irréguliers, *ave Cesar !* Tant de connaissances ingurgitées pour les oublier toutes !

Il prit la carte dérobée à son père et la glissa dans le lecteur. La partie supérieure dépassait de la fente et « Oxenford Medical » était parfaitement lisible. Pourvu que personne n'entre dans la pièce. Heureusement, ils étaient tous réunis dans la cuisine autour de Lori et de l'osso-buco qu'elle préparait d'après la célèbre recette de Mamma Marta – le parfum d'origan montait jusqu'à Kit. Papa avait ouvert une bouteille de champagne et les histoires devaient fuser maintenant : « Tu te souviens du jour où... ? »

La puce de la carte contenait les caractéristiques des empreintes digitales de son père ; mais il ne s'agissait pas d'une simple image – trop facile à imiter, la photographie d'un doigt tromperait un scanner normal. Kit avait conçu un appareil mesurant vingt-cinq points d'une empreinte en utilisant un système de contrôle électrostatique entre les sillons et les creux. Il avait également rédigé un programme en code où étaient enregistrés ces détails. Chez lui, il gardait plusieurs prototypes du scanner d'empreintes et, naturellement, une copie de son logiciel.

Il ouvrit donc son portable pour lire la carte électronique, en priant pour que personne de chez Oxenford Medical – comme cette Toni Gallo – n'ait eu l'idée de modifier son installation, en exigeant un code d'accès permettant la lecture de la carte. D'une telle éventualité – peu probable mais, malgré tout, concevable –, il n'avait pas soufflé mot à Nigel.

Son angoisse ne dura que quelques secondes jusqu'à l'affichage sur l'écran d'une page de codes : les détails des empreintes digitales de Stanley. Kit poussa un soupir de soulagement et sauvegarda le dossier.

Là-dessus entra sa nièce Caroline, en robe à fleurs et bas blancs. Elle s'installa confortablement sur le lit d'appoint pour caresser le pelage blanc du rat aux yeux roses en compagnie duquel elle avait fait son apparition.

Kit étouffa un juron : il ne pouvait ni lui dire que

le travail confidentiel auquel il se livrait exigeait qu'il soit seul ni continuer en sa présence. Elle avait toujours été casse-pieds. Depuis son plus jeune âge, elle vouait un véritable culte à son oncle Kit. Adolescent, il s'était vite lassé de la façon dont elle le suivait partout. Difficile de la semer.

— Comment va le rat ? demanda-t-il avec toute l'amabilité dont il était capable.

— Il s'appelle Léonard, précisa-t-elle, un reproche dans la voix.

— Léonard. Où l'as-tu trouvé ?

— À l'Arche de Noé, sur Sauchiehall Street.

Elle lâcha le rat qui remonta le long de son bras pour venir se percher sur son épaule.

Kit la trouvait folle : on ne se trimbale pas avec un rat comme s'il s'agissait d'un bébé. Caroline ressemblait à sa mère, Olga, par ses longs cheveux bruns et ses épais sourcils, mais, en revanche, elle était bête comme ses pieds et ne faisait preuve à dix-sept ans d'aucune maturité.

Pourvu que son affreuse bestiole l'accapare assez pour qu'elle ne remarque pas les mots gravés sur la carte. Elle n'est pas stupide au point de ne pas tiquer devant ce laissez-passer pour le Kremlin, le mien étant théoriquement annulé depuis neuf mois.

— Qu'est-ce que tu fais ? s'informa-t-elle.

— Je travaille. Il faut que je termine ça aujourd'hui.

Il mourait d'envie de retirer la carte du lecteur, mais il craignait, en le faisant, d'attirer son attention.

— Je ne te dérangerai pas. Continue.

— Il ne se passe rien d'intéressant en bas ?

— Maman et tante Miranda emplissent les chaussettes dans le salon, alors on m'a mise à la porte.

— Ah !

Il se retourna vers l'ordinateur et brancha le programme sur le mode Lecture. Ensuite il devrait scanner sa propre empreinte digitale, mais pas devant elle car, même si elle ne comprenait pas ce que cela signifiait, elle pourrait très bien en parler à quelqu'un qui, lui, comprendrait. Il fit semblant d'examiner l'écran ; en réalité il se creusait la cervelle pour trouver un moyen de se débarrasser d'elle. Au bout d'une minute, l'inspiration vint : il simula un éternuement.

— À tes souhaits, fit-elle.

— Merci. (Il éternua de nouveau.) Je crains que ce pauvre Léonard n'en soit la cause.

— Comment cela ? s'indigna-t-elle.

— Je suis un peu allergique, et cette pièce est toute petite.

Elle se leva.

— Nous ne voulons pas faire éternuer les gens, n'est-ce pas, Lennie ? dit-elle, un peu pincée, et elle sortit.

Kit, soulagé, ferma la porte derrière elle. Il se rassit et pressa l'index de sa main droite contre la paroi vitrée du scanner. Le logiciel examina son empreinte et en coda les détails. Kit sauvegarda le dossier.

Pour finir, il téléchargea sur la carte électronique à la place de ceux de son père les détails de sa propre empreinte. Sans copie du logiciel de Kit, cette manipulation était impossible et, s'il devait refaire le système, il continuerait à estimer inutile d'empêcher de réécrire sur les cartes. Mais Toni Gallo aurait pu le faire et il s'attendait presque à voir le message d'erreur déclarant ACCÈS REFUSÉ.

Mais Toni, cette fois, avait failli car s'affichaient maintenant les détails de l'empreinte de Kit.

— Ouais ! triompha-t-il tout haut.

Il retira la carte de l'appareil et la fourra dans sa poche. Il avait maintenant accès au BRN-4 : quand il brandirait le petit rectangle de plastique devant le lecteur en appuyant le doigt sur l'écran tactile, l'ordinateur lirait les données de la carte, les comparerait avec l'empreinte, constaterait que tout concordait et déverrouillerait la porte.

En revenant du labo, il effectuerait l'opération inverse : il remplacerait les données le concernant par celles de Stanley. La carte retrouverait sa place dans le portefeuille de son père dès le lendemain. L'ordinateur du Kremlin enregistrerait que Stanley Oxenford avait pénétré dans le BRN-4 aux premières heures du 25 décembre. Stanley déclarerait à la police qu'il se trouvait chez lui dans son lit et Toni Gallo que personne d'autre n'aurait pu utiliser la carte de Stanley à cause de l'empreinte digitale.

— Joli, se félicita-t-il tout haut, ravi en songeant à la perplexité de tout ce petit monde.

Certains systèmes de sécurité biométrique comparaient les empreintes avec les données emmagasinées dans un ordinateur central. Si le Kremlin avait utilisé cette configuration, Kit aurait eu besoin d'accéder à la banque de données. Mais les employés éprouvaient une aversion irraisonnée à l'idée de voir des détails personnels enregistrés dans les ordinateurs de la société. En bons lecteurs du *Guardian*, les scientifiques se montraient souvent très tatillons en ce qui concernait leurs droits physiques. Kit avait donc choisi d'emmagasiner les données sur la carte elle-même plutôt que dans une mémoire centrale. Cette nouvelle installation de sécurité avait ainsi été facilement acceptée par le personnel. Il n'avait évidemment pas prévu qu'un jour il déjouerait le plan qu'il avait conçu lui-même.

Il n'était pas mécontent : première étape de l'opération réussie. Il lui fallait maintenant trouver le moyen de pénétrer à l'intérieur du Kremlin.

Il tira de sa poche son téléphone portable et composa le numéro d'Hamish McKinnon, un des gardes de service au Kremlin ce soir-là. Hamish fournissait l'entreprise en came – la marijuana aux jeunes scientifiques et l'ecstasy aux secrétaires. Lui ne touchait ni à l'héroïne ni au crack, sachant qu'un client sérieusement accro le trahirait tôt ou tard. Kit avait demandé à Hamish d'être son contact dans la place, certain que celui-ci n'oserait pas vendre la mèche car il avait bien des secrets à dissimuler.

— C'est moi, dit Kit en entendant la voix de Hamish. Tu peux parler ?

— Joyeux Noël à toi aussi, vieux Ian, s'exclama Hamish avec entrain. Une seconde, je vais dehors... ça passe mieux.

— Tout va bien ?

— Oui, fit Hamish retrouvant son sérieux, mais elle a doublé la garde, alors j'ai pris Willie Crawford avec moi.

— Où es-tu posté ?

— Au poste de garde.

— Parfait. Tout est calme ?

— Un cimetière.

— Combien de gardes au total ?

— Six. Deux ici, deux à la réception et deux à la salle de contrôle.

— Bon. Ça ira. Préviens-moi s'il se passe quoi que ce soit d'anormal.

— D'accord.

Kit mit fin à la communication et composa un numéro lui donnant accès à l'ordinateur du réseau téléphonique du Kremlin, numéro utilisé par Hibernian Telecom, l'installateur des téléphones, pour diagnostiquer à distance les défaillances. Kit avait travaillé en étroite collaboration avec eux car les alarmes qu'il avait posées utilisaient des lignes téléphoniques. Il connaissait donc le numéro et le code d'accès. Nouvelle émotion en pensant que tout cela aurait pu être changé depuis son départ neuf mois plus tôt. Mais non.

Son portable était relié à son ordinateur par une télécommande qui fonctionnait jusqu'à une quinzaine de mètres de distance, même à travers des murs, ce qui pourrait être utile par la suite. Il accéda à l'unité informatique centrale du réseau téléphonique du Kremlin, sans s'inquiéter des détecteurs de distorsion puisqu'ils ne déclenchaient pas d'alarmes quand on utilisait la ligne et le code d'entreprise pour accéder au système.

Il commença par couper tous les téléphones du site à l'exception de celui de la réception. Ensuite il détourna tous les appels en provenance ou en direction du Kremlin vers son téléphone portable. Il avait déjà programmé son ordinateur pour reconnaître les numéros les plus susceptibles de concerner Toni Gallo. Ainsi, il serait en mesure de répondre, lui-même ou par des messages enregistrés, aux appels, ou même de détourner les appels et d'écouter les conversations.

Pour finir, il fit sonner pendant cinq secondes tous les postes de l'immeuble. Pour attirer l'attention des gardiens. Et il attendit, pratiquement sûr de ce qui allait se passer. Les gardes choisiraient, selon leur liste des diverses urgences, de contacter la compagnie de téléphone. Presque tout de suite, son portable sonna. Il n'y toucha pas et surveilla son ordinateur ; un message apparut sur l'écran : « Le Kremlin appelle Toni. »

Il ne s'attendait pas à ça, car ils auraient dû d'abord appeler Hibernian. Néanmoins, il était préparé à cette éventualité et activa un message enregistré. Le garde de sécurité qui appelait Toni Gallo entendit une voix de femme lui annoncer que le correspondant qu'il cherchait à joindre avait coupé sa ligne ou se trouvait hors réseau et lui conseiller d'essayer plus tard. Le garde raccrocha.

Presque aussitôt, le téléphone de Kit sonna de nouveau. Les gardes n'alertaient pas la compagnie de téléphone – ce qui contraria Kit –, mais le commissariat de police. Kit, ravi que la police fût informée, redirigea l'appel vers le bon numéro et écouta.

— Ici Steven Tremlett, chef de la surveillance à Oxenford Medical. J'appelle pour signaler un incident inhabituel.

— Quelle est la nature de cet incident, monsieur Tremlett ?

— Ce n'est pas une catastrophe, mais nous avons un problème avec nos lignes téléphoniques et je ne suis pas sûr que les alarmes fonctionnent.

— Je l'enregistre sur la main courante. Pouvez-vous faire réparer vos téléphones ?

— Je vais appeler une équipe de réparateurs, mais Dieu sait quand ils arriveront un soir de Noël.

— Voulez-vous qu'une patrouille passe ?

— Si elles ne sont pas trop débordées, ça ne ferait pas de mal.

Kit espérait que la police se rendrait au Kremlin ; cela donnerait du poids à son histoire.

— Quand les pubs fermeront, il y aura pas mal de travail ; mais pour l'instant c'est assez calme.

— Bon. Promettez-leur une tasse de thé de ma part.

On raccrocha. Le portable de Kit sonna une troisième fois et l'écran annonça : « Le Kremlin appelle Hibernian. » Enfin, se dit-il, soulagé. C'était l'appel qu'il attendait. Il pressa un bouton et dit dans son appareil :

— Hibernian Telecom, on peut vous aider ?

— Ici Oxenford Medical, fit la voix de Steve, nous avons un problème avec notre réseau téléphonique.

— Ne s'agirait-il pas de Greenmantle Road à Inverburn, fit Kit en exagérant son accent écossais pour déguiser sa voix.

— Exactement.

— Quel est le problème ?

— Tous les postes sont hors service sauf celui d'où je vous appelle. Naturellement, il n'y a personne dans les bureaux, mais le système d'alarme utilise les lignes téléphoniques et nous avons besoin d'être sûrs qu'elles fonctionnent normalement.

Là-dessus, le père de Kit entra dans la pièce.

Kit s'immobilisa, paralysé par la peur comme s'il était de nouveau un enfant. Stanley regarda l'ordinateur et le portable en haussant les sourcils. Kit retrouva ses esprits : que diable, il n'était plus un gosse qui craint une réprimande. S'efforçant de garder un ton calme, il dit dans l'appareil :

— Je vous rappelle dans deux minutes.

Il pressa une touche sur le clavier de son ordinateur portable et l'écran devint noir.

— Tu travailles ? s'informa son père.
— J'ai quelque chose à finir.
— Pour Noël ?
— J'ai dit que je livrerais ce programme pour le 24 décembre.
— Maintenant, ton client sera rentré chez lui, comme tous les gens raisonnables.
— Mais son ordinateur prouvera que je lui ai envoyé le programme par e-mail le 24 avant minuit ; il ne pourra pas dire que j'étais en retard.
Stanley hocha la tête en souriant.
— Bon, je suis content que tu sois aussi consciencieux.
Il resta quelques secondes silencieux ayant, manifestement, autre chose à dire. Les longues pauses dans la conversation ne le gênaient pas. Ce qui comptait, c'était la précision.
Kit attendit en s'efforçant de dissimuler l'impatience qui le brûlait.
— Merde, lança-t-il à son portable qui sonnait une fois encore.
— Pardon, dit-il à son père.
Il regarda son écran : l'appel n'était pas détourné du Kremlin mais venait directement d'Hamish McKinnon. Pas question de faire la sourde oreille.
— Oui ? répondit-il en espérant que son père n'entendait pas la voix de son interlocuteur.
— Tous les téléphones sont kaput ! s'écria Hamish.
— C'est normal, ça fait partie du programme.
— Vous m'aviez demandé de vous prévenir si quoi que ce soit d'anormal...
— C'est vrai, et vous avez bien fait de m'appeler, mais il faut que je raccroche à présent. Merci, conclut-il.

— Notre différend, commença son père, fait vraiment partie du passé maintenant ?

Kit n'aimait pas ce genre de discussion qui sous-entendait une culpabilité chez les protagonistes. Il avait hâte de retourner au téléphone, aussi se contenta-t-il d'acquiescer.

— Oui, je crois.

— Je sais, poursuivit son père comme s'il lisait dans ses pensées, que tu as l'impression d'avoir été traité injustement. Si je ne comprends pas ta logique, je comprends ce sentiment. J'estime quant à moi qu'on ne m'a pas fait justice. Pourtant nous devons nous efforcer d'oublier cela pour renouer de bonnes relations.

— C'est ce que dit Miranda.

— Je ne suis pas sûr que tu aies vraiment laissé cela derrière toi et j'ai l'impression que tu me caches quelque chose.

Kit essaya de garder un visage impassible pour ne pas avoir l'air d'être pris en faute.

— Je fais de mon mieux. Ça n'est pas facile.

Stanley parut satisfait de cette réponse.

— Allons, je ne t'en demande pas plus. (Il posa sa main sur l'épaule de Kit, se pencha et l'embrassa sur le haut du crâne.) Je suis venu te dire que le dîner est presque prêt.

— Je finis et je descends dans cinq minutes.

— Bien, fit Stanley en sortant.

Kit s'affala sur sa chaise, submergé et par la honte et par le soulagement. Son père était perspicace et ne se faisait pas d'illusions ; Kit de son côté avait soutenu son interrogatoire. Mais quelle épouvantable épreuve !

Lorsque ses mains eurent cessé de trembler, il rappela le Kremlin.

— Oxenford Medical, répondit immédiatement la voix de Steve Tremlett.

— Ici Hibernian Telecom, fit Kit sans oublier de changer sa voix. (Tremlett et lui se connaissaient à peine et il était peu vraisemblable qu'au bout de neuf mois Steve se souvînt de sa voix. Mais il préférait ne prendre aucun risque.) Je n'arrive pas à accéder à votre unité centrale informatique.

— Ça ne m'étonne pas. Cette ligne-là est certainement coupée aussi. Il va falloir que vous envoyiez quelqu'un.

C'était exactement ce que Kit voulait, mais il prit soin de ne pas manifester le moindre empressement.

— Difficile, le soir de Noël.

— Ne me racontez pas ça, s'énerva Steve sans chercher à cacher la colère qui montait. Vous vous engagez à intervenir pour la moindre défaillance dans les quatre heures, tous les jours de l'année. On vous paye pour ça. Il est maintenant 19 h 50 ; j'enregistre l'heure de mon appel.

— Bon, ne vous énervez pas. Je vous envoie une équipe dès que possible.

— Donnez-moi une estimation d'heure, je vous prie.

— Je ferai de mon mieux pour qu'ils arrivent chez vous avant minuit.

— Merci, nous vous attendons.

Steve raccrocha.

Kit reposa son portable. Il était en nage, il s'essuya le visage avec sa manche. Jusqu'à maintenant, tout s'était passé sans accroc.

20 h 30

Stanley lâcha sa bombe à la fin du dîner.

Miranda se sentait bien – les portions d'osso-buco étaient copieuses et son père avait ouvert deux bouteilles de brunello di montepulciano pour l'accompagner. Tout le monde, à part Kit qui se ruait dès que sonnait son portable, semblait détendu. Les quatre jeunes, après avoir dîné rapidement, s'étaient retirés dans la grange pour regarder *Scream II* en DVD en laissant les six adultes autour de la table : les deux couples face à face, le père et le fils à chaque bout. Lori servait le café pendant que Luke chargeait le lave-vaisselle.

— Que diriez-vous si je refaisais ma vie ? demanda soudain Stanley.

Le silence se fit tout aussi brutalement et Lori se figea, stupéfaite.

— Je suppose que tu parles de Toni Gallo, avança Miranda, un peu secouée par cette nouvelle même si elle s'en était doutée.

— Non, répondit-il l'air surpris.

— Allons donc ! lança Olga.

Miranda, sceptique elle aussi, s'abstint pourtant de le contredire.

— Je ne parle de personne en particulier, je discute d'un principe général, reprit-il. Voilà un an et demi que Mamma Marta nous a quittés, puisse-t-elle reposer en paix. Pendant près de quatre décennies, elle a été la seule femme de ma vie. Aujourd'hui j'ai soixante ans et sans doute encore vingt ou trente ans à vivre. En solitaire ? Peut-être pas.

Lori lui lança un regard douloureux : ne comptons-nous pas Luke et moi ?

— Alors pourquoi nous demander notre avis ? s'énerva Olga. Tu n'as pas besoin de notre permission pour coucher avec ta secrétaire, ni avec qui que ce soit, d'ailleurs !

— Je ne vous demande pas votre permission, seulement ce que vous ressentiriez *si* cela arrivait. Une précision, ce ne sera pas ma secrétaire, car Dorothy est mariée et très heureuse.

Miranda intervint, essentiellement pour empêcher un commentaire désagréable d'Olga.

— Papa, ce serait dur pour nous de te voir avec une autre femme dans cette maison. Mais nous voulons ton bonheur et je suis persuadée que nous ferions de notre mieux pour faire bon accueil à quelqu'un que tu aimerais.

— Quel enthousiasme ! Merci quand même d'essayer de te montrer positive.

— Je n'en dirais pas autant, éclata Olga. Bon sang, que veux-tu entendre ? Envisages-tu d'épouser cette femme ? D'avoir d'autres enfants ?

— Je ne pense pas à épouser qui que ce soit, déclara-t-il, très irrité. (Olga l'agaçait en refusant de discuter sur son terrain. Exactement de la même façon que Mamma Marta.) Mais je n'écarte aucune possibilité, ajouta-t-il.

— C'est scandaleux, lança Olga. Enfant, je te voyais à peine ; tu passais ta vie au labo. Mamma et moi restions à la maison avec la petite Mandy de 7 heures et demie du matin à 21 heures, comme une famille monoparentale. Tout cela pour ta carrière, pour que tu puisses inventer des antibiotiques à spectre étroit, un remède contre l'ulcère, une pilule anticholestérol et pour que tu deviennes riche et célèbre. Je demande maintenant la contrepartie de mon sacrifice.

— Tu as eu une éducation très coûteuse, fit remarquer Stanley.

— Ça ne suffit pas. Je veux que mes enfants héritent de l'argent que tu as gagné. Je ne veux pas qu'ils soient obligés de partager avec une portée de petits morveux engendrés par je ne sais quelle poufiasse qui se sera occupée d'un veuf.

Miranda poussa un cri de protestation.

— Olga, ma chérie, intervint Hugo, très gêné, ne tourne pas autour du pot, dis ce que tu as en tête.

Le visage de Stanley s'assombrit et il déclara :

— Je n'avais pas l'intention de sortir *avec je ne sais quelle poufiasse*.

Olga comprit qu'elle était allée trop loin.

— Ce n'est pas ce que je voulais dire, protesta-t-elle.

Pour elle, cela équivalait à des excuses.

— Ça ne nous changerait pas beaucoup, lança Kit d'un ton désinvolte. Maman était grande, athlétique, italienne et pas intellectuelle pour un sou. Toni Gallo est grande, athlétique, espagnole et pas intellectuelle du tout. Sait-elle faire la cuisine ?

— Ne sois pas stupide, lui rétorqua Olga. La différence, c'est que Toni n'appartient pas à cette famille fondée il y a quarante ans, qu'elle n'est pas l'une des nôtres, que c'est une étrangère.

— Olga, riposta Kit, ne me traite pas de stupide parce que moi, en tout cas, je sais voir ce qui se passe sous mon nez.

Miranda sursauta : de quoi parle-t-il ?

Olga se posa la même question.

— Que se passe-t-il sous mon nez que je ne suis pas capable de voir ?

Miranda jeta un coup d'œil furtif à Ned, craignant que plus tard il ne lui demande ce que Kit avait voulu dire : il remarquait souvent ce genre de détail.

— Oh ! cesse de m'interroger, renonça Kit, tu me casses les pieds.

— Tu ne t'intéresses pas à ton avenir financier ? reprit Olga. Ton héritage est menacé tout autant que le mien. As-tu donc tant d'argent que ça te soit égal ?

— Mais bien sûr, fit Kit avec un rire sans humour.

— Tu ne te trouves pas un peu intéressée ? demanda Miranda à Olga.

— C'est papa qui a soulevé le problème.

— Que vous n'accepteriez pas facilement de voir votre mère remplacée, ça je l'avais imaginé, reprit Stanley, mais que vous vous préoccuperiez avant tout de mon testament...

Miranda était navrée pour son père, mais Kit, et ce qu'il risquait de dire, l'inquiétait davantage. Enfant, il n'avait jamais su garder un secret, obligeant ses sœurs à tout lui cacher. Si elles avaient le malheur de lui faire une confidence, cinq minutes plus tard, il la répétait à leur mère. Il avait découvert le plus sombre secret de Miranda et c'était dangereux, car s'il n'était plus un enfant, il n'avait jamais vraiment grandi. Le cœur de Miranda battait la chamade.

— L'important, dit-elle en s'adressant à Olga pour réorienter la conversation, c'est de maintenir l'unité de la famille. Quelle que soit la décision de papa, elle ne doit pas nous désunir.

— Pas de leçon sur la famille, s'il te plaît, lança Olga. Parle plutôt à ton frère.

— Fous-moi la paix ! éclata celui-ci.

— Ne remuons plus tout cela, tenta Stanley.

— Mais, insista Olga, c'est quand même lui qui a bien failli tout casser.

— Olga, cria Kit, va te faire voir !

— Calmez-vous, ordonna Stanley. Discutez avec passion, mais ne vous abaissez pas à vous injurier.

— Allons, papa, s'écria Olga, furieuse qu'on l'ait accusée de cupidité et qui avait besoin de contre-attaquer. Qu'est-ce qui menacerait plus directement la famille que le vol entre nous ?

Kit était rouge de honte et de rage.

— Eh bien, je vais te le dire, déclara-t-il.

Miranda sut ce qui s'annonçait.

— Kit, je t'en prie, calme-toi, le supplia-t-elle, terrifiée.

Mais il n'écoutait pas.

— Je vais vous dire ce qui menace davantage la famille.

— Tais-toi donc ! lui cria Miranda.

— De quoi parlez-vous tous les deux ? demanda Stanley intrigué par ce que sous-entendait cet échange.

— De quelqu'un..., commença Kit.

— Non ! fit Miranda en se levant.

— ... de quelqu'un qui couche...

Miranda saisit un verre d'eau et le lança au visage de Kit, provoquant un silence général.

Kit s'essuya le visage avec sa serviette et, les regards convergeant vers lui, termina :

— ... qui couche avec le mari de sa sœur.

— Ça ne tient pas debout, balbutia Olga abasourdie. Je n'ai jamais couché avec Jasper... ni avec Ned.

Miranda se tenait la tête à deux mains.

— Je ne parlais pas de toi, précisa Kit.

Olga regarda Miranda qui détourna le regard.

Lori, toujours là avec la cafetière, poussa un petit cri de surprise : elle avait compris.

— Bon sang ! s'écria Stanley. Je n'aurais jamais imaginé cela.

— C'est vrai ? demanda Ned, scandalisé.

Elle ne répondit pas.

— Toi et ma sœur ? demanda Olga en se tournant vers Hugo.

Il tenta son sourire de petit garçon insupportable, mais Olga le gifla à toute volée – au bruit, cela ressemblait plus à un coup de poing.

— Ouille ! gémit-il en se renversant contre le dossier de son siège.

— Espèce de sale menteur..., cracha Olga en cherchant ses mots. Cochon. Salaud. Infâme salopard... (Elle se tourna vers Miranda.) Et toi ! (Incapable de supporter son regard, Miranda détourna les yeux et remarqua, posée sur un guéridon, une petite tasse à café, en fine porcelaine blanche avec un filet bleu, le service favori de Mamma Marta.) Comment as-tu pu ? reprit Olga.

Miranda tenterait une explication le jour où cela ne ressemblerait plus à une excuse. Elle se contenta donc de secouer la tête.

Olga se leva et sortit.

— Je ferais mieux..., murmura Hugo en lui emboîtant le pas.

Stanley s'aperçut soudain de la présence très attentive de Lori et lui suggéra, quoiqu'un peu tardivement, d'aller aider Luke dans la cuisine. Puis il regarda Kit.

— Que de brutalité ! fit-il d'une voix qui tremblait de colère.

— C'est ça, encore des reproches. Ce n'est quand même pas moi qui ai couché avec Hugo, non ? râla Kit en lançant sa serviette sur la table avant de quitter la pièce.

— Hum, excusez-moi, marmonna Ned, horriblement mortifié, en sortant à son tour.

Il ne restait dans la pièce que Miranda et son père. Stanley se leva et s'approcha d'elle.

— Allons, dit-il en lui posant une main sur l'épaule, ils finiront tous par se calmer. C'est dur, mais cela passera.

Elle se tourna vers lui et blottit son visage contre le tweed de son gilet.

— Oh, papa, je te demande pardon, dit-elle, et elle éclata en sanglots.

21 h 30

La circulation devenait de plus en plus difficile : une fine couche de neige, trop gelée pour fondre, ralentissait les conducteurs occasionnels qui, à leur tour, retardaient tout le monde. La Porsche rouge de Toni, parfaite pour dépasser les traînards, n'était cependant pas idéale sur une chaussée glissante et elle mettait encore plus de temps pour revenir de la maison de retraite que pour s'y rendre.

Sa mère, dans un manteau de lainage vert et coiffée d'un feutre, semblait tout à fait satisfaite et n'en voulait pas le moins du monde à Bella. Toni avait honte d'être déçue par l'attitude de sa mère qu'elle aurait voulu voir aussi furieuse contre Bella qu'elle l'était elle-même. Au lieu de cela, c'est à elle qu'on en voulait de cette attente interminable.

— J'espère que tu réalises que c'est Bella qui devait venir te chercher il y a des heures ? tenta d'expliquer Toni, agacée.

— Oui, chérie, mais ta sœur a la charge d'une famille nombreuse.

— Et moi de lourdes responsabilités dans mon travail.

— Je sais, elles te tiennent lieu d'enfants.

— Tu comprends donc que Bella te laisse tomber, mais venant de moi, tu ne le supportes pas.

— C'est vrai, chérie.

Toni chercha à se montrer aussi magnanime que sa mère, mais la pensée de ses amis barbotant dans le Jacuzzi, s'amusant et buvant du café auprès d'un grand feu de bois l'obsédait. Charles et Damien deviendraient de plus en plus drôles dans leur rôle de grandes folles à mesure que la soirée avancerait et qu'ils se détendraient. Michael raconterait des histoires sur sa mère irlandaise et son caractère exécrable qui lui valait la célébrité dans son quartier de Liverpool. Bonnie évoquerait leurs années d'université et le cours de mécanique qu'elles suivaient, seules filles au milieu de trois cents étudiants. Ils devaient tous bien rire alors que Toni, elle, roulait sous la neige avec sa mère.

Cesse de t'apitoyer sur ton sort, se dit-elle. Tu as des responsabilités comme n'importe quelle grande personne. Réjouis-toi plutôt d'être en compagnie de ta maman qui n'a peut-être plus beaucoup d'années à vivre.

Difficile aussi de se concentrer sur le bon côté des choses, à cause de Stanley, de leur complicité dans la matinée et du gouffre qui s'était ensuite creusé entre eux. N'avait-elle pas trop insisté, se demandait-elle sans cesse, en l'obligeant à choisir entre sa famille et elle ? Pourtant elle ne s'était pas vraiment jetée à son cou et, de toute façon, faute d'encouragement, un homme peut très bien ne jamais se déclarer.

À quoi bon tant de regrets ? conclut-elle pour elle-même. Tu l'as perdu, voilà tout.

— Maman, as-tu besoin d'aller aux toilettes ?

demanda-t-elle en apercevant les lumières d'une station d'essence.

— Oui, s'il te plaît.

Toni ralentit et s'arrêta devant une pompe ; elle fit le plein d'essence, puis conduisit sa mère à l'intérieur. Elle paya et retournait vers la voiture quand son portable sonna.

— Toni Gallo, annonça-t-elle très vite, pensant qu'il s'agissait du Kremlin.

— Ici, Stanley Oxenford.

— Oh ! fit-elle, surprise.

Elle ne s'y attendait pas du tout.

— Je vous dérange peut-être, s'enquit-il poliment.

— Non, non, non, le rassura-t-elle précipitamment en se glissant derrière le volant. Je craignais que ce ne soit le Kremlin, précisa-t-elle en claquant la portière.

— Tout va bien, autant que je sache. Comment ça se passe à votre centre de remise en forme ?

— Je n'y suis pas, dit-elle et elle lui raconta ce qui s'était passé.

— Quelle déception !

Son cœur s'accélérait.

— Et vous... tout va bien ?

Tout en se demandant pourquoi il l'appelait, elle surveillait le bureau brillamment éclairé de la station.

— Le dîner de famille s'est terminé par une dispute, ce qui n'est pas, à proprement parler, une nouveauté. Il nous arrive parfois d'avoir des mots.

— De quoi s'agissait-il ?

— Je ne devrais probablement pas vous le dire.

Alors pourquoi me téléphoner ? se dit-elle. Stanley n'appelle jamais sans raison. Il a probablement en tête une série de sujets qu'il a besoin d'aborder.

— En bref, Kit a révélé que Miranda avait couché avec Hugo... le mari de sa sœur.

— C'est pas vrai !

Toni les imaginait : le beau et malicieux Kit ; Miranda, jolie et potelée ; Hugo, le charmeur miniature, et la redoutable Olga, autant d'acteurs prêts pour une scène de famille. Cependant, que Stanley lui en parlât la surprenait beaucoup. Une fois de plus, il la traitait en amie intime. Mais tout doux : si elle laissait renaître ses espoirs, il pourrait fort bien les réduire à néant de nouveau.

— Qu'est-ce que vous en pensez ? poursuivit-elle pourtant, peu désireuse de mettre un terme à la conversation.

— Oh ! Hugo a toujours été un peu barjot, ce n'est pas un mystère pour Olga. Ils sont mariés depuis près de vingt ans. Elle est humiliée et folle de rage – d'ailleurs, je l'entends hurler –, mais je pense qu'elle lui pardonnera. Miranda m'a expliqué les circonstances : il ne s'agissait pas d'une liaison, seulement d'une unique faiblesse après l'échec de son mariage. Depuis elle n'a cessé d'en avoir honte. Je crois qu'Olga finira par lui pardonner aussi. En revanche, Kit me préoccupe vraiment, reprit-il d'un ton attristé. Je l'aurais voulu courageux et droit, respecté de tous, il est au contraire faible et sournois.

Toni comprit tout d'un coup que Stanley lui parlait comme il l'aurait fait avec Marta. Après une scène de ce genre, ils seraient allés se coucher et auraient discuté de chacun de leurs enfants. Sa femme lui manquait et il se servait de Toni comme d'une remplaçante, réalisait-elle. De quel droit l'exploitait-il ? Et puis il fallait qu'elle s'assure que tout allait bien pour sa mère.

Elle s'apprêtait à le lui dire quand il enchaîna :

— Mais je ne devrais pas vous assommer avec tout cela. Je vous appelais pour vous dire autre chose.

Voilà qui ressemble davantage à Stanley, pensa-t-elle. Et maman va certainement très bien et peut attendre encore un peu.

— Voudriez-vous dîner avec moi un de ces prochains soirs ? poursuivit-il.

Tiens donc, se dit-elle.

— Bien sûr, répondit-elle, ne sachant trop sur quel pied danser.

— Vous savez combien je désapprouve les patrons qui font des avances à leurs employées et qui, ainsi, les mettent dans une situation très difficile car elles craignent qu'un refus de leur part ne nuise à leur carrière.

— Je n'éprouve aucune crainte de ce genre, affirma-t-elle, un peu crispée. (Voulait-il dire que son invitation n'était pas une avance ? Qu'elle n'avait pas besoin de s'inquiéter ? Le cœur battant un peu plus fort, elle s'efforça de prendre un ton normal.) Je serais ravie de dîner avec vous.

— J'ai réfléchi à notre conversation de ce matin, sur la falaise. (Moi aussi, songea-t-elle.) J'ai dit quelque chose que je n'ai pas cessé de regretter, poursuivit-il.

— Oui ? fit-elle, le souffle court. Quoi donc ?

— Que je ne pourrais jamais fonder une autre famille.

— Vous ne le pensiez pas ?

— Je l'ai prétendu parce que... tout d'un coup j'ai eu peur. Bizarre, n'est-ce pas ? À mon âge, avoir peur.

— Peur de quoi ?

— De mes sentiments, reconnut-il.

Toni faillit lâcher son téléphone. Elle se sentit rougir.

— De vos sentiments ? répéta-t-elle.

— Si cette conversation vous embarrasse, dites-le-moi et je n'en parlerai plus jamais.

— Continuez.

— Quand vous m'avez raconté qu'Osborne vous avait proposé de sortir avec lui, j'ai compris que vous ne resteriez pas éternellement célibataire, et même probablement plus pour très longtemps encore. Mais, si je suis en train de me ridiculiser complètement, je vous en prie, dites-le-moi tout de suite et donnez-moi le coup de grâce.

— Non, fit Toni en avalant sa salive. (Parler ainsi à une femme, après tant d'années, devait être extraordinairement difficile. Il fallait qu'elle l'aide en lui faisant comprendre qu'elle n'était absolument pas vexée.) Non, vous ne vous rendez pas ridicule, pas du tout.

— J'ai cru ce matin que vous éprouviez peut-être des sentiments à mon égard et c'est ce qui m'a fait peur. Ai-je raison de vous avouer tout cela ? J'aimerais voir votre visage.

— Ça me fait très plaisir, murmura-t-elle. Je suis très heureuse.

— Vraiment ?

— Oui.

— Quand puis-je vous voir ? Je voudrais vous parler davantage.

— Je suis avec ma mère dans une station-service. Je l'aperçois qui sort des toilettes. (Toni descendit de voiture, le téléphone toujours collé à son oreille.) Parlons-nous demain matin.

— Ne raccrochez pas, j'ai tant de choses à vous dire.

Toni fit de grands gestes en direction de sa mère en criant : « Par ici ! » Sa mère l'aperçut et se retourna. Toni lui ouvrit la portière et l'aida à s'installer.

— Je termine juste ce coup de fil, lui dit-elle.

— Où êtes-vous ? fit Stanley.

Elle referma la portière.

— À seulement une quinzaine de kilomètres d'Inverburn, mais nous avançons très lentement.

— Voyons-nous demain. Ne laissons pas nos obligations familiales respectives nous dérober le temps auquel nous avons droit.

— Nous trouverons une solution, assura-t-elle en montant dans sa voiture. Je dois raccrocher... ma mère a froid.

— Au revoir, dit-il. Appelez-moi dès que vous en aurez envie. À n'importe quelle heure.

— Au revoir, fit-elle en fermant le portable et en s'engouffrant dans la voiture.

— Quel beau sourire ! apprécia sa mère. Tu as l'air plus heureuse. Qui était-ce au téléphone... quelqu'un de gentil ?

— Oui, approuva Toni. Quelqu'un de vraiment très gentil.

22 h 30

Kit se morfondait dans sa chambre en attendant que tout le monde soit installé pour la nuit. Il était pressé de partir, mais ne pouvait courir le risque qu'on l'entendît. Il s'obligea à patienter.

Il s'assit à son vieux pupitre et brancha son ordinateur sur le secteur pour ménager sa batterie. Son téléphone portable était dans sa poche.

Il avait reçu trois appels adressés au Kremlin ou en émanant. Il avait laissé passer deux innocentes communications personnelles destinées à des gardes mais avait intercepté le troisième en faisant croire à un dérangement sur le réseau. Steve Tremlett, n'ayant pas réussi à joindre Toni Gallo, voulait probablement informer Stanley de l'incident concernant les postes téléphoniques.

Il guettait nerveusement les bruits de la maison : la chambre voisine était le théâtre d'une scène entre Olga et Hugo. Olga bombardait son mari de questions, Hugo tour à tour suppliant, larmoyant, persuasif, plaisantant et de nouveau suppliant. De la cuisine provinrent des bruits de couverts et de casseroles jusqu'au claquement, une demi-heure plus tard, de la porte d'entrée : Luke et Lori regagnaient leur maison. Les enfants étaient dans la grange, Miranda et Ned avaient dû regagner la maison d'amis. Stanley fut le dernier à se coucher : il s'était enfermé dans son bureau pour passer un coup de fil – le voyant « occupé » s'était allumé sur le poste de Kit. Au bout d'un moment Kit l'avait entendu monter l'escalier et entrer dans sa chambre. Olga et Hugo étaient passés tous les deux dans la salle de bains, après quoi on ne les avait plus entendus : réconciliés ou enroués. La chienne, Nellie, devait être dans la cuisine, couchée auprès de la cuisinière, l'endroit le plus chaud de la maison.

Kit attendit encore un peu que chacun ait le temps de s'endormir.

Il avait vécu la querelle familiale du dîner comme une revanche. L'incartade de Miranda prouvait qu'il n'était pas le seul pécheur de la famille. On pouvait lui reprocher d'avoir révélé un secret, mais mieux valait déballer ces choses-là. Pourquoi monter en épingle ses écarts et taire les galipettes de Miranda ? Qu'ils sortent donc un peu de leurs gonds ! Il avait été ravi de voir Olga gifler Hugo. Ma sœur aînée a du punch, se dit-il avec amusement.

Il était prêt à partir : il avait ôté sa chevalière, trop reconnaissable, et remplacé sa montre Armani par une Swatch anonyme. Il portait un jean et un gros pull noir ; il enfilerait ses bottes en bas.

Il se leva et entendit au même instant claquer la porte de derrière. Il étouffa un juron. Une descente des gosses dans le frigo, sans doute. Mais la porte ne claqua pas de nouveau, et non seulement l'intrus n'était pas reparti, mais en plus il montait.

Quelques instants plus tard, la porte de sa chambre s'ouvrit et Miranda entra dans le débarras, chaussée de bottes de caoutchouc et un imperméable passé sur sa chemise de nuit. Elle portait un drap et un édredon. Sans un mot, elle s'approcha du fauteuil pliant et l'ouvrit.

— Bon sang, fit Kit furieux, qu'est-ce que tu veux ?

— Je dors ici, répondit-elle avec calme.

— Il n'en est pas question ! cria-t-il, affolé.

— Je ne vois pas pourquoi.

— Tu es censée dormir dans la maison d'amis.

— Grâce à tes révélations, espèce de sale petit merdeux, je me suis engueulée avec Ned.

— Je ne veux pas de toi ici !

— Je m'en fous éperdument.

Kit s'efforça de garder son calme. Il regarda avec consternation Miranda installer son lit. Comment faire maintenant pour se glisser hors de la chambre ? Elle pourrait tout entendre. De plus, énervée comme elle l'était, elle ne s'endormirait pas avant des heures. Demain matin, elle se réveillerait sûrement avant son retour et remarquerait son absence. Son alibi s'effondrait.

Il fallait qu'elle parte sur-le-champ, aussi mima-t-il une grande colère.

— Va te faire voir, cria-t-il. (Il débrancha son ordinateur portable et le referma.) Je ne resterai pas ici avec toi.

— Où vas-tu ?

Sans qu'elle le voie, il ramassa ses bottes.

— Dans le salon, regarder la télé.

— Baisse le son, dit-elle en claquant la porte entre les deux chambres.

Kit traversa à pas de loup le palier plongé dans l'obscurité et descendit l'escalier. Les marches craquaient, mais la maison bougeait constamment et personne ne faisait attention à ces bruits bizarres. Une faible lueur venant de la véranda dessinait un halo autour du porte-chapeaux, du pilastre de l'escalier et des annuaires entassés sur la table du téléphone. Nellie sortit de la cuisine et se planta auprès de la porte en agitant la queue, espérant avec l'incurable optimisme des chiens qu'on allait l'emmener se promener.

Kit s'assit sur les marches pour enfiler ses bottes tout en guettant un éventuel bruit de porte. Un frisson d'appréhension le parcourut tandis qu'il énumérait les possibilités de déplacements nocturnes : Olga à la recherche d'un verre d'eau, Caroline d'un comprimé d'aspirine, Stanley mû par une idée de génie s'installant à son ordinateur. Il enfila sa doudoune noire.

Que quelqu'un le voie maintenant n'empêcherait pas qu'il sorte. Mais le problème se poserait le lendemain. Sachant qu'il était sorti, on pourrait deviner où il était allé. Or tout son plan reposait sur le fait que personne ne devrait comprendre ce qui s'était passé.

Il écarta Nellie et ouvrit la porte. On ne fermait jamais la maison à clef : Stanley estimait peu probable que des rôdeurs se risquent dans un endroit aussi isolé. De plus le chien montait la garde.

Il faisait un froid intense et la neige tombait à gros flocons. Il repoussa Nellie à l'intérieur et la porte se referma derrière lui avec un léger déclic.

L'éclairage avait beau rester allumé toutes les nuits, le garage était ce soir-là à peine visible. La neige formait une couche de plusieurs centimètres et, en une minute, ses chaussettes et le bas de son jean furent trempés. Il regretta de ne pas avoir pris des bottes de toile et non de caoutchouc.

Il monta dans sa voiture et posa son téléphone près de lui de façon à pouvoir répondre sans tarder aux appels. Priant pour qu'elle démarre, il tourna la clef de contact. Le moteur toussa, crachota puis, au bout de quelques secondes, consentit à tourner.

Kit espérait que personne ne l'avait entendu.

La neige tombait si fort qu'elle était aveuglante et l'obligea à allumer les phares. Pourvu que personne n'ait l'idée de regarder par une fenêtre.

La voiture dérapa de façon inquiétante, Kit avança doucement jusqu'à l'allée, en prenant garde de ne pas donner de brusques coups de volant. Il négocia prudemment le virage, puis le passage au milieu des bois et gagna enfin la grand-route.

Les traces dans la neige y étaient nombreuses ; il suivit celles qui menaient vers le nord, en s'éloignant du Kremlin. Au bout de dix minutes, il s'engagea dans une petite route qui serpentait au milieu des collines. Personne n'était passé par là et la neige l'obligea à ralentir davantage encore. Il regretta de ne pas avoir quatre roues motrices.

Un panneau annonça enfin : « École d'aviation d'Inverburn ». Il franchit une grille métallique dont les doubles battants étaient ouverts et se dirigea vers le hangar et la tour de contrôle que révélait le faisceau de ses phares.

L'endroit semblait désert, si bien que Kit nourrit un instant le vague espoir que les autres ne viendraient pas, annulant ainsi toute l'opération. L'idée de mettre un terme à cette terrible tension exerçait un tel attrait que, perdant soudain courage, il commença à se sentir déprimé. Ressaisis-toi. Ce soir, tous tes ennuis auront disparu, se dit-il en regardant dans l'entrebâillement de la porte du hangar.

Il n'y avait aucun avion – le terrain ne servait que durant les mois d'été. En revanche, la Bentley Continental claire de Nigel Buchanan était bel et bien garée à l'intérieur, à côté d'une camionnette portant l'inscription « Hibernian Telecom ».

Se munissant de son ordinateur, Kit grimpa les marches de la tour de contrôle vers la faible lueur qui filtrait de la cage d'escalier.

Ils étaient là au grand complet : Nigel, assis au bureau, en pull rose à col roulé et veste de sport, impassible, un téléphone portable collé à l'oreille ; Elton, adossé au mur, dans un imperméable beige au col relevé, un gros sac de toile à ses pieds, et enfin Daisy, vautrée sur une chaise. Ses grosses bottes étaient posées sur l'appui de la fenêtre, ses gants moulants en daim beige clair paraissaient incongrus.

— Il neige beaucoup ici, disait Nigel dans son téléphone. Heureusement, la météo annonce que le plus gros de la tempête va nous éviter... Oui, vous pourrez voler demain matin, pas de problème... Nous serons ici bien avant 10 heures... Je serai dans la tour de contrôle, je vous guiderai... Tout se passera bien, dès l'instant où vous aurez l'argent, en petites coupures comme convenu.

Kit ressentit un frisson d'excitation en entendant parler d'argent. Dans douze heures et quelques minutes, je tiendrai trois cent mille livres dans mes mains dont je devrai tout de suite donner à Daisy la majeure partie ; j'en garderai quand même cinquante mille. Cinquante bâtons en petites coupures, ça représente quel volume ? Ça tiendra dans mes poches ? J'aurais dû apporter une serviette...

— C'est moi qui vous remercie, disait Nigel. Au revoir. (Il se retourna.) Salut, Kit. Pile à l'heure.

— Qui était au téléphone...? s'informa Kit. Notre acheteur ?

— Son pilote. Il arrivera en hélicoptère.

— Son plan de vol ? demanda Kit en fronçant les sourcils.

— Il décolle d'Aberdeen pour se poser à Londres. Personne n'aura vent de cette escale imprévue à l'école d'aviation d'Inverburn.

— Bon.

— Content de ton approbation, lâcha Nigel, sarcastique.

Kit émettait sans cesse des réserves sur les capacités de Nigel, qui possédait certes de l'expérience, mais n'avait ni son éducation ni son intelligence. Nigel répondait à ses questions d'un air amusé, manifestement convaincu que Kit, qui n'était qu'un amateur, devrait lui faire confiance.

— Taillons-nous d'ici, ordonna Elton en tirant de son sac quatre combinaisons de chez Hibernian Telecom, à en croire l'inscription imprimée au dos.

— Les gants avec la combinaison, ça fait curieux, reprocha Kit à Daisy, une fois chacun équipé.

— Dommage, répondit-elle.

Kit la contempla quelques instants, puis baissa les yeux. Il aurait préféré qu'elle ne vienne pas ce soir. Elle lui faisait peur mais, comme il la détestait, il était bien décidé à lui rabattre le caquet, autant pour affirmer son autorité que pour se venger du traitement qu'elle lui avait infligé dans la matinée. Les choses se gâteraient entre eux d'ici peu et il redoutait cet affrontement en même temps qu'il l'attendait avec impatience.

Elton leur tendit ensuite à chacun un badge attestant leur appartenance à l'équipe d'entretien d'Hibernian Telecom. Celui de Kit arborait la photo d'un homme plus âgé qui, avec des cheveux foncés lui cachant la moitié des oreilles, une moustache fournie à la Zapata et des lunettes, ne lui ressemblait absolument pas.

Elton replongea la main dans son sac et remit à Kit une perruque brune, une moustache noire et des verres teintés à grosse monture, ainsi qu'un miroir et un petit tube de colle. Kit se grima puis se regarda dans la glace : ce déguisement le changeait radicalement – Elton dont l'humour dissimulait une redoutable efficacité avait fait du bon travail. Kit lui faisait confiance pour mener à bien l'opération.

Tout au long de la soirée, Kit s'emploierait à éviter ceux des gardes qui auraient pu le côtoyer à l'époque où il travaillait au Kremlin. Toutefois, il était convaincu que, s'il devait leur parler, ils ne le reconnaîtraient pas. Il avait ôté la chevalière et la montre dont ils auraient pu se souvenir et il changerait sa voix.

Elton avait également prévu des déguisements pour Nigel, Daisy et lui-même bien que personne ne les connût au Kremlin. Ainsi la description des voleurs que les gardes feraient à la police n'évoquerait personne de précis, en tout cas, personne de leur équipe.

Les cheveux roux coupés court de Nigel étaient cachés sous une perruque grisonnante et longue qui lui donnait l'air d'un Beatle vieillissant. La monture de ses lunettes était démodée.

Le crâne rasé de Daisy disparaissait sous une opulente chevelure blonde et ses yeux bruns étaient devenus bleu clair grâce à des verres de contact teintés. Ses accessoires l'enlaidissaient tellement que Kit s'interrogea une fois de plus sur sa vie sexuelle : « J'en ai encore des bleus » fut la seule confidence qu'il avait un jour obtenue d'un homme qui prétendait avoir couché avec elle. Elle ôta les anneaux d'acier qui lui perçaient le sourcil, le nez et la lèvre inférieure : elle parut seulement un peu moins bizarre.

Elton avait choisi pour lui-même un déguisement très subtil – un dentier lui donnant un profil de prognathe – qui le changeait radicalement. Puis il compléta les équipements par des casquettes de base-ball Hibernian Telecom.

— La plupart des caméras de sécurité sont placées en hauteur, expliqua-t-il. Ces casquettes à longue visière leur dissimuleront votre visage.

Ils étaient prêts.

— C'est l'heure, déclara Nigel en ouvrant la marche.

Elton s'installa au volant de la camionnette, Daisy sauta auprès de lui et Nigel prit la troisième place ; Kit dut se contenter du plancher à l'arrière, au milieu des outils.

Curieux de leur comportement, il commençait à les observer quand Daisy se blottit contre Elton et posa une main sur son genou.

— Tu aimes les blondes ? susurra-t-elle.

— Je suis marié, répondit-il, impassible. (Elle remonta la main jusqu'à sa cuisse.) Ça te changerait, une Blanche, pas vrai ?

— Ma femme est blanche, rétorqua-t-il en repoussant sa main.

— Daisy, passe à l'arrière, lança Kit, décidant qu'il devait intervenir.

— Va te faire foutre, riposta-t-elle.

— Je ne te le suggère pas, je te l'ordonne. Passe derrière.

— Essaye un peu.

— D'accord.

— Vas-y, fit-elle en ricanant. Je n'attends que ça.

— On annule tout, décréta alors Kit, le souffle court à cause de la peur. Désolé, Nigel. Salut à tous, fit-il en s'éloignant de la camionnette, les jambes en coton.

Il monta dans sa voiture, mit le moteur en marche, alluma les phares et attendit.

Il distinguait très bien la cabine de la camionnette : ils discutaient, Daisy agitait les bras. Puis Nigel ouvrit la portière et descendit – Daisy continuait de discuter –, il passa à l'arrière et releva le hayon.

Daisy descendit enfin et, avant de monter à l'arrière de la camionnette, décocha un regard mauvais à Kit.

Kit la remplaça sur la banquette avant. Elton sortit du garage et s'arrêta pour permettre à Nigel de fermer la grande porte du hangar.

— J'espère, marmonna Elton, que la météo ne se trompe pas dans ses prévisions. Regardez un peu cette putain de neige !

Ils franchirent la grille. Au même instant, le portable de Kit sonna. Il ouvrit son ordinateur pour lire sur l'écran : « Toni appelle le Kremlin. »

23 h 30

À peine quittée la station-service, la mère de Toni s'était endormie. Toni avait alors arrêté la voiture, incliné le siège et confectionné à sa mère une sorte d'oreiller avec une écharpe. Elle dormait comme un bébé. En redémarrant, Toni éprouvait une impression curieuse à s'occuper de sa propre mère comme d'un enfant.

Mais, depuis sa conversation avec Stanley, depuis que, dans le style réservé qui était le sien, il lui avait déclaré ses sentiments, rien ne pourrait plus la déprimer.

Sa mère dormait profondément quand elles atteignirent les faubourgs de la ville où déambulaient encore quelques fêtards. La circulation avait fait fondre la neige de la chaussée et Toni se sentait enfin maîtresse de sa voiture. Elle en profita pour appeler le Kremlin et s'assurer que tout allait bien.

— Oxenford Medical, répondit Steve Tremlett.

— Ici Toni. Tout va bien ?

— Salut, Toni. Juste un petit problème, mais nous sommes en train de nous en occuper.

— Quel problème ? fit Toni avec un frisson.

— La plupart des téléphones sont hors service. Il n'y a que celui de la réception qui fonctionne.

— Comment est-ce arrivé ?

— Aucune idée. La neige, sans doute.

— Une installation qui a coûté des centaines de milliers de livres ne devrait pas tomber en panne à cause du mauvais temps, remarqua-t-elle, perplexe. Est-ce réparable ?

— Oui, j'ai appelé Hibernian Telecom. Une équipe sera là dans quelques minutes.

— Et les alarmes ?

— Je ne sais pas si elles fonctionnent.

— Bon sang. Avez-vous prévenu la police ?

— Une voiture est passée tout à l'heure avant d'aller en ville s'occuper des pochards. Les policiers ont jeté un coup d'œil, mais n'ont rien vu d'anormal. (Un silence.) Où êtes-vous ?

— À Inverburn.

— Je croyais que vous alliez dans un centre de remise en forme.

— Oui, mais j'ai eu un problème familial. Appelez-moi sur mon portable pour me dire ce qu'auront trouvé les réparateurs. D'accord ?

— Entendu.

Toni raccrocha.

— Merde alors, maugréa-t-elle.

D'abord sa mère, maintenant cela.

Elle se faufila dans les rues qui escaladaient la colline dominant le port et arriva devant son immeuble. Elle s'arrêta, mais ne descendit pas, persuadée qu'elle devait aller au Kremlin.

Si, comme prévu, elle avait rejoint le centre, il n'aurait pas été question pour elle de revenir. Mais d'Inverburn, c'était réalisable, même si le trajet prendrait – à cause du temps – une heure au moins au lieu des dix ou quinze minutes habituelles. Restait un problème : sa mère.

Toni ferma les yeux. Est-il vraiment nécessaire que j'y aille ? « Les Animaux sont libres » – même si Michael Ross a collaboré avec eux – ne sont pas derrière la panne du réseau téléphonique, trop difficile à saboter. Il est vrai aussi que, hier, j'aurais affirmé impossible le vol d'un lapin du BRN-4. Je n'ai pas le choix, soupira-t-elle. Je suis, avant tout, responsable de la sécurité des laboratoires. Je ne peux pas rentrer chez moi et me coucher tranquillement alors qu'il se passe quelque chose de bizarre à Oxenford Medical.

Toni ne pouvait ni laisser sa mère seule ni demander aux voisins de s'en occuper ; celle-ci l'accompagnerait donc au Kremlin.

Sa décision prise, elle passait la première vitesse quand un homme sortit d'une Jaguar claire garée un peu plus loin. Il marchait vers elle sur le trottoir, un peu gris d'après son allure, mais pas vraiment ivre. Elle lui trouvait quelque chose de familier et le reconnut quand il s'approcha de sa vitre : Carl Osborne, le présentateur de télévision, un petit paquet à la main.

Elle se remit au point mort et abaissa sa vitre.

— Bonsoir, Carl, dit-elle. Que faites-vous ici ?

— Je vous attendais. J'allais renoncer.

— C'est ton petit ami ? demanda sa mère qui venait de se réveiller.

— C'est Carl Osborne et il n'est pas mon petit ami.

Avec son manque de tact habituel mais qui faisait mouche, sa mère insista :

— Il aimerait peut-être l'être.

Toni se tourna vers Carl qui souriait.

— Je vous présente ma mère, Catherine Gallo.

— Enchanté de vous connaître, madame Gallo.
— Pourquoi m'attendiez-vous ? lui demanda Toni.
— Je vous ai apporté un cadeau, annonça-t-il en lui montrant ce qu'il avait dans la main : un chiot. Joyeux Noël, s'exclama-t-il, et il déposa l'animal sur ses genoux.
— Carl, franchement, ne soyez pas ridicule !
Elle prit le petit paquet de fourrure et voulut le lui rendre, mais il recula en levant les mains.
— Il est à vous !
Elle lutta contre elle-même car elle ne demandait qu'à dorloter cette petite boule douce et tiède ; pourtant elle ne devait pas l'accepter, elle le savait, et elle descendit de voiture.
— Je ne veux pas de chien, décréta-t-elle avec fermeté. Je vis seule. Mon travail m'accapare et ma mère est âgée. Je suis incapable de consacrer à un chien les soins et l'attention dont il a besoin.
— Vous trouverez bien un moyen. Comment allez-vous l'appeler ? Carl, c'est un joli nom.
Elle regarda le chiot, un berger anglais blanc avec des taches grises d'environ huit semaines et qui tenait dans sa main. Il la léchait de sa langue râpeuse et lui lançait un regard suppliant. Elle fit un effort pour s'endurcir le cœur.
Elle se dirigea vers la voiture d'Osborne et déposa doucement le chiot sur le siège avant.
— Trouvez-lui un nom, dit-elle. J'ai trop de choses à faire.
— Réfléchissez-y, lui conseilla-t-il, l'air déçu. Je le garde ce soir et je vous appelle demain.
Elle remonta dans sa voiture.
— Je vous en prie, ne m'appelez pas, répondit-elle en passant une vitesse.

— Femme sans cœur, lâcha-t-il en la voyant s'éloigner.

Dieu sait pourquoi cette pique la blessa. Je ne suis pas sans cœur, se dit-elle tandis que des larmes inattendues lui montaient aux yeux. J'ai dû faire face à la mort de Michael Ross, affronter des journalistes déchaînés, je me suis fait traiter de garce par Kit Oxenford, ma sœur m'a laissée tomber et m'a obligée à annuler des vacances dont j'avais tellement besoin. J'assume mes responsabilités, celles de maman, du Kremlin ; un chiot par-dessus le marché, c'est trop.

Là-dessus, le souvenir de Stanley précipita les commentaires acerbes de Carl Osborne aux oubliettes.

Du revers de la main elle se frotta les yeux et scruta le tourbillon des flocons de neige. Elle quitta sa rue et se dirigea vers l'artère qui menait hors de la ville.

— Carl a l'air charmant, commença sa mère.

— À vrai dire, maman, il n'est pas charmant du tout. Il est, au contraire, superficiel et malhonnête.

— Personne n'est parfait. Les bons partis, de ton âge, se font rares.

— Rarissimes.

— Tu n'as quand même pas envie de finir tes jours toute seule ?

— Je ne crois pas, fit Toni en souriant.

Dans la campagne, elle trouva une circulation plus fluide sur une route que la neige recouvrait d'une couche épaisse. Négociant avec prudence une série de ronds-points, elle remarqua qu'une voiture la suivait : une Jaguar claire, Carl Osborne la filait.

Elle s'arrêta et il stoppa juste derrière elle.

Elle descendit et alla jusqu'à sa vitre.

— Quoi encore ?

— Toni, expliqua-t-il, je suis journaliste. Il est près de minuit le soir du réveillon. Vous prétendez vous occuper de votre vieille maman et pourtant vous roulez vraisemblablement vers le Kremlin. Il doit y avoir une histoire là-dessous.
— Et merde ! lâcha Toni.

Le jour de Noël

0 h 00

Le Kremlin évoquait une illustration de conte de fées, avec ses tourelles et ses toits enneigés, illuminés par les projecteurs. Kit, dans la camionnette d'Hibernian Telecom, s'imagina un instant être le chevalier noir caracolant vers la place qu'il allait assiéger.

Il se sentit soulagé d'arriver, car, contrairement aux prévisions de la météo, la tempête se transformait en vrai blizzard et le trajet depuis le terrain d'aviation avait été plus long que prévu. Ce retard l'inquiétait car chaque nouvelle minute augmentait le risque que des obstacles viennent entraver son plan si bien préparé.

Le coup de fil de Toni Gallo le préoccupait : il l'avait passée à Steve Tremlett, craignant que s'il lui diffusait le message annonçant un problème elle ne se précipitât au Kremlin. Kit écouta leur conversation et réalisa qu'elle pourrait le faire quand même. Quelle poisse qu'elle ne soit pas allée dans son hôtel, à quatre-vingts kilomètres de là.

La première des deux barrières se souleva et Elton arrêta la camionnette à la hauteur du poste de garde où, comme Kit s'y attendait, se tenaient deux sentinelles. L'une d'elles se pencha vers la vitre baissée d'Elton et déclara :

— On est rudement content de vous voir, les gars. (Kit ne le connaissait pas mais, se rappelant sa conversation avec Hamish, il pensa à Willie Crawford. La présence derrière lui d'Hamish le lui confirma d'ailleurs.) C'est sympa de votre part de venir un jour pareil, assura Willie.

— Ça fait partie du boulot, répondit Elton.

— Vous êtes trois ?

— Plus la blondinette à l'arrière.

— Fais attention à ce que tu dis, petit merdeux, grogna-t-elle.

Kit réprima un juron. Comment pouvaient-ils se disputer à un moment aussi crucial ?

— Bouclez-la, vous deux, siffla Nigel entre ses dents.

— Montrez-moi vos cartes d'identification, demanda Willie qui n'avait pas l'air d'avoir entendu.

Ils exhibèrent tous les faux papiers qu'Elton avait réalisés d'après le souvenir que gardait Kit des laissez-passer d'Hibernian Telecom. L'installation téléphonique tombait rarement en panne et Kit en conclut qu'il y avait fort peu de risques qu'un garde se rappelât à quoi ressemblait une vraie carte. Kit retint pourtant son souffle aussi longtemps que le type les examina comme s'il s'agissait de billets de cinquante livres douteux.

Willie prit note des noms, puis leur rendit leurs papiers sans commentaire. Kit détourna la tête et put enfin respirer normalement.

— Roulez jusqu'à l'entrée principale et garez-vous entre les lampadaires, leur conseilla Willie. (La neige rendait invisible l'allée devant eux.) À la réception, vous trouverez un certain M. Tremlett qui vous guidera.

La seconde barrière se leva et Elton avança : ils étaient dans la place.

La peur submergeait Kit : certes il avait déjà enfreint la loi – ce qui lui avait valu de se faire virer –, mais comme on triche aux cartes, son loisir favori depuis l'âge de onze ans, sans avoir jamais l'impression de commettre un crime. Là, il était en train de se livrer à un cambriolage pur et simple qui pouvait le mener en prison. Il avala sa salive et essaya de se concentrer. Il se rappela sa dette énorme envers Harry Mac et la terreur aveugle qu'il avait ressentie quand il avait cru mourir de la main de Daisy.

— Essaye de ne pas agacer Daisy, souffla Nigel à Elton.

— Je plaisantais, rien de plus, se défendit Elton.

— Elle n'a aucun sens de l'humour.

Daisy ne réagit pas.

Elton se gara devant l'entrée principale. Ils descendirent, Kit prit son ordinateur portable, Nigel et Daisy attrapèrent les boîtes à outils posées à l'arrière et Elton se munit d'un luxueux porte-documents bordeaux très plat avec une serrure en cuivre : de très bon goût mais un peu bizarre pour un réparateur de téléphone, estima Kit.

Ils passèrent entre les lions de pierre du perron et pénétrèrent dans le grand hall. Des projecteurs à l'éclairage stabilisé soulignaient les fenêtres à meneaux, les arcs brisés et les poutres ferrées du toit qui accentuaient la ressemblance de son architecture avec celle d'une église. La pénombre ne gênait en rien les caméras de sécurité qui, Kit le savait, fonctionnaient à la lumière infrarouge.

Devant le bureau de réception, moderne celui-là, dressé au milieu du hall se trouvaient deux autres gardes : Steve Tremlett et une jolie jeune femme inconnue de Kit. Il recula d'un pas, ne voulant pas que Steve le voie de trop près.

— Vous devez accéder à l'unité informatique centrale ? demanda Steve.

— Oui, c'est par là qu'il faut commencer, répondit Nigel.

Son accent londonien fit hausser les sourcils à Steve, mais il s'abstint de tout commentaire.

— Susan va vous montrer le chemin... Il faut que je reste auprès du téléphone.

Cheveux courts et piercing au sourcil, Susan portait un uniforme : chemise avec épaulettes, cravate, pantalon de serge et bottines noirs. Elle leur adressa un sourire aimable et les entraîna dans un couloir lambrissé de bois sombre.

Kit sentait descendre sur lui un calme étrange : il était dans la place, escorté par une responsable de la sécurité, et s'apprêtait à commettre un cambriolage. On avait distribué les cartes, il avait posé sa mise : il allait jouer sa main, puis... gagner ou perdre.

Ils entrèrent dans la salle de contrôle. Kit constata une nette amélioration dans la propreté et l'ordre, découvrit les câbles rangés soigneusement et les registres alignés sur une étagère. Sûrement Toni, se dit-il. Sans oublier les deux gardes – au lieu d'un – qui surveillaient les écrans de contrôle. Susan les présenta : Don, un Indien du Sud à la peau sombre et parlant avec un fort accent de Glasgow, et Stu, un rouquin au visage criblé de taches de rousseur. Kit ne reconnut ni l'un ni l'autre. Un garde supplémentaire, il n'y a pas de quoi en faire un plat, se rassura Kit : juste deux yeux supplémentaires dont il faudra éviter le regard, une personne de plus dont il faudra endormir l'attention.

Susan ouvrit une porte et annonça :

— Le central informatique est là-dedans.

Un instant plus tard, résultat de semaines de préparatifs, Kit se trouvait à l'intérieur du saint des saints. Sous ses yeux, tout l'équipement qui contrôlait réseau téléphonique, éclairage, caméras de sécurité et alarmes. Un véritable triomphe d'avoir pénétré jusque-là !

— Merci beaucoup, dit-il à Susan. On va se débrouiller.

— Si vous avez besoin de quoi que ce soit, venez à la réception, leur recommanda-t-elle avant de les quitter.

Kit posa son ordinateur portable sur une étagère – il l'orienta de façon que l'écran ne fût pas visible du seuil – et le brancha à celui du réseau téléphonique. Il sentait sur lui le regard de Daisy, soupçonneux et malveillant.

— Va surveiller les gardes dans l'autre pièce, lui dit-il.

Elle lui jeta un regard haineux, mais obéit.

Kit prit une profonde inspiration : il connaissait parfaitement la procédure, et il lui fallait travailler vite mais avec soin.

Il commença par accéder au programme contrôlant les images vidéo fournies par les trente-sept caméras de télévision en circuit fermé. Il examina l'entrée du BRN-4 – normale –, le bureau de la réception où Steve se tenait, mais pas Susan qu'il finit par repérer sur d'autres images en train de patrouiller. Il nota l'heure.

L'énorme mémoire de l'ordinateur conservait les

images pendant quatre semaines avant de les effacer – Kit le savait puisqu'il en était le concepteur. Il passa la vidéo du BRN-4 de la veille à la même heure et vérifia qu'aucun scientifique n'avait eu l'idée bizarre de travailler au labo en pleine nuit ; chaque pièce était vide. Parfait.

Nigel et Elton l'observaient sans rien dire.

Il cala ensuite ces images sur les écrans que les gardes regardaient actuellement.

Désormais n'importe qui pouvait circuler dans le BRN-4 et faire ce qu'il voulait à leur insu.

Une telle substitution de matériel avait été prévue et des images provenant d'un lecteur vidéo séparé auraient été décelées ; mais pas celles fournies directement par la mémoire de l'ordinateur. Kit ne courait donc pas le risque de déclencher l'alarme.

Il entra dans la salle de contrôle où Daisy, arborant son blouson de cuir par-dessus sa combinaison Hibernian Telecom, était vautrée sur une chaise. Kit examina la batterie d'écrans : tout avait l'air normal. Don, le garde à la peau sombre, le regarda d'un air interrogateur. Pour expliquer sa présence, Kit demanda :

— Aucun téléphone ne fonctionne ici ?

— Aucun, confirma Don.

En bas de chaque écran figurait une ligne de texte donnant l'heure et la date : l'heure était la même mais pas la date.

Kit était prêt à parier que personne ne le remarquerait : les gardes guettaient le moindre signe d'activité, mais ne lisaient pas un texte qui leur apprenait ce qu'ils savaient déjà.

Il espérait ne pas se tromper.

L'intérêt du réparateur de téléphones pour les écrans intrigua Don qui proposa ses services.

— Je peux faire quelque chose pour vous ? demanda-t-il.

Daisy poussa un vague grognement et s'agita sur son siège, comme un chien qui perçoit la tension entre humains.

Mais la sonnerie du portable de Kit le rappela dans l'autre salle. « Le Kremlin appelle Toni », lut-il sur son écran. Steve, sans doute, prévenant Toni de l'arrivée des réparateurs. Kit décida de laisser passer l'appel : rassurée, Toni renoncerait peut-être à venir.

— Ici Toni Gallo.

Elle était dans sa voiture : Kit entendait le moteur.

— Ici Steve, au Kremlin. L'équipe d'Hibernian Telecom est arrivée.

— Ont-ils réglé le problème ?

— Ils viennent juste de se mettre au travail. J'espère que je ne vous ai pas réveillée.

— Non, je ne dormais pas, j'arrive.

Kit poussa un juron. C'est tout ce qu'il redoutait.

— Je vous assure que ce n'est pas la peine.

Il a mille fois raison ! songea Kit.

— Certainement, mais cela me rassurera, répliqua-t-elle.

Quand arrivera-t-elle ? se demanda Kit.

Steve eut la même pensée.

— Où êtes-vous maintenant ?

— À quelques kilomètres seulement, mais les routes sont épouvantables et je ne dépasse guère les vingt-cinq ou trente kilomètres à l'heure.

— Vous avez la Porsche ?

— Oui.

— On est en Écosse ici, vous auriez mieux fait d'acheter une Land Rover.

— Un char, plutôt !

Allons, se dit Kit, combien de temps ?

Toni répondit à sa question.

— J'en ai encore pour au moins une demi-heure, peut-être même une heure.

La conversation s'arrêta. Kit, furieux, se raisonna : la visite de Toni n'est pas un drame. Rien ne lui fera penser à un cambriolage du labo. Pendant quelques jours, on ne verra rien d'anormal, seulement un incident sur le réseau téléphonique aussitôt réparé. On ne découvrira les faits qu'à la reprise du travail des savants du BRN-4.

Le principal danger résidait dans le flair de cette garce de Toni, capable de percer à jour le déguisement de Kit, malgré toutes ses précautions. Si elle arrivait, il s'éloignerait autant que possible et laisserait Nigel parler. Malgré tout, cela décuplait le risque de voir l'affaire mal tourner.

Il ne lui restait plus qu'à se dépêcher pour faire entrer Nigel dans le labo à l'insu des gardes et, le plus difficile, des patrouilles. Toutes les heures, un garde de la réception entreprenait la tournée de tous les bâtiments, selon un itinéraire précis qui lui prenait vingt minutes ; une fois quitté le BRN-4, il ne revenait pas avant une heure.

Kit avait vu Susan patrouiller quelques minutes plus tôt. D'un coup d'œil sur les images en provenance de la réception, il vérifia la justesse de ses calculs : Susan avait repris sa place au côté de Steve, sa ronde était terminée. Kit regarda sa montre : il lui restait trente bonnes minutes avant sa prochaine ronde.

Kit s'était occupé des caméras dans le labo de haute sécurité, mais pas encore de celle qui surveillait l'entrée du BRN-4. Il se brancha sur les images de la veille et les passa en accéléré : il lui fallait une demi-heure complète sans personne sur l'écran. Il s'arrêta au moment où apparaissait le garde en train de patrouiller. En partant de l'instant où celui-ci quittait le champ de la caméra, il chargea les images de la veille dans le système de la salle voisine. Don et Stu ne verraient rien qu'un couloir vide pendant l'heure suivante, ou jusqu'au moment où Kit rétablirait le circuit normal. L'écran afficherait la mauvaise heure et la mauvaise date, mais une fois de plus, Kit faisait le pari que les gardes ne s'en apercevraient pas.

— Allons-y, dit-il en s'adressant à Nigel.

Elton resta dans la salle pour monter la garde auprès de l'ordinateur portable.

En traversant la salle de contrôle, Kit signala à Daisy :

— Nous allons chercher le nanomètre dans la camionnette. Toi, tu restes ici.

Don et Stu ignoreraient toujours qu'un tel appareil n'existait pas.

Daisy poussa un grognement et détourna la tête. On ne pouvait pas dire qu'elle tenait bien son rôle, mais Kit espérait que les gardes supposeraient simplement qu'elle était de mauvaise humeur.

Kit et Nigel se dirigèrent rapidement vers le BRN-4. Kit brandit la carte électronique de son père devant le scanner puis appuya l'index de sa main gauche sur l'écran. En attendant que l'ordinateur central compare les renseignements fournis par l'écran à ceux figurant sur la carte, il remarqua que Nigel portait l'élégant porte-documents bordeaux d'Elton.

Le voyant au-dessus de la porte restait obstinément rouge. Nigel jeta un regard inquiet à Kit qui ne voyait aucune raison pour que cela ne marche pas : il avait tout vérifié.

— Je crois malheureusement que vous ne pouvez pas entrer là, lança soudain une voix de femme derrière eux.

Kit et Nigel se retournèrent : Susan était plantée derrière eux, l'air toujours aimable, mais un peu inquiète. Elle devrait se trouver à la réception, se dit Kit, affolé. Elle avait encore une demi-heure avant sa prochaine patrouille... À moins que Toni Gallo, bien sûr, n'ait doublé les patrouilles comme elle l'avait fait avec les gardes.

Là-dessus, une sonnerie retentit : le voyant était passé au vert et la lourde porte pivotait lentement sur ses gonds motorisés.

— Comment avez-vous pu ouvrir ? s'inquiéta Susan d'une voix qui trahissait maintenant sa frayeur.

Kit baissa machinalement les yeux vers la carte, volée, qu'il tenait à la main.

Susan suivit son regard.

— Vous n'êtes pas censé vous trouver en possession de ce laissez-passer ! s'écria-t-elle, stupéfaite.

Nigel s'avança vers elle, mais Susan, tournant les talons, s'enfuit en courant, aussitôt prise en chasse par Nigel. Il est deux fois plus âgé qu'elle, il ne la rattrapera jamais, ragea Kit. Mais sa physionomie changea brusquement : Daisy sortait du couloir desservant la salle de contrôle. Elle ne manifestait aucune surprise devant la scène : la jeune femme qui se précipitait sur elle, Nigel à ses talons, Kit pétrifié. Sur les écrans de contrôle, Daisy avait vu Susan quitter la réception pour se diriger vers le BRN-4. Elle avait réalisé le danger et arrivait pour y faire face.

Susan aperçut Daisy, hésita, puis continua apparemment déterminée à forcer le passage.

Daisy esquissa un sourire, prit son élan et lui envoya son poing ganté en plein visage. Suivit un bruit mat, semblable à celui d'un melon tombant sur un carrelage. Susan s'effondra comme si elle avait heurté un mur – Daisy se massa les articulations d'un air ravi –, puis se remit à genoux. Les larmes ruisselaient sur le nez et la bouche ensanglantés de Susan pendant que Daisy tirait de la poche de son blouson une matraque flexible longue d'une vingtaine de centimètres. Des billes d'acier dans un étui de cuir, sembla-t-il à Kit. Elle leva le bras.

— Non ! hurla Kit. (Daisy, sans l'écouter, abattit sa matraque sur la tête de Susan qui s'affala sans un cri.) Laisse-la !

Daisy s'apprêtait à frapper une nouvelle fois quand Nigel s'approcha et lui saisit le poignet.

— Pas besoin de la tuer, tonna-t-il.

À regret Daisy fit un pas en arrière.

— Salope, cria Kit, tu es folle ! Et nous serons tous accusés de meurtre !

Daisy examina le sang sur les plis du gant de cuir clair et le lécha d'un air songeur.

— Ça ne devait pas arriver ! Qu'est-ce qu'on va faire d'elle maintenant ? s'affola Kit.

Ce corps inanimé, recroquevillé sur le sol, lui donnait la nausée.

— La ligoter et la planquer quelque part, suggéra Daisy en replaçant sa perruque blonde.

Le premier choc passé, le cerveau de Kit recommença à fonctionner.

— Mettons-la à l'intérieur du BRN-4, les gardes n'ont pas le droit d'y entrer, décida-t-il.

— Occupe-t'en pendant que je cherche quelque chose pour la ligoter, ordonna Nigel à Daisy.

Le portable de Kit se mit à sonner, mais il ne répondit pas, occupé à rouvrir la porte qui s'était refermée automatiquement. Daisy décrocha un extincteur pour la bloquer.

— Non, tu déclencherais l'alarme.

— L'alarme se déclenche quand on coince une porte ? s'esclaffa Daisy, incrédule.

— Mais oui ! expliqua Kit, exaspéré. Il y a ici des systèmes de contrôle de la pression atmosphérique, je le sais : c'est moi qui les ai installés. Alors, boucle-la et fais ce qu'on te dit !

Daisy prit Susan sous les bras et la tira sur la moquette. Nigel ressortit du bureau avec un bout de fil électrique. Tous s'engouffrèrent dans le BRN-4 dont la porte se referma derrière eux.

Ils se trouvaient dans l'antichambre menant aux vestiaires. Daisy adossa Susan à la cloison sous un autoclave à clapet grâce auquel on retirait les ustensiles stérilisés du labo. Nigel lui attacha les mains et les pieds avec le fil électrique.

Le portable de Kit ne sonnait plus.

Tous trois ressortirent en pressant simplement un bouton vert fixé dans le mur.

Kit essayait désespérément de réfléchir à la suite des événements. Son plan tout entier s'écroulait : le cambriolage, maintenant, ne passerait plus inaperçu.

— L'absence de Susan, dit-il en s'efforçant de garder son calme, va d'abord être remarquée par Don et

Stuart – elle aura disparu de leurs écrans –, puis par Steve qui ne la verra pas revenir de sa patrouille. Dans un cas comme dans l'autre, nous n'avons pas le temps d'entrer dans le laboratoire et d'en ressortir avant qu'on donne l'alarme. Merde, tout a foiré !

— Calme-toi, lui conseilla Nigel. On peut s'en tirer dès l'instant où tu ne paniques pas. Occupons-nous de la même façon des autres gardes.

Le portable de Kit se remit à sonner mais, sans son ordinateur, il ne pouvait pas savoir qui appelait.

— C'est sans doute Toni Gallo, annonça-t-il. Que ferons-nous si elle rapplique ? Nous ne pourrons pas prétendre que tout va bien si tous les gardes sont ligotés !

— Eh bien, on s'occupera d'elle également.

Le portable de Kit continuait à sonner.

0 h 30

Toni, penchée sur son volant, ne dépassait pas les quinze kilomètres à l'heure. La tempête de neige l'aveuglait et ses phares n'éclairaient qu'un nuage de gros flocons qui tombaient mollement et semblaient emplir l'univers. Elle écarquillait les yeux depuis si longtemps qu'elle en avait les paupières irritées comme par du savon qu'elle aurait mal rincé.

Elle fit de son portable un téléphone mains libres en le coinçant dans un recoin du tableau de bord. Elle avait composé le numéro du Kremlin et elle écoutait la sonnerie qui semblait retentir dans le vide.

— Je crois qu'il n'y a personne, observa sa mère.

Les réparateurs ont dû mettre la totalité du réseau hors circuit, se dit Toni. Et les alarmes ? Et s'il se produit un incident grave pendant cette coupure ? Inquiète et frustrée de ne pas savoir ce qui se passait, elle raccrocha.

— Où sommes-nous ? demanda sa mère.

— Bonne question.

Toni connaissait pourtant bien cette route. Elle roulait depuis des heures lui semblait-il quand, jetant un coup d'œil de côté à la recherche de points de repère, elle crut reconnaître enfin une petite maison et sa grille en fer forgé bien caractéristique, située seulement à trois kilomètres du Kremlin.

— Maman, annonça-t-elle, ragaillardie, nous serons là-bas dans un quart d'heure.

Dans le rétroviseur, elle retrouva les phares de ce poison de Carl Osborne qui la suivait depuis Inverburn. En d'autres circonstances, elle aurait adoré le semer.

Ne perdait-elle pas son temps ? Rien ne lui ferait plus plaisir que de trouver au Kremlin un calme absolu : des téléphones réparés, des alarmes en état de marche, des gardes ensommeillés mourant d'ennui. Elle penserait alors à rentrer se coucher et à imaginer son rendez-vous du lendemain avec Stanley.

Elle se réjouirait en tout cas de la déception de Carl Osborne quand il réaliserait qu'il avait consacré son réveillon de Noël à faire des kilomètres dans la neige pour couvrir une histoire de panne de téléphone.

Se croyant sur une ligne droite, elle prit le risque d'accélérer. Mais un virage se présenta presque aussitôt. Pas question d'utiliser les freins – elle déraperait –, alors elle rétrograda pour ralentir tout en gardant le pied sur l'accélérateur et en tournant. L'arrière de la Porsche était tout près de glisser, elle le sentait, mais les larges pneus arrière ne lâchèrent pas prise.

Des phares apparurent venant à sa rencontre, ce qui lui permit de distinguer la chaussée sur une centaine de mètres : il n'y avait guère à voir que vingt à vingt-cinq centimètres de neige sur le sol, un mur de pierre sèche sur la gauche, une côte toute blanche à droite.

Plus préoccupant, la voiture d'en face roulait très vite.

Cette portion de route, un long et large virage à quatre-vingt-dix degrés au pied de la colline, exigeait qu'on tînt sa trajectoire, ce qu'elle fit. Mais l'autre véhicule n'y parvint pas.

Elle le vit dériver sur la chaussée et traita en elle-même le conducteur de crétin pour avoir braqué dans un virage, faisant déraper l'arrière. Un instant plus tard, elle constata, horrifiée, qu'il fonçait droit sur elle.

L'autre véhicule traversa le milieu de la chaussée et se mit en travers de la route. Il s'agissait d'une voiture de sport occupée par quatre jeunes fêtards hilares qui lui parurent, dans la fraction de seconde durant laquelle elle les entrevit, trop ivres pour se rendre compte du danger.

— Attention ! cria-t-elle vainement.

L'avant de la Porsche allait emboutir le côté de la voiture en perdition. Toni déploya tous ses réflexes : sans réfléchir, elle donna un coup de volant à gauche – l'avant pivota –, puis quasi simultanément appuya sur la pédale d'accélérateur – la Porsche bondit et dérapa, frôlant le véhicule à quelques centimètres.

La Porsche glissa sur sa gauche. Toni donna un coup de volant à droite pour corriger cette trajectoire en effleurant très légèrement l'accélérateur. La voiture se redressa et les pneus accrochèrent la chaussée.

Elle crut d'abord que la voiture de sport allait heurter son aile arrière, puis qu'elle la manquerait d'un cheveu. Suivit un énorme bruit, Toni réalisa que son pare-chocs venait d'être arraché.

Le choc n'avait pas été très violent, mais il avait déstabilisé la Porsche dont l'arrière pivota sur la gauche, faisant de nouveau perdre à Toni le contrôle de sa voiture. Elle tourna désespérément le volant vers la gauche dans le sens du dérapage mais, avant que cette correction ait pu être efficace, la voiture avait heurté le muret de pierre qui bordait la route. Il y eut un épouvantable fracas, un bruit de verre brisé, puis la voiture s'arrêta.

Toni jeta un regard inquiet à sa mère : elle regardait droit devant elle, bouche ouverte, stupéfaite, mais indemne. Toni éprouva un instant de soulagement, puis elle pensa à Osborne.

Elle avait peur de regarder dans le rétroviseur, car elle pensait que la voiture de sport qui avait continué sa course folle allait emboutir la Jaguar d'Osborne. Elle apercevait les feux arrière de la petite voiture et les phares blancs de la Jag : la petite voiture fit une queue de poisson à Osborne qui braqua violemment vers le côté, puis redressa sa direction et passa.

La Jaguar s'arrêta tandis que la voiture pleine de garçons éméchés disparaissait dans la nuit. Sans doute riaient-ils encore.

— J'ai entendu un bang, dit sa mère d'une voix tremblante... est-ce que cette voiture nous a heurtées ?

— Oui, dit Toni. Nous l'avons échappé belle.

— J'estime, dit sa mère, que tu devrais conduire plus prudemment.

0 h 35

Kit, qui voyait son plan si brillamment échafaudé s'effondrer, s'efforçait de ne pas paniquer. Le cambriolage ne serait plus découvert, comme prévu, au retour de vacances du personnel, mais, en mettant les choses au mieux, à 6 heures du matin, heure de la relève, des gardes de la sécurité. Et si Toni Gallo était en route, il disposait d'un laps de temps encore plus réduit.

Le plan qu'il avait conçu ne faisait pas appel à la violence. Même maintenant, songea-t-il avec amertume, elle n'était pas strictement nécessaire. On aurait pu capturer Susan et la ligoter sans la blesser. Daisy, malheureusement, sautait sur la moindre occasion d'exercer sa brutalité. Kit espérait sincèrement neutraliser les autres gardes sans faire couler le sang.

Au même moment, Kit, horrifié, vit Nigel et Daisy se précipiter vers la salle de contrôle en dégainant un pistolet.

— On avait dit pas d'armes, protesta-t-il en découvrant avec consternation les petits automatiques à grosse crosse.

— Heureusement qu'on ne t'a pas écouté, répliqua Nigel.

— Ça devient du vol à main armée, vous vous en rendez compte ?

— Seulement si on est pris, fit Nigel en tournant la poignée et en ouvrant la porte d'un coup de pied.

— À terre ! Tout de suite ! hurla Daisy en jaillissant dans la salle de contrôle.

Les deux gardes hésitèrent une seconde, puis se jetèrent au sol,

Kit se sentait impuissant. Il serait entré en disant : « Je vous en prie, restez calmes, faites ce qu'on vous dit et il ne vous arrivera rien. » Mais il avait perdu le contrôle et ne pouvait faire mieux que d'empêcher d'autres incidents.

Elton apparut sur le seuil et évalua aussitôt la situation.

— À plat ventre ! hurlait Daisy. Les mains derrière le dos, les yeux fermés, vite ou je vous tire dans les couilles !

Ils obtempérèrent aussitôt, ce qui n'empêcha pourtant pas Daisy de frapper Don au visage de sa grosse botte. Il poussa un cri et tressaillit.

— Assez ! cria Kit en se plantant devant Daisy.

— Elle est vraiment frappée, appuya Elton en secouant la tête.

L'air délibérément mauvais de Daisy effrayait Kit, mais il se força à la dévisager. L'enjeu était trop gros pour la laisser tout gâcher.

— Écoute-moi ! cria-t-il. Tu n'es pas encore dans le labo, et si tu continues comme ça, tu n'y arriveras jamais. Si tu veux te retrouver les mains vides devant le client, à 10 heures, tu n'as qu'à continuer comme ça. (Elle se détourna, mais il poursuivit.) Assez de brutalité !

Nigel vint à la rescousse.

— Doucement, Daisy, ajouta-t-il. Fais ce qu'il dit. Essaye de les ligoter sans leur donner des coups de pied.

— On les mettra avec la fille, décida Kit.

Daisy leur lia les mains avec du fil électrique, puis Nigel et elle les poussèrent dehors sous la menace de leurs armes. Elton resta devant les écrans pour surveiller Steve à la réception. Kit suivit les prisonniers jusqu'au BRN-4 et ouvrit la porte. Ils poussèrent Don et Stu à côté de Susan et leur attachèrent les pieds. Don avait une vilaine entaille au front qui saignait, Susan semblait consciente mais groggy.

— Plus qu'un, dénombra Kit en ressortant. Steve dans le grand hall. Et pas de violence inutile !

Daisy eut un grognement écœuré.

— Kit, conseilla Nigel, ne cite plus le client ni notre rendez-vous de 10 heures. Si tu en dis trop, il faudra peut-être les tuer.

Kit réalisait soudain sa stupide erreur quand son mobile sonna.

— Ça pourrait être Toni, dit-il. Laisse-moi vérifier.

Il revint en courant dans la salle où son ordinateur portable annonçait : « Toni appelle le Kremlin. » Il transféra l'appel sur le téléphone de la réception et écouta.

— Salut, Steve, c'est Toni. Quelles nouvelles ?

— Les réparateurs sont toujours là.

— À part ça tout va bien ?

Le portable collé à son oreille, Kit rejoignit Elton pour observer Steve sur l'écran de contrôle.

— Oui, je crois. Susan Mackintosh devrait avoir

fini sa patrouille maintenant ; elle est peut-être allée aux toilettes.

Kit jura.

— De combien est-elle en retard ? demanda Toni d'un ton anxieux.

— Cinq minutes, répondit Steve après avoir consulté sa montre.

— Donnez-lui encore cinq minutes, puis mettez-vous à sa recherche.

— D'accord. Où êtes-vous ?

— Pas loin, mais j'ai eu un accident. Une voiture pleine d'ivrognes a accroché l'arrière de la Porsche.

Si seulement ils avaient pu te tuer, songea Kit.

— Vous êtes blessée ? s'inquiéta Steve.

— Non, mais ma voiture est endommagée. Heureusement j'ai été prise en stop.

Par qui donc ?

— Merde, fit Kit tout haut. La voilà qui rapplique avec un type.

— Quand serez-vous ici ?

— En gros dans vingt minutes, peut-être trente.

Kit sentit ses jambes se dérober sous lui et il dut s'asseoir. Trente minutes au maximum alors qu'enfiler la combinaison de protection pour pénétrer dans le BRN-4 en demandait vingt !

Toni dit au revoir à Steve et raccrocha.

— Elle sera ici dans la demi-heure, lança-t-il. Et il y a quelqu'un avec elle, je ne sais pas qui. Il va falloir se grouiller.

Ils se précipitèrent vers le grand hall où Daisy, arrivée la première, cria :

— À terre... tout de suite !

— Merde, s'écria Kit en constatant que la réception était vide.

Steve occupait encore sa place vingt secondes plus tôt : il ne pouvait pas être bien loin. Kit scruta la pénombre de la partie réservée aux visiteurs, les sièges, la table basse couverte de magazines scientifiques et de prospectus expliquant le travail d'Oxenford Medical, et la vitrine où étaient exposés des modèles de molécules complexes. Il leva même les yeux vers le plafond, comme si Steve avait pu s'y cacher.

Nigel et Daisy se ruèrent dans chacun des couloirs qui rayonnaient à partir du hall en ouvrant toutes les portes tandis que Kit allait inspecter les toilettes et s'y engouffrait. Elles paraissaient vides.

— Monsieur Tremlett ? fit-il en ouvrant l'une après l'autre les cabines. Personne.

Il ressortit et aperçut Steve qui retournait à son bureau. Il était certainement allé aux toilettes femmes afin de retrouver Susan.

En entendant Kit, Steve se retourna.

— Vous me cherchez ?

— Oui. (Kit se rendit compte qu'il ne pourrait pas, bien que jeune et robuste, appréhender Steve à lui tout seul. Steve, la trentaine, était en pleine forme et résisterait.) J'ai quelque chose à vous demander, commença Kit pour gagner du temps.

Il renforça son accent écossais pour être bien sûr que Steve ne reconnaîtrait pas sa voix.

Steve souleva la tablette et se glissa dans l'ovale du bureau.

— Oui, quoi donc ?

— Une minute. (Kit se retourna et appela Nigel et Daisy.) Hé ! Par ici !

— Qu'est-ce qui se passe ? s'étonna Steve, déconcerté. Vous n'êtes pas autorisés à vous balader dans tout le bâtiment.

— Je vais vous expliquer.

— Vous n'êtes pas déjà venu ici ? interrogea Steve en le regardant droit dans les yeux d'un air méfiant.

— Non, jamais, démentit Kit, la gorge serrée.

— Vous me rappelez pourtant quelqu'un.

— Je travaille avec l'équipe de secours, balbutia-t-il, la bouche sèche.

Où sont donc passés les autres ?

— Je n'aime pas ça, lâcha Steve en décrochant le téléphone posé sur le bureau.

Il composa un numéro. Au même instant, le portable de Kit se mit à sonner dans sa poche. Steve l'entendit, fronça les sourcils et comprit tout en un éclair.

— Vous avez trafiqué les téléphones ! s'écria-t-il.

— Restez calme et il ne vous arrivera rien, lui dit Kit.

À peine finissait-il sa phrase qu'il réalisa qu'il venait de confirmer les soupçons de Steve.

Celui-ci réagit aussitôt : il bondit par-dessus le bureau et se précipita vers la porte.

— Arrêtez ! lui cria Kit.

Steve trébucha, tomba et se releva.

Daisy, qui débouchait dans le hall, l'aperçut et se plaça entre lui et la sortie. Il bifurqua alors dans le couloir menant au BRN-4, Daisy et Kit à sa poursuite.

Kit se rappela qu'il existait une sortie sur l'arrière du bâtiment. Si Steve réussissait à l'atteindre, il serait hors de portée.

Daisy avait pris de l'avance sur Kit, battant l'air de ses bras à la manière des spécialistes du cent mètres. Kit se souvint des épaules puissantes que la séance de la piscine lui avait donné l'occasion de voir. Pourtant Steve gagnait du terrain – il courait comme un dératé – et allait leur échapper. Mais alors qu'il arrivait à la hauteur de la salle de contrôle, Elton surgit devant lui et n'eut qu'à tendre le pied pour faire trébucher Steve qui s'étala de tout son long. Elton se laissa tomber sur lui, appuyant les genoux au creux de ses reins.

— Ne bouge pas et je ne tirerai pas, dit-il d'un ton calme mais très convaincant à cause du pistolet qu'il enfonçait dans sa joue.

Steve s'immobilisa.

Elton se releva, gardant son arme braquée sur le garde.

— Voilà comment on s'y prend, dit-il à Daisy. Pas de sang.

Elle lui lança un regard méprisant.

— Qu'est-ce qui se passe ? demanda Nigel qui arrivait en courant.

— Peu importe ! cria Kit. On n'a pas le temps !

— Et ceux du poste de garde ? insista Nigel.

— Oublie-les ! Ils ne savent pas ce qui s'est passé ici et ils ne risquent pas de le découvrir : ils ne bougent pas de leur guérite de toute la nuit. (Il se tourna vers Elton.) Va chercher mon ordinateur et attends-nous dans la camionnette. Emmène Steve dans le BRN-4, ajouta-t-il à l'adresse de Daisy, et retourne toi aussi à la camionnette. Quant à nous au labo... immédiatement !

0 h 45

Sophie avait sorti une bouteille de vodka. La mère de Craig avait ordonné l'extinction des feux dans la grange pour minuit ; elle n'était pas venue vérifier et les jeunes en avaient profité pour regarder un vieux film d'horreur. Cette idiote de Caroline, la sœur de Craig, caressait son rat blanc et trouvait le film stupide. Son petit cousin Tom s'empiffrait de chocolats et luttait contre le sommeil. Quant à Sophie, plus sexy que jamais, elle fumait sans rien dire. Craig, lui, pensait avec inquiétude à la Ferrari endommagée et guettait une occasion d'embrasser Sophie. Il est vrai que le décor n'était pas très romantique.

L'apparition de la vodka le surprit : quand elle avait parlé de cocktails, il avait cru que c'était pour faire de l'esbroufe. Mais c'était bel et bien une demi-bouteille de Smirnoff qu'elle avait tirée de son sac de voyage.

— Qui en veut ? proposa-t-elle.

Tous bien sûr.

Des gobelets en plastique décorés d'images de Winnie l'Ourson, de Pluto et du poisson Nemo leur tinrent lieu de verres. Ils trouvèrent dans le frigo des sodas et de la glace. Tom et Caroline ajoutèrent du

Coca à leur vodka et Craig, qui ne savait trop comment se comporter, imita Sophie et but l'alcool pur avec de la glace. C'était un peu fort, mais il aimait bien la douce chaleur se propageant dans sa gorge au passage de la liqueur.

Profitant d'un passage du film où il ne se produisait pas grand-chose, Craig demanda à Sophie :

— Tu sais ce que tu vas avoir pour Noël ?

— Deux platines et un mixer de DJ. Et toi ?

— Des vacances en snow-board. J'ai des copains qui vont à Val-d'Isère pour Pâques, mais c'est cher. Alors, tu veux être disc-jockey ?

— Je devrais pas trop mal me débrouiller.

— C'est ce que tu comptes faire plus tard ?

— Sais pas, lâcha Sophie, condescendante. Et toi ?

— Je n'arrive pas à me décider. J'aimerais faire du football en professionnel, seulement à quarante ans tu es fini. D'ailleurs, je ne serais peut-être pas assez bon. En fait, j'aimerais bien être un savant comme grand-père.

— C'est assommant.

— Pas du tout ! Il découvre de nouveaux médicaments formidables, il est son propre patron, il gagne plein de fric et il a une Ferrari F50... Tu trouves ça ennuyeux ?

— Oh ! admit-elle en haussant les épaules, la voiture, je veux bien. (Puis elle pouffa.) Sans aile abîmée !

Craig ne se souciait plus guère des dégâts causés à la voiture de son grand-père, tout à la décision qu'il venait de prendre : embrasser Sophie tout de suite, sans s'occuper des autres. Une crainte cependant le retenait, la perspective qu'elle le repoussât devant sa sœur, ce qui serait humiliant.

Il aurait aimé comprendre les filles. Personne ne vous disait jamais rien. Hugo, à coup sûr, savait tout ce qu'il fallait savoir : il plaisait aux femmes, mais Craig ne comprendrait jamais pourquoi car, quand il lui posait la question, son père se contentait de rire. Dans un rare instant d'intimité avec sa mère, il lui avait demandé ce qui attirait les femmes vers un homme. « La gentillesse », avait-elle prétendu. Foutaise manifestement, parce que les serveuses ou les vendeuses qui souriaient, rougissaient ou dandinaient de la croupe devant son père ne s'imaginaient pas qu'il allait se contenter d'être gentil avec elles, bon sang ! De quoi s'agissait-il donc ? Chaque copain de Craig avait une théorie – infaillible – sur le sex-appeal ; l'un estimait que les filles aimaient les hommes autoritaires et directifs ; un autre conseillait l'indifférence pour les faire accourir ; d'autres parlaient de physique d'athlète, de belle gueule ou de fric. Craig était persuadé qu'ils avaient tous tort, mais il n'avait aucune hypothèse à leur opposer.

Sophie vida son verre.

— Un autre ? suggéra-t-elle.

Proposition acceptée à l'unanimité.

Craig commençait à trouver le film hilarant.

— Superbe, ce château en contre-plaqué, s'esclaffa-t-il.

— Et ce maquillage, ces coiffures des années soixante, renchérit Sophie, alors que ça se passe au Moyen Âge.

— Que j'ai envie de dormir, déclara tout d'un coup Caroline.

Là-dessus elle se leva, escalada, non sans mal, l'échelle et disparut.

Plus que deux, compta Craig. Peut-être après tout l'ambiance allait-elle devenir romantique ?

Pour recouvrer sa jeunesse, la vieille sorcière du film devait se baigner dans le sang d'une vierge. Cette scène – à la fois excitante et choquante – déclencha chez Craig et Sophie un fou rire irrépressible.

— Je vais vomir, annonça Tom.

— Oh, non ! s'écria Craig en se levant d'un bond. (Un instant, il se sentit étourdi, puis retrouva ses esprits.) La salle de bains, vite, dit-il et, prenant Tom par le bras, il l'entraîna.

Il eut une nausée une regrettable seconde avant d'arriver aux toilettes.

Sans s'occuper des dégâts sur le sol, Craig le guida jusqu'à la cuvette et le tint par les épaules en retenant sa respiration pendant que Tom se remettait à vomir. Voilà pour l'ambiance romantique, se dit-il.

— Ça va ? demanda Sophie en s'approchant de la porte.

— Ouais, fit Craig avec un air réprobateur d'instituteur. Un piteux mélange de chocolats, de vodka et de sang de vierge.

Sophie éclata de rire puis, à la grande surprise de Craig, fit une grosse boule avec du papier hygiénique, s'agenouilla et entreprit de nettoyer le carrelage.

Tom se redressa.

— C'est fini ? lui demanda Craig.

Tom hocha la tête.

— Tu es sûr ?

— Sûr.

Craig tira la chasse d'eau.

— Maintenant, va te brosser les dents.

— Pourquoi ?

— Tu sentiras moins mauvais.

Tom obéit.

Sophie jeta le papier dans les toilettes et recommença l'opération pendant que Craig accompagnait Tom jusqu'à son lit.

— Déshabille-toi, lui ordonna-t-il en lui tendant un pyjama Superman trouvé dans sa valise.

— Je suis désolé d'avoir vomi, fit Tom.

— Ça arrive à tout le monde, le rassura Craig. N'y pense plus. (Il tira la couverture jusqu'au menton de Tom.) Dors bien.

Il regagna la salle de bains que Sophie, avec une surprenante efficacité, avait fini de nettoyer ; elle versait maintenant du désinfectant dans la cuvette. Craig se lava les mains et, debout auprès de lui comme un copain de chambrée, elle en fit autant.

D'un ton amusé, Sophie demanda :

— Quand tu lui as dit de se brosser les dents, il t'a demandé pourquoi ?

Craig la regarda en souriant dans la glace.

— Tu comprends, il n'avait pas prévu d'embrasser quelqu'un dans la soirée, alors pourquoi se donner du mal ?

— Exact.

Il la regarda qui lui souriait dans le miroir, ses yeux sombres pétillaient d'amusement. Il la trouva plus belle que jamais. Il prit une serviette et lui en tendit une extrémité ; ils s'essuyèrent les mains ensemble, puis Craig attira Sophie à lui et posa un baiser sur ses lèvres.

Elle l'embrassa à son tour. Il entrouvrit les lèvres pour lui laisser tâter le bout de sa langue. Elle semblait hésitante, ne sachant trop comment réagir. Aurait-elle un peu exagéré son expérience des garçons ?

— Si on revenait sur le canapé ? murmura-t-il. Les chiottes ne m'ont jamais beaucoup inspiré.

En riant, elle l'entraîna.

Je ne suis pas aussi spirituel quand je suis à jeun, remarqua-t-il pour lui-même.

Il s'assit tout près de Sophie sur le canapé et l'entoura d'un bras. Ils regardèrent encore un instant le film puis, de nouveau, il l'embrassa.

0 h 55

Une porte étanche permettait d'accéder du vestiaire à la zone à risques. Kit l'ouvrit en faisant tourner la roue à quatre manettes. Il avait déjà pénétré dans le laboratoire, mais avant sa mise en service, quand il ne contenait aucun virus dangereux. Il n'était jamais entré dans une zone de BRN-4 en fonctionnement, et Kit n'avait aucun entraînement. Avec le sentiment de risquer sa vie, il franchit le seuil de la salle de douche. Nigel le suivit, tenant à la main le porte-documents bordeaux d'Elton.

Kit referma la porte derrière eux. Les portes étaient reliées électroniquement, si bien que la suivante refusait de s'ouvrir avant que la précédente fût refermée. Ses oreilles bourdonnaient à cause de la pression atmosphérique progressivement réduite dans le BRN-4, de manière que toute fuite d'air se produise vers l'intérieur et empêche des agents dangereux de s'échapper.

Franchissant une nouvelle porte, ils entrèrent dans une pièce où des combinaisons spatiales en plastique bleu étaient accrochées à des cintres. Kit ôta ses chaussures.

— Trouves-en une à ta taille et enfile-la, dit-il à Nigel. Il faut abréger les procédures de sécurité.

— Je n'aime pas ça.

Kit non plus, mais il n'avait pas le choix.

— La procédure normale est trop longue, expliqua-t-il. Il faut ôter tous ses vêtements, y compris son linge de corps, les bagues, les montres, et puis se brosser soigneusement avant de passer la tenue. (Il décrocha une combinaison et entreprit de l'enfiler.) Pour ressortir, c'est encore plus long. Il faut se doucher avec sa combinaison, d'abord avec un liquide décontaminant, et puis avec de l'eau suivant un cycle prédéterminé de cinq minutes. Ensuite on retire la combinaison, on se brosse et on se douche tout nu pendant cinq minutes. On se nettoie les ongles, on se mouche, on crache. Ensuite on se rhabille. Si on respecte toutes ces consignes, la moitié de la police d'Inverburn sera déjà là pour nous accueillir. On va se dispenser des douches, ôter nos combinaisons et filer.

— À quel point est-ce que c'est dangereux ? s'enquit Nigel, horrifié.

— Quand tu conduis à plus de deux cents kilomètres à l'heure, tu risques de te tuer. Mais ce n'est probablement pas le cas si cela ne t'arrive qu'une fois. Grouille-toi, enfile une de ces putains de combinaison.

Kit referma son casque. La visière en plastique lui donnait une vision légèrement déformée. Il fit glisser la fermeture en diagonale de sa combinaison, puis aida Nigel. Il décida qu'ils se passeraient des gants chirurgicaux habituels et se contenta de fixer avec du chatterton les gants de la combinaison aux poignets rigides de la tenue de Nigel, puis celui-ci en fit autant pour lui.

Du vestiaire, ils allèrent sous la douche de décontamination, un petit réduit où des jets jaillissaient de partout. Ils sentirent une nouvelle baisse de la pression atmosphérique, moins vingt-cinq ou cinquante pascals d'une salle à la suivante, se rappela Kit. Et enfin, ils pénétrèrent dans le labo proprement dit.

Kit connut alors un moment de pure terreur. Quelque chose ici flottait dans l'air qui pouvait le tuer. Son parallèle désinvolte sur la possibilité d'abréger les procédures de sécurité et la conduite à deux cents à l'heure lui semblait maintenant bien téméraire. Je pourrais mourir, pensa-t-il, d'une hémorragie si violente que le sang jaillirait de mes oreilles, de mes yeux et de mon pénis. Qu'est-ce que je fais là ? Comment puis-je être aussi stupide ?

Il respira lentement et s'obligea à se calmer. Tu n'es pas exposé à l'atmosphère du labo, tu respires l'air de l'extérieur, se répéta-t-il. Aucun virus n'est capable de pénétrer à l'intérieur de cette combinaison. Tu es bien plus à l'abri d'une infection qu'un péquenaud qui se rend à Disneyland en classe éco à bord d'un 747. Calme-toi.

Des conduits d'air de couleur jaune pendaient du plafond. Kit en attrapa un et le brancha à la prise de la ceinture de Nigel, dont la combinaison se gonfla aussitôt. Il en fit autant pour lui-même et entendit l'air qui s'engouffrait à l'intérieur. Sa terreur s'apaisa.

Des bottes en caoutchouc étaient alignées près de la porte, mais Kit n'y toucha pas, leur principale utilité étant d'empêcher les semelles des combinaisons de s'user.

Il examina le labo et prit ses repères, en essayant

de se concentrer sur sa tâche plutôt que de penser au danger. Il remarqua l'aspect brillant de la peinture résineuse utilisée pour étanchéifier les parois, il vit les microscopes et les unités informatiques posés sur les paillasses en acier inoxydable, le fax pour envoyer des notes – pas question de faire passer du papier sous les douches ou dans les autoclaves –, les réfrigérateurs pour entreposer les échantillons, les boîtes étanches pour manipuler les produits à risque et une rangée de cages à lapins sous une bâche en plastique transparent. Une lumière rouge au-dessus de la porte clignotait pour signaler que le téléphone sonnait car, dans les combinaisons, on entendait mal. Une lumière bleue prévenait en cas d'urgence. Des caméras de télévision en circuit fermé couvraient tous les recoins de la salle.

— Je crois que la chambre forte est par là, fit Kit en désignant une porte.

Il traversa la salle, son tuyau d'air se déroulant à mesure qu'il avançait. Il ouvrit la porte d'un réduit de la taille d'un placard contenant un réfrigérateur vertical verrouillé par une serrure à clavier dont les touches changeaient de place à chaque frappe pour empêcher de deviner le code en regardant le jeu des doigts. Mais Kit avait lui-même installé la fermeture et en connaissait donc la combinaison – à moins qu'on ne l'eût changée.

Il pianota les chiffres et tira la poignée.

La porte s'ouvrit.

Nigel regarda par-dessus son épaule.

Des doses du précieux médicament antivirus étaient conservées dans des seringues jetables, prêtes à l'usage et emballées dans de petits cartons. Kit désigna l'étagère et haussa le ton pour que Nigel puisse l'entendre.

— Voilà le médicament.

— Je ne veux pas du médicament, déclara Nigel.

— Quoi ? cria Kit se demandant s'il avait bien entendu.

— Je ne veux pas du médicament.

— Qu'est-ce que tu racontes ? fit Kit abasourdi. Pourquoi sommes-nous ici ?

Nigel ne répondit pas.

Sur la seconde étagère se trouvaient des spécimens des divers virus prêts à être injectés à des animaux de laboratoire. Nigel regarda attentivement les étiquettes, puis choisit un échantillon de Madoba-2.

— Putain, cria Kit, pourquoi celui-là ?

Toujours sans répondre, Nigel ramassa toutes les boîtes de ce virus, soit douze au total.

Une seule suffisait à tuer quelqu'un, douze déclencheraient une épidémie. Kit aurait hésité à toucher les boîtes, même protégé par sa combinaison. Quel but poursuivait donc Nigel ?

— Je croyais, dit Kit, que tu travaillais pour un conglomérat pharmaceutique.

— Je sais.

Kit, pour ce travail, recevrait trois cent mille livres et même si Elton et Daisy touchaient moins, cela signifiait que Nigel dépenserait un demi-million de livres. Pour être rentable pour lui, cette opération devrait lui rapporter un million, voire deux. Le médicament valait largement une somme pareille mais le virus... Qui donc paierait un million de livres pour un échantillon d'un virus mortel ?

Le simple fait de formuler la question apporta à Kit la réponse.

Nigel plaça les boîtes d'échantillons dans une enceinte sécurisée, une boîte en verre avec une paroi percée d'une ouverture par laquelle le savant introduit les bras afin de pratiquer des expériences. Une pompe faisait circuler l'air de l'extérieur vers l'intérieur de la boîte.

Nigel ouvrit alors le porte-documents de cuir bordeaux. Une de ses parois était tapissée de packs réfrigérants en plastique bleu. (Kit savait que les spécimens de virus devaient être conservés à basse température.) Le fond était empli de copeaux de polystyrène blanc comme on en utilise pour emballer les objets fragiles. Un pulvérisateur ordinaire, vide, mais qui avait contenu un parfum baptisé Diablerie – Kit le reconnut parce que sa sœur Olga l'utilisait – était posé dessus tel un bijou précieux. Nigel posa la bouteille dans l'enceinte où la condensation la recouvrit aussitôt de buée.

— On m'a dit de brancher l'extracteur d'air, dit-il. Où est le bouton ?

— Attends ! fit Kit. Qu'est-ce que tu fais ? Il faut m'expliquer !

Nigel trouva le contact tout seul et le tourna.

— Le client veut un produit utilisable, expliqua-t-il patiemment. Je transfère les échantillons dans ce flacon à l'intérieur du récipient sécurisé parce que cette manipulation serait dangereuse ailleurs.

Il déboucha la bouteille de parfum, puis ouvrit une boîte de spécimen de virus ; elle contenait une fiole en verre transparent et gradué. Nigel versa le liquide qu'elle contenait dans la bouteille de Diablerie. Puis il revissa le flacon et répéta l'opération avec un autre échantillon.

— Tu sais ce que tes acquéreurs veulent en faire, affirma Kit plus qu'il n'interrogeait.

— Je le devine.

— Tuer des gens... des centaines, peut-être des milliers !

— Je sais.

Le vaporisateur était l'engin parfait pour propager le virus. Empli du liquide incolore mais infesté par le virus, il paraissait parfaitement inoffensif et franchirait tous les contrôles de sécurité. Une femme pourrait le tirer de son sac dans n'importe quel lieu public et pulvériser dans l'air un nuage fatal pour quiconque l'inhalerait. Elle se tuerait aussi mais ferait beaucoup plus de victimes que n'importe quel kamikaze.

— Un véritable massacre en masse ! gémit Kit, horrifié.

— Oui, reconnut Nigel en se tournant vers Kit. (Même à travers la visière, le regard de ses yeux bleus était intimidant.) Et tu es dans le coup maintenant, aussi coupable que les autres, alors boucle-la et laisse-moi me concentrer.

Kit poussa un cri : Nigel avait raison. Il pensait avoir contribué à un cambriolage, rien de plus. Le comportement de Daisy envers Susan l'avait horrifié mais ce qui se préparait sous ses yeux était une abomination sans commune mesure. S'il s'interposait à présent, Nigel le tuerait probablement et, si le virus n'était pas livré au client, Harry McGarry le ferait tuer pour n'avoir pas réglé ses dettes. Il devait tenir jusqu'au bout et empocher son argent. Sinon il était mort.

Il devait aussi s'assurer que Nigel manipulait correctement le virus, sinon il mourrait de toute façon.

Les bras toujours enfoncés dans l'enceinte, Nigel

finit de transvaser les fioles de virus dans la bouteille de parfum puis la reboucha. Kit savait que l'extérieur de la bouteille était maintenant contaminé, mais Nigel le savait certainement aussi, car il la plongea dans le réservoir de liquide décontaminant placé à la sortie. Il essuya soigneusement la bouteille puis la glissa dans un sac de congélation pris dans sa serviette. Il mit le tout dans un second sac, le scella, et enfin le rangea dans le porte-documents dont il referma le couvercle.

— Terminé, dit-il.

Ils sortirent du labo, traversèrent la douche de décontamination sans l'utiliser – pas le temps –, se débarrassèrent dans le vestiaire de leur encombrante combinaison de plastique et remirent leurs chaussures. Kit se tint soigneusement à l'écart de celle de Nigel dont les gants étaient certainement contaminés par d'infimes traces de virus.

Ils passèrent par la douche normale, là aussi sans l'utiliser, traversèrent le vestiaire et débouchèrent dans le vestibule où ils retrouvèrent les quatre gardes ligotés et appuyés contre le mur.

Kit regarda sa montre. Cela faisait trente minutes qu'il avait surpris la conversation de Toni Gallo avec Steve.

— J'espère que Toni n'est pas arrivée.

— Si c'est le cas, on la neutralisera.

— Elle a fait partie de la police : ce ne sera pas aussi facile de se débarrasser d'elle que de ces gardes. Et elle pourrait me reconnaître, même avec ce déguisement.

Il pressa le bouton vert qui ouvrait la porte. Nigel et lui se précipitèrent dans le couloir et arrivèrent dans le grand hall. Vide, constata Kit, soulagé au-delà de toute expression. On a réussi, se dit-il. Mais Toni Gallo peut rappliquer d'une seconde à l'autre.

La camionnette attendait devant la porte principale. Le moteur tournait, Elton était au volant et Daisy à l'arrière. Nigel sauta dans la cabine, suivi par Kit qui cria :

— Vas-y ! Vas-y ! Vas-y !

Elton démarra avant même que Kit eût claqué la portière.

Une épaisse couche de neige recouvrait maintenant le sol. La camionnette dérapa, mais Elton reprit le contrôle. Ils s'arrêtèrent à la grille d'entrée.

Willie Crawford pencha la tête au-dehors.

— Tout est arrangé ? demanda-t-il.

— Pas tout à fait, dit Elton en abaissant la vitre. Il nous manque des pièces détachées. On va revenir.

— Ça vous prendra un moment par ce temps, poursuivit le garde, histoire de faire la conversation.

Kit étouffa un grognement d'impatience. De l'arrière, Daisy murmura :

— Je le descends, ce conard ?

— On fera aussi vite que possible, assura Elton sans se départir de son calme.

Puis il referma la vitre.

La barrière se souleva et ils quittèrent l'enceinte du Kremlin.

Au même instant apparut le faisceau des phares d'une voiture arrivant du sud, une Jaguar de couleur claire.

Elton prit vers le nord, et la voiture que Kit observait dans le rétroviseur se dirigea vers la grille du Kremlin.

Toni Gallo, se dit Kit. Une minute trop tard !

1 h 15

Carl Osborne stoppa devant le poste de garde du Kremlin. Toni occupait la place du passager. Sa mère était assise à l'arrière.

Toni tendit à Carl son laissez-passer et le livret de pension de sa mère.

— Donnez ça au garde avec votre carte de presse, dit-elle.

Tous les visiteurs devaient présenter des papiers d'identité.

Carl abaissa la vitre et tendit les documents. Toni reconnut Hamish McKinnon.

— Bonsoir, Hamish, c'est moi. Il y a deux visiteurs avec moi.

— Bonjour, madame Gallo, dit le garde. C'est bien un chien que tient la dame à l'arrière ?

— N'insistez pas, soupira-t-elle.

Hamish nota les noms sur un registre et rendit la carte de presse et le livre de pension.

— Vous trouverez Steve à la réception.

— Les téléphones fonctionnent ?

— Pas encore. Les réparateurs viennent de partir chercher une pièce détachée.

Il souleva la barrière et Carl entra.

Toni se retint d'exprimer son mécontentement envers Hibernian Telecom. Par une nuit pareille, on se munit de toutes les pièces dont on peut avoir besoin. Il fait de plus en plus mauvais et les routes seront bientôt impraticables. Ils ne reviendront pas avant le matin.

Voilà qui compromettait quelque peu ses projets : elle avait espéré téléphoner à Stanley dès le lendemain matin pour lui annoncer qu'il y avait eu un petit problème au Kremlin dans la nuit mais qu'elle l'avait résolu ; elle aurait ensuite pris ses dispositions pour le retrouver plus tard dans la journée. Son rapport risquait maintenant de ne pas être aussi satisfaisant.

Carl s'arrêta devant l'entrée principale.

— Attendez ici, lança Toni en sautant à terre sans lui laisser le temps de discuter.

Elle ne voulait pas de lui dans le bâtiment, si possible. Elle monta les marches entre les lions de pierre et poussa la porte. À sa grande surprise, il n'y avait personne à la réception.

Elle hésita. L'un des gardes était peut-être en patrouille, mais ils n'auraient pas dû s'absenter tous les deux en même temps. La porte n'était plus gardée.

Elle se dirigea vers la salle de contrôle où les écrans la renseigneraient. Déserte aussi.

Son cœur se serra : la situation était grave. Quatre gardes introuvables, il ne s'agissait pas d'une simple négligence. Quelque chose n'allait pas.

Les écrans ne montraient que des salles vides. Au moins l'un des quatre gardes devrait apparaître d'une seconde à l'autre, mais rien ne bougeait nulle part.

Là-dessus, un détail attira son regard : elle examina plus attentivement les images provenant du BRN-4.

La date annoncée était le 24 décembre, or il était à

sa montre plus d'une heure du matin, le jour de Noël. Elle avait sous les yeux d'anciennes images. On avait trafiqué le système de contrôle.

Elle s'assit au poste de travail et accéda au programme. En trois minutes, elle eut la certitude que toutes les images du BRN-4 dataient de la veille. Elle effectua la correction nécessaire et regarda les écrans.

Dans le hall, juste à côté des vestiaires, quatre personnes gisaient sur le sol. Mon Dieu, pria-t-elle, faites qu'elles ne soient pas mortes.

L'une d'elles bougea et elle reconnut l'uniforme sombre des gardes ; ils avaient les mains derrière le dos comme si on les avait ligotés.

— Non, non ! s'écria-t-elle tout haut.

Pourtant il lui fallait admettre que le Kremlin avait été victime d'une attaque.

Elle était anéantie. D'abord Michael Ross, et maintenant cela. Quelle erreur avait-elle commise ? Elle avait donné tout ce dont elle était capable pour assurer la sécurité des lieux, et elle avait totalement échoué. Elle n'avait pas secondé Stanley.

Son premier réflexe fut de se précipiter au BRN-4 pour détacher les prisonniers. Puis sa formation de policier reprit le dessus : évalue la situation, prépare ta réaction. Les coupables sont peut-être encore dans le bâtiment bien qu'il s'agisse très probablement des réparateurs de Hibernian Telecom qui viennent de repartir. S'assurer qu'elle n'était pas la seule à connaître la situation s'imposait avant toute autre chose.

Elle décrocha le téléphone posé sur le bureau. Bien sûr, pas de tonalité. La défaillance du réseau téléphonique faisait probablement partie du scénario.

Elle prit son portable dans sa poche et appela la police.

— Ici Toni Gallo, responsable de la sécurité à Oxenford Medical. Quatre de mes gardes ont été attaqués.

— Les coupables sont-ils toujours sur les lieux ?

— Je ne pense pas, mais je n'en ai pas la certitude.

— Des blessés ?

— Je ne sais pas. Dès que j'aurai raccroché, j'irai vérifier, cependant je voulais vous prévenir d'abord.

— Nous allons essayer de vous envoyer une voiture de patrouille – mais les routes sont épouvantables.

On devinait à la voix un jeune policier peu sûr de lui. Toni s'efforça de lui faire comprendre l'urgence de la situation.

— Cet incident pourrait comporter un biorisque. Un jeune homme est mort hier d'un virus qui s'était échappé d'ici.

— Nous ferons de notre mieux.

— Frank Hackett est de service ce soir, non ? Je suppose qu'il n'est pas dans le bureau ?

— Il est d'astreinte.

— Je vous recommande vivement de l'appeler à son domicile, de le réveiller et de lui raconter cela.

— J'ai bien noté votre suggestion.

— Le réseau téléphonique est en panne, sans doute provoquée par les assaillants. Notez, je vous prie, mon numéro de portable. (Elle le lui dicta.) Et demandez à Frank de m'appeler immédiatement.

— J'ai compris le message.

— Puis-je vous demander votre nom ?

— Agent de police David Reid.

— Je vous remercie, agent Reid. J'attends la patrouille.

Toni raccrocha, convaincue que le jeune policier n'avait pas saisi toute l'importance de son appel ; mais il transmettrait sûrement l'information à son supérieur. De toute façon, elle n'avait pas le temps de discuter ; elle sortit précipitamment de la salle de contrôle et s'engouffra dans le couloir menant au BRN-4. Elle passa sa carte dans le lecteur, présenta le bout de son doigt au scanner et entra.

Steve, Susan, Don et Stu étaient alignés le long du mur, pieds et poings liés. On aurait dit que Susan, le nez enflé, du sang sur le menton et sur le buste, s'était précipitée contre un arbre. Don avait une vilaine écorchure au front.

Toni s'agenouilla pour les détacher.

— Que s'est-il passé ?

1 h 30

La camionnette d'Hibernian Telecom labourait une couche de neige d'une trentaine de centimètres d'épaisseur. Elton conduisait à quinze à l'heure, en première, pour ne pas déraper. D'épais flocons bombardaient le véhicule et formaient deux bourrelets à la base du pare-brise qui limitaient de plus en plus le champ d'action des essuie-glaces. Quand Elton n'y voyait plus rien, il s'arrêtait et dégageait la vitre.

Kit était complètement désemparé : il venait de se faire le complice non pas d'un cambriolage banal – son père aurait de toute façon perdu cet argent puisqu'il aurait remboursé Harry Mac – mais d'un acte odieux. Car pourquoi acquérir du Madoba-2, si l'on n'est pas mû par une volonté d'extermination ?

Qui représente le client de Nigel ? s'interrogea-t-il. Des fanatiques japonais, des fondamentalistes musulmans, un groupe dissident de l'IRA, des kamikazes palestiniens ou des Américains paranoïaques armés jusqu'aux dents et vivant dans des cabanes perdues des montagnes du Montana ? Peu importe. Celui qui veut ce virus l'utilisera et enverra à la mort des milliers de gens dont le sang jaillira de leurs yeux.

Mais comment empêcher cette catastrophe ? En remettant les échantillons à leur place ? Nigel le tuerait ou laisserait ce soin à Daisy. Il songea alors à sauter hors de la camionnette qui roulait assez lentement pour disparaître dans le blizzard ; mais ils détiendraient encore le virus et lui continuerait à devoir à Harry un quart de million de livres.

Tenir jusqu'à la fin et, quand tout serait terminé, dénoncer – anonymement – Nigel et Daisy à la police en priant pour qu'elle retrouve le virus ? Ou encore continuer et disparaître comme prévu ; qui penserait à déclencher une épidémie à Lucques ?

Il imagina un instant que le Madoba-2 pourrait être diffusé dans l'avion qui l'emmènerait en Italie ; ainsi justice serait rendue.

À travers la tempête de neige, il aperçut l'enseigne lumineuse d'un motel vers lequel se dirigea Elton. La lumière au-dessus de la porte et les huit ou neuf voitures garées sur le parking indiquaient que l'établissement était ouvert. Qui peut bien avoir envie de passer Noël dans un tel endroit : des hindous, des hommes d'affaires bloqués par la neige, des couples illicites ?

— Nous abandonnons la camionnette ici, expliqua Elton en stoppant auprès d'un break Vauxhall. Elle est trop facilement reconnaissable. Nous prendrons ce break pour gagner le terrain d'atterrissage, mais je ne suis pas certain d'y arriver.

— Pauvre conard, pourquoi pas une Land Rover ? lança Daisy de l'arrière.

— Parce que ce modèle-là, un des plus populaires

d'Angleterre, se remarquera moins. Et puis la météo n'avait pas prévu de neige, vieille salope.

— Arrêtez, vous deux, les enjoignit calmement Nigel en ôtant sa perruque et ses lunettes. Retirez vos déguisements ; les gardes vont donner nos signalements à la police.

Les autres l'imitèrent.

— Prenons des chambres et attendons ici, proposa Elton.

— C'est dangereux, répondit Nigel. Nous ne sommes qu'à quelques kilomètres du labo.

— La police est bloquée comme nous. Dès que le temps s'améliore, on file.

— Le rendez-vous avec le client est fixé.

— Il ne va pas piloter son hélicoptère dans cette bouillasse !

— Mais si.

Le portable de Kit sonna. Il consulta son ordinateur : il s'agissait d'un appel normal, non pas d'une communication déroutée du réseau de Kremlin. Il décrocha.

— Ouais ?

— C'est moi. (Kit reconnut la voix d'Hamish McKinnon.) J'appelle sur mon portable ; je profite de ce que Willie est aux toilettes.

— Qu'est-ce qui se passe ?

— Elle est arrivée juste après votre départ.

— J'ai vu la voiture.

— Elle a trouvé les gardes ligotés et a appelé la police.

— Est-ce qu'ils peuvent arriver jusque-là par ce temps ?

— Ils ont dit qu'ils allaient essayer. Elle vient de passer au poste de garde pour nous dire de les attendre. Quand ils seront là... Désolé, il faut que j'y aille, conclut-il en raccrochant.

Kit remit son portable dans sa poche.

— Toni Gallo a découvert les gardes, annonça-t-il. Elle a appelé la police et ils sont en route.

— Ça règle le problème, on prend la Vauxhall, trancha Nigel.

1 h 45

Craig glissait sa main sous le pull de Sophie quand il entendit des pas : sa sœur descendait du grenier à foin en chemise de nuit.

— Je me sens un peu bizarre, expliqua-t-elle en traversant la pièce pour se rendre dans la salle de bains.

Dépité, Craig détourna son regard vers l'écran et la vieille sorcière : devenue une superbe jeune fille, elle séduisait un beau chevalier.

Caroline ressortit en disant :

— Ça pue le vomi.

Elle grimpa l'échelle et retourna se coucher.

— On n'est jamais tranquille ici, murmura Sophie.

— Autant essayer de faire l'amour en pleine gare de Glasgow, appuya Craig.

Il lui donna un nouveau baiser. Cette fois, elle ouvrit les lèvres et leurs langues se rencontrèrent. Aux anges, il soupira de plaisir. Sa main trouva un sein, petit et tiède, et le pressa doucement ; elle ne put retenir un gémissement étouffé.

— Arrêtez de grogner, lança la petite voix de Tom. Je n'arrive pas à dormir !

— Désolé, chuchota Craig, exaspéré.

— Si on allait ailleurs ? suggéra Sophie.

— Où ?

— Pourquoi pas dans ce grenier que tu m'as montré tout à l'heure ?

— Excellent, s'exclama-t-il en se levant.

Ils passèrent manteaux et bottes et Sophie se coiffa d'un bonnet de laine rose avec un pompon qui lui donnait un air de charmante innocence.

— C'est ravissant, apprécia Craig.

— Quoi donc ?

— Toi.

Elle sourit. Un peu plus tôt elle aurait ricané en l'entendant dire une chose pareille. Mais leurs rapports avaient changé. C'était peut-être la vodka. Craig pensait que le tournant s'était opéré dans la salle de bains, quand ils s'étaient occupés tous les deux de Tom. Cet enfant désemparé les avait certainement obligés à se conduire en adultes. Après cela, il devenait difficile de reprendre le parti pris de la maussaderie.

Craig n'aurait jamais imaginé que les conséquences d'une indigestion lui gagneraient le cœur d'une fille.

Il ouvrit la porte de la grange et un vent glacé leur souffla au visage un tourbillon de flocons. Craig s'empressa de sortir, maintint la porte ouverte pour Sophie, puis la referma soigneusement.

Steepfall leur offrait une image incroyablement romantique : la neige recouvrait les toits pentus, s'entassait sur l'appui des fenêtres et s'amassait dans la cour sur une trentaine de centimètres. Les lanternes projetaient des halos de lumière dorée dans laquelle dansaient des flocons de neige. Une brouette, un tas de bûches et un tuyau d'arrosage étaient transformés en sculptures de glace.

Sophie ouvrit de grands yeux.

— On dirait une carte de Noël, dit-elle.

Craig la prit par la main et ils traversèrent la cour à petits pas comme des oiseaux qui pataugent dans une flaque. Ils contournèrent la maison et atteignirent la porte de derrière. Craig essuya la couche de neige qui recouvrait le couvercle d'une poubelle, monta dessus, puis se hissa sur le toit du débarras.

Il se retourna. Sophie hésitait.

— Par ici ! souffla-t-il en lui tendant la main.

Elle la saisit et il l'aida à le rejoindre. Un moment, ils se retrouvèrent côte à côte dans la neige comme des amants dans un lit. Puis Craig se redressa.

Il s'avança sur la corniche qui passait au-dessous de la porte du grenier et déblaya la neige à coups de pied. Il ouvrit le battant et revint chercher Sophie.

Elle se mit à quatre pattes puis essaya de se redresser, mais ses bottes de caoutchouc glissèrent et elle tomba. Elle s'affola.

— Agrippe-toi à moi, dit Craig en la remettant debout.

Ils ne couraient pas un véritable danger et elle en rajoutait un peu. Craig n'y voyait d'ailleurs aucun inconvénient car cela lui donnait l'occasion de se montrer fort et protecteur.

Sophie lui passa les bras autour de la taille. Craig s'avança sur la corniche jusqu'à la porte ouverte et l'aida à entrer.

Il referma derrière eux et alluma. Parfait, jubila Craig en lui-même, tout excité. Nous sommes seuls, au beau milieu de la nuit, et personne ne nous dérangera.

Il s'allongea pour observer la cuisine par l'interstice du plancher. Une seule lumière était allumée, au-dessus de la porte du débarras. Couchée devant la cuisinière, Nellie releva la tête, dressant les oreilles : elle savait qu'il était là.

— Rendors-toi, murmura-t-il.

Peut-être l'entendit-elle, en tout cas elle reposa la tête sur le sol et ferma les yeux.

Frissonnante, Sophie était assise sur le vieux canapé.

— J'ai les pieds gelés.

— Il doit y avoir de la neige dans tes bottes.

Il s'agenouilla devant elle et la déchaussa ; il lui ôta aussi ses chaussettes trempées. Ses petits pieds blancs semblaient sortir du frigo. Il essaya de les réchauffer avec ses mains puis, saisi d'une brusque inspiration, déboutonna son manteau, souleva son chandail et lui appuya la plante des pieds sur sa poitrine nue.

— Oh ! mon Dieu ! dit-elle, que c'est bon !

Dans ses fantasmes elle le lui avait souvent dit, mais les circonstances n'étaient pas tout à fait les mêmes.

2 h 00

Assise dans la salle de contrôle, Toni examinait les écrans.

Steve et les gardes lui avaient fait le récit de tout ce qui s'était passé entre l'arrivée des « réparateurs » dans le grand hall et l'instant où deux d'entre eux étaient sortis du labo BRN-4 en portant un porte-documents plat en cuir bordeaux. Tandis que Steve lui donnait les premiers soins, Don avait parlé des tentatives de l'un des malfaiteurs pour interdire à ses complices le recours à la violence. « Si tu veux avoir les mains vides quand on rencontrera le client à 10 heures, tu n'as qu'à continuer comme ça », avait-il crié, mots maintenant gravés dans l'esprit de Toni.

Manifestement, ils étaient venus pour voler quelque chose au laboratoire, et ils l'avaient emporté dans ce porte-documents. Toni avait l'horrible pressentiment de savoir de quoi il s'agissait.

Elle faisait défiler les images enregistrées au BRN-4 entre 0 h 55 et 1 h 15. Même si les écrans ne les avaient pas diffusées sur le moment, l'ordinateur les avait emmagasinées : deux hommes en combinaison à biorisque entraient dans le labo.

Elle sursauta en voyant l'un d'eux ouvrir la porte

du petit réduit qui abritait le coffre et pianoter sur le clavier : il connaissait donc le code ! Il ouvrit la porte du réfrigérateur et son compagnon commença à en retirer des échantillons.

Toni appuya sur « Arrêt sur image ».

La caméra, placée au-dessus de la porte et de l'épaule de l'homme, filmait l'intérieur du réfrigérateur, et surtout des mains qui tenaient des petites boîtes blanches. Toni zooma : elle distingua le symbole international de biorisque, puis elle déchiffra, atterrée : *Madoba-2*.

La confirmation de ses craintes la frappa comme le vent glacé de la mort. Elle resta figée devant l'écran, pétrifiée de peur, le cœur battant. Madoba-2 était l'agent infectieux le plus redoutable qu'on pût imaginer, si redoutable qu'il fallait le protéger par de multiples couches de sécurité et que seul un personnel hautement qualifié en combinaison isolante pouvait le manipuler. Il était maintenant aux mains d'une bande de cambrioleurs qui le trimbalait dans un malheureux porte-documents.

Ils pourraient avoir un accident, s'affoler et se débarrasser de la serviette... Si ce virus tombait entre les mains de gens ignorant ce dont il s'agissait, les conséquences seraient abominables. Et même si une libération accidentelle n'avait pas lieu, le « client », lui, la provoquerait délibérément. Quelqu'un projetait d'utiliser le virus pour massacrer des gens par centaines, par milliers, peut-être pour déclencher une épidémie capable de décimer des populations entières.

Et dire que c'était auprès d'elle qu'ils avaient obtenu l'arme du crime !

Désespérée, elle reprit le sinistre défilé d'images :

l'homme vidait le contenu des fioles dans un flacon de Diablerie. Cette banale bouteille de parfum choisie pour propager le virus devenant ainsi une arme de destruction massive que l'homme enveloppa soigneusement dans deux sacs avant de la déposer dans son porte-documents tapissé de copeaux de polystyrène.

Elle en avait vu assez : il fallait que la police déclenche immédiatement une vaste opération. La rapidité leur permettrait peut-être de rattraper les voleurs avant qu'ils aient le temps d'effectuer leur sinistre livraison.

Elle remit les écrans de contrôle à leur position habituelle et quitta la salle.

Les gardes étaient rassemblés dans le grand hall. Ils buvaient tranquillement leur thé en croyant la crise terminée. Toni décida d'attendre quelques secondes pour reprendre le contrôle de la situation.

— Nous avons des choses importantes à faire, annonça-t-elle d'un ton décidé. Stu, allez dans la salle de contrôle pour reprendre votre service, je vous prie. Steve, mettez-vous à votre bureau. Don, dit-elle en s'adressant au blessé, un pansement improvisé sur le front, restez où vous êtes.

Susan Mackintosh, qui avait reçu le coup de matraque, était allongée sur un canapé réservé d'ordinaire aux visiteurs. On lui avait lavé le visage, mais elle était sérieusement meurtrie. Toni s'agenouilla auprès d'elle et lui posa un baiser sur le front.

— Pauvre petite, compatit-elle. Comment vous sentez-vous ?

— Un peu sonnée.

— Je suis désolée de ce qui vous est arrivé.

— Ça m'aura valu un baiser, tenta Susan en esquissant un pâle sourire.

— Ça va déjà mieux, fit Toni en lui tapotant l'épaule.

— Ce charmant Steven m'a offert une tasse de thé, annonça sa mère, assise auprès de Don.

Elle donna un morceau de biscuit au chiot couché à ses pieds sur un journal.

— Merci, Steve, fit Toni.

— Il ferait un petit ami idéal pour toi.

— Il est marié, répondit Toni.

— De nos jours, ça ne change plus grand-chose.

— Pour moi, si. Où est Carl Osborne ? demanda-t-elle à Steve.

— Aux toilettes.

Toni hocha la tête et prit son portable. Le moment était venu d'appeler la police.

Elle se rappela les précisions que Steve Tremlett lui avait données concernant l'équipe de garde au commissariat régional d'Inverburn : un inspecteur, deux sergents et six agents de police, plus un commissaire d'astreinte, tout à fait insuffisant pour affronter une crise de cette ampleur. Si elle devait la gérer, elle convoquerait une bonne vingtaine d'inspecteurs, réquisitionnerait des chasse-neige, ferait dresser des barrages routiers et regrouperait une brigade de policiers en armes pour procéder à l'arrestation. Et elle s'y emploierait dans la minute.

Cette idée la revigora. L'horreur des faits commençait à se dissiper dans son esprit et elle se concentra sur les mesures à prendre. L'action la requinquait toujours.

Elle rappela David Reid.

— Nous avons envoyé une voiture mais ils ont fait demi-tour. Le temps..., lui annonça-t-il.

Elle l'écouta, horrifiée. Elle croyait qu'une voiture de police était en route.

— Vous parlez sérieusement ? fit-elle en haussant le ton.

— Vous avez vu les routes ? Il y a des voitures abandonnées partout. À quoi bon envoyer une patrouille qui se fera bloquer dans la neige ?

— Bon Dieu ! Quelle bande de mauviettes la police recrute de nos jours !

— Inutile de parler sur ce ton, madame.

— Vous avez raison, se maîtrisa Toni, je vous prie de m'excuser.

Les réactions inefficaces de la police, se rappela-t-elle, sont souvent dues à une mauvaise identification du risque quand, par exemple, un agent inexpérimenté, comme Reid, rédige le premier rapport. Elle devait donc avant tout s'assurer qu'il possédait bien l'information clef à transmettre à son supérieur.

— Voici la situation. Primo, on a dérobé une importante quantité de Madoba-2, un virus aux effets mortels sur les êtres humains : il s'agit donc d'une urgence à biorisque.

— Biorisque, répéta-t-il en prenant manifestement le terme en note.

— Les criminels sont trois hommes – deux Blancs, un Noir – et une femme blanche. Ils circulent dans une camionnette portant la mention « Hibernian Telecom ».

— Pourriez-vous me donner des signalements plus précis ?

— Le chef des gardes de sécurité vous appellera à

ce sujet dans un instant : ils les a vus, pas moi. Ensuite, nous avons deux blessés : l'un a été matraqué et l'autre a reçu un coup de pied dans la tête.

— Quelle est à votre avis la gravité des blessures ?

Il lui semblait le lui avoir déjà précisé, mais Reid suivait certainement une liste de questions préétablies.

— Un médecin est nécessaire pour le premier.

— Bien.

— Enfin : les assaillants étaient armés.

— Quel genre d'armes ?

Toni se tourna vers Steve, un mordu d'armes à feu.

— Avez-vous pu voir leurs armes ?

— Un pistolet automatique Browning 9 millimètres chacun, répondit Steve, le modèle avec un chargeur de treize balles. Provenant certainement des surplus de l'armée.

Toni répéta la description à Reid.

— Alors, fit-il, vol à main armée.

— Oui... mais l'important, c'est qu'ils ne peuvent pas être bien loin et que cette camionnette est facile à repérer. Si nous agissons rapidement, nous pouvons les rattraper.

— Personne ne peut agir rapidement cette nuit.

— Il vous faut des chasse-neige.

— La police n'en a pas.

— Il doit y en avoir plusieurs dans le secteur, il faut déblayer les routes presque chaque hiver.

— Déblayer les routes ne fait pas partie des fonctions de la police : c'est la responsabilité des autorités locales.

Toni était prête à hurler d'exaspération, mais elle se mordit la langue.

— Est-ce que Frank Hackett est là ?

— Le commissaire Hackett n'est pas disponible.

Elle savait que Frank était d'astreinte : Steve le lui avait dit.

— Puisque vous ne voulez pas le réveiller, je m'en charge, déclara-t-elle en coupant la communication.

Elle appela aussitôt Frank chez lui. En policier consciencieux, il devait dormir auprès du téléphone car il décrocha immédiatement.

— Hackett.

— Toni. On a volé à Oxenford Medical une importante quantité de Madoba-2, le virus qui a tué Michael Ross.

— Comment as-tu pu laisser faire ça ?

Cette question qu'elle ne cessait de se poser lui faisait encore plus mal venant de lui.

— Si tu es si malin, répliqua-t-elle, trouve donc un moyen d'attraper les voleurs avant qu'ils s'enfuient.

— On vous a bien envoyé une voiture, il y a une heure.

— Elle n'est jamais arrivée. Tes risque-tout de flics ont vu la neige et ça leur a fait peur.

— Eh bien, si nous sommes coincés, nos suspects aussi.

— Vous n'êtes pas coincés, Frank. Vous pouvez venir ici avec un chasse-neige.

— Je n'ai pas de chasse-neige.

— Le conseil local en a plusieurs... téléphone-leur.

Un long silence.

— Je ne pense pas, finit-il par dire.

Toni l'aurait tué. Frank se plaisait à faire jouer son autorité de façon négative. Cela lui donnait un sentiment de puissance. Et puis il aimait particulièrement la défier : elle avait toujours été trop autoritaire pour lui. Comment avait-elle vécu si longtemps avec lui ?

Elle ravala la réplique qu'elle avait sur le bout de la langue et dit :

— Qu'est-ce que tu penses, Frank ?

— Je ne peux pas envoyer des hommes désarmés à la poursuite d'une bande munie de pistolets. Il faut rassembler des inspecteurs habitués au maniement des armes à feu, les emmener à l'arsenal et les équiper de gilets pare-balles, d'armes et de munitions. Ça va prendre au moins deux heures.

— Pendant ce temps, les voleurs disparaissent avec un virus capable de faire des milliers de victimes !

— Je fais diffuser la description de la camionnette.

— Ils peuvent en changer ; il leur suffit d'avoir garé un 4 × 4 quelque part.

— Ça ne leur permettra quand même pas d'aller loin.

— Et s'ils avaient prévu un hélicoptère ?

— Toni, réfrène ton imagination. Les voleurs écossais ne possèdent pas d'hélicoptères.

Frank ne réalisait pas qu'il ne s'agissait pas de malfrats locaux décampant avec des bijoux ou des billets. La notion de biorisque lui était étrangère.

— À toi, Frank, d'utiliser ton imagination. Ces gens-là veulent déclencher une épidémie !

— Ne m'explique pas comment je dois travailler, tu ne fais plus partie de la police.

— Frank... (Elle s'interrompit. Il avait raccroché.) Pauvre con, lâcha-t-elle avant de raccrocher.

Pourtant, elle avait gardé le souvenir d'un homme raisonnable et qui savait l'écouter. Le cas de Dick Buchan en était la preuve flagrante : ce violeur et tueur récidiviste qui, malgré des heures d'intimidation et de vociférations, avait refusé de révéler à

Frank où étaient cachés les corps, avait craqué en vingt minutes devant Toni qui lui avait parlé avec douceur de sa mère. Ensuite Frank avait pris l'habitude de la consulter avant chaque interrogatoire important. Manifestement, depuis leur rupture, il avait régressé.

Regardant son portable d'un air mauvais, elle se creusait la cervelle. Comment faire bouger Frank ? Le faire chanter avec l'histoire de Johnny Kirk, le fermier ? Avant d'en arriver là, elle décida de tenter une ultime démarche et composa le numéro d'Odette Cressy, sa copine de Scotland Yard.

Elle dut attendre longtemps avant qu'on décroche.

— C'est Toni. Je suis désolée de te réveiller.

— Pardon, mon chou, le boulot, expliqua Odette s'adressant à quelqu'un d'autre.

— Je te dérange, je te croyais seule.

— C'est juste le père Noël. Quoi de neuf ? (Toni lui exposa les faits.) C'est pas vrai ! cria Odette. Exactement ce que nous craignions !

— Je ne comprends pas comment j'ai pu laisser faire ça.

— Y a-t-il un détail susceptible de nous renseigner sur le moment et la façon dont ils comptent s'en servir ?

— Deux détails. Ils ont transvasé le produit volé dans un vaporisateur et peuvent libérer le virus dans n'importe quel endroit très fréquenté – cinéma, avion, grand magasin. Impossible ensuite pour quiconque d'élucider les causes de la catastrophe.

— Un vaporisateur ? De parfum ?

— Diablerie.

— Bien joué... au moins on sait ce qu'on cherche. Quoi d'autre ?

— Ils ont parlé devant un garde d'un rendez-vous avec le client à 10 heures.

— À 10 heures. Ils travaillent vite.

— Exactement. Le client prend possession du virus à 10 heures ce matin, il est à Londres ce soir. Pourquoi ne le pulvériserait-il pas demain à l'Albert Hall ?

— Bon travail, Toni. Comme je regrette que tu aies quitté la police.

— Merci, fit Toni qui commençait à se sentir de meilleure humeur.

— Rien d'autre ?

— J'ai aperçu leur camionnette, elle prenait la direction du nord. Mais, à cause de la tempête de neige qui rend les routes impraticables, ils ne sont sans doute pas loin de l'endroit où je me trouve.

— Et donc nous avons une chance de les rattraper avant qu'ils livrent la marchandise.

— Oui... mais rien à faire pour persuader la police locale de l'urgence de la situation.

— Laisse-moi faire. Je vais les secouer un peu. La lutte antiterroriste dépend directement du cabinet du Premier ministre. Ta bande de ploucs va bientôt recevoir un coup de fil du 10 Downing Street. Qu'est-ce qu'il te faut... des hélicoptères ? Le HMS Gannet n'est qu'à une heure de chez toi.

— Garde-les en réserve. Je ne crois pas que des hélicoptères puissent voler dans un pareil blizzard, et, même s'ils le pouvaient, l'équipage n'arriverait sans doute pas à voir ce qui se passe au sol. Ce qu'il me faut, c'est un chasse-neige pour déblayer la route entre Inverburn et le Kremlin de manière que la police y installe sa base. Ensuite on commencera à rechercher les fugitifs.

— Je m'en occupe. Tiens-moi au courant, d'accord ?

— Merci, Odette.

Toni raccrocha puis se retourna : juste derrière elle, Carl Osborne prenait des notes.

2 h 30

Elton conduisait avec d'infinies précautions le break qui s'enfonçait dans plus de trente centimètres de neige fraîche. Assis auprès de lui, Nigel serrait le porte-documents au redoutable contenu. Kit, sur la banquette arrière avec Daisy, ne cessait de fixer la serviette par-dessus l'épaule de Nigel : un accident et elle serait écrasée ; du flacon brisé jaillirait le liquide qui les exterminerait tous. La lenteur de leur progression l'exaspérait : il ne pensait plus qu'à rejoindre le terrain d'aviation pour y mettre leur funeste colis à l'abri.

Pourtant rien n'était moins sûr : depuis qu'ils avaient quitté le parking du motel, ils n'avaient rencontré que des véhicules abandonnés ici ou là, et même une Range Rover de la police couchée sur le flanc.

Soudain un homme jaillit dans le faisceau des phares. En tenue de ville – sans manteau ni chapeau –, il agitait frénétiquement les bras. Nigel ayant sèchement répondu par la négative à la question muette d'Elton, celui-ci poursuivit sa route, obligeant le malheureux à plonger dans le fossé. Kit aperçut, auprès d'une grosse Bentley, une femme en robe de cocktail visiblement désespérée qui serrait sur ses épaules une mince étole.

Ils franchirent l'embranchement qui menait à Steepfall et Kit regretta l'époque où, petit garçon, il dormait dans la maison de son père en ignorant tout des virus, des ordinateurs et des chances au black jack.

La neige tombait si fort qu'Elton roulait presque à l'aveugle ; un bon marcheur aurait pu les dépasser. Avec la Land Cruiser Toyota de mon père, se dit-il, nos chances eussent été meilleures.

Puis une côte se présenta et les pneus commencèrent à patiner. La voiture ralentit encore jusqu'à s'arrêter complètement avant d'entamer une véritable glissade en arrière. Le coup de frein d'Elton ne fit qu'accentuer le mouvement et ses tentatives avec le volant bloquèrent la voiture en travers de la chaussée.

Nigel poussa un juron et Daisy se pencha en avant pour livrer à Elton le fond de sa pensée :

— Pauvre con !

— Daisy, ordonna Elton, descends et pousse.

— Va te faire foutre.

— Je parle sérieusement, déclara-t-il. Le sommet de la côte n'est qu'à quelques mètres et j'y arriverai si quelqu'un me pousse.

— On va tous pousser, trancha Nigel.

Nigel, Daisy et Kit descendirent. Le froid vif et les bourrasques de neige leur cinglaient le visage. Seule Daisy portait des gants ; le métal glacé mordait les mains nues des autres. En quelques secondes, ils eurent les pieds trempés. Elton embraya progressivement et ils s'arc-boutèrent. Les pneus accrochèrent enfin le sol et Elton put redémarrer.

Ils grimpèrent péniblement la côte, dérapant dans la neige, hors d'haleine et glacés. Devraient-ils recommencer pour toutes les déclivités des quinze prochains kilomètres ?

Nigel se posa la même question car, aussitôt remonté dans la voiture, il questionna Elton :

— Cette voiture nous conduira-t-elle au terrain ?

— Sur cette route, oui, mais pas sur les cinq ou six derniers kilomètres ; ils ne sont pas goudronnés, expliqua Elton.

— Je sais où trouver un 4 × 4, déclara soudain Kit, une Land Cruiser Toyota.

— Rappelle-toi la Land Rover de la police, observa Daisy... On pourrait quand même rester coincés.

— Ce serait toujours mieux qu'une Vauxhall. Où est-elle ? demanda Nigel.

— Chez mon père, dans le garage dont la porte n'est pas visible de la maison.

— À quelle distance ?

— À environ quinze cents mètres par cette route et autant après un embranchement.

— Qu'est-ce que tu suggères ?

— Garons-nous dans les bois près de la maison et empruntons la Land Cruiser pour aller au terrain. Ensuite, Elton ramènera la Land Gruiser et reprendra la Vauxhall.

— À ce moment-là il fera jour. Si quelqu'un le voit ?

— Je ne sais pas, j'inventerai une histoire. De toute façon, ça ne peut pas être pire que de rester bloqués ici.

— Quelqu'un a une meilleure idée ? demanda Nigel.

Personne ne répondit. Elton fit faire demi-tour à la voiture et redescendit la côte en première.

— Prends là, à droite, lui indiqua Kit un peu plus tard.

— Pas question. Tu as vu la neige ? Il y en a près de cinquante centimètres et personne n'est passé là depuis des heures. On ne fera pas dix mètres.

Kit retrouva cette impression affolante qu'il ressentait quand il perdait au black jack, celle d'une puissance supérieure s'acharnant à ne lui distribuer que de mauvaises cartes.

— À quelle distance sommes-nous de chez ton père ?

— Assez loin, fit Kit en avalant sa salive. Pas tout à fait quinze cents mètres.

— Par ce putain de temps, apprécia Daisy, ça fait vachement loin.

— Une autre solution, suggéra Nigel, est d'attendre qu'une voiture passe et la braquer.

— On risque d'attendre sacrément longtemps, commenta Elton. On n'en a vu aucune rouler depuis qu'on est parti du laboratoire.

— Attendez ici pendant que je vais chercher la Land Cruiser, proposa Kit.

— Non, on ne sait jamais ce qui peut arriver, refusa Nigel en secouant la tête. Que tu sois bloqué par la neige et on ne serait pas capable de te retrouver. Vaut mieux rester ensemble.

Kit n'était pas dupe, il y avait une autre raison : Nigel ne lui faisait pas confiance. Il craignait sans doute qu'il ne prévienne la police. Kit n'y pensait pas du tout, mais Nigel n'en était pas certain.

Ils se taisaient ; ils répugnaient à quitter la chaleur du chauffage de la voiture. Puis Elton coupa le moteur et ils descendirent. Nigel tenait solidement le porte-documents – qui les obligeait à subir ce cauchemar – et Kit serrait son ordinateur portable, indispensable pour intercepter les appels à destination ou en provenance du Kremlin.

— Montre-nous le chemin, ordonna Elton à Kit en lui tendant une torche.

Enfoncé dans la neige jusqu'aux genoux, Kit prit la tête du petit groupe sans écouter leurs récriminations : s'ils ne peuvent pas me suivre, eh bien qu'ils restent !

Il faisait un froid épouvantable que ni Nigel en veste de sport ni Elton en imperméable ou Daisy en blouson de cuir n'avaient prévu d'affronter : ils pensaient rester à l'intérieur ou dans une voiture. Si Kit et Daisy étaient correctement chaussés, lui de Timberland, elle de bottes de moto, il n'en allait pas de même pour Nigel et Elton qui portaient des chaussures de ville.

Bien qu'emmitouflé dans sa parka, Kit se mit bientôt à frissonner. Ses mains, pourtant enfoncées dans ses poches, le faisaient souffrir et la neige qui trempait son jean jusqu'aux genoux fondait dans ses chaussures. Il avait l'impression que ses oreilles et son nez étaient en train de geler.

Le chemin familier, mille fois parcouru à pied ou à bicyclette, avait disparu et Kit se trouva complètement désorienté dans cette lande écossaise où ni haie ni muret ne bordent les routes et où l'absence de cultures dispense de clôturer les champs.

Pensant s'être écarté de la route, Kit s'arrêta pour creuser la neige de ses mains nues.

— Qu'est-ce... ? commença Nigel, agacé.

— Une minute, coupa Kit. (Il venait de trouver de

l'herbe gelée et cherchait à retrouver la bonne direction. Il souffla sur ses mains glacées pour les réchauffer et se remit à creuser sur sa droite, là où le sol semblait monter. Le contact le tranquillisa un peu.) Par ici, affirma-t-il avec plus d'assurance qu'il n'en éprouvait.

Une demi-heure plus tard, les jambes et les pieds pris dans une gangue de glace, il comprit que la tempête de neige le rendait aveugle et sourd, le privant ainsi de son sens de l'orientation. Par une nuit normale, il aurait aperçu les lumières de la maison et entendu la mer. Sans point de repère, ils se perdraient et mourraient de froid. Il eut vraiment peur ; la chance tourna cependant en sa faveur car, à force de tourner en rond, ils avaient atteint le couvert du petit bois.

La neige sur le sol n'y était pas aussi épaisse et il progressa plus vite. Une faible lueur lui annonça qu'il était sauvé : il s'en rapprocha et arriva enfin au garage.

Les grands battants étant baissés, Kit entra par une petite porte latérale jamais fermée. Les trois autres le suivirent.

— Dieu soit loué, murmura Elton. J'ai cru ma dernière heure venue dans cette putain d'Écosse.

Kit alluma sa torche : devant lui, garée très près du mur, les courbes voluptueuses de la Ferrari bleue de son père et, à côté, la Ford Mondeo blanc sale de Luke – surprenant car il l'utilisait pour rentrer chez lui. Serait-ce que... ?

Il braqua sa torche vers l'emplacement habituel de la Land Cruiser Toyota. Vide.

Kit en aurait pleuré.

Il comprit tout de suite ce qui s'était passé. Stanley,

à cause du temps, avait prêté le 4×4 à Luke et Lori dont la maison se trouvait au bout d'un chemin de terre à près de deux kilomètres. Ils avaient laissé la Ford qui, dans la neige, ne valait pas mieux que la Vauxhall.

— Merde, lâcha Kit.

— Où est la Toyota ? demanda Nigel.

— Pas ici, dit Kit, et maintenant, on est vraiment dans la merde.

3 h 30

Carl Osborne était au téléphone.

— Il y a quelqu'un aux infos ? Bon... passez-le-moi.

— Attendez, je vous en prie, le supplia Toni qui venait de le rejoindre.

— Quoi ? fit-il en posant sa main sur le micro.

— Raccrochez s'il vous plaît et écoutez-moi. Juste un instant.

— Préparez-vous à enregistrer... Je vous reprends dans deux minutes.

Il pressa le bouton d'attente et se tourna vers Toni. Elle redoutait les dégâts énormes que Carl provoquerait avec un reportage alarmiste. Plaider sa propre cause lui faisait horreur, mais elle devait absolument tout tenter pour l'arrêter.

— Ce sera la fin de ma carrière, commença-t-elle. Après ce vol d'un lapin par Michael Ross, celui de spécimens du virus par des crapules. Tout ça par ma faute !

— Désolé, Toni, mais c'est la vie.

— Il y va aussi de l'entreprise, insista-t-elle. (Elle en disait plus qu'elle ne l'aurait voulu, mais elle y était obligée.) Une telle contre-publicité effrayera nos... nos investisseurs.

— Les Américains, donc, lança Carl à qui rien n'échappait.

— Peu importe qui. Ce qui compte, c'est que ça pourrait anéantir la compagnie. (Et Stanley aussi, pensa-t-elle. Elle essayait de se montrer détachée, mais sa voix tremblait.) Ils ne le méritent pas !

— Dites plutôt que votre bien-aimé Pr Oxenford ne le mérite pas.

— Il tente de trouver des remèdes aux maux de l'humanité, bon sang !

— En gagnant de l'argent par la même occasion.

— Tout comme vous, en révélant la vérité aux téléspectateurs écossais.

— Un reportage est un reportage. D'ailleurs, ça se saura, et quelqu'un le racontera forcément, trancha-t-il en écartant le sarcasme.

— Bien sûr. (Elle regarda par les fenêtres du grand hall : il neigeait toujours aussi fort, en mettant les choses au mieux, on pouvait peut-être attendre une amélioration au lever du jour.) Je vous demande simplement de me donner trois heures. Enregistrez-le à 7 heures.

— Qu'est-ce que ça changera ?

Rien du tout, craignait-elle, mais c'était sa seule chance.

— D'ici là vous pourrez peut-être annoncer que la police a capturé la bande, ou du moins qu'elle est sur leur piste et qu'on attend d'un instant à l'autre leur arrestation.

Les chances de l'entreprise – et de Stanley – de survivre à cette crise dépendaient de son dénouement rapide.

— Pas question. La police est au courant et désormais n'importe qui peut avoir vent de l'histoire. Je ne peux pas prendre ce risque, fit-il en composant un numéro.

Toni le dévisagea : la vérité, déjà laide, deviendrait, vue à travers le prisme déformant de la télévision à sensation, carrément catastrophique.

— Enregistrez ceci, commença Carl dans son portable, et passez-le avec une photo de moi tenant un téléphone. Vous êtes prêt ? (Toni l'aurait volontiers tué.) Je vous parle des locaux d'Oxenford Medical, l'entreprise pharmaceutique écossaise, où vient de se produire, pour la deuxième fois en deux jours, un incident de bio-sécurité.

Comment l'arrêter ? Elle devait essayer et, pour cela, examina ses renforts potentiels : Steve à son bureau, Susan allongée, toute pâle, et Don debout. Sa mère dormait, comme le chiot. Deux hommes, donc, susceptibles de l'aider.

— Excusez-moi, dit-elle à Carl.

Il fit mine de l'ignorer.

— Des spécimens d'un virus mortel, le Madoba-2...

Toni posa la main sur son téléphone.

— Je regrette, cet appareil est interdit ici.

Il se détourna et tenta de poursuivre.

— Des spécimens d'un redoutable...

Une nouvelle fois elle glissa la main entre le portable et sa bouche.

— Steve ! Don ! Par ici, tout de suite.

— On essaie d'entraver mon reportage, cria Carl dans le portable. Vous enregistrez cela ?

Toni lança d'une voix assez forte pour être entendue dans le téléphone :

— Les téléphones portables risquent de provoquer des interférences avec l'équipement électronique ultrasensible utilisé dans les laboratoires, leur usage est donc interdit. (Faux, mais un bon prétexte.) Veuillez l'éteindre, je vous prie.

Il le brandit loin d'elle en criant :

— Laissez-moi tranquille !

Toni fit un signe de tête à Steve qui arracha le portable de la main de Carl et l'éteignit.

— Vous n'avez pas le droit ! s'écria Carl.

— Bien sûr que si. Vous êtes un visiteur et je suis responsable de la sécurité.

— Foutaises... la sécurité n'a rien à voir là-dedans.

— Dites ce que vous voulez, c'est moi qui édicte les règles ici.

— Alors, je sors.

— Vous mourrez de froid.

— Vous ne pouvez pas m'empêcher de partir.

— Exact, fit Toni en haussant les épaules. Mais je ne vous rends pas votre portable.

— Vous me le volez.

— Je vous le confisque pour des raisons de sécurité. Nous vous le renverrons par la poste.

— Je trouverai une cabine.

— Bonne chance.

Il n'y avait pas le moindre téléphone public dans un rayon de huit kilomètres.

Carl enfila son manteau et sortit. Toni et Steve le regardèrent monter dans sa voiture, mettre le moteur en marche, puis ressortir pour enlever la neige qui recouvrait le pare-brise et bloquait les essuie-glaces. Carl remonta en voiture et s'éloigna.

— Il a laissé le chien, dit Steve.

La neige tombait un peu moins fort. Toni étouffa un juron : le temps ne va quand même pas s'améliorer juste au moment où j'ai besoin de lui ?

Un monticule de neige s'amassait devant la Jaguar

au fur et à mesure qu'elle montait le chemin. À cent mètres de la grille, elle s'arrêta.

— Je ne pensais pas qu'il irait aussi loin, commenta Steve en souriant.

L'éclairage intérieur de la voiture s'alluma. Toni fronça les sourcils, inquiète.

— Il va peut-être faire la gueule en laissant le moteur tourner et le chauffage à plein tube jusqu'à ce qu'il soit en panne d'essence, plaisanta Steve. (Toni écarquillait les yeux pour mieux voir.) Qu'est-ce qu'il fabrique ? ajouta le garde. On dirait qu'il parle tout seul.

Toni comprit ce qui se passait et son cœur se serra.

— Merde, fit-elle. Il parle, oui, mais à quelqu'un. C'est un journaliste. Il a un téléphone de secours dans sa voiture. Bon sang, je n'avais pas pensé à cela !

— Vous voulez que j'aille l'arrêter ?

— Trop tard maintenant. Le temps que vous arriviez là-bas, il en aura assez dit. Bon sang. (Tout allait mal. Elle avait envie de renoncer, de s'allonger dans une pièce plongée dans l'obscurité et de fermer les yeux. Mais elle se reprit.) Quand il reviendra, glissez-vous dehors ; s'il a laissé les clefs sur le tableau de bord, prenez-les... comme ça, au moins, il ne passera pas d'autres coups de fil.

— D'accord.

Le portable de Toni sonna et elle prit la communication.

— Toni Gallo.

— Ici Odette.

À sa voix, on entendait qu'elle était bouleversée.

— Qu'est-ce qui se passe ? s'inquiéta Toni.

— J'ai du nouveau : un groupe terroriste, le Cimeterre, cherche activement à acheter du Madoba-2.

— Cimeterre ? Un groupe islamiste ?

— Nous le pensons, mais nous n'en sommes pas sûrs : le nom pourrait être délibérément trompeur. En tout cas, tes voleurs travaillent certainement pour lui.

— Mon Dieu ! Tu sais autre chose ?

— Ils comptent lâcher le virus dans un lieu public en Angleterre, et c'est pour demain.

Toni avait le souffle coupé par cette confirmation de la pire des hypothèses envisagées. En effet, si la population passait le jour de Noël chez elle, il en irait autrement le lendemain : à travers toute la Grande-Bretagne, des familles assisteraient à des matches de football, à des réunions hippiques, iraient au cinéma, au théâtre, au bowling. D'autres prendraient l'avion vers les stations de ski ou les plages des Caraïbes.

— Mais où ? À quelle occasion ?

— Nous n'en savons rien, c'est pourquoi il faut arrêter ces voleurs. La police locale est en route avec un chasse-neige.

— Formidable ! s'exclama Toni dont le moral remonta.

L'arrestation des criminels permettrait non seulement de récupérer le virus et d'annuler le danger, mais aussi de redonner du lustre à Oxenford Medical et de sauver Stanley.

— J'ai également alerté les forces de police jusqu'à Glasgow. Mais, à mon avis, c'est à Inverburn que tout se passera. Le responsable de là-bas s'appelle Frank Hackett, un nom qui me dit quelque chose. Ce ne serait pas ton ex, par hasard ?

— Si, et c'est une des causes du problème : il adore refuser ce que je lui demande.

— Eh bien, tu vas trouver un homme bien plus

coulant. Il vient de recevoir un coup de fil du chancelier du duché de Lancaster en personne. Comique, non ? C'est un des hauts responsables au Cabinet ; le grand patron de l'antiterrorisme. Il a catapulté ton ex hors de son lit comme s'il y avait le feu.

— Ne t'apitoie pas, il ne le mérite pas.

— Ensuite, il a reçu des nouvelles de mon patron, encore une expérience enrichissante. Bref, le pauvre diable vient à ta rencontre sur un chasse-neige.

— J'aurais préféré le chasse-neige sans Frank.

— Il vient de passer un sale quart d'heure, sois gentille avec lui.

— D'accord, acquiesça Toni.

3 h 45

Daisy grelottait si fort qu'elle parvenait difficilement à maintenir l'échelle qu'Elton escaladait. Il tenait des cisailles de jardin dans sa main crispée par le froid. La neige, qui continuait de tomber, filtrait l'éclairage extérieur. Kit faisait le guet depuis la porte du garage, en claquant des dents. Nigel était resté à l'intérieur, serrant contre lui le porte-documents de cuir bordeaux.

L'échelle était appuyée contre le pignon de Steepfall. Les fils téléphoniques émergeaient de l'angle de la maison et suivaient le faîte du toit jusqu'au garage. De là, Kit le savait, ils descendaient dans une canalisation souterraine qui allait jusqu'à la route. En coupant les câbles à cet endroit, tout contact téléphonique avec l'ensemble de la propriété devenait impossible. Nigel avait tenu à ce que l'on prenne cette précaution.

L'impression de cauchemar que connaissait Kit se précisait : il s'attendait à un travail dangereux mais n'avait jamais imaginé le scénario qui l'obligeait à faire le planton devant la maison familiale pour qu'un gangster puisse couper les lignes du téléphone sur l'ordre d'un cambrioleur qui, dans le garage, serrait contre lui une serviette contenant un virus capable de tuer toute la population du coin.

Elton lâcha le barreau auquel il se tenait pour prendre les cisailles à deux mains. Il se pencha, saisit un câble entre les lames et tenta de resserrer les poignées ; les cisailles lui échappèrent et retombèrent dans la neige, la pointe en avant, à moins de quinze centimètres de Daisy qui poussa un cri de surprise.

— Chut ! fit Kit

— Il aurait pu me tuer ! protesta Daisy.

— Tu vas réveiller tout le monde.

Elton descendit de l'échelle, ramassa les cisailles et remonta.

Il leur fallait se rendre chez Luke et Lori pour prendre la Land Cruiser. Mais Kit savait que leur état de fatigue – ils tombaient presque d'épuisement – ne le leur permettrait pas. De plus, le temps exécrable empêcherait Kit de retrouver à coup sûr le cottage de Luke : il avait déjà failli se perdre en cherchant Steepfall et la neige tombait plus fort que jamais. Ils devraient attendre soit un répit de la tempête, soit le lever du jour. Et, pour que personne ne sache qu'ils étaient à Steepfall, ils avaient décidé de couper les fils du téléphone.

Cette fois, Elton réussit. Pendant qu'il descendait de l'échelle, Kit enroula les câbles qui pendaient et les accrocha à la paroi du garage où ils seraient moins voyants.

Elton rapporta l'échelle dans le garage ; elle heurta bruyamment le sol cimenté.

— Fais moins de bruit ! rouspéta Kit.

Nigel examina les murs de pierre nus de l'étable aménagée en garage.

— On ne peut pas rester ici.

— C'est pourtant mieux que dehors, riposta Kit.

— Nous avons froid et nous sommes trempés. Sans chauffage, c'est la mort.

— À coup sûr, appuya Elton.

— Faisons tourner les moteurs, suggéra Kit. Ça réchauffera le local.

— Ne sois pas stupide ; les gaz d'échappement nous auront tués bien avant que la chaleur nous ait réchauffés, lui opposa Elton.

— Alors, sortons la Ford et installons-nous dedans.

— Putain, lâcha soudain Daisy. Il me faut une tasse de thé, n'importe quoi de chaud et un petit coup à boire. J'entre dans la maison.

— Non !

Ces trois chiens enragés dans sa maison familiale ? Tout à fait impensable. Et avec le porte-documents et son terrifiant contenu, encore moins.

— D'accord, trancha Elton. Entrons.

Kit regretta amèrement de les avoir aidés à couper le téléphone.

— Comment expliquerais-je votre présence ?

— Ils dorment tous.

— S'il neige encore quand ils se lèveront ?

— Tu leur diras, déclara Nigel, que tu ne nous connais pas, que tu nous as trouvés sur la route, notre voiture bloquée dans une congère à trois kilomètres. Tu nous as pris en pitié et tu nous as ramenés.

— Je ne devais pas sortir !

— Dis que tu es allé prendre un verre.

— Ou retrouver une fille, ajouta Elton.

— Quel âge as-tu ? Tu as encore besoin de demander l'autorisation de papa pour sortir le soir ? ricana Daisy.

Kit réagit violemment, furieux de se faire traiter

avec une telle condescendance par cette brute de Daisy.

— La question est de savoir ce qui sera crédible, pauvre abrutie. Qui serait assez dingue pour se taper des kilomètres en pleine tempête de neige dans l'intention de boire un verre alors qu'il y a tout l'alcool qu'on veut dans la maison ?

— Quelqu'un d'assez dingue pour perdre un quart de million de livres au black jack, répliqua-t-elle.

— À toi de trouver une histoire plausible, décréta Nigel. Entrons avant que nos putains de pieds se détachent.

— Vos déguisements sont dans la camionnette. Ma famille verra votre visage.

— Aucune importance. La télé montrera des centaines de malheureux automobilistes bloqués par la neige, comme nous. Ta famille ne fera pas le rapprochement avec les cambrioleurs.

— Je n'aime pas ça, répéta Kit. (Il n'osait pas défier ces trois criminels, pourtant il était assez désespéré pour le faire.) Vous n'entrerez pas.

— On ne te demande pas ta permission, riposta Nigel, méprisant. Si tu ne nous montres pas le chemin, on le trouvera tout seuls.

Ce qu'ils ne mesurent pas, se dit Kit, de plus en plus affolé, c'est le QI des gens de ma famille : Nigel, Elton et Daisy n'ont pas la pointure pour les embobiner.

— Vous ne ressemblez vraiment pas à d'inoffensifs touristes bloqués par une congère.

— Comment ça ? fit Nigel intrigué.

— Plutôt curieuse cette famille écossaise moyenne, constituée d'un Londonien, d'un Noir et d'une psychopathe, lui expliqua Kit. Mes sœurs risquent de remarquer tout cela.

— On se contentera d'être polis et de ne pas dire grand-chose.

— Ne rien dire du tout serait encore mieux. À la moindre brutalité, tout est foutu.

— Naturellement. Nous tenons à passer pour inoffensifs.

— Surtout Daisy, fit Kit en se tournant vers elle. Ne t'avise pas de les toucher.

— Oui, renchérit Nigel. Daisy, tâche de te tenir. Agis comme une femme, juste pour une heure ou deux, d'accord ?

— Ouais, ouais, marmonna-t-elle en regardant ailleurs.

Kit comprit qu'il venait de céder. Alors il ajouta :

— Je viens de me rappeler que vous avez besoin de moi pour trouver la Land Cruiser. S'il arrive quoi que ce soit à ma petite famille, inutile d'y penser.

Et, avec cette horrible impression d'une fatalité en marche vers le désastre, il les conduisit jusqu'à la porte de derrière qu'on ne fermait jamais à clef.

— Ça va, Nellie, c'est moi, dit-il au chien avant d'ouvrir.

— Oh ! mon Dieu, que c'est bon ! s'exclama Elton en pénétrant dans la chaleur du vestibule.

— Je vous en prie, chuchota Kit d'une voix étouffée, pas de bruit ! (Il se faisait l'effet d'un maître d'école s'efforçant de calmer des élèves insupportables dans un musée.) Plus ils dorment, plus ce sera facile pour nous, vous ne comprenez donc pas ? (Il les fit entrer dans la cuisine.) Doucement, Nellie, murmura-t-il. Ce sont des amis.

Nigel posa le porte-documents sur la table de la cuisine, puis caressa Nellie qui, ravie, remua la queue.

— Mets de l'eau à chauffer, Kit, ordonna-t-il pendant que les autres ôtaient leurs vêtements trempés.

Kit déposa son ordinateur, alluma le petit poste de télévision installé sur le comptoir de la cuisine et choisit une chaîne d'informations avant de remplir la bouilloire.

Une charmante jeune personne annonçait : « Un changement inattendu dans les vents dominants a provoqué une tempête de neige surprise sur presque toute l'Écosse. »

— Tu peux le dire, cocotte, commenta Daisy.

Très mondaine, la présentatrice semblait s'adresser au téléspectateur comme à un ami qu'elle aurait invité à prendre un verre chez elle.

— Dans certaines régions, il est tombé plus de trente centimètres de neige en douze heures.

— Tes trente centimètres de neige, tu sais où tu peux te les mettre, murmura Elton.

Ils se détendent, constata Kit qui, lui, se sentait plus tendu que jamais.

La jeune femme évoquait des accidents de voiture, des routes impraticables et des véhicules abandonnés.

— On n'en a rien à foutre, lança Kit. Ce qu'on veut savoir c'est quand ça va cesser.

— Kit, répéta Nigel, prépare le thé.

Kit s'exécuta ; il posa des tasses, un sucrier et un pot de lait devant Nigel, Daisy et Elton assis autour de la table de bois blanc : une petite réunion de famille. L'eau se mit à bouillir, Kit préparait le thé quand une carte météo apparut sur l'écran.

— Demain matin, annonça un météorologue, le blizzard s'arrêtera aussi brusquement qu'il est arrivé et...

— Oui ! rugit Nigel, triomphant.

— ... suivi avant midi par le dégel.

— Sois précis ! s'exaspéra Nigel. À quelle heure ?

— C'est encore faisable, affirma Elton en se servant du thé.

Kit partageait son optimisme.

— Nous devrions partir dès le lever du jour, suggéra-t-il.

Cette perspective lui redonna le moral.

— Espérons-le, laissa tomber Nigel.

— Bon sang, fit Elton en buvant son thé, ça va mieux. Lazare a dû éprouver quelque chose dans ce genre-là quand il s'est levé d'entre les morts.

Daisy se leva, ouvrit la porte de la salle à manger et scruta l'obscurité.

— C'est quoi cette pièce ?

— Où te crois-tu ? s'insurgea Kit.

— Il me faut de la gnole pour relever ce pipi de chat, déclara-t-elle en allumant.

Quelques instants plus tard, Kit entendit un cri de triomphe et le bruit de l'armoire à liqueurs.

À ce moment-là, le père de Kit, vêtu d'un pyjama gris et d'une robe de chambre de cachemire noir, déboucha dans la cuisine.

— Bonjour, dit-il. Que se passe-t-il ?

— Bonjour, papa, répondit Kit. Laisse-moi t'expliquer.

Daisy arriva de la salle à manger, une bouteille de Glenmorangie dans sa main gantée.

— Un verre de whisky ? proposa Stanley en levant les yeux vers elle.

— Non, merci, répondit-elle. J'ai la bouteille entière.

4 h 15

Dès que cela fut possible, Toni appela Stanley. Il ne pourrait rien faire, mais voudrait au moins être informé. Et, surtout, elle ne voulait pas qu'il apprenne le cambriolage aux informations.

Elle redoutait cette conversation où elle allait lui annoncer une catastrophe qui risquait de ruiner son existence et dont elle était responsable. Quels sentiments éprouverait-il pour elle après cela ?

Elle composa son numéro mais la ligne semblait hors service, probablement à cause de la neige. Au fond, elle était soulagée.

Elle laissa un message sur le téléphone de sa Ferrari – il n'avait pas de portable. « Stanley, c'est Toni. Mauvaise nouvelle : un cambriolage au labo. Je vous en prie, appelez-moi. Je vous en prie, appelez-moi sur mon mobile le plus tôt possible. » Il serait probablement trop tard quand il écouterait ce message, mais, du moins, elle aurait essayé.

Elle jeta un regard impatient par les fenêtres du grand hall. Où sont donc la police et son chasse-neige ? À vingt kilomètres à l'heure, compte tenu de l'épaisseur de neige à déblayer, l'engin devrait couvrir le trajet depuis Inverburn en une trentaine de minutes au maximum. Ils devraient arriver maintenant.

Le chasse-neige repartira presque aussitôt par la route du nord suivie par la camionnette d'Hibernian Telecom. Les grosses lettres blanches se repéreront facilement sur le fond sombre de la carrosserie.

Mais les voleurs y auront sans doute pensé, se dit-elle tout d'un coup, et auront changé de véhicule peu après avoir quitté le Kremlin. C'est ce qu'elle aurait fait : elle aurait choisi une Fiesta pour sa ressemblance avec une douzaine d'autres modèles et l'aurait abandonnée dans un parking devant un supermarché ou une gare. Leur forfait accompli, les voleurs iraient tout droit au parking et circuleraient ensuite à bord d'un véhicule totalement différent.

Cette idée la consterna. Comment la police parviendrait-elle alors à identifier les voleurs ? Il lui faudrait contrôler chaque véhicule et voir s'il était occupé par trois hommes et une femme.

Très énervée, elle ne savait que faire pour hâter les choses. Quelles possibilités se présentaient à la bande pour garer une voiture plusieurs heures durant sans attirer l'attention ? Il n'y avait ni gare ni supermarché dans les environs. Quoi alors ? Saisissant un bloc et un stylo à bille sur le bureau de la réception, elle commença une liste :

— *Club de golf d'Inverburn*
— *Motel de la Goutte de rosée*
— *Joyeux Mangeurs*
— *Jardinerie de la main verte*
— *Produits de saumon fumé d'Écosse*
— *Williams Press (Imprimerie et Éditions)*

Elle ne voulait pas que Carl Osborne, revenu dans la chaleur du hall, sache ce qu'elle était en train de faire. Il ne pouvait plus téléphoner de sa voiture puisque Steve s'était glissé dehors pour prendre les clefs de contact. (Carl ignorait ce détail.) Malgré tout, Toni ne voulait prendre aucun risque.

— Nous allons mener notre propre enquête, murmura-t-elle à Steve. (Elle déchira la feuille de papier en deux et en donna la moitié à Steve.) Appelez ces numéros : tout est fermé bien sûr, mais vous devriez tomber sur un concierge ou un gardien. Parlez du cambriolage mais sans préciser ce qui a été dérobé. Dites simplement que le véhicule utilisé par les voleurs a pu être abandonné sur leur parking et demandez-leur de vérifier si une camionnette d'Hibernian Telecom stationne devant chez eux.

— Bien vu, approuva Steve en hochant la tête. Nous pourrions faire gagner du temps à la police.

— Exactement. Mais n'utilisez pas ce téléphone : je ne veux pas que Carl entende. Installez-vous au fond du hall et servez-vous du portable que vous lui avez confisqué.

Toni s'éloigna elle aussi de Carl. Elle appela les renseignements, obtint le numéro du club de golf, le composa et attendit.

— Oui ? Ici le club de golf. Allô ? répondit une voix ensommeillée.

Toni se présenta et raconta l'histoire.

— J'essaye de repérer une camionnette portant l'inscription « Hibernian Telecom ». Se trouve-t-elle sur votre parking ?

— Oh ! je comprends, la voiture avec laquelle ils se sont enfuis, c'est ça ?

Le cœur battant, elle demanda :

— Elle est là ?

— Non, en tout cas elle n'y était pas quand j'ai pris mon service. Il y a seulement deux ou trois voitures, laissées par des messieurs qui ont jugé préférable de ne pas reprendre le volant après le déjeuner d'hier, vous voyez ce que je veux dire ?

— À quelle heure avez-vous pris votre service ?

— À 19 heures.

— Une camionnette aurait-elle pu se garer là depuis ? Disons, vers 2 heures ce matin ?

— Ma foi, peut-être bien... Je n'ai aucun moyen de l'affirmer.

— Pourriez-vous jeter un coup d'œil ?

— Mais oui, bien sûr ! s'écria-t-il comme s'il s'agissait d'une idée follement originale. Ne quittez pas, j'en ai pour une minute.

Il y eut un bruit sourd quand il posa le combiné. Toni attendit. Des pas s'éloignèrent puis revinrent.

— Non, je ne pense pas qu'il y ait de camionnette ici.

— Bon.

— Bien sûr, on ne voit pas bien les voitures avec toute cette neige. Je ne sais même plus quelle est la mienne !

— Mais une camionnette, vous comprenez, serait plus haute que les autres, n'est-ce pas ? Alors on la remarquerait.

— Non, il n'y a pas de camionnette ici.

— Vous m'avez été d'une grande utilité. Je vous remercie infiniment.

— Qu'est-ce qu'ils ont volé ?

Toni fit semblant de ne pas avoir entendu la question et raccrocha. De son côté, Steve parlait au téléphone et manifestement n'avait encore rien trouvé. Elle appela le motel.

Ce fut un jeune homme plein d'entrain qui répondit.

— Ici Vincent. En quoi puis-je vous aider ?

Toni pensa tout de suite à ces employés d'hôtel très empressés jusqu'au moment où on leur demande vraiment quelque chose. Elle débita une nouvelle fois son histoire.

— Il y a pas mal de voitures sur le parking, lui expliqua Vincent. Je regarde sur l'écran de télévision en circuit fermé mais je ne vois pas de camionnette. Malheureusement, la caméra ne couvre pas la totalité du parking.

— Ça vous ennuierait d'aller jusqu'à la fenêtre pour bien regarder ? C'est vraiment important.

— C'est que j'ai pas mal à faire.

À une heure pareille ? Mais Toni n'exprima pas le fond de sa pensée. Avec beaucoup de douceur, elle expliqua :

— Vous comprenez, ça évitera à la police de se déranger pour vous interroger.

L'argument fit mouche. Il n'avait pas envie que sa veille de nuit soit dérangée par des voitures de patrouille et des inspecteurs.

— Ne quittez pas.

Il partit et revint bientôt.

— Oui, elle est ici, annonça-t-il.

— Vraiment ? fit Toni, incrédule.

Elle ne croyait pas sa chance.

— Une camionnette Ford Transit, bleue, avec « Hibernian Telecom » en grosses lettres blanches sur le côté. Elle ne doit pas être là depuis bien longtemps parce que la couche de neige qui la recouvre est moins importante que sur les autres : c'est d'ailleurs pour ça que j'ai pu lire l'inscription.

— Je vous remercie, ça m'aide énormément. Vous avez peut-être remarqué la disparition d'une autre voiture... Celle avec laquelle ils sont partis ?

— Non, désolé.

— Bon... merci encore ! (Elle raccrocha et se tourna vers Steve.) J'ai retrouvé leur véhicule !

De la tête il désigna la fenêtre.

— Et le chasse-neige arrive.

4 h 30

Daisy vida son thé et remplit sa tasse de whisky.

Kit était terriblement inquiet. Nigel et Elton parviendraient certainement à jouer les voyageurs bloqués par la neige, mais Daisy, avec son air de gangster et son comportement de hooligan, constituait un cas désespéré.

— Allons, ne vous enivrez pas, dit doucement Stanley en rebouchant la bouteille qu'elle venait de reposer.

Daisy n'avait pas l'habitude de s'entendre dire ce qu'elle devait faire – elle terrorisait la plupart de ses interlocuteurs – et posa sur Stanley un regard meurtrier. Il semblait tellement vulnérable dans son pyjama et sa robe de chambre. Kit attendait l'explosion.

— Mon père, qui aimait bien le whisky, avait l'habitude de dire : « Un peu de whisky, ça vous revigore, beaucoup, ça vous détruit », ajouta Stanley en rangeant la bouteille dans un buffet.

Maîtriser sa rage demanda à Daisy un effort que Kit perçut sans mal. Pourvu qu'elle continue à se dominer, se disait-il quand l'arrivée de sa sœur

Miranda en chemise de nuit rose à fleurs vint briser la tension.

— Bonjour, ma chérie, tu te lèves de bonne heure, remarqua Stanley.

— Je n'arrivais pas à dormir sur le lit pliant de l'ancien bureau de Kit. Ne me demande pas pourquoi. (Elle regarda les étrangers.) Il est tôt pour des visites de Noël.

— Voici ma fille Miranda, dit Stanley. Mandy, voici Nigel, Elton et Daisy.

Kit venait de les présenter à son père et, avant de réaliser son erreur, sous leurs vrais noms. Miranda les salua de la tête.

— C'est le père Noël qui vous a amenés ? demanda-t-elle.

— Ils sont tombés en panne sur la route à côté de notre embranchement, expliqua Kit. Je les ai recueillis et ma voiture a lâché à son tour ; nous avons fait à pied le reste du trajet.

Allait-elle le croire ? Et allait-elle poser des questions sur le porte-documents en cuir bordeaux posé comme une bombe sur la table de la cuisine ?

Mais ce fut à un autre aspect de l'histoire qu'elle s'intéressa.

— Je ne savais pas que tu étais sorti... Où diable es-tu allé, en pleine nuit, par ce temps ?

— Tu sais. (Kit avait réfléchi à la réponse qu'il ferait et il arbora un sourire penaud.) Je n'arrivais pas à dormir, je me sentais seul, alors j'ai décidé de faire une petite visite à une vieille copine d'Inverburn.

— Laquelle ? La plupart des jeunes femmes d'Inverburn sont de vieilles copines à toi.

— Tu ne la connais pas. (Il inventa rapidement un nom.) Lisa Freemont.

Il faillit se mordre la langue : il s'agissait d'un personnage d'un film de Hitchcock, mais Miranda ne réagit pas.

— Elle a été contente de te voir ?

— Elle n'était pas là.

Miranda se détourna et prit la cafetière. Kit se demanda si elle croyait cette histoire qu'il venait d'inventer et qui ne tenait pas vraiment la route. Miranda toutefois ne pouvait absolument pas deviner *pourquoi* il mentait. Elle lui supposerait une aventure avec une femme qu'il voulait garder secrète – sans doute avec une femme mariée.

Tandis que Miranda servait le café, Stanley s'adressa à Nigel.

— D'où êtes-vous ? Votre accent ne sonne pas écossais.

Ces propos anodins ne leurraient pas Kit qui savait que son père interrogeait le visiteur. Nigel répondit du même ton détendu.

— J'habite dans le Surrey et je travaille à Londres : mon bureau est situé quai des Canaries.

— Vous êtes dans la finance ?

— Je fournis des systèmes de haute technologie pour les pays du tiers-monde, principalement le Moyen-Orient. Un jeune cheik du pétrole veut avoir sa propre discothèque et ne sait pas où acheter le matériel, alors il s'adresse à moi et je règle son problème, expliqua-t-il très simplement.

Miranda posa sa tasse de café sur la table et vint s'asseoir en face de Daisy.

— Quels jolis gants ! admira-t-elle. (Daisy portait des gants de daim clair de très bonne qualité, mais complètement détrempés.) Vous devriez les faire sécher.

Kit se crispa. Toute conversation avec Daisy risquait de tourner à la catastrophe. Daisy lui lança un regard agressif, mais Miranda, sans le remarquer, insista.

— Il faut les bourrer avec du papier pour qu'ils ne se déforment pas, poursuivit-elle. (Elle saisit sur le buffet un rouleau de papier absorbant.) Tenez, prenez cela.

— Ça va très bien, murmura Daisy d'un ton furieux.

Surprise, Miranda haussa les sourcils.

— J'ai dit quelque chose qui vous a offensée ?

Oh ! mon Dieu ! nous y voilà, songea Kit.

Mais Nigel intervint.

— Ne sois pas stupide, Daisy, tu ne cherches pas à abîmer tes gants. (Une certaine insistance dans sa voix faisait de sa phrase plus un ordre qu'un conseil. Manifestement, il était aussi inquiet que Kit.) La dame agit par gentillesse, fais ce qu'elle te dit.

Une nouvelle fois, Kit attendit l'explosion. Mais, à sa stupéfaction, Daisy ôta ses gants, révélant de petites mains soignées. Tout chez elle était abominable : le maquillage, le nez cassé, le blouson, les bottes, tout sauf ses mains magnifiques aux ongles manucurés et vernis de rose pâle. Médusé, Kit dut admettre l'existence à l'intérieur de ce monstre d'une fille ordinaire. Que lui était-il donc arrivé ? Rien d'autre que d'avoir été élevée par Harry Mac.

— Quels sont vos liens à vous trois ? demanda Miranda à Daisy en l'aidant à bourrer ses gants.

Le ton, parfaitement poli, était celui d'une conversation lors d'un dîner, mais elle se renseignait et, pas plus que Stanley, ne se doutait du danger.

Daisy prit l'air affolé d'une écolière que l'on

questionne à propos d'un devoir qu'elle a oublié de faire. Kit aurait voulu remplir ce silence embarrassant, mais il ne pouvait répondre à sa place sans que cela paraisse bizarre.

— Le père de Daisy est un vieil ami à moi, déclara enfin Nigel. (Parfait, se dit Kit, même si Miranda se demande pourquoi Daisy n'a pas pu le dire elle-même.) Et, ajouta Nigel, Elton travaille pour moi.

— Votre bras droit ? fit Miranda en regardant Elton avec un sourire.

— Chauffeur, répliqua celui-ci avec brusquerie.

Heureusement que Nigel a une bonne présentation et des réserves de charme pour les trois à la fois.

— Je suis désolé, déplora Stanley, que le temps soit si mauvais pour votre Noël en Écosse.

— Si j'avais voulu prendre des bains de soleil, fit Nigel en souriant, j'aurais choisi la Barbade.

— Le père de Daisy et vous devez être de bons amis pour passer Noël ensemble.

— On se connaît depuis longtemps, répondit Nigel en hochant la tête.

Le mensonge de Nigel est évident, se dit Kit. Est-ce parce que je connais la vérité ? Stanley et Miranda ont-ils deviné ? Trop tendu pour rester sur sa chaise, Kit se leva d'un bond.

— J'ai faim, annonça-t-il. Papa, tu es d'accord pour que je fasse des œufs brouillés pour tout le monde ?

— Mais bien sûr.

— Je vais t'aider, dit Miranda en glissant des tartines dans le grille-pain.

— En tout cas, fit Stanley, j'espère que le temps va bientôt s'améliorer. Quand comptez-vous rentrer à Londres ?

Kit prit des tranches de bacon dans le frigo. Son père était-il méfiant ou simplement curieux ?

— Demain, répondit Nigel.

— Une visite de Noël éclair, observa Stanley qui continuait calmement à contester la version de Nigel.

— Le travail, rétorqua celui-ci en haussant les épaules.

— Vous allez peut-être devoir rester plus longtemps que prévu. Les routes ne seront pas dégagées d'ici à demain.

Cette idée parut provoquer une certaine inquiétude chez Nigel : il remonta les manches de son pull rose et jeta un coup d'œil à sa montre.

Tout en s'occupant des préparatifs du petit déjeuner, Kit réfléchissait : il ne fallait pas qu'on le croie de mèche avec Nigel et les deux autres. Il ne devrait pas trouver d'excuses à ces étrangers ni prendre leur défense. Il devrait se montrer sceptique envers Nigel et son histoire. Il parviendrait peut-être ainsi à détourner les soupçons de sa personne en faisant semblant lui aussi de ne pas se fier à ces étrangers.

Mais, avant qu'il ait pu mettre en pratique sa résolution, Elton se montra soudain loquace.

— Et vous, professeur ? (Kit avait présenté son père comme le Pr Oxenford.) Vous avez réuni toute votre famille pour Noël. Ça fait combien, deux enfants ?

— Trois.

— Avec les maris et les femmes, bien sûr.

— Mes filles ont des compagnons. Kit est célibataire.

— Des petits-enfants ?

— Oui.

— Combien ? Si vous me permettez de poser la question.

— Mais comment donc. J'ai quatre petits-enfants.

— Tous ici ?

— Oui.

— C'est agréable pour vous et pour Mme Oxenford.

— Hélas, ma femme est morte il y a dix-huit mois.

— Désolé de l'apprendre.

— Je vous remercie.

À quoi rime cet interrogatoire ? se demanda Kit. Elton souriait en se penchant en avant, comme si une amicale curiosité motivait ses questions, mais Kit voyait bien qu'il jouait la comédie et il se demandait avec angoisse si son père s'en rendait compte lui aussi. Elton n'en avait pas terminé.

— Pour loger autant de personnes, dix ? il faut une grande maison.

— Elle comporte quelques dépendances.

— C'est commode. (Il regarda par la fenêtre mais la neige ne lui permettait pas de voir grand-chose.) Des maisons d'amis en quelque sorte.

— Il y a un cottage et une grange.

— C'est très utile. Et les appartements des domestiques, je présume.

— Le personnel a une petite maison à un peu plus d'un kilomètre, mais je ne pense pas que nous les verrons aujourd'hui.

— Oh !

Elton se tut – une fois recensées avec précision les personnes se trouvant sur la propriété.

Kit était-il seul à l'avoir remarqué ?

5 h 00

Le chasse-neige était un camion Mercedes de la jardinerie d'Inverburn équipé d'une lame accrochée à son pare-chocs avant et de clignotants orange sur le toit. Pour Toni, ce n'était rien de moins qu'un chariot ailé descendu du ciel.

La lame repoussait la neige sur le côté de la route et se relevait automatiquement pour éviter les accidents de terrain. L'engin déblaya rapidement l'allée menant du poste de garde à l'entrée principale du Kremlin où Toni, son manteau sur le dos, piaffait déjà, prête à partir : les voleurs s'étaient envolés depuis quatre heures déjà. Elle espérait que la neige les avait coincés et qu'ainsi elle pourrait encore les rattraper.

Suivaient trois voitures de police et une ambulance. Les infirmiers entrèrent les premiers ; ils installèrent Susan sur un brancard bien qu'elle affirmât pouvoir marcher. Don, lui, refusa carrément de les suivre. « Si un Écossais allait à l'hôpital chaque fois qu'il reçoit un coup sur la tête, les médecins seraient débordés », déclara-t-il.

Frank arriva à son tour : costume sombre, chemise blanche et cravate ; il avait même trouvé le temps de se raser, sans doute dans la voiture. À son air mauvais, Toni comprit avec consternation qu'il cherchait la bagarre, furieux d'avoir été contraint par ses supérieurs à faire ce que voulait Toni. Elle se força à la patience pour éviter un éclat.

La mère de Toni s'arrêta de caresser le chiot et leva les yeux :

— Bonjour, Frank ! Quelle bonne surprise ! Vous vous êtes remis ensemble ?

— Pas pour l'instant, marmonna-t-il.

— Dommage !

Frank était suivi de deux inspecteurs chargés de grosses serviettes : probablement des techniciens de la police criminelle, se dit Toni. Frank lui fit un signe de tête, serra la main de Carl Osborne et s'adressa à Steve.

— C'est vous le surveillant en chef ?

— Oui. Steve Tremlett. Et vous êtes Frank Hackett, je vous ai déjà rencontré.

— Quatre gardes ont été agressés, paraît-il.

— Parfaitement, trois de mes collègues et moi.

— Les agressions ont-elles eu lieu au même endroit ?

Que fabrique-t-il ? se demanda Toni avec impatience. Pourquoi ces questions sans intérêt alors qu'il faut se mettre en route immédiatement ?

— Susan a été attaquée dans le couloir, répondit Steve. On m'a fait un croche-pied à peu près au même endroit. Don et Stu se sont retrouvés avec un pistolet sous le nez et on les a ligotés dans la salle de contrôle.

— Montrez-moi ces deux endroits, je vous prie.

— Frank, intervint Toni, stupéfaite, il faut se

lancer à la poursuite de ces criminels. Pourquoi ne laisses-tu pas ça à tes hommes ?

— Ne me dis pas comment je dois faire mon travail, rétorqua-t-il, apparemment ravi de cette occasion de la remettre à sa place. (Elle étouffa ses protestations, le moment n'étant pas aux scènes conjugales.) Montrez-moi le chemin, répéta-t-il à Steve.

Toni, pestant en silence, leur emboîta le pas, imitée par Carl Osborne.

Les inspecteurs délimitèrent avec des rubans jaunes la partie du couloir où on avait fait trébucher Steve et assommé Susan. Puis ils passèrent dans la salle de contrôle où Stu surveillait les écrans. Frank fit condamner la porte.

— On nous a ligotés tous les quatre, expliqua Steve, et emmenés au BRN-4. Pas dans le laboratoire lui-même, dans l'antichambre.

— C'est là que je les ai trouvés, précisa Toni. Mais il y a quatre heures de cela – et à chaque minute qui passe, les coupables s'éloignent un peu plus.

— Allons-y.

— Absolument pas, déclara Toni. C'est une zone interdite que tu peux observer sur l'écran numéro 19.

— Si ce n'est pas le laboratoire lui-même, je présume que c'est sans danger.

Il avait raison, mais Toni ne le laisserait pas perdre plus de temps.

— Personne n'est autorisé à franchir cette porte sans avoir subi un entraînement au biorisque. C'est le protocole.

— Je me fous de ton protocole, ici, c'est moi le responsable.

Toni comprit qu'elle venait malencontreusement

de faire ce qu'elle s'était juré d'éviter : tenir tête à Frank. Elle tenta d'éviter l'affrontement.

— Je te conduis jusqu'à la porte.

— Steve, donnez-moi votre passe, ordonna Frank après avoir regardé le lecteur de carte.

— Je n'en ai pas. Les gardes n'ont pas le droit d'entrer.

— Tu en as un ? demanda Frank en se tournant vers Toni.

— J'ai suivi une formation au biorisque.

— Donne-le-moi.

Elle s'exécuta et Frank agita le passe devant le scanner puis poussa la porte qui resta fermée.

— Qu'est-ce que c'est ? s'informa-t-il en désignant le petit écran inséré dans le mur.

— Un lecteur d'empreintes. La carte ne fonctionnera pas sans l'empreinte digitale correcte. C'est un système que nous avons installé pour empêcher des imprudents d'entrer avec un passe volé.

— Comme ce soir, n'est-ce pas ? ironisa-t-il avant de tourner les talons, content d'avoir marqué un point.

Deux hommes en bottes de caoutchouc et blouson jaune fluorescent attendaient dans le grand hall en fumant tranquillement. Toni les prit tout d'abord pour les conducteurs du chasse-neige, mais, quand Frank commença à leur donner des instructions, elle réalisa qu'il s'agissait de policiers.

— Contrôlez tous les véhicules que vous rencontrerez, leur ordonna-t-il. Communiquez par radio les immatriculations au service des voitures volées et décomptez les passagers – nous recherchons trois hommes et une femme –, mais ne vous en approchez sous aucun prétexte. Ces gars-là sont armés, pas vous ; il s'agit d'un simple contrôle. Un groupe armé est en route, qui interviendra si nous repérons les coupables. C'est clair ?

Les deux hommes acquiescèrent.

— Partez en direction du nord et prenez à l'est au premier embranchement...

Toni savait que c'était une erreur : elle répugnait à affronter Frank une nouvelle fois mais ne pouvait pas laisser l'équipe de reconnaissance partir dans la mauvaise direction.

— Les voleurs ne sont pas partis vers l'est, dit-elle au risque de le rendre furieux.

— ... vers la route principale pour Glasgow, continua Frank sans s'occuper d'elle.

— Ils ne sont pas partis dans cette direction, répéta Toni.

Les deux policiers observaient cet échange avec intérêt, comme les spectateurs d'un match de tennis.

— Personne ne t'a demandé ton avis, lâcha Frank en rougissant.

— Ils n'ont pas pris cette route, insista-t-elle. Ils ont continué vers le nord.

— Intuition féminine ? persifla-t-il.

Ah ! songea Toni, si tu réfléchissais un peu...

— Le véhicule avec lequel ils se sont enfuis, énonça-t-elle calmement, se trouve dans le parking du motel de La Goutte de rosée, à huit kilomètres au nord sur cette route.

Le visage de Frank, gêné de constater qu'elle en savait plus que lui, s'empourpra un peu plus.

— Et comment as-tu obtenu cette information ?

— Simple travail de routine. (J'étais un meilleur flic que toi et je le suis encore, se dit-elle, mais elle garda ce commentaire pour elle.) J'ai donné quelques coups de fil. Plus efficace que l'intuition.

Tu l'as cherché, salaud.

Un policier, qui esquissait un sourire, s'arrêta net en voyant Frank le foudroyer du regard.

— Nos individus, ajouta Toni, sont peut-être restés au motel, mais il est infiniment plus probable qu'ils ont changé de voiture et décampé aussitôt.

— Allez au motel, dit-il aux deux policiers en réprimant sa fureur. Je vous donnerai d'autres instructions quand vous serez sur la route. Allez-y !

Ils sortirent en courant. Enfin, se dit Toni.

Frank appela un inspecteur en civil et lui dit de suivre le chasse-neige jusqu'au motel pour examiner la camionnette et demander si on avait remarqué quelque chose.

Toni anticipait déjà sur l'étape suivante car elle tenait à suivre de près l'opération de police. Mais comment faire, sans voiture et encombrée de sa mère ?

Elle vit Carl Osborne échanger quelques mots avec Frank : il désignait sa Jaguar toujours bloquée au milieu de l'allée. Frank hocha la tête et dit quelque chose à un policier en uniforme, qui sortit et s'adressa au conducteur du chasse-neige. Toni devina qu'ils allaient dégager la voiture de Carl.

— Vous partez avec le chasse-neige ? demanda Toni à Carl.

— Nous sommes dans un pays libre, déclama-t-il avec suffisance.

— N'oubliez pas le chiot.

— Je comptais vous le laisser.

— Je viens avec vous.

— Vous êtes folle.

— J'ai besoin de me rendre chez Stanley. C'est sur la route, à huit kilomètres après le motel de La Goutte de rosée. Vous nous y laisserez, maman et moi.

Après avoir mis Stanley au courant, elle lui emprunterait une voiture, laisserait sa mère à Steepfall et suivrait le chasse-neige.

— Vous voulez que j'emmène votre mère aussi ? fit Carl, incrédule.

— Parfaitement.

— C'est hors de question.

— Prévenez-moi si vous changez d'avis, fit Toni en hochant la tête.

Il fronça les sourcils, surpris de la voir accepter aussi facilement ce refus, cependant il n'en dit pas plus et enfila son manteau. Steve Tremlett ouvrit la bouche pour parler, mais Toni d'un geste lui fit signe de se taire. Carl se dirigea vers la porte.

— N'oubliez pas le chiot, lui rappela Toni.

Il prit l'animal et se dirigea vers sa voiture. Toni regarda le convoi s'ébranler : le chasse-neige déblaya la congère devant la Jaguar de Carl, puis escalada la pente jusqu'au poste de garde, suivi d'une voiture de police. Carl resta un moment assis dans sa voiture puis ressortit et revint jusqu'au Kremlin.

— Où sont mes clefs ? demanda-t-il, furieux.

— Vous avez changé d'avis, fit Toni avec un charmant sourire. Vous voulez bien nous emmener ?

Steve agita le trousseau de clefs dans sa poche.

— Montez, grimaça-t-il.

5 h 30

Miranda se sentait mal à l'aise face au trio étrange que formaient Nigel, Elton et Daisy. Étaient-ils vraiment ce qu'ils prétendaient être ? En tout cas, quelque chose en eux lui faisait regretter sa tenue.

Elle avait passé une mauvaise nuit entre des réminiscences de sa stupide et honteuse aventure avec Hugo et des accès de rancune envers Ned qui, une fois de plus, ne l'avait pas défendue. Au lieu de s'en prendre à Kit, Ned avait déclaré, sentencieux : « Tôt ou tard, les secrets finissent toujours par sortir. » Ils avaient repris la querelle qui les avait opposés, un peu plus tôt, dans la voiture. Miranda avait compté sur ces vacances pour faire accepter Ned par sa famille ; malheureusement la lâcheté de celui-ci commençait à la rebuter.

Les voix venant de la cuisine l'avaient soulagée car elles lui permettaient de se lever. Mais elle se demandait maintenant qui était ce Nigel sans femme ni famille avec qui fêter Noël. Nigel et Elton ? Des homos ? Non, le regard songeur jeté par Nigel sur sa chemise de nuit le démentait.

Quant à Daisy, difficile de l'imaginer avec qui que ce soit. Assortis par l'âge, Elton et elle semblaient pourtant ne pas pouvoir se supporter. Alors pourquoi suivait-elle Nigel et son chauffeur ?

Miranda conclut alors : Nigel ne peut pas être un ami de la famille de Daisy – il n'y a aucune chaleur entre eux –, tout au plus une relation de travail. Mais pourquoi cacher le fait qu'ils sont collègues ? Son père nourrissait probablement lui aussi des soupçons car il semblait tendu.

De délicieuses odeurs cependant emplissaient la cuisine : le bacon en train de frire, le café fumant et les toasts grillés. Quel cuisinier ! apprécia Miranda en elle-même. Kit est vraiment un chef. Il transforme un simple plat de spaghettis en un festin royal. Les apparences comptent en effet beaucoup pour lui. Toujours assis entre deux chaises, son compte en banque éternellement dans le rouge, il était pourtant invariablement bien habillé, et ne conduisait que de belles voitures. Leur père déplorait, bien sûr, les graves faiblesses de son fils. Et il regrettait aussi que ses réussites ne s'inscrivent que dans des domaines frivoles. Seule, la participation de Kit aux jeux Olympiques d'hiver avait comblé Stanley.

Kit tendait maintenant à chacun une assiette garnie de bacon frit, de tranches de tomate, d'œufs brouillés parsemés d'herbes et de toasts triangulaires beurrés. La tension se fit un peu moins palpable – probablement ce que recherche Kit, se dit Miranda. Bien que n'ayant pas vraiment faim, elle goûta aux œufs brouillés : assaisonnés d'un peu de parmesan, ils étaient délicieux.

Kit faisait la conversation.

— Alors, Daisy, que faites-vous dans la vie ? lança-t-il en lui décochant un sourire conquérant qui ne leurra pas Miranda.

Lui qui aime les jolies filles, avec Daisy il n'est pas vraiment bien servi.

— Je travaille avec mon père, répondit-elle après mûre réflexion.

— Dans quelle branche ?

— Quelle branche ?

— Je veux dire : quel genre d'affaires fait-il ?

La question parut la déconcerter et Nigel intervint en riant :

— Mon vieil ami Harry a tant de fers au feu qu'il est difficile de préciser.

— N'avez-vous pas un exemple à nous donner ? insista-t-il un tantinet provocateur.

Miranda était de plus en plus intriguée. Le visage de Daisy s'éclaira et, comme frappée par l'inspiration, elle lança :

— Il est dans l'immobilier.

On aurait dit qu'elle répétait quelque chose qu'elle avait entendu.

— À vous entendre, il aime bien posséder.

— Il s'occupe de développement immobilier.

— Je ne sais jamais très bien ce que cela recouvre.

Décidément, que d'agressivité de la part de Kit ! Ce n'est pas son genre ; il réagit comme moi et ne croit pas à leurs histoires. Il ne connaît donc pas ces gens, conclut Miranda soulagée de constater que, contrairement à ce qu'elle avait redouté, Kit ne s'était pas embringué avec eux dans des affaires louches. Avec lui, on ne savait jamais.

On sentait une certaine impatience dans la voix de Nigel lorsqu'il déclara :

— Harry achète, par exemple, un vieil entrepôt de tabac et demande un permis de construire. Il réalise alors des résidences de luxe qu'il revend à un entrepreneur en faisant un bénéfice.

Une fois de plus, Nigel répondait pour Daisy. Cela n'échappa ni à Miranda ni à Kit.

— En quoi exactement collaborez-vous avec votre père, Daisy ? demanda Kit. À mon avis, vous devriez être une bonne vendeuse.

À la regarder, Daisy ressemblait plus à une videuse douée pour expulser les locataires qui s'incrustaient. Elle lança à Kit un regard hostile.

— Je fais différentes choses, dit-elle en relevant le menton, comme pour le mettre au défi de critiquer sa réponse.

— Que vous accomplissez avec charme et efficacité, j'en suis persuadé, conclut Kit.

Miranda releva avec inquiétude le sarcasme dans les propos flatteurs de Kit – Daisy, bien que peu subtile, risquait quand même de s'en rendre compte. Miranda chercha un prétexte pour parler à son père ; elle avala sa salive, toussa et fit semblant d'avoir avalé de travers.

— Pardon, balbutia-t-elle en quittant la cuisine, suivie comme elle l'espérait par son père, un verre d'eau à la main.

Toujours secouée de quintes, elle lui fit signe d'entrer dans son bureau. Il lui tendit le verre mais elle l'écarta.

— Du bluff, expliqua-t-elle. Je voulais te parler. Que penses-tu de nos hôtes ?

Il posa le verre sur le cuir de son bureau.

— Une association bizarre. Je craignais qu'il ne s'agisse d'amis douteux de Kit jusqu'au moment où il s'est mis à interroger la fille.

— Moi aussi. Pourtant, j'ai l'impression qu'ils cachent quelque chose.

— Mais quoi donc ? S'ils ont l'intention de nous cambrioler, ils démarrent lentement.

— Je ne sais pas... Je me sens menacée.

— Tu veux que j'appelle la police ?

— C'est peut-être exagéré, cela dit, je serais plus rassurée si quelqu'un connaissait leur présence à la maison.

— Bon, réfléchissons... à qui téléphoner ?

— Pourquoi pas à oncle Norman ?

Le frère de son père, bibliothécaire dans une université, habitait Édimbourg. Ils s'aimaient bien, mais de loin et jugeaient suffisant de se voir une fois par an.

— Tu as raison. Norman comprendra. Je vais lui expliquer ce qui s'est passé et lui demander de m'appeler dans une heure pour s'assurer que tout va bien.

— Parfait.

Stanley décrocha le téléphone posé sur son bureau et approcha le combiné de son oreille. Fronçant les sourcils, il raccrocha et reprit l'appareil.

— Pas de tonalité, annonça-t-il.

Miranda sentit un frisson de peur la traverser.

— Maintenant il me paraît vraiment nécessaire de contacter quelqu'un.

Il pianota sur le clavier de son ordinateur.

— Pas d'e-mail non plus. Sans doute le temps : de grosses chutes de neige abattent parfois les lignes.

— Tout de même...

— Où est ton portable ?

— Dans la maison d'amis. Tu n'en as pas ?

— Seulement celui de la Ferrari.

— Olga doit en avoir un.

— Inutile de la réveiller. (Stanley jeta un coup

d'œil par la fenêtre.) Je passe juste un manteau sur mon pyjama et je vais au garage.

— Où sont les clefs ?

— Dans le placard.

— Je vais les chercher.

Stanley se dirigea vers la porte d'entrée pour prendre ses bottes et Miranda posa la main sur le bouton de la porte de la cuisine, puis hésita – elle venait d'entendre la voix d'Olga. Les deux sœurs ne s'étaient pas adressé la parole depuis la veille au soir, depuis la révélation par Kit du secret de Miranda.

Elle ouvrit la porte : Olga, drapée dans une longue étole de soie noire qui rappela à Miranda une robe d'avocat, était appuyée contre le buffet. Elle interrogeait les inconnus.

— Qu'est-ce que vous fabriquiez donc dehors si tard ? demanda-t-elle à Nigel, le traitant comme un délinquant juvénile.

Miranda s'assura que le téléphone dont Olga ne se séparait jamais gonflait bien la poche de sa sœur. Elle s'apprêtait à dissuader son père d'enfiler ses bottes quand la prestation d'Olga l'arrêta sur place.

— Nous étions en route pour Glasgow, répondait Nigel avec réticence.

— D'où veniez-vous ? Il n'y a pas grand-chose plus au nord.

— D'une maison de campagne.

— Nous connaissons sans doute les propriétaires. Comment s'appellent-ils ?

— Robinson.

Miranda observait la scène, attendant une occasion d'emprunter discrètement son téléphone à Olga.

— Robinson ? Ça ne me dit rien. Pourquoi cette visite ?

— Pour une soirée.

Olga haussa les sourcils.

— Vous venez en Écosse passer Noël avec votre vieux copain et, là-dessus, vous et sa fille allez à une soirée en laissant le pauvre diable tout seul ?

— Il ne se sentait pas très bien.

Olga se tourna vers Daisy.

— Comment une fille peut-elle laisser son père seul et malade un soir de Noël ?

Daisy lui lança un regard mauvais sans répondre. Miranda craignit tout d'un coup que Daisy ne devînt violente, tout comme Kit sans doute.

— Calme-toi, Olga, conseilla-t-il.

Mais Olga l'ignora.

— Eh bien ? fit-elle à Daisy. Vous n'avez rien à dire pour votre défense ?

Daisy reprit ses gants – geste qu'on ne sait pourquoi Miranda trouva menaçant –, les enfila et dit :

— Je n'ai pas à répondre à vos questions.

— Je crois, au contraire, que ces trois parfaits inconnus qui se gobergent dans la cuisine de mon père en racontant une histoire à dormir debout me doivent des explications, déclara-t-elle en se tournant vers Nigel.

— Olga, intervint Kit inquiet, est-ce vraiment nécessaire ? Ils ont juste été bloqués par la neige...

— En es-tu sûr ? fit-elle.

Nigel, jusque-là détendu, ne réussit pas à cacher sa colère et lança :

— Je n'aime pas les interrogatoires.

— Si ça ne vous plaît pas, rétorqua Olga, personne ne vous retient. Mais si vous souhaitez profiter de l'hospitalité de mon père, il faudra trouver un prétexte plus plausible.

— Nous ne pouvons pas partir, protesta Elton, indigné. Regardez par la fenêtre : cette putain de tempête de neige ne s'arrête pas.

— Je vous prie de ne pas utiliser ce genre de mots dans cette maison. Ma mère n'y tolérait les grossièretés qu'à la condition qu'elles fussent proférées dans une langue étrangère ; depuis sa mort nous avons toujours respecté ce principe. (Olga chercha du regard la cafetière et découvrit le porte-documents bordeaux posé sur la table.) Qu'est-ce que c'est ?

— Cela m'appartient, dit Nigel.

— Ce n'est pas la place des bagages, déclara-t-elle en tendant la main pour s'en emparer. Il n'y a pas grand-chose dedans... Vous me faites mal ! s'écria-t-elle.

Nigel lui avait pris le bras.

— Reposez ça tout de suite, articula-t-il, toute apparence d'urbanité évanouie.

Stanley, équipé pour sortir, surgit derrière Miranda.

— Qu'est-ce qui vous prend ? Ne touchez pas à ma fille !

Nellie se mit à aboyer mais Elton saisit son collier d'un geste vif.

— Olga, dit Kit, pose cette serviette.

Daisy attrapa la poignée, mais Olga résista tant et si bien que la petite valise s'ouvrit, laissant échapper des copeaux de polystyrène ainsi qu'un flacon de parfum enveloppé dans un sac en plastique. Kit poussa un cri de frayeur et Miranda se demanda un instant ce qu'il redoutait tellement.

De sa main libre, Olga gifla Nigel qui riposta. Stanley poussa un cri de rage et s'avança vers Nigel.

— Non..., cria Miranda voyant son père tenter d'écarter Daisy.

Il y eut une mêlée générale d'où Stanley émergea, la bouche en sang. Nigel et Daisy brandirent chacun un pistolet.

Tout le monde se tut à l'exception de Nellie qui aboyait frénétiquement. Elton tira sur son collier pour l'étrangler jusqu'à ce qu'elle se taise.

— Qui donc êtes-vous ? s'étonna Olga.

Stanley regarda le flacon de parfum posé sur la table et s'inquiéta soudain :

— Un double emballage ? Pourquoi ?

Miranda s'éclipsa discrètement.

5 h 45

Kit fixait d'un regard terrifié le flacon de Diablerie sur la table de la cuisine. Pourtant, aucune catastrophe ne se produisit, le fluide mortel était bien à l'abri dans son fragile récipient.

Mais, en dégainant leurs armes, Nigel et Daisy avaient du même coup détruit leur alibi. Dès que la nouvelle du vol du virus se répandrait, on ne manquerait pas de les y associer aussitôt.

Nigel, Daisy et Elton parviendraient peut-être à s'échapper. Il n'en allait pas de même pour Kit que tout le monde connaissait. À supposer qu'il s'en tire aujourd'hui, il devrait fuir jusqu'à la fin de ses jours. Il réfléchissait désespérément à une solution quand Nigel, en déplaçant imperceptiblement son arme de manière à la braquer sur Kit, lui inspira une idée.

La famille n'a toujours aucune raison de me suspecter, comprit-il soudain. J'aurais très bien pu être abusé par des malfaiteurs en fuite qui me sont totalement inconnus. Ma version tient toujours.

Mais comment le faire comprendre à sa famille ?

Lentement, il leva les mains, du geste traditionnel d'un homme qui se rend. Tout le monde le regarda. Un moment, il crut que les bandits eux-mêmes allaient le trahir : Nigel fronça les sourcils, Elton parut ouvertement stupéfait et Daisy ricana.

— Papa, s'excusa Kit, je suis vraiment désolé d'avoir amené ces gens à la maison. Je n'avais aucune idée...

Son père le regarda longuement, puis hocha la tête.

— Ça n'est pas ta faute, dit-il. On ne peut pas abandonner des inconnus en pleine tempête de neige. Tu n'avais aucun moyen de savoir... (Il se tourna et lança à Nigel un coup d'œil méprisant.)... de quels individus il s'agissait.

Nigel comprit tout de suite et s'empressa de soutenir l'histoire de Kit.

— Désolé de vous remercier ainsi de votre hospitalité... Kit, c'est bien cela ? Oui... Vous nous avez sauvé la vie et nous braquons des armes sur vous. Ah ! la justice n'est pas de ce monde !

Le visage d'Elton se détendit : il venait de saisir la supercherie.

— Si votre adjudant de sœur n'était pas venue fourrer son nez dans nos affaires, nous serions partis paisiblement sans que vous sachiez jamais quels salopards nous sommes. Mais il a fallu qu'elle insiste.

Daisy finit par réaliser à son tour et lui tourna le dos.

L'idée traversa Kit que Nigel et ses deux complices pouvaient très bien abattre sa famille. Quand on est capable de voler un virus qui va faire des milliers de victimes, on ne doit pas hésiter à liquider des Oxenford. Évidemment, l'idée de décimer une population a quelque chose d'abstrait ; abattre des adultes et des enfants est plus difficile, mais, en cas de nécessité... Sans m'oublier, moi aussi, se dit-il avec un frisson. Heureusement, ils ont encore besoin de moi pour trouver la Toyota. Kit résolut de le rappeler à Nigel à la première occasion.

— Ce qu'il y a dans cette bouteille vaut beaucoup d'argent, vous comprenez, conclut Nigel.

— Qu'est-ce que c'est ? demanda Kit pour rendre encore son histoire plus crédible.

— Ça ne vous regarde pas.

Là-dessus, le portable de Kit sonna : Hamish, sans doute, pour prévenir qu'un événement se déroulait au Kremlin, assez important pour être signalé à Kit par leur allié dans la place. Mais comment répondre sans se trahir ? Paralysé, il écoutait comme tout le monde son téléphone égrener les premières notes de la 9e *Symphonie* de Beethoven, ne sachant que faire.

Ce fut Nigel qui résolut le problème :

— Passez-moi ça.

— Oui, c'est Kit, répondit Nigel en imitant tant bien que mal l'accent écossais de Kit.

Son interlocuteur parut le croire car il y eut un silence pendant lequel Nigel écoutait.

— Compris, dit-il. Merci. (Il ferma l'appareil et le fourra dans sa poche.) On voulait vous avertir de la présence de deux dangereux hors-la-loi dans le voisinage, annonça-t-il. La police se serait lancée à leur poursuite avec un chasse-neige.

Craig y perdait son latin : Sophie, abandonnant toute pudeur, vint à son secours avec une audace qui le déconcerta quand elle le sentit tâtonner maladroitement sous son pull. Il crut défaillir de plaisir quand elle dégrafa son soutien-gorge et qu'il tint entre ses mains ses deux seins – elle lui refusa toutefois de le laisser les regarder à la lueur de la bougie. Son excitation monta d'un cran encore quand elle commença à lui déboutonner son jean, comme si elle avait fait cela toute sa vie. Mais, ensuite, elle ne sut plus que faire et Craig se demanda s'il n'existait pas une sorte de code de conduite dont il ignorait tout. Peut-être, comme lui, manquait-elle tout simplement d'expérience. En revanche, elle embrassait de mieux en mieux : hésitante au début, elle faisait preuve au bout de deux heures de pratique d'un grand enthousiasme.

Toute la nuit, Craig avait connu successivement l'espoir puis le désespoir, le désir puis la déception, l'angoisse puis le ravissement. À un moment elle lui avait murmuré : « Tu es si gentil. Moi, je suis ignoble » et s'était mise à pleurer doucement. Cela signifiait-il qu'il fallait qu'il retire sa main ? Pourtant, il n'avait aucun doute là-dessus, elle l'avait maintenue dans sa culotte.

— Moi, je te trouve très gentille..., merveilleuse, avait-il ajouté pour être plus explicite.

Il débordait d'amour, de tendresse et de joie. Quand il entendit du bruit dans la cuisine, ils étaient en train d'aborder une question délicate.

— Tu veux aller jusqu'au bout ? lui avait-elle demandé.

— Et toi ?

— Moi, oui, si toi tu en as envie.

— J'en ai vraiment envie, affirma Craig.

— As-tu des préservatifs ?

— Oui.

Il fouilla dans sa poche et en tira un petit paquet.

— Alors, tu avais prévu tout ça ?

— Je n'avais rien prévu du tout. (C'était à moitié vrai : il n'avait rien projeté.) Mais j'espérais : depuis que je t'ai rencontrée, je pensais... Je pensais te revoir et tout ça. Et aujourd'hui toute la journée...

— Tu as été tenace.

— J'avais juste envie d'être avec toi comme ça, expliqua-t-il un peu platement.

— Très bien alors. Faisons-le.

— Tu es sûre ?

— Oui. Maintenant. Vite... Oh ! mais qu'est-ce que c'est ?

Graig avait vaguement entendu des gens parler dans la cuisine et reconnu un bruit de casserole. L'odeur de bacon l'intrigua un peu, car l'heure paraissait bien matinale pour le petit déjeuner. Toutefois, persuadé que personne ne viendrait les interrompre dans le grenier, il n'y prêta guère d'attention, jusqu'au moment où son grand-père cria – événement tout à fait inhabituel – et où Nellie se mit à aboyer comme une folle. Quelqu'un hurla – maman, se dit-il – et un concert de voix masculines s'éleva.

— C'est normal ? s'effraya Sophie.

— Non, répondit-il. Ça leur arrive de discuter vivement, mais jamais de crier ainsi.

— Que se passe-t-il ?

Il hésita : d'un côté, il avait très envie de tout oublier pour ne penser qu'à ce vieux canapé auquel se limitait son univers actuel, capable de négliger un tremblement de terre pour se concentrer sur la peau douce de Sophie, son souffle brûlant et ses lèvres moites. Pourtant cette interruption ne tombait pas si mal : ils touchaient presque au but, mais remettre l'ultime à plus tard, prolonger l'attente, réservaient tant de nouvelles délices.

Le silence retomba dans la cuisine aussi brusquement que le vacarme avait éclaté.

— C'est bizarre, admit-il.

Sophie semblait effrayée. Craig se décida, l'embrassa une dernière fois sur les lèvres et se releva. Il enfila son jean et s'allongea sur le parquet pour regarder par l'interstice.

Il aperçut sa mère, debout, l'air terrifié, son grand-père essuyant du sang sur son menton, l'oncle Kit, les mains en l'air et trois inconnus : une fille, très moche, au crâne rasé, un jeune Noir tirant avec force sur le collier de Nellie et un autre individu qui, comme la fille, brandissait un pistolet.

— Putain de merde, murmura Craig, qu'est-ce qui se passe en bas ?

— Ces trucs, ce sont des pistolets ? interrogea Sophie d'une voix étranglée.

— Oui.

— Oh, là, là ! on est mal.

Craig réfléchit.

— Il faut appeler la police. Où est ton portable ?

— Dans la grange.

— Merde !

— Qu'est-ce qu'on fait ?

Réfléchis. Réfléchis. Un téléphone. Il nous faut un téléphone, se dit-il.

Craig hésitait. Sans la présence de Sophie à ses côtés, il aurait fait le mort mais une fille avait peur et le peu qu'il savait de la vie lui soufflait que, en pareille circonstance, un homme – son amant ou presque de surcroît – devait se montrer courageux. Et même s'il ne se sentait pas brave, il fallait faire semblant.

— Il y a un téléphone auprès du lit de grand-père, se rappela-t-il.

— Je ne peux rien faire, avoua Sophie, j'ai trop peur.

— Tu ferais mieux de rester ici.

— D'accord.

Craig se releva, reboutonna son jean, boucla sa ceinture puis se dirigea vers la petite porte. Il prit une grande inspiration et se glissa dans le dressing de son grand-père.

Les lumières étaient allumées. Les grosses chaussures de marche marron foncé de Stanley étaient posées côte à côte sur le tapis et la chemise bleue qu'il portait la veille avait été jetée dans le panier à linge. Le lit était défait, comme si son grand-père venait d'en sortir. Sur la table de chevet, un exemplaire ouvert de *Scientific American* – et le téléphone.

Craig n'avait jamais appelé police secours de sa vie. Comment procédait-on ? À la télévision on donne son nom et son adresse, se dit-il. Et ensuite ? « Il y a des hommes armés dans notre cuisine. » Un peu dramatique – mais sans doute comme tous les appels de ce genre.

Il décrocha le combiné : pas de tonalité. Il appuya à plusieurs reprises sur le support, mais en vain.

Pourquoi le téléphone ne marchait-il pas ? Panne ou sabotage ?

Grand-père a-t-il un portable ? Dans le tiroir de la table de nuit, rien qu'une torche électrique et un livre. Craig se rappela subitement le téléphone de la voiture.

— Quelqu'un vient ! souffla Sophie qui s'était glissée dans le dressing-room pour prévenir Craig.

Un instant plus tard, en effet, des pas lourds martelèrent le palier. Craig s'esquiva dans le grenier sans avoir eu le temps de fermer la porte de séparation entre la chambre et la penderie.

— Le plus vieux a dit à la fille de fouiller la maison, chuchota Sophie. Il l'a appelée Daisy.

— Je l'ai entendue marcher.

— Tu as pu contacter la police ?

— Le téléphone est coupé, dit-il en secouant la tête.

— Non !

Il essayait de deviner ce que faisait Daisy. Elle examinait peut-être le dressing puisque la porte était ouverte. Elle a beau être moins grande que moi, elle me fiche quand même une peur terrible.

Il crut l'entendre entrer dans la salle de bains, mais le bruit de ses bottes s'éloigna et la porte de la chambre claqua.

— Oh ! mon Dieu, que j'ai eu peur ! avoua Sophie.

— Moi aussi, reconnut Craig.

Miranda se trouvait dans la chambre d'Olga avec Hugo. Elle avait quitté la cuisine, sans savoir que décider. En chemise de nuit et pieds nus, elle ne pouvait pas sortir. Elle avait grimpé précipitamment l'escalier avec l'idée de s'enfermer dans la salle de bains, mais elle réalisa aussitôt que cela ne servirait à rien. Elle s'arrêta sur le palier, tellement terrifiée qu'elle en avait la nausée. La première chose à faire était d'appeler la police.

Le portable d'Olga se trouvait dans la poche de son peignoir, restait celui d'Hugo.

Malgré son affolement, Miranda avait hésité une fraction de seconde derrière la porte : elle n'avait aucune envie de se retrouver dans une chambre avec Hugo. Puis elle entendit quelqu'un sortir de la cuisine et s'avancer dans le hall. Sans tergiverser davantage, elle se glissa dans la chambre et referma sans bruit derrière elle.

Debout à la fenêtre et tournant le dos à la porte, Hugo, nu, regardait dehors.

— Mais quel foutu temps ! grommela-t-il, pensant manifestement s'adresser à sa femme.

Son ton désinvolte déconcerta un instant Miranda : déjà réconciliés ? Pourtant Olga et lui s'étaient invectivés une bonne partie de la nuit. Olga aurait-elle déjà pardonné à son mari son incartade avec sa sœur ? Miranda s'était souvent demandé comment Olga s'y prenait avec son coureur de mari, mais elles n'en avaient jamais parlé ensemble. Olga et Hugo suivaient probablement un scénario bien établi : infidélité, découverte, grande scène, réconciliation, puis rebelote.

— C'est moi, Miranda, annonça-t-elle.

Il se retourna, surpris, puis sourit.

— Et en déshabillé... quelle charmante surprise ! Au lit, vite !

Elle entendit marcher dans l'escalier en même temps qu'elle se faisait la réflexion qu'Hugo avait pris beaucoup de ventre. Elle se demanda comment elle avait pu trouver séduisant ce gnome bedonnant.

— Où est ton portable ? Il faut appeler la police tout de suite, l'avertit-elle.

— Qu'est-ce qui se passe ? demanda-t-il en désignant la table de chevet.

— Il y a des gens armés dans la cuisine. Appelle police secours, vite !

— Qui sont-ils ?

— Qu'est-ce que ça peut foutre ? (Elle s'immobilisa, pétrifiée, sûre qu'on allait enfoncer la porte, mais les pas s'éloignèrent.) Ils me cherchent, je t'en prie, appelle ! gémit-elle.

Hugo sortit de sa torpeur et saisit son portable ; il appuya frénétiquement sur les touches.

— Ça en met un temps, cette saloperie ! s'exaspéra-t-il. Tu as dit *armés* ?

— Oui !

— Comment sont-ils arrivés ?

— Bloqués par la neige... Qu'est-ce qui se passe avec ce téléphone ?

— Il cherche le réseau. Allons, allons !

Miranda entendit de nouveau des pas dehors. Cette fois, elle était prête : elle se jeta par terre et se glissa sous le lit juste au moment où la porte s'ouvrait toute grande.

Elle aperçut les pieds nus et les chevilles poilues d'Hugo ainsi qu'une paire de bottes noires de motard au bout en acier.

— Bonjour, belle enfant, qui êtes-vous ? demanda Hugo.

— Donne-moi ce téléphone, grinça Daisy, insensible.

— J'allais juste...

— Tout de suite, gros lard.

— Voilà.

— Maintenant, viens avec moi.

— Laissez-moi passer quelque chose.

— Ne t'inquiète pas, je ne la mordrai pas, ta petite quéquette.

Miranda vit les pieds d'Hugo s'éloigner de Daisy, puis celle-ci s'avancer rapidement dans sa direction ; il y eut le bruit d'un coup de poing et un cri. Les deux paires de pieds s'avancèrent vers la porte et disparurent en direction de l'escalier.

— Aaah..., se lamenta Miranda, qu'est-ce que je dois faire maintenant ?

6 h 00

Serrés l'un contre l'autre, Craig et Sophie découvraient par la fente dans le plancher du grenier l'une de ces scènes de cauchemar représentées sur certains tableaux anciens. Cependant, il ne s'agissait pas là de pécheurs que l'on précipitait en enfer mais d'Hugo dans le plus simple appareil, malmené par Daisy. L'adolescent, bouleversé, réalisait que ce personnage humilié, impuissant, était son père, la seule personne montrant assez de cran pour résister au despotisme de sa mère, celui qui, depuis quinze ans, régentait l'existence de Craig. Il venait de perdre ses plus vieux repères, il se sentait complètement désorienté.

— C'est horrible, sanglota Sophie sans bruit. Ils vont tous nous massacrer.

La nécessité de la réconforter donna des forces à Craig et il passa un bras autour des frêles épaules tremblantes.

— Nous sommes toujours en vie et pouvons appeler du secours, la rassura-t-il.

— Comment ?

— Où est ton portable ?

— Dans la grange, près du lit. Je crois que je l'ai posé sur ma valise quand je me suis changée.

— Allons le chercher ; il nous permettra d'appeler la police.

— Mais ces voleurs vont nous repérer.

— Évitons les fenêtres de la cuisine.

— Impossible... la porte de la grange est juste en face !

Elle avait raison, mais il n'y avait pas d'autre solution.

— Ils ne regarderont probablement pas dehors.

— Mais s'ils le font quand même ?

— De toute façon, avec cette neige, on a du mal à voir le fond de la cour.

— Non, ils vont sûrement nous repérer !

— Il faut tenter le coup, insista-t-il à court d'arguments.

— Je ne peux pas. Restons ici.

C'était tentant, mais Craig ne voulait pas de la honte qu'il ressentirait s'il se cachait sans rien faire pour aider sa famille.

— Reste ici pendant que je vais dans la grange.

— Non... ne me laisse pas toute seule !

— Alors il faut que tu viennes avec moi.

— Je ne peux pas.

Il pressa ses épaules et l'embrassa sur la joue.

— Allons. Un peu de courage.

Elle s'essuya le nez sur sa manche.

— Je vais essayer.

Il se leva sans faire de bruit, enfila ses bottes et se vêtit d'un manteau. Puis il s'agenouilla aux pieds de Sophie et la chaussa. Totalement choquée, elle se laissait faire. Il la tira doucement pour la mettre debout et l'aida à passer son anorak dont il remonta la fermeture à glissière. Il tira la capuche sur sa tête et repoussa ses cheveux en arrière. La capuche lui donnait un air enfantin et, un instant, il ne pensa plus qu'à sa beauté.

Il ouvrit en grand la porte du grenier et, à la lumière de la lampe fixée au-dessus, analysa la situation : un vent glacé soufflait sur une couche de neige plus épaisse que jamais. Le mur n'était, de leur côté, percé que de deux fenêtres, l'une donnant sur l'office et l'autre sur le réduit. Les bandits se tenaient dans la cuisine et, à moins d'une formidable malchance, il était peu probable que l'un d'eux eût besoin de s'y rendre précisément au moment où ils seraient dehors.

— Viens, dit-il.

— Toi d'abord, hésita-t-elle en regardant en bas.

Il se pencha : le vestibule était éclairé, mais pas l'office. Risquait-on de le voir ? Seul, il aurait été terrifié, mais la peur de Sophie le rendait plus brave. Il déblaya la neige de la corniche puis, après s'être un peu avancé, celle de l'appentis. Il tendit alors la main à Sophie et la garda serrée tandis qu'elle progressait lentement.

— Très bien, murmura-t-il. Parfait.

La largeur du rebord – une trentaine de centimètres de large – facilitait sa marche.

Malheureusement, ses pieds dérapèrent et Craig qui la tenait toujours par la main ne parvint pas à la redresser. Elle tomba sur les fesses avec un bruit sourd qui dut s'entendre en bas. Craig l'attrapa par son anorak pour arrêter sa glissade, mais, debout lui aussi sur les mêmes ardoises glacées, il ne réussit qu'à l'accompagner le long du toit dans une sorte de pas de deux.

Les pieds de Sophie se bloquèrent dans la gouttière et elle s'arrêta, le derrière dans le vide. Craig s'agrippa plus fort à son anorak et tira pour la rapprocher de lui. Mais, continuant sur sa lancée, il dut lâcher prise. Sophie poussa un cri et chuta d'environ trois mètres pour atterrir dans un recoin sombre recouvert de neige molle derrière la poubelle.

Craig se pencha ; il la distinguait à peine.

— Ça va ? s'inquiéta-t-il. (Pas de réponse. Aurait-elle perdu connaissance ?) Sophie !

— Je n'ai rien, dit-elle, penaude.

La porte de derrière s'ouvrit. Craig s'accroupit aussitôt et aperçut un homme aux cheveux bruns et courts qui observait les alentours.

L'anorak rose avait disparu dans la neige, mais on devinait des yeux sombres.

— Elton ! cria une voix de l'intérieur. Il y a quelqu'un dehors ?

Elton, armé d'une torche dont le faisceau n'éclairait que les flocons, tourna vers la droite en s'éloignant de Sophie et fit quelques pas sur la neige.

Craig, collé au toit, aperçut alors la porte du grenier grande ouverte. Si Elton la voyait, il irait regarder de plus près – ce qui serait catastrophique. Craig rampa lentement en revenant sur ses pas ; il attrapa le bas de la porte et poussa doucement ; elle se referma avec un très léger déclic.

Elton se retourna puis Craig, immobile, vit le faisceau de la torche s'éloigner.

— J'y vois rien, lança Elton, agacé avant de partir de l'autre côté, en direction de Sophie.

Il s'arrêta près de la poubelle pour inspecter l'angle de la maison. S'il braque sa torche dans le recoin, il la verra. Alors je plongerai sur lui, décida Craig. Je prendrai sans doute une belle raclée, mais Sophie pourra s'échapper.

Elton tourna enfin les talons.

— Rien que cette putain de neige, jura-t-il avant de rentrer en claquant la porte derrière lui.

Craig soupira de soulagement ; il tremblait de tous ses membres. Pour se calmer, il pensa à Sophie. Il sauta du toit et atterrit auprès d'elle.

— Tu t'es fait mal ?

— Non, mais j'ai eu très peur.

— Bon. Tu peux te lever ?

— Il est vraiment parti ?

— Je l'ai vu entrer et refermer la porte. Ils ont dû entendre ton cri ou peut-être le bruit de ta glissade, mais la tempête les a empêchés de réaliser de quoi il s'agissait vraiment.

— J'espère, dit-elle en se relevant.

Les sourcils froncés, Craig réfléchissait : la bande était manifestement sur ses gardes. Si Sophie et lui se rendaient directement à la grange, on risquait de les voir par une des fenêtres de la cuisine. Il valait mieux passer par le jardin, contourner la maison d'amis et approcher la grange par-derrière. On les verrait peut-être quand ils franchiraient la porte, mais ce détour les exposerait moins.

— Par ici, dit-il en lui prenant la main.

Elle le suivit. La bâtisse avait jusqu'alors fait écran entre eux et la mer ; aussi la neige leur gifla-t-elle le visage et les yeux quand ils s'en éloignèrent. Ils enfonçaient jusqu'à mi-cuisse dans la neige et progressaient très lentement. Quand Craig cessa d'apercevoir la maison, il tourna à angle droit et, comptant ses pas, traversa ce qui lui parut être la largeur de la cour. Complètement aveuglé par la neige et estimant cependant qu'ils étaient arrivés au niveau de la grange, il vira une nouvelle fois et avança vers le mur de bois.

Il ne trouva rien ; il avait pourtant soigneusement calculé le trajet. À vrai dire, il craignait de s'être perdu, mais ne voulait pas que Sophie s'en aperçoive. De toute façon, dans une obscurité telle, la jeune fille ne risquait pas de lire la panique sur son visage.

Dehors depuis moins de cinq minutes, Craig avait déjà les pieds et les mains engourdis par le froid. Ils couraient un réel danger s'ils ne parvenaient pas à trouver un abri.

Sophie avait mieux apprécié la situation qu'il ne le pensait.

— Où sommes-nous ? demanda-t-elle.

— On arrive à la grange, encore quelques pas, déclara-t-il avec une assurance qu'il était loin d'éprouver.

Mais les quelques pas annoncés comme suffisants ne les menèrent pas hors des ténèbres. Peut-être me suis-je davantage éloigné des bâtiments que je ne l'aurais dû, se dit Craig. Donc en revenant sur mes pas, je ne suis pas allé assez loin.

Bref, Craig avait changé si souvent de direction qu'il ne savait plus du tout où ils se trouvaient. Il s'arrêta.

— On est perdu ? fit Sophie d'une petite voix.

— On ne peut pas être bien loin ! répondit-il, furieux. Nous n'avons fait que quelques pas dans le jardin.

Elle le prit dans ses bras et le serra contre elle.

— Ce n'est pas ta faute. (Si pourtant, mais il lui fut reconnaissant de cette remarque.) Crions, suggéra-t-elle. Caroline et Tom nous entendront et nous répondront.

— Mais les affreux dans la cuisine aussi.

— Ce serait mieux que de geler sur place.

Elle avait raison, pourtant Craig ne voulait pas le reconnaître. Comment peut-on se perdre en quelques mètres ? Ce n'est pas possible.

Il la serra dans ses bras, désespéré de s'être cru supérieur à elle, qui avait avoué sa peur, et d'avoir joué quelques instants le mâle protecteur. En réalité il s'était bel et bien perdu. Bravo, se dit-il, fameux, le mec ! L'étudiant en droit – le prétendu petit ami – s'en serait autrement sorti, lui... s'il existe.

C'est alors que du coin de l'œil il aperçut une lumière. Il regarda dans sa direction : elle avait disparu. Tout autour de lui, rien que le noir. Se mettrait-il à prendre ses désirs pour des réalités ?

— Qu'y a-t-il ? s'inquiéta Sophie qui perçut sa tension.

— J'ai cru voir une lumière, lui expliqua-t-il en se tournant vers elle.

Le phénomène se renouvela, mais, quand il releva les yeux, la lueur n'était plus là. Un détail de son cours de biologie lui revint alors en mémoire : il était question de vision, d'objets invisibles quand on les regardait directement et du point aveugle de la rétine. Il essaya de recréer les mêmes conditions et se tourna de nouveau vers Sophie : la lumière réapparut. Cette fois, il ne chercha pas à pivoter dans sa direction, mais se concentra sur ce qu'il distinguait sans bouger les yeux. La lumière vacillait, mais elle était là et il savait vers où se diriger.

— Par ici.

Ils avancèrent tant bien que mal dans la neige, à l'aveuglette. Craig se demanda s'il n'avait pas souffert d'une hallucination, comme le mirage d'une oasis aperçue dans le désert. Puis la lumière vacilla devant eux pour disparaître aussitôt.

— Je l'ai vue ! cria Sophie.

Quelques pas encore et la lueur, cette fois, se fixa. À l'intensité de son soulagement, Craig comprit que, quelques instants plus tôt, il avait vraiment cru qu'il allait mourir et entraîner Sophie avec lui.

Ils se rapprochèrent pleins d'espoir : la lumière était celle de la lampe fixée à l'arrière de la maison. Après avoir tourné en rond, ils revenaient à leur point de départ.

6 h 15

Miranda resta un long moment immobile, terrifiée à l'idée de voir les bottes de motard, le crâne rasé, le nez cassé et les yeux noirs de maquillage de Daisy regardant sous le lit. Incapable de réagir, Miranda ferma les yeux de toutes ses forces au point de voir jaillir des feux d'artifice derrière ses paupières. Elle pensa alors à Tom, son fils qui n'avait que onze ans et qu'elle devait protéger. Elle se secoua et se mit à réfléchir. Seule, elle ne pouvait rien tenter : s'interposer entre ces voyous et les enfants serait tout à fait inutile – on l'écarterait comme un vulgaire sac de patates. Son éducation policée la laissait désarmée face à la violence.

La situation nécessitait plus que jamais un téléphone, ce qui signifiait : quitter l'abri du lit, descendre à pas de loup dans le hall et y prendre un manteau et des bottes – pieds nus et vêtue d'une misérable chemise de coton, elle n'irait pas bien loin –, puis contourner la bâtisse en évitant les fenêtres et gagner la maison d'amis. Là, elle trouverait son portable qu'elle avait laissé dans son sac par terre près de la porte.

Allons, courage, se dit-elle, de quoi as-tu peur ? Tu

n'en auras pas pour longtemps : quelques secondes pour descendre, une minute pour t'habiller et te chausser, deux, peut-être trois, à patauger dans la neige jusqu'à la petite maison. Même pas cinq minutes. Tu as encore le droit de circuler dans la maison de ton propre père, conclut-elle avec une indignation qui lui donna le courage de quitter sa cachette. Par la porte de la chambre, restée ouverte, elle constata que la route était libre même si, du palier, elle entendait parler dans la cuisine. Elle regarda en bas et vérifia que Stanley, comme d'habitude et contrairement aux autres membres de la famille qui ôtaient leurs manteaux près de la porte de derrière, avait laissé ses affaires dans l'entrée. Elle aperçut le vieil anorak bleu accroché à la patère et les bottes de caoutchouc doublées de cuir qui le protégeaient du froid quand il promenait Nellie. À peine quelques secondes et elle serait équipée, prête à s'esquiver.

Il lui fallait juste un peu de cran.

Arrivée presque en bas des marches, elle entendit, au milieu d'une discussion, Nigel déclarer : « Eh bien, cherche-les encore ! »

Cette menace d'une nouvelle fouille fit faire demi-tour à Miranda : elle avait regagné le palier quand elle entendit dans le hall la démarche caractéristique de Daisy.

Inutile de se cacher de nouveau sous le lit : elle ne bernerait pas Daisy une seconde fois. Aussi Miranda, se rappelant l'existence du grenier, le refuge de ses dix ans, se faufila-t-elle dans la chambre de son père. La porte de la penderie était ouverte et Daisy arrivait sur le palier. Miranda se plia et se glissa à l'intérieur sous les costumes puis dans le grenier en refermant derrière elle.

Elle comprit tout de suite son erreur : cela faisait à peine un quart d'heure que Daisy avait fouillé la maison ; elle avait dû remarquer cette porte grande ouverte. S'en souviendrait-elle maintenant ? Réaliserait-elle qu'on venait de la refermer ?

Miranda, retenant son souffle, écouta Daisy se déplacer : elle entra dans la salle de bains mais en ressortit aussitôt. Elle fit claquer les panneaux des placards et entreprit de fouiller parmi les costumes et les chemises. Miranda se mordit le pouce pour ne pas hurler de frayeur. Difficile pourtant de deviner l'existence de ce qui n'était guère plus qu'un soupirail sans s'agenouiller pour regarder sous les vêtements accrochés à leur cintre. Daisy en aurait-elle l'idée ? Non. Après un long moment de silence, ses pas s'éloignèrent.

Miranda faillit en pleurer de soulagement mais se maîtrisa : elle avait besoin de tout son courage et de toute sa lucidité. Que se passe-t-il dans la cuisine ? se demanda-t-elle en se dirigeant tout naturellement vers l'interstice dans le plancher.

Hugo, courtaud, bedonnant, sa poitrine flasque et poilue, son ventre débordant sur ses organes génitaux et ses jambes ridiculement maigres, avait l'air si pitoyable que Kit s'en émut un peu. Quel contraste avec son allure habituelle, avec l'élégance de ses tenues flatteuses, avec son assurance de vedette de cinéma ! Il était tout simplement ridicule et paraissait mortifié.

La famille était rassemblée au fond de la cuisine, le plus loin possible de toute issue : Kit, sa sœur Olga drapée dans son étole de soie noire, leur père aux lèvres tuméfiées et le mari d'Olga, Hugo, dans sa nudité, Stanley, assis, caressait Nellie pour la calmer. Il craignait que les étrangers ne l'abattent si elle les attaquait. Nigel et Elton se tenaient debout de part et d'autre de la table.

Hugo s'avança :

— Laissez-moi prendre une serviette pour me couvrir, il y en a dans la buanderie.

Juste derrière la cuisine du même côté que la salle à manger.

— Essaye plutôt ça, proposa Daisy qui revenait de sa perquisition en faisant claquer une serviette à thé sur l'entrejambe d'Hugo.

Kit savait d'expérience – les bagarres dans les douches du collège – combien ça faisait mal. Hugo d'ailleurs ne put retenir un cri. Il se retourna et elle le frappa de nouveau, cette fois sur les fesses. Hugo se réfugia dans le coin, ce qui provoqua l'hilarité de Daisy. Cette scène très déplaisante donna la nausée à Kit.

— Arrête ce petit jeu, la sermonna Nigel, agacé. Je veux savoir où est l'autre sœur... Miranda. Elle a filé, mais où ?

— J'ai regardé deux fois partout, répondit Daisy, elle n'est pas dans ce bâtiment.

— Elle se cache...

— Ouais, mais je n'arrive pas à trouver cette putain de femme invisible.

Kit, lui, savait où se trouvait sa sœur : Nellie venait de pencher la tête et de dresser une oreille. Quelqu'un donc était entré dans le grenier, ce ne pouvait être que Miranda. Kit se demanda si son père avait remarqué la réaction de Nellie. Miranda, sans téléphone et en chemise de nuit, n'était guère menaçante, mais Kit se demanda quand même comment alerter Nigel.

— Elle est probablement sortie, intervint Elton. Le bruit...

— Comment se fait-il alors que tu ne l'aies pas vue, fulmina Nigel ne pouvant plus contenir son exaspération.

— Parce qu'il fait noir comme dans un four ! rétorqua Elton que les manières autoritaires de Nigel commençaient à agacer.

Kit pensait, lui, que le bruit avait été provoqué par ses neveux. Il y avait eu un choc sourd, puis un cri, comme si une personne ou un animal avait heurté la porte de derrière. Un chevreuil trébuchant contre la porte aurait beuglé, non pas poussé un cri. Un gros oiseau projeté par la tempête ? Non, le jeune Tom faisait le coupable le plus vraisemblable : il avait onze ans, le bon âge pour rôder dans la nuit en jouant au commando.

Comment réagirait Tom si, en regardant par la fenêtre, il avait vu les pistolets ? Il commencerait par chercher sa mère, en vain. Ensuite il réveillerait Sophie, ou Ned. Dans un cas comme dans l'autre, Nigel n'avait pas de temps à perdre ; il lui fallait absolument neutraliser les autres membres de la famille avant que quelqu'un ait pu passer un coup de fil. Mais si Kit agissait, du même coup il se démasquerait : il se contenta donc de rester assis sans rien dire.

— En chemise de nuit, observa Nigel, elle ne peut pas aller bien loin.

— Je vais inspecter les dépendances, alors ? suggéra Elton.

— Attends un peu. (Les sourcils froncés, Nigel

réfléchissait.) On a fouillé toutes les pièces de la maison, hein ?

— Mais oui, maugréa Daisy, je te l'ai déjà dit.

— On a pris des portables, celui de Kit, celui de l'avorton à poil et celui de la bêcheuse. Et nous sommes certains qu'il n'y en a pas d'autres.

— Exact, ponctua Daisy.

— Alors, occupons-nous des dépendances.

— Selon le vieux, il y a une petite maison, une grange et un garage.

— Commence par le garage, à cause des téléphones de voiture. Ensuite la petite maison et la grange. Rassemble le reste de la famille et amène-les tous ici. Assure-toi de leurs portables. On les surveillera ici pendant une heure ou deux, et puis on se barrera.

Pas mauvais le plan, apprécia Kit pour lui-même. Sans téléphone, la famille sera impuissante ; aucune livraison le matin de Noël, donc aucun soupçon. La petite bande pourra attendre tranquillement le lever du jour.

Elton passa son blouson et regarda par la fenêtre. Kit suivit son regard et constata que l'éclairage extérieur permettait tout juste de distinguer vaguement la maison d'amis et la grange ; la tempête de neige ne s'apaisait pas.

— Elton inspectera la petite maison et moi le garage, annonça Daisy.

— Et en vitesse, ajouta Elton, car en ce moment même quelqu'un appelle peut-être police secours.

Daisy fourra son pistolet dans sa poche et remonta la fermeture de son blouson de cuir.

— Auparavant, ordonna Nigel, enfermons nos

hôtes dans un endroit où ils seront parfaitement inoffensifs.

Ce fut le moment qu'Hugo choisit pour sauter sur Nigel, prenant tout le monde au dépourvu, Kit, aussi bien que ses complices. Il se rua et martela le visage de Nigel avec une énergie furieuse. Il ne risquait rien : Daisy avait rangé son arme et Elton n'avait pas dégainé la sienne. Nigel était le seul à avoir son arme au poing, mais il s'occupait surtout d'esquiver les coups.

Nigel trébucha et tomba à la renverse, se cognant au buffet. Hugo, tel un forcené, le frappait au visage et au corps en hurlant des choses incompréhensibles. Même sous les coups, Nigel ne lâcha pas son pistolet.

Elton fut le plus rapide à réagir : il saisit Hugo pour le faire reculer, mais ses mains ne trouvèrent pas de prise sur la peau nue. Nellie, libérée par Stanley, se jeta sur Elton et le mordit aux jambes. Le vieux chien, qui n'avait plus beaucoup de force, détourna quand même l'attention.

Tandis que Daisy tentait de dégager son pistolet coincé dans la doublure de sa poche, Olga lança de l'autre bout de la pièce une assiette que Daisy esquiva et qui lui effleura simplement l'épaule.

Kit s'avança pour empoigner Hugo, puis s'arrêta. Il ne fallait surtout pas que la famille l'emportât car, même si la découverte du vrai motif du cambriolage l'avait choqué, sa propre survie passait avant tout. Il y avait moins de vingt-quatre heures que Daisy avait failli le tuer dans la piscine et il savait que, s'il ne remboursait pas le père de celle-ci, il devrait affronter une mort tout aussi pénible que celle dont le menaçait le virus dans le flacon de parfum. Il n'hésiterait pas à intervenir contre sa propre famille pour aider Nigel si besoin en était – mais était-ce vraiment nécessaire ? Autant continuer à faire croire qu'il ne connaissait pas Nigel ; aussi, en proie à des impulsions contradictoires, se cantonna-t-il dans le rôle d'observateur.

Elton, dont la forme physique était supérieure, parvint à ceinturer Hugo qui se débattait pourtant vaillamment. Il le souleva et l'éloigna de Nigel. Daisy décocha un coup de pied bien ajusté dans les côtes de Nellie qui s'enfuit en gémissant dans un coin de la cuisine.

Nigel, le nez et la bouche en sang, regarda Hugo avec hargne et brandit son pistolet

— Non ! cria Olga en avançant d'un pas.

Nigel pivota aussitôt et braqua son arme sur elle.

— Ne tirez pas, je vous en prie, les exhorta Stanley qui avait empoigné sa fille pour la retenir.

— Daisy, demanda Nigel, son arme toujours pointée sur Olga, tu as ta matraque ? Corrige-moi ce petit salaud, ajouta-t-il en voyant la jubilation se peindre sur les traits de Daisy.

Hugo se débattit – Elton resserra son emprise – mais ne put éviter le coup violent qui le toucha à la pommette avec un horrible craquement. Il émit un bruit curieux qui tenait à la fois du cri et du hurlement. Daisy le frappa encore, faisant jaillir le sang de la bouche de sa victime puis, après un regard méprisant à ses parties sexuelles, lui décocha en ricanant un coup de pied dans l'aine et abattit la matraque sur le sommet du crâne. Hugo s'affala, inconscient, ce qui n'arrêta pas pour autant la brute qui conclut par un grand coup de poing dans le nez et quelques coups de pied.

Olga, mue par la douleur et la rage, réussit à échapper à son père et se jeta sur Daisy qui riposta en brandissant sa matraque. Daisy rata Olga qui était trop près. Elton laissa tomber Hugo pour se précipiter sur Olga qui, de ses mains, labourait le visage de Daisy.

Nigel tenait toujours Olga en joue, mais hésitait à tirer craignant sans doute, étant donné la confusion, de toucher l'un ou l'autre de ses sbires.

Stanley se tournant vers le fourneau avisa la lourde poêle dans laquelle Kit avait préparé les œufs brouillés. Il s'en empara, la leva au-dessus de lui puis l'abattit sur Nigel en visant la tête. Malheureusement Nigel le vit et l'esquiva ; la poêle ne fit que lui heurter l'épaule droite, suffisamment cependant pour lui faire pousser un cri de douleur et lâcher son pistolet.

Stanley essaya en vain de l'attraper. L'arme tomba sur la table de la cuisine, à trois centimètres du flacon de parfum. Elle rebondit sur une chaise et finit sa trajectoire par terre, aux pieds de Kit.

Celui-ci se pencha et ramassa l'arme sous le regard de Nigel et Stanley, puis de Olga, Daisy et Elton, conscients de l'éventualité d'un retournement de la situation.

Kit, tenant le pistolet, hésitait. Le moment était venu pour lui de prendre une décision : il fit tourner l'arme dans sa main puis, dans un silence total et tous les regards convergeant vers lui, la saisissant par le canon, la rendit à son propriétaire.

6 h 30

Craig et Sophie avaient enfin trouvé la grange.

Ils avaient hésité quelques instants près de la porte de derrière puis, comprenant qu'ils mourraient de froid s'ils restaient là indéfiniment, ils rassemblèrent tout leur courage et traversèrent tout droit la cour, tête baissée, en priant que personne ne regarde par les fenêtres de la cuisine. Franchir la vingtaine de pas qui les séparait de la grange leur parut durer, dans cette neige qui tombait à gros flocons, une éternité. Toujours visibles de la cuisine, ils avaient ensuite longé le mur, Craig n'osait pas regarder de l'autre côté, mais la porte une fois atteinte, il risqua un rapide coup d'œil : il ne distinguait du bâtiment lui-même que les fenêtres éclairées et de vagues silhouettes évoluant à l'intérieur. Rien n'indiqua que l'une d'entre elles avait jeté un coup d'œil dehors au mauvais moment.

Ils s'engouffrèrent à l'intérieur de la grange et l'air tiède les enveloppa aussitôt. Craig frissonnait et Sophie claquait des dents avec un bruit de castagnettes ; elle ôta son anorak trempé et s'assit sur l'un des gros radiateurs. Craig aurait aimé l'imiter mais il n'avait pas une minute à perdre : il devenait urgent de trouver du secours.

Une veilleuse près du lit de camp de Tom éclairait vaguement la pièce. Craig examina le jeune garçon : devait-il le réveiller ? Il semblait avoir cuvé la vodka de Sophie et dormait paisiblement dans son pyjama de Superman. Une photographie, par terre, visiblement échappée de sous l'oreiller, attira le regard de Craig : prise à l'anniversaire de sa mère, on y voyait Tom que Sophie tenait par les épaules. Craig sourit. Je ne suis pas le seul à avoir été fasciné par elle cet après-midi-là, songea-t-il en reposant la photo sans rien dire à Sophie.

Inutile de le réveiller, décida-t-il, il ne pourrait rien faire, il serait trop terrifié. Mieux vaut le laisser dormir.

Craig grimpa rapidement l'échelle qui menait au grenier à foin ; un amoncellement de couvertures signala le lit de sa sœur Caroline : elle dormait à poings fermés et il jugea préférable – pour éviter l'inéluctable crise de nerfs si elle découvrait la situation – de ne pas la réveiller.

À côté du second lit, non défait, Craig repéra malgré la quasi-obscurité une valise ouverte, celle sur laquelle Sophie disait avoir laissé tomber son portable. Soudain il entendit tout près de lui un léger froissement et un couinement ; il étouffa un juron, le cœur battant jusqu'à ce qu'il se rappelât les foutus rats. Il repoussa leur cage et entreprit de fouiller la valise de Sophie.

À tâtons, il en palpa le contenu : sur le dessus, un paquet emballé dans du papier cadeau puis des vêtements pliés avec soin, certainement pas par Sophie car elle ne lui avait pas donné l'impression d'être très soigneuse. Il se laissa distraire un instant par un soutien-gorge en soie puis sa main se referma sur une forme oblongue, un portable. Il ouvrit l'appareil, mais les touches ne s'éclairèrent pas et il faisait trop sombre pour qu'il pût repérer le bouton de contact.

Il redescendit précipitamment l'échelle et alluma un lampadaire. Il recommença mais le portable ne fonctionna pas. Il en aurait pleuré.

— Impossible d'allumer cette saloperie ! murmura-t-il en tendant l'appareil à Sophie.

Sans quitter le radiateur, elle essaya à son tour puis fronça les sourcils et recommença plusieurs fois.

— La batterie est à plat, finit-elle par admettre.

— Merde ! Où est le chargeur ?

— Je ne sais pas.

— Dans ta valise ?

— Je ne pense pas.

— Comment peux-tu ne pas savoir où est ton chargeur de portable ? s'exaspéra Craig.

— Je crois que je l'ai laissé à la maison, bredouilla Sophie avec une toute petite voix.

— Je ne peux pas le croire ! lâcha Craig, maîtrisant avec difficulté sa colère. (Il aurait voulu lui crier ce qu'il pensait d'elle et de sa bêtise puis, conscient que ça n'arrangerait rien et se rappelant leurs baisers, il s'apaisa.) Bon, la rassura-t-il en la prenant dans ses bras, ça n'a pas d'importance.

— Je suis désolée, fit-elle en posant la tête sur sa poitrine.

— Trouvons...

— ... un autre portable ou un chargeur.

— Caroline et moi n'en avons pas, l'arrêta-t-il en secouant la tête. Ma mère est contre. Elle ne lâche jamais le sien, même pour aller aux toilettes, mais elle prétend que nous n'en avons pas besoin.

— Tom non plus. Miranda trouve qu'il est trop jeune.

— Quelle merde !

— Attends ! s'écria-t-elle en se dégageant. Et dans la voiture de ton grand-père ?

— La Ferrari... C'est vrai ! J'ai laissé les clefs dessus. Il suffit d'aller au garage ; nous appellerons la police de là-bas.

— Il va falloir ressortir ?

— Tu peux rester ici.

— Non. Je veux venir.

— Tu ne serais pas seule... Tom et Caroline sont là.

— Je veux être avec toi.

— Alors, remets ton anorak, lui suggéra-t-il en essayant de ne pas montrer à quel point cela lui faisait plaisir.

Sophie descendit du radiateur, Craig ramassa son manteau et l'aida à l'enfiler. Elle leva les yeux vers lui et il esquissa un sourire encourageant.

— Prête ?

Elle retrouva un peu de son entrain.

— Oui. De toute façon, qu'est-ce qui peut arriver ?

— On peut se faire tuer, c'est tout. Allons-y.

Ils sortirent. Il faisait encore nuit noire et la neige continuait de tomber en rafales cinglantes. Comme il ne distinguait toujours pas la maison, Craig en conclut que les inconnus dans la cuisine ne risquaient pas davantage de l'apercevoir. Il prit la main de Sophie et, se guidant sur les lumières extérieures, lui fit longer la grange puis traverser la cour jusqu'au garage.

Ils entrèrent par la porte latérale qui n'était jamais fermée à clef. Il faisait aussi froid dedans que dehors. Comme il n'y avait pas de fenêtres, Craig prit le risque d'allumer.

La Ferrari de son grand-père était là où Craig l'avait garée, tout près du mur, pour dissimuler les dégâts de l'aile. Il se rappela un instant la honte qu'il avait éprouvée après avoir embouti l'arbre. Que son affolement lui paraissait dérisoire maintenant ! Il avait cherché à impressionner Sophie : ça ne faisait pas longtemps, mais ça semblait si loin.

Il repéra aussi la Ford Mondeo de Luke, mais pas la Land Cruiser : Luke avait dû l'emprunter hier soir. Il s'approcha de la Ferrari et tira la poignée de la portière, sans résultat. Une nouvelle tentative échoua également ; il dut se rendre à l'évidence : la portière était fermée à clef.

— Putain, marmonna-t-il.

— Qu'est-ce qu'il y a ?

— Elle est fermée à clef.

— Comment est-ce possible ?

— Luke a dû remarquer les clefs sur le tableau de bord. Il aura verrouillé la portière et rapporté le trousseau à la maison, résuma Craig, agacé.

Il donna un grand coup de poing sur le toit de la voiture.

— Et celle-là ?

— La Ford ? Fermée aussi. D'ailleurs ça m'étonnerait que Luke ait un téléphone dans sa voiture.

— Est-ce qu'on peut récupérer les clefs de la Ferrari ?

— Peut-être, grimaça Craig.

— Où sont-elles ?

— Dans la boîte à clefs accrochée au mur du vestibule.

— Derrière la cuisine ?

— À deux mètres environ de nos charmants visiteurs, précisa Craig, l'air sombre.

6 h 45

Le chasse-neige n'ouvrait que très lentement la voie à la Jaguar de Carl Osborne, conduite par Toni. Devant elle, au premier plan, le ballet des essuie-glaces s'efforçait de déblayer la neige. Juste derrière, elle distinguait les feux clignotants du chasse-neige ; sur sa gauche, le remblai de neige fraîchement dégagé par l'engin et, du côté du passager, un tapis blanc immaculé recouvrant la chaussée et la lande aussi loin que portaient les phares de la voiture.

Sa mère dormait à l'arrière, le chiot sur ses genoux. Carl, assis auprès de Toni, gardait le silence, sommeillant ou boudant. Il avait signalé à Toni qu'il détestait confier le volant de sa voiture à d'autres conducteurs, mais elle avait insisté et il avait dû s'incliner – de toute façon, c'était elle qui détenait les clefs.

— Vous ne renoncez jamais, n'est-ce pas ? avait-il marmonné avant de se murer dans le silence.

— C'est ce qui faisait de moi un excellent flic.

— Et une célibataire, avait ajouté sa mère.

Il y avait plus d'une heure de cela. Toni s'efforçait maintenant de rester éveillée, luttant contre le va-et-vient obsédant des essuie-glaces, la chaleur qui régnait dans l'habitacle et la monotonie du paysage. Elle regrettait presque de ne pas avoir laissé Carl conduire. Mais elle avait besoin de garder le contrôle.

Le véhicule signalé sur le parking du motel de La Goutte de rosée avait certainement servi aux voleurs car on y avait trouvé perruques, fausses moustaches, lunettes à verres neutres, bref tout le nécessaire pour se déguiser. Malheureusement, aucun indice n'avait révélé la direction qu'avait pu prendre la bande. Les inspecteurs étaient restés sur place pour interroger Vincent, le jeune employé qui avait renseigné Toni au téléphone. Le chasse-neige, sur les ordres de Frank, avait continué vers le nord.

Pour une fois, Toni était d'accord : les quatre malfaiteurs avaient certainement changé de voiture quelque part sur leur route et non après avoir fait un détour. Évidemment, ils avaient pu anticiper le raisonnement que tiendrait la police et délibérément choisir un endroit qui l'égarerait. Mais si Toni en croyait son expérience, les cambrioleurs n'étaient pas si subtils ; une fois en possession du butin, ils ne pensaient plus qu'à filer aussi vite que possible.

Le chasse-neige dépassait les véhicules bloqués sans s'arrêter. Les deux policiers qui se tenaient dans la cabine avec le chauffeur avaient la consigne formelle d'observer – seulement d'observer –, car, contrairement aux bandits, ils n'étaient pas armés. Certaines des voitures étaient abandonnées, d'autres servaient de refuge à une ou deux personnes, mais aucune jusqu'à présent n'abritait trois hommes et une femme. La plupart en tout cas se dépêchaient de suivre le chasse-neige qui ouvrait maintenant, avec la Jaguar, la route à un petit convoi.

Toni, qui avait cru tenir les voleurs, les routes

étant quasi impraticables à l'heure où ils avaient quitté le motel, commençait à douter. Disposeraient-ils d'une planque dans le voisinage ? Bien peu probable : les criminels se terrent rarement à proximité des lieux de leur forfait. Toni craignait de plus en plus d'avoir fait le mauvais choix en partant vers le nord.

Elle repéra un panneau familier qui annonçait la plage. Ils approchaient de Steepfall. Elle abordait maintenant la seconde phase de son plan : aller chez Stanley et le mettre au courant.

Elle redoutait de le rencontrer et de lui avouer qu'elle avait échoué même si quelques points plaidaient en sa faveur : sa vigilance, qui avait permis de découvrir plus tôt que prévu le cambriolage, sa ténacité grâce à laquelle elle avait obligé la police à considérer le biorisque et à prendre en chasse les voleurs et enfin son dévouement – Stanley devrait en être impressionné – qui l'avait menée jusqu'à lui en plein blizzard. Malheureusement elle ne pourrait pas le rassurer puisque les coupables couraient toujours.

Frank était resté au Kremlin. Toni l'appela avec le téléphone de voiture d'Osborne.

— Commissaire principal Hackett, entendit-on dans le haut-parleur de la Jaguar.

— Ici Toni. Le chasse-neige approche de l'embranchement qui conduit chez Stanley Oxenford. J'aimerais le mettre au courant de ce qui s'est passé.

— Tu n'as pas besoin de ma permission.

— Je ne peux pas le joindre au téléphone, mais comme il n'habite qu'à un kilomètre et demi...

— N'y songe pas. Des renforts armés jusqu'aux dents viennent d'arriver et ils ont hâte de se lancer. Je ne les retarderai pas.

— Il faudra à peine cinq ou six minutes au

chasse-neige pour dégager l'allée – et tu seras débarrassé de moi et de ma mère.

— Si tentant que ce soit, je ne suis pas disposé à retarder les recherches de cinq minutes.

— Stanley sera peut-être en mesure de nous aider. Après tout, c'est lui la victime.

— La réponse est non, dit Frank et il raccrocha.

— C'est ma voiture, intervint alors Osborne qui avait entendu la conversation. Je ne vais pas à Steepfall... Je reste avec le chasse-neige, je ne veux pas risquer de manquer quelque chose.

— Pas de problème. Vous nous laissez ma mère et moi à la maison et vous retrouvez le chasse-neige sur la grand-route. Quand j'aurai mis Stanley au courant, j'emprunterai une voiture et je vous rattraperai.

— Oui, mais Frank n'est pas d'accord.

— Je n'ai pas encore abattu ma carte maîtresse, fit-elle en composant de nouveau le numéro de Frank.

— Quoi ? répondit-il brutalement.

— Tu te souviens de Johnny le Fermier.

— Va te faire voir.

— J'utilise un téléphone mains libres, et Carl Osborne, qui est à côté de moi, nous écoute tous les deux. Qu'est-ce que tu m'as dit de faire ?

— Décroche ce putain de téléphone.

Toni ôta le combiné de son socle et le colla à son oreille pour que Carl ne puisse pas entendre Frank.

— Frank, je t'en prie, appelle le chauffeur du chasse-neige.

— Espèce de garce, tu brandis depuis toujours cette histoire de Johnny le Fermier comme une épée de Damoclès au-dessus de ma tête. Tu sais très bien qu'il était coupable.

— Tout le monde le savait. Mais seuls toi et moi savons ce que tu as fait pour obtenir sa condamnation.

— Tu ne le révélerais pas à Carl.

— Il écoute tout ce que je dis.

— Je suppose, déclara Frank, sa vertu manifestement offensée, qu'il est inutile de te parler de loyauté.

— En effet, depuis que tu as parlé à Carl de Peluche le cobaye.

Elle avait fait mouche.

— Carl ne ressortirait pas l'histoire de Johnny le Fermier. C'est un copain, rétorqua-t-il sur la défensive néanmoins.

— Ta confiance est touchante : tu oublies qu'il est journaliste avant tout. (Il y eut un long silence.) Décide-toi, Frank, le pressa Toni. Nous arrivons à la bifurcation ; soit le chasse-neige prend à gauche, soit j'emploie l'heure qui suit à raconter la vérité sur Johnny le Fermier.

Toni reposa le combiné – Frank avait raccroché.

— Qu'est-ce que c'est que toute cette histoire ? demanda Carl.

— Si nous ne tournons pas à gauche, vous le saurez.

Quelques instants plus tard, le chasse-neige s'engageait sur le chemin menant à Steepfall.

7 h 00

Hugo, le visage en sang, gisait sur le carrelage sans connaissance ; heureusement, son souffle était régulier. Olga sanglotait, incapable de se maîtriser, au bord de la crise de nerfs.

Stanley Oxenford était décomposé, tel un homme qui vient d'apprendre l'imminence de sa mort : il posait sur Kit un regard où se lisaient le désespoir, la stupéfaction et la rage. « Comment as-tu pu nous faire une chose pareille ? » semblait-il dire.

Kit, fou de rage, évitait de regarder son père. Ça bardait : sa famille connaissait maintenant sa complicité avec les voleurs et, en aucun cas, ne mentirait pour le protéger. La police éluciderait donc toute l'histoire et il devrait fuir jusque la fin de ses jours. Non seulement il était furieux, mais il avait peur. L'échantillon de virus dans son flacon de parfum était posé sur la table de la cuisine, protégé en tout et pour tout par deux sacs de plastique ordinaire. Sa terreur ne faisait qu'alimenter sa rage.

Nigel, son pistolet braqué sur eux, ordonna à Stanley et à Olga de s'allonger à plat ventre auprès de Hugo. Celui-ci, en le rossant, l'avait mis dans une colère telle qu'il était prêt à sauter sur le moindre prétexte pour appuyer sur la détente. Et ce n'était pas Kit qui essayerait de l'en empêcher.

Elton dénicha du fil électrique, une corde à linge et une pelote de grosse ficelle. Daisy s'empressa de ligoter Olga, Hugo – qui n'avait pas repris connaissance – et Stanley. Elle leur attacha les chevilles et les mains derrière le dos en serrant les cordes assez fort pour qu'elles mordent la chair et en s'assurant qu'il n'y avait pas de jeu. Ses lèvres arboraient son affreux sourire sadique de circonstance.

— J'ai besoin de mon portable, déclara Kit à Nigel.

— Pour quoi faire ?

— Pour intercepter, le cas échéant, des appels adressés au Kremlin. (Nigel hésitait.) Putain, s'énerva Kit, je viens de te rendre ton arme !

Nigel haussa les épaules et lui tendit le portable.

— Kit, gémit Olga en voyant Daisy s'agenouiller sur le dos de leur père, comment peux-tu faire ça ? Comment supportes-tu que l'on traite ta famille ainsi ?

— Ce n'est pas ma faute ! répliqua-t-il, furieux. Si vous vous étiez convenablement comportés avec moi, rien de tout cela ne serait arrivé.

— Pas ta faute ? s'étonna son père.

— D'abord tu me vires, ensuite tu refuses de m'aider financièrement. Pas étonnant alors que je doive de l'argent à des gangsters.

— Je t'ai renvoyé parce que tu t'étais rendu coupable de vol !

— À son fils, on pardonne !

— Je t'ai pardonné, tu le sais.

— Trop tard.

— Seigneur !

— J'ai été obligé d'agir ainsi !

Kit retrouva dans la réponse de Stanley le mépris cinglant qu'il connaissait depuis son enfance.

— Personne n'est obligé de commettre une ignominie pareille.

Kit détestait ce ton qui lui signifiait l'accablante stupidité de son comportement.

— Tu ne comprends pas.

— Au contraire, je crains de trop bien comprendre. (C'est bien de lui, se dit Kit. Il croit toujours tout savoir. Eh bien, il a l'air malin maintenant, Daisy à califourchon sur lui en train de le ligoter.) D'ailleurs, poursuivit Stanley, qu'est-ce que tout cela signifie ?

— Ferme-la, cria Daisy.

— Kit, continua Stanley sans s'émouvoir, que fais-tu avec ces individus ? Et que contient le flacon ?

— Je t'ai dit de la boucler ! hurla Daisy en lui décochant un coup de pied en pleine figure.

Stanley ne put contenir un grognement de douleur. Du sang coulait de sa bouche. Ça t'apprendra, se dit Kit.

— Allume la télé, fit Nigel. Qu'on sache où en est cette foutue tempête de neige.

C'était l'heure de la publicité – soldes de janvier, vacances d'été, prêts à taux réduit. Elton prit Nellie par son collier et l'enferma dans la salle à manger. Hugo remua, il revenait à lui et Olga lui parla à voix basse. Puis un présentateur apparut sur l'écran, arborant un bonnet de père Noël. Kit songeait avec amertume aux autres familles sur le point de se réveiller pour fêter normalement Noël.

« Une tempête de neige imprévue a frappé l'Écosse la nuit dernière, offrant à presque tout le pays la surprise d'un Noël blanc », annonça le présentateur.

— Merde ! s'exclama Nigel. Nous allons rester coincés ici combien de temps ?

« La tempête de neige, qui a bloqué cette nuit des dizaines de conducteurs sur les routes, devrait cesser au lever du jour. Le dégel est attendu pour le milieu de la matinée. »

Cette prévision ragaillardit Kit : le rendez-vous restait possible.

— À quelle distance est ce 4 × 4, Kit ? s'informa Nigel, lui aussi plus optimiste.

— Un kilomètre et demi.

— Nous partirons d'ici aux premières lueurs du jour. Tu as le journal d'hier ?

— Il y en a sûrement un quelque part... pourquoi ?

— Pour connaître l'heure du lever du soleil.

Kit trouva le *Scotsman* dans le bureau de son père et le consulta dans la cuisine.

— À 8 h 04, annonça-t-il.

— Dans moins d'une heure donc, fit Nigel, redevenu soucieux. Nous avons à parcourir un kilomètre et demi à pied dans la neige et une quinzaine encore en voiture. Ça va être juste. (Il tira un portable de sa poche, commença à composer un numéro, puis s'arrêta.) La batterie est morte, dit-il. Elton, passe-moi ton portable. (Il prit celui d'Elton et appela.) Oui, c'est moi, alors, qu'est-ce que tu dis de ce temps ? (Kit devina qu'il parlait au pilote du client.) Oui, ça devrait s'arranger d'ici une heure environ... Je pourrai y être, et toi ? (Nigel affichait plus d'assurance qu'il n'en éprouvait vraiment. Dès que la neige aurait cessé, l'hélicoptère pourrait décoller, mais par la route, c'était loin d'être aussi facile.) Bon. À tout à l'heure donc comme prévu, conclut-il pendant que le présentateur continuait à débiter les nouvelles.

« Au plus fort de la tempête, des cambrioleurs ont opéré dans les laboratoires d'Oxenford Medical, près d'Inverburn. »

Le silence se fit dans la cuisine. On y est, se dit Kit.

« Ils sont partis avec des échantillons d'un dangereux virus. »

— Alors, murmura Stanley à cause de ses lèvres tuméfiées, c'est donc cela... Vous êtes complètement fous !

« Carl Osborne est sur place et nous appelle. »

Sur l'écran apparut une photo d'Osborne, un téléphone à l'oreille et on entendit sa voix : « Le virus mortel qui, hier, a causé la mort de Michael Ross, le technicien du laboratoire, se trouve maintenant aux mains d'une bande de gangsters. »

— Mais pourquoi ? fit Stanley, incrédule. Vous vous imaginez que vous pouvez vendre ça ?

— Je sais que je le peux, affirma Nigel.

À la télévision, Osborne précisait : « Opérant suivant un plan très minutieusement préparé, trois hommes et une femme sont venus à bout du système de sécurité extrêmement perfectionné qui protège le laboratoire et ont pénétré dans la zone de biorisque de niveau 4 où la société entrepose des stocks du virus mortel dans une chambre réfrigérée. »

— Kit, dit Stanley, tu ne les as pas aidés, n'est-ce pas ?

— Bien sûr que si, lança Olga avec dégoût.

« Armés, les bandits ont maîtrisé les gardes de sécurité ; ils en ont blessé deux, dont l'un grièvement. Mais on recensera un bien plus grand nombre de victimes si le virus Madoba-2 est lâché dans la population. »

Au prix d'un effort visible, Stanley roula sur le côté

et parvint à s'asseoir. Malgré son visage tuméfié, un œil fermé et son pyjama taché de sang, il émanait de lui une grande autorité.

— Écoutez ce journaliste, les exhorta-t-il. (Daisy s'approcha mais d'un geste Nigel l'arrêta.) Si ce flacon contient vraiment du Madoba-2, vous courrez au suicide, poursuivit Stanley, car on ne lui connaît aucun antidote. Si, par mégarde, vous laissez le liquide se répandre, vous êtes morts et si vous vendez le virus à quelqu'un qui le libère après votre départ, vous mourrez également car cette maladie se propage très vite ; elle vous rattrapera facilement.

Sur l'écran, Osborne disait : « Selon les scientifiques, Madoba-2 est un virus plus dangereux que celui de la peste noire qui a ravagé l'Angleterre en... des temps reculés. »

Haussant le ton, Stanley précisa :

— Il a raison, même s'il ignore que la peste noire a sévi en 1348 et tué un habitant sur trois. Là ce pourrait être bien pire. Aucune somme d'argent ne vaut vraiment ce risque, non ?

— J'aurai quitté l'Angleterre quand on libérera le virus, précisa Nigel.

Ce fut un choc pour Kit. Nigel n'en avait encore jamais parlé. Et les autres ? se demanda-t-il. L'Italie sera-t-elle assez éloignée ?

Stanley se tourna vers Kit.

— Tu ne t'imagines quand même pas que tout ça a un sens ?

Il a raison, c'est complètement dément, reconnut Kit en son for intérieur.

— Je vais mourir de toute façon, car je n'aurai pas réglé mes dettes.

— Allons donc, ils ne vont pas te tuer parce que tu leur dois de l'argent !

— Mais si, le détrompa Daisy.

— Combien leur dois-tu ?

— Deux cent cinquante mille livres.

— C'est pas vrai !

— Il y a trois mois, je t'ai signalé ma situation désespérée, mais tu n'as pas voulu m'écouter, salopard.

— Comment diable peut-on amasser une dette pareille ? Peu importe, oublie ma question.

— En jouant à crédit. Malgré une excellente martingale... J'ai simplement connu une longue passe de malchance.

— De malchance ? intervint Olga. Kit, réveille-toi... tu t'es fait avoir ! Ces voyous t'ont prêté de l'argent – après s'être assurés que tu perdrais – parce qu'ils avaient besoin de toi pour cambrioler le laboratoire !

Kit ne la crut pas.

— Qu'en sais-tu ? lâcha-t-il, plein de mépris.

— En tant qu'avocate je côtoie cette engeance et je connais les excuses pitoyables avancées quand elle se fait prendre. J'en sais plus sur leur compte que je ne le voudrais.

— Écoute, Kit, tenta Stanley, trouvons un moyen pour sortir de cette impasse sans que des innocents y laissent leur vie.

— Il est trop tard maintenant. Ma décision est prise et j'irai jusqu'au bout.

— Réfléchis, mon garçon. Combien de malheureux condamnes-tu ainsi ? Des douzaines ? Des milliers ? Des millions ?

— Tu cherches à protéger des inconnus en masse, mais ton propre fils, pas question !

— Dieu sait que je t'aime, gémit Stanley, et que je ne veux pas te voir mourir, mais es-tu sûr de vouloir sauver ta peau à ce prix ?

Kit s'apprêtait à répliquer quand son téléphone sonna.

Personne ne l'en empêchant, il approcha le portable de son oreille.

— Toni suit le chasse-neige, disait la voix de Hamish McKinnon. Elle a persuadé le chauffeur de faire un détour et elle sera chez vous d'une minute à l'autre. Il y a deux inspecteurs dans la cabine.

Kit coupa la communication et se tourna vers Nigel.

— La police arrive.

7 h 15

Craig ouvrit la petite porte de côté du garage et regarda dehors. Les rideaux des trois fenêtres éclairées étaient tirés : ainsi personne ne le verrait passer.

Il jeta un coup d'œil vers Sophie pelotonnée dans la Ford de Luke et emmitouflée dans son anorak rose. Il fit un geste dans sa direction, puis sortit.

En levant haut les pieds à cause de l'épaisseur de la neige, il suivit le mur aveugle du garage jusqu'à ce qu'il se trouve en face de la maison.

Pour prendre les clefs de la Ferrari, il lui faudrait se faufiler dans le vestibule. Il avait persuadé Sophie de renoncer à l'accompagner, car, à deux, l'expédition présentait plus de danger.

Il avait peur. En sa présence, il simulait la bravoure et cela lui donnait du courage. Mais, maintenant, il éprouvait un trac épouvantable : ses mains tremblaient et ses jambes étrangement molles se dérobaient sous lui. Que ferait-il s'il tombait aux mains des inconnus ? Il n'avait jamais vraiment eu à se battre depuis ses huit ans. Il connaissait des garçons de son âge qui se battaient – à la sortie d'un pub, en général, le samedi soir. Ce n'étaient pas les plus malins. Les malfaiteurs, guère plus grands que Graig, lui faisaient peur malgré tout : ils savaient se bagarrer et lui pas du tout. D'ailleurs – point capital – ils étaient armés.

Il examina la façade et les fenêtres sous lesquelles il allait devoir passer, celle du salon et celle de la salle à manger dont les rideaux n'étaient pas tirés. Il neigeait moins fort et quelqu'un jetant un coup d'œil dehors l'apercevrait facilement.

Il se força à avancer et s'arrêta devant la fenêtre du salon : les guirlandes lumineuses de l'arbre de Noël clignotaient, éclairant faiblement le mobilier familier et, posées par terre devant la cheminée, quatre paires de chaussures d'enfants, accompagnées de paquets. La pièce était déserte.

Il continua avec de plus en plus de difficultés car la neige, poussée par le vent de la mer, formait une congère. Il était tellement fatigué qu'il fut tenté un instant de s'allonger là. Il réalisa alors qu'il n'avait pas dormi depuis vingt-quatre heures. Il se secoua et pria en passant devant la porte d'entrée qu'elle ne s'ouvrît pas tout d'un coup sur le type en pull rose et à l'accent londonien.

Arrivant à la hauteur des fenêtres de la salle à manger plongée dans l'obscurité, il sursauta en entendant un aboiement étouffé : on avait dû y enfermer Nellie qui, reconnaissant la silhouette de Craig, demandait à être délivrée.

— Tais-toi, Nellie, je t'en prie, murmura-t-il sachant bien que l'animal ne pouvait pas l'entendre.

Nellie se tut quand même.

Il se faufila entre la Toyota de Miranda et le break Mercedes d'Hugo, intégralement recouverts de neige. Il contourna la maison et aperçut de la lumière dans le vestibule. Avec précaution, il regarda par la fenêtre : tout était à sa place, la grande penderie, les bottes, les anoraks, l'aquarelle de tante Miranda représentant Steepfall, un balai posé dans un coin – et la boîte métallique vissée au mur dans laquelle on rangeait les clefs.

Par chance, la porte de communication avec la cuisine était fermée, et aucun bruit de voix ne lui parvint.

Qu'arrive-t-il quand on donne un coup de poing ? Au cinéma, l'adversaire s'écroule mais dans la vie réelle... De toute façon, il est bien plus important de savoir ce qui se passe quand on est frappé soi-même. Est-ce que ça fait mal ? Et si les coups redoublent ? Qu'est-ce qu'on sent quand on vous tire dessus ? Le plus douloureux, paraît-il, c'est une balle dans le ventre.

Terrifié, il saisit la poignée de la porte, la tourna le plus lentement possible et poussa le battant qui pivota vers l'intérieur. Il entra dans le vestibule, pièce exiguë de deux mètres de long dont la largeur était diminuée par la penderie et la maçonnerie de l'imposante cheminée. La boîte à clefs était accrochée au mur de la cheminée. Craig tendit la main pour l'ouvrir. Il y avait vingt crochets numérotés qui recevaient soit une seule clef soit un trousseau. Il reconnut tout de suite celui de la Ferrari et l'attrapa. Mais la chaînette se coinça dans le crochet. Il tenta de la dégager, luttant contre la panique qui l'envahissait. Là-dessus, quelqu'un tourna la poignée de la porte séparant la cuisine du vestibule, quelqu'un qui, manifestement, ne connaissait pas bien les lieux, car il poussait au lieu de tirer. Profitant de ce répit, Craig s'engouffra dans la penderie et s'y enferma.

Il avait agi sans réfléchir : non seulement il avait

abandonné les clefs mais il aurait tout aussi bien pu sortir dans le jardin par la porte de derrière. L'avait-il refermée ? Il pensait que non. De plus, ses bottes avaient dû laisser de la neige fraîche sur le carrelage, et la boîte à clefs était restée ouverte.

Il n'était pas nécessaire d'être très observateur pour remarquer ces indices et deviner aussitôt la vérité.

L'oreille tendue, il retint son souffle.

Nigel agita la poignée, puis se rendit compte qu'il se trompait de sens.

— Ça ne va pas, dit-il après avoir inspecté le vestibule. Une porte et une fenêtre. (Il traversa la cuisine et ouvrit la porte donnant sur l'office.) Là, ça ira. Pas d'autres portes et une seule fenêtre, qui donne sur la cour. Elton, colle-les ici.

— Il fait froid là-dedans, protesta Olga.

L'office était climatisée.

— Oh ! ça va, tu vas me faire pleurer, ironisa Nigel.

— Mon mari a besoin d'un médecin.

— Après m'avoir cogné, il a de la chance de ne pas avoir besoin d'un croque-mort. (Nigel se retourna vers Elton.) Fourre-leur quelque chose dans la bouche pour qu'ils ne puissent pas crier. Vite ! On n'a pas beaucoup de temps.

Elton trouva une pile de serviettes à thé dans un tiroir. Il bâillonna les prisonniers, les obligea à se mettre debout, malgré leurs liens, et les poussa dans l'office.

— Écoute-moi, dit Nigel à Kit. (Nigel semblait calme, il planifiait tout et donnait des ordres, mais il était pâle et préoccupé.) Quand la police rappliquera, c'est toi qui ouvriras. Sois aimable et détendu, comme un honnête citoyen respectueux des lois.

Rassure-les en leur disant que tout est normal et que, à part toi, toute la maisonnée dort encore.

Kit se demandait s'il réussirait à montrer une mine détendue devant un tel peloton d'exécution. Il agrippa le dossier d'une chaise pour s'empêcher de trembler.

— Et s'ils veulent entrer ?

— Tu les décourages. S'ils insistent, conduis-les dans la cuisine. Les autres seront là, dit-il en désignant le vestibule. Débarrasse-toi d'eux aussi vite que tu pourras.

— Toni Gallo accompagne la police, expliqua Kit. Elle est chef de la sécurité au labo.

— Eh bien, dis-lui de partir.

— Elle demandera à voir mon père.

— Tu répondras que ça n'est pas possible.

— Elle peut ne pas se contenter de ça...

— Franchement, s'énerva Nigel, tu crois qu'elle t'enverra au tapis et enjambera ton corps sans connaissance ? Tu n'auras qu'à lui dire d'aller se faire foutre.

— Très bien, dit Kit. Mais il faut empêcher ma sœur Miranda de crier. Elle se cache dans le grenier.

— Le grenier ? Où ça ?

— Juste au-dessus de cette pièce. À l'intérieur de la première penderie du dressing-room, derrière les costumes, il y a une petite porte : elle donne sur un réduit sous le toit.

Nigel ne demanda pas à Kit comment il savait que Miranda était là. Il regarda Daisy.

— Occupe-toi de ça.

La trahison de son frère jeta aussitôt Miranda hors du grenier. Elle était hors d'haleine, son cœur battait et elle se sentait congestionnée, mais il ne s'agissait pas d'affolement, pas encore.

Quand Kit avait annoncé que la police arrivait, elle avait cru, un bref instant, le cauchemar terminé : elle attendrait tranquillement que les hommes en uniforme bleu entrent et arrêtent les cambrioleurs. Puis Nigel avait aussitôt improvisé un moyen de s'en débarrasser. Et s'ils partaient comme ils étaient venus, sans arrêter personne ? Elle ouvrirait la fenêtre d'une chambre et se mettrait à hurler, c'était décidé. Mais Kit venait d'anéantir ce plan.

Terrifiée à l'idée d'affronter Daisy, elle parvint quand même à se maîtriser – tout juste. Elle se cacherait dans la chambre de Kit, de l'autre côté du palier, pendant que Daisy fouillerait le grenier. Celle-ci ne se laisserait pas berner plus de quelques secondes, mais cela suffirait à Miranda pour appeler à l'aide.

Elle traversa la chambre en courant. Sur le point de sortir, elle entendit des pas lourds dans l'escalier : trop tard. La porte se rabattit contre le mur et Miranda se glissa derrière. Daisy déboula dans la pièce et entra dans le dressing sans regarder derrière elle.

Miranda se dégagea, traversa le palier et s'engouffra dans la chambre de Kit. Elle courut jusqu'à la fenêtre et écarta les rideaux espérant apercevoir la lueur des gyrophares de la police.

Rien.

Elle observa l'allée. Le jour commençait à poindre et elle distinguait la lisière du petit bois, mais pas de voitures. Le désespoir commençait à la gagner : quand Daisy aurait constaté que personne ne se cachait dans le grenier, elle vérifierait alors les autres chambres, ce qui ne lui demanderait que quelques secondes. Miranda avait besoin de plus de temps. À quelle distance pouvait bien être la police ? Avait-elle un moyen d'enfermer Daisy dans le grenier ?

Pas une seconde elle ne songea au risque qu'elle courait. Elle regagna la chambre de son père. La porte de la penderie grande ouverte attestait la présence de Daisy. Sans tergiverser davantage, Miranda referma la porte du dressing. Elle n'avait pas de serrure, mais elle était en bois massif. Si Miranda parvenait à la coincer, Daisy aurait du mal à l'ouvrir, d'autant qu'elle n'aurait pas beaucoup d'espace pour manœuvrer.

Miranda remarqua un petit interstice au pied de la porte qui, si elle réussissait à le combler, lui permettrait de la bloquer, du moins pour quelques secondes. Cherchant un objet qui pourrait faire l'affaire, elle ouvrit le tiroir de la table de chevet de son père. Elle y trouva un volume de Proust dont elle se mit à arracher les pages.

Dans la pièce voisine, le chien aboya de façon hostile, comme pour prévenir de l'arrivée d'un étranger. Kit n'eut qu'à entrer dans la salle à manger pour vérifier ses craintes : Nellie, les pattes avant sur l'appui de la fenêtre, surveillait l'allée. Il ne neigeait presque plus et Kit vit très distinctement sortir du bois un gros camion surmonté d'un gyrophare orange et équipé d'une lame de chasse-neige à l'avant.

— Les voilà ! cria-t-il.

Nigel accourut. La chienne se mit à grogner. Kit la fit taire et Nellie se réfugia dans un coin. Nigel se colla contre le mur auprès de la fenêtre et observa la progression du chasse-neige qui dégageait une voie de deux mètres cinquante à trois mètres de large. Il passa devant la grande porte, s'approcha aussi près qu'il le pouvait des voitures garées et, au dernier moment, pivota, projetant la neige devant la Mercedes d'Hugo et la Toyota de Miranda. Puis l'engin recula jusqu'au garage, fit demi-tour sur l'allée et aménagea un passage sur la terrasse cimentée. Une Jaguar de couleur claire, roulant sur le chemin désormais praticable, s'arrêta devant la porte. Une femme grande et mince, les cheveux coupés au carré, et vêtue d'un blouson d'aviateur doublé de mouton, descendit de la voiture. Dans le faisceau des phares Kit reconnut Toni Gallo.

— Débarrasse-toi d'elle, lança Nigel.

— Qu'est-il arrivé à Daisy ? Elle en met du temps...

— Elle doit s'occuper de ta sœur.

— Ça vaudrait mieux.

— Je fais plus confiance à Daisy qu'à toi. Maintenant, va ouvrir, ordonna Nigel en se réfugiant avec Elton dans le vestibule.

Kit obtempéra. Toni aidait quelqu'un à descendre de la voiture, une vieille dame vêtue d'un long manteau de laine et coiffée d'un bonnet de fourrure.

— Bon Dieu, qu'est-ce que... ? s'exclama-t-il de plus en plus inquiet.

Toni prit le bras de la vieille dame et se retourna. Elle parut déçue en découvrant Kit sur le pas de la porte.

— Bonjour, Kit, dit-elle en entraînant la vieille dame vers la maison.

— Qu'est-ce que vous voulez ? s'enquit-il.

— Voir votre père, il y a une urgence au laboratoire.

— Papa dort.

— Croyez-moi, pour ça, il estimera nécessaire d'avoir été réveillé.

— Qui est cette vieille femme ?

— Cette *dame* est ma mère, Mme Kathleen Gallo.

— Et je ne suis pas une vieille, protesta celle-ci. J'ai soixante et onze ans et je suis en pleine forme. Surveillez vos manières.

— Allons, maman, il ne voulait pas être grossier.

— Qu'est-ce qu'elle fait ici ? demanda Kit.

— Je l'expliquerai à votre père.

Le chasse-neige avait achevé son demi-tour devant le garage et repartait en direction de la grand-route, suivi de la Jaguar.

Kit s'affola. Que faire ? Les voitures s'en allaient, mais pas Toni.

La Jaguar s'arrêta brusquement – pourvu que le chauffeur n'ait rien vu de suspect – puis recula. La portière du conducteur s'ouvrit et un petit paquet tomba dans la neige.

On dirait un chiot, pensa Kit.

Puis la portière claqua et la voiture repartit. Toni revint sur ses pas pour ramasser le paquet : il s'agissait bien d'un chiot, un berger anglais noir et blanc d'environ huit semaines. Kit était abasourdi, mais décida de ne pas poser de questions.

— Vous ne pouvez pas entrer, annonça-t-il à Toni.

— Ne soyez pas stupide, répondit-elle. Vous n'êtes pas chez vous, mais chez votre père, lequel sera d'accord pour me rencontrer, déclara-t-elle en s'approchant lentement, tenant sa mère par un bras et le petit chien dans l'autre.

Kit ne savait plus quoi faire : il s'attendait à ce que Toni soit dans sa propre voiture, il lui aurait alors demandé de revenir plus tard. Il songea un instant à rattraper la Jaguar, mais le conducteur – sans oublier les policiers à bord du chasse-neige – risquait de poser des questions. Trop dangereux.

Toni se planta devant Kit qui bloquait le pas de la porte.

— Quelque chose ne va pas ? s'informa-t-elle.

Je suis coincé, se dit-il. Si je persiste à suivre les consignes de Nigel, je risque de faire revenir la police. Toni, toute seule, était plus maniable.

— Entrez, lâcha-t-il enfin.

— Merci. Le chiot s'appelle Osborne. (Toni et sa mère s'avancèrent dans le hall.) As-tu besoin d'aller aux toilettes, maman ? demanda Toni. C'est là.

Du coin de l'œil, Kit vit les lumières du chasse-neige et de la Jaguar disparaître dans les bois, ce qui le détendit un peu. Certes, il avait toujours Toni sur les bras, mais il s'était débarrassé de la police. Au même moment retentit un bruit énorme venant du premier étage, comme un coup de marteau frappant un mur.

— Bon sang, fit Toni, qu'est-ce que c'est ?

Après avoir bloqué l'issue du dressing, Miranda, au prix d'un gros effort, avait traîné un vieux coffre qui faisait office de table de chevet pour le faire basculer suivant un angle de quarante-cinq degrés et le coincer contre la porte. Presque simultanément, Daisy poussa de l'autre côté, puis comme elle n'obtenait aucun résultat, se mit à cogner.

Miranda imagina Daisy allongée dans le grenier de manière à pouvoir, avec les semelles de ses bottes, donner des coups dans la porte. Celle-ci frémit mais ne s'ouvrit pas.

Miranda avait gagné quelques précieuses secondes. Elle se précipita à la fenêtre d'où, avec consternation, elle vit deux véhicules – un camion et une limousine – repartir de la maison.

— Oh, non ! gémit-elle, réalisant qu'ils étaient déjà trop loin pour qu'on l'entendît hurler. Pourvu qu'il ne soit pas trop tard, s'affola-t-elle en courant vers le palier.

Dans le hall, en bas, une vieille femme qu'elle n'avait jamais vue entrait aux toilettes, Toni Gallo ôtait son blouson de cuir pour l'accrocher au portemanteau, un chiot noir et blanc reniflait les parapluies.

Que se passait-il ?

On entendit un autre choc sourd en provenance du dressing et Kit qui apparut au même instant et dit à Toni :

— Les enfants ont dû se réveiller.

Miranda ne comprenait plus rien : Kit se comportait en effet comme s'il ne se passait rien d'anormal... Puis elle réalisa : il essaye de donner le change à Toni, il espère lui faire croire que tout va bien. Ensuite, soit il la persuadera de partir, soit il la maîtrisera et l'enfermera avec les autres.

La police choisissait bien mal son moment pour s'en aller.

Toni referma la porte des toilettes sur sa mère. Personne n'avait encore remarqué la présence de Miranda.

— Entrez dans la cuisine, proposa Kit à Toni.

C'est là qu'ils vont lui sauter dessus, estima Miranda. Nigel et Elton attendent pour la prendre par surprise.

Là-dessus, un grand bruit venant de la chambre révéla que Daisy avait réussi à enfoncer la porte du dressing.

— Toni ! cria Miranda sans réfléchir.

— Merde, fit Kit découvrant, en même temps que Toni, sa sœur en haut de l'escalier.

— Les cambrioleurs, hurla Miranda, ils sont ici, ils ont ligoté papa, ils sont armés...

Daisy jaillit de la chambre, fonça sur Miranda et la poussa dans l'escalier.

7 h 30

Devant Toni, pétrifiée, Kit, le visage crispé par la rage, hurlait à l'attention de Daisy :

— Attrape-la !

Miranda dégringola l'escalier. Sa chemise de nuit rose se releva sur ses cuisses blanches et dodues. Sur ses talons, une affreuse jeune femme au crâne rasé, maquillée comme dans un film d'horreur et entièrement vêtue de cuir, dévalait les marches.

Toni réalisa instantanément la situation : les voleurs armés dont venait de parler Miranda ne pouvaient être que ceux qui avaient cambriolé le Kremlin. La femme chauve en haut dans l'escalier devait être la blonde aperçue sur la vidéo de surveillance : on avait retrouvé sa perruque dans la camionnette. Kit semblait de mèche avec eux – ce qui expliquerait comment ils avaient déjoué le système de sécurité...

Au moment où cette pensée lui traversait l'esprit, Kit lui passa le bras autour du cou et la tira en arrière, essayant de la déséquilibrer.

— Nigel ! cria-t-il.

Elle lui donna un violent coup de coude dans les côtes et eut la satisfaction de l'entendre pousser un gémissement de douleur. Son étreinte se relâcha et elle parvint à se retourner et à le frapper de nouveau, cette fois d'un direct du gauche en plein diaphragme. Il voulut riposter, mais elle esquiva facilement.

Elle prit son élan pour le mettre vraiment K.-O. Mais Miranda, en terminant sa chute, heurta ses mollets et la faucha. Puis la femme en cuir trébucha sur Miranda et Toni qui bousculèrent Kit. Ils se retrouvèrent tous les quatre sur le carrelage.

Toni comprit qu'elle n'aurait pas le dessus, ayant contre elle Kit et la femme qu'il avait appelée Daisy, sans négliger le fait que d'autres pourraient arriver. Il lui fallait d'abord se dégager et retrouver son souffle. Elle parvint à rouler sur le côté et à s'extraire de la mêlée composée de Kit affalé sur le dos, de Miranda recroquevillée sur elle-même, meurtrie, hors d'haleine, mais pas sérieusement blessée et de Daisy qui, visiblement furieuse, se remettait sur ses genoux pour cogner sur Miranda de ses poings fort élégamment gantés de daim marron.

Toni se releva d'un bond et enjamba Kit pour se précipiter sur la porte d'entrée qu'elle ouvrit toute grande. Kit tenta de couper son élan en l'attrapant par la cheville mais elle réussit à le frapper de l'autre pied. Il poussa un cri de douleur et la lâcha. Toni bondit par-dessus le seuil et claqua la porte derrière elle.

Elle tourna à droite et se précipita sur la trace dégagée par le chasse-neige. Un coup de feu retentit et un carreau se brisa : on lui avait tiré dessus de l'intérieur de la maison, mais sans la toucher. Elle courut jusqu'à la terrasse cimentée ; le garage se dressait maintenant entre elle et le tireur.

Le chasse-neige et les deux policiers étaient repartis à une vitesse normale sur la route déblayée. Impossible donc pour elle de les rattraper à pied. Que faire ? Sur la chaussée déneigée, elle était parfaitement repérable. Les bois pourraient constituer un abri, mais sans manteau... et, dans le garage, il ferait presque aussi froid.

Elle courut à l'autre bout du bâtiment et aperçut à quelques mètres de là la porte donnant sur la grange. Se risquerait-elle à traverser la cour où l'on pouvait la voir depuis la maison ? Elle n'avait pas le choix.

Au moment où elle allait s'élancer, la porte de la grange s'ouvrit.

Elle hésita. Un petit garçon apparut, portant un manteau par-dessus un pyjama de Superman et chaussé de bottes de caoutchouc trop grandes pour lui. Toni reconnut Tom, le fils de Miranda. Résolument, il prit à gauche et s'enfonça dans la neige épaisse. Toni, pensant qu'il se dirigeait vers la maison, faillit l'arrêter pour l'en dissuader. Mais elle comprit qu'elle se trompait et qu'il allait vers la maison d'amis. Pourvu qu'il se dépêche et qu'il soit hors de portée quand les ennuis commenceront ! Il va probablement demander la permission d'ouvrir ses cadeaux à sa mère, laquelle se faisait, en ce moment même, tabasser par une femme gangster en gants de daim beige. Après tout, son beau-père est peut-être dans la petite maison. Toni estima plus sage de laisser le garçon le découvrir par lui-même. La maison d'amis n'était pas fermée à clef et Tom disparut à l'intérieur.

Toni hésitait quand même : quelqu'un pouvait fort bien se tapir derrière une fenêtre et braquer sur la cour un browning automatique de neuf millimètres. Elle n'allait pas tarder à le savoir.

Elle courut quelques pas et, dès qu'elle foula la neige, elle s'affala. Elle attendit un coup de feu, mais rien ne vint. Elle se releva, la neige glacée traversait son jean et son pull. Elle avança plus prudemment et plus lentement. Elle jetait vers la maison des regards inquiets bien que personne ne se montrât aux fenêtres. Il ne fallait sans doute pas plus d'une minute pour traverser la cour, pourtant chaque pas lui semblait interminable. Elle arriva enfin à la grange, s'y précipita et referma la porte derrière elle, tremblant de soulagement d'être toujours en vie.

Une petite lampe éclairait une table de billard, quelques vieux canapés, un téléviseur grand écran et deux lits de camp, vides tous les deux. Ce niveau semblait désert mais qu'en était-il du grenier ? Maîtrisant ses tremblements, Toni grimpa. À mi-chemin, elle vit plusieurs paires de petits yeux rouges la fixer – les rats de Caroline. Elle escalada les derniers barreaux et découvrit deux autres lits. Dans l'un, une masse endormie, Caroline. Personne n'avait couché dans l'autre.

Les malfaiteurs étaient à ses trousses. Vite, du secours ! Elle voulut prendre son portable puis se rendit compte qu'elle ne l'avait pas.

Désespérée, elle se rappela qu'il était resté dans la poche de son blouson.

— Il faut la retrouver, fit Nigel. Elle est peut-être déjà en train de téléphoner à la police.

— Attends, dit Kit. (Il traversa le hall jusqu'au portemanteau. Il se frottait le coude gauche là où Toni l'avait frappé, mais il s'interrompit pour fouiller le blouson. Triomphant, il tira d'une des poches un portable.) Elle ne peut pas appeler la police.

— Fantastique ! (Nigel examina l'entrée : Daisy maintenait Miranda à plat ventre par terre, en lui tordant un bras derrière le dos. Elton était planté à l'entrée de la cuisine.) Elton, va chercher de la corde pour que Daisy ficelle cette grosse vache ! Kit, tes sœurs, c'est quelque chose !

— On s'en fout, grommela Kit. Maintenant, on peut partir, non ? Plus besoin du 4 × 4 puisque le chemin a été dégagé par le chasse-neige.

— Le type qui t'a appelé parlait de flics à côté du conducteur.

— Ils ne viendront pas nous chercher juste derrière eux.

— Pas bête, reconnut Nigel en hochant la tête. Mais le camion ne va pas jusqu'à... là où nous devons aller. Qu'est-ce qu'on fera quand il aura bifurqué ?

Kit maîtrisa son impatience. Ils devaient à tout prix quitter Steepfall, mais Nigel ne l'avait pas encore compris.

— Regarde par la fenêtre, insista-t-il. Il ne neige plus et la météo a annoncé le dégel pour bientôt.

— Possible qu'on soit encore coincés.

— Le danger est plus grand ici depuis que la route est dégagée, car Toni Gallo a de nombreux collègues.

Elton revenait avec du câble électrique.

— Kit a raison, le soutint-il. Sauf imprévu, on sera facilement là-bas pour 10 heures.

Il tendit le fil à Daisy qui ligota les mains de Miranda derrière son dos.

— D'accord, capitula Nigel. Mais il faut d'abord rassembler tout le monde, y compris les gosses, pour être sûrs que personne n'appellera du secours durant les quelques heures qui viennent.

Daisy traîna Miranda à travers la cuisine et la poussa dans l'office.

— Le portable de Miranda doit être dans la maison

d'amis, observa Kit. Sinon elle s'en serait déjà servie. Ned, son petit ami, y est.

— Elton, ordonna Nigel, vas-y.

— Il y a un téléphone dans la Ferrari, reprit Kit. Je suggère que Daisy aille au garage pour vérifier que personne n'essaye de l'utiliser.

— Et la grange ?

— Laissons ça en dernier. Caroline, Craig et Tom n'ont pas de portables. Pour Sophie, je ne suis pas certain, mais elle n'a que quatorze ans.

— Bon, fit Nigel. Réglons tout ça le plus vite possible.

La porte des toilettes s'ouvrit alors et la mère de Toni Gallo apparut, toujours coiffée de son bonnet de fourrure.

Kit et Nigel la dévisagèrent un moment. Kit l'avait oubliée.

— Dans l'office avec les autres, ordonna Nigel.

— Oh, non ! riposta la vieille femme. Je préférerais m'asseoir auprès de l'arbre de Noël.

Elle traversa le vestibule et entra dans le salon.

Kit regarda Nigel qui se contenta de hausser les épaules.

Craig entrebâilla la porte du placard à bottes et vit que le vestibule était désert. Il s'apprêtait à sortir quand l'un des gangsters, Elton, arriva de la cuisine. Craig referma de quelques centimètres la porte et retint son souffle.

Depuis un quart d'heure, il avait toujours en vue l'un ou l'autre de ces affreux et le placard sentait le renfermé, entre les anoraks humides et les vieilles bottes. Il s'inquiétait de savoir Sophie au froid dans la Ford de Luke au fond du garage. Il essaya de prendre patience : il aurait sûrement bientôt sa chance.

Quelques minutes plus tôt, Nellie avait aboyé, ce qui signifiait que quelqu'un se présentait à la porte. Craig eut un regain d'espoir, mais Nigel et Elton, pourtant à quelques centimètres de lui, parlaient à voix si basse qu'il n'entendait pas. Ils se cachent certainement du visiteur, en avait conclu Craig qui voulut jaillir de la penderie pour appeler au secours. Mais il savait que, dès l'instant où il se montrerait, on le rattraperait pour le réduire au silence. C'était à devenir fou.

Il y eut un grand fracas venant du premier étage – comme si quelqu'un essayait d'enfoncer une porte –, puis un autre bruit, qui ressemblait plus à une détonation ou à un coup de feu, aussitôt suivi d'un bris de vitre. Craig était consterné et terrifié : jusqu'à présent, les bandits n'avaient utilisé leurs armes que pour menacer. S'ils commençaient à tirer, jusqu'où iraient-ils ?

Après le coup de feu, Nigel et Elton s'en allèrent, mais en laissant la porte ouverte, ce qui permit à Craig d'apercevoir ce dernier au fond de la cuisine s'adressant d'un ton pressant à quelqu'un dans l'entrée. Puis il revint par l'autre côté en laissant la porte grande ouverte.

Craig enfin pouvait bouger sans être vu. Les autres discutaient dans l'entrée. C'était sa chance. Il sortit du placard.

Il ouvrit la boîte à clefs et saisit celles de la Ferrari. Cette fois elles se décrochèrent sans problème.

En deux enjambées il était dehors.

La neige avait cessé. Quelque part derrière les nuages, le jour se levait et il apercevait des formes en noir et blanc. À sa gauche, Elton pataugeait dans la neige pour se rapprocher de la maison d'amis. Il lui tournait le dos. Craig partit dans l'autre direction et tourna le coin si bien que la maison le dissimulait aux regards d'Elton.

Quel choc quand il aperçut Daisy à seulement quelques mètres ! Heureusement, elle aussi lui tournait le dos. Sortie par la porte d'entrée, elle s'éloignait sur un chemin dégagé. (Un chasse-neige était intervenu pendant son séjour dans le placard à bottes.) Daisy se dirigeait vers le garage, donc vers Sophie.

Il se blottit derrière la Mercedes de son père, jeta un coup d'œil par-dessus l'aile et vit Daisy atteindre l'extrémité du bâtiment et quitter la voie dégagée pour contourner la maison avant de disparaître à son regard.

Il la suivit. Aussi vite qu'il le put, il longea la façade, passa devant la salle à manger où guettait Nellie, devant la porte d'entrée qui était fermée, puis devant le salon où clignotaient les guirlandes de l'arbre de Noël. Il fut étonné de voir une vieille dame assise auprès du sapin, un chiot sur les genoux, mais il ne s'arrêta pas pour demander des explications.

Il arriva au coin et regarda. Daisy se dirigeait droit vers la porte de côté du garage : si elle entre, elle découvrira Sophie.

Elle plongea la main dans son blouson de cuir noir et en sortit son pistolet.

Impuissant, Craig la vit ouvrir la porte.

7 h 45

Il faisait froid dans l'office.

La dinde de Noël, farcie et assaisonnée par Olga, prête à rôtir mais trop grosse pour entrer dans le réfrigérateur de la cuisine, attendait dans un plat posé sur l'étagère de marbre. Miranda se demandait avec consternation si elle vivrait assez longtemps pour la manger.

À côté d'elle, tassés sur un mètre carré, son père, sa sœur et Hugo, tous les quatre troussés comme la dinde, entourés de casiers à légumes, d'étagères pleines de bocaux de pâtes, de cartons de céréales pour le petit déjeuner, de conserves de thon, de tomates et de haricots.

Hugo, fort mal en point, émergeait d'une syncope pour tomber aussitôt dans une autre. Olga tentait de le réchauffer en se pressant contre lui. Stanley, le visage aussi abîmé que s'il avait été renversé par un camion, se tenait néanmoins droit, toutes ses capacités en alerte.

Miranda se sentait impuissante. Et voir son père, un personnage aussi important, blessé et ligoté, la désespérait. Même cette ordure d'Hugo ne méritait pas d'avoir été ainsi maltraité. Quant à Olga, elle se conduisait noblement envers ce mari qui l'avait trahie.

Parce qu'il était désormais inutile de crier – la police étant repartie –, Miranda n'avait pas eu droit à la serviette à thé qui bâillonnait les autres.

— Papa, penche-toi, dit-elle dans l'espoir de tirer parti de cet oubli.

Elle inclina la tête comme pour l'embrasser et parvint à saisir entre ses dents un coin de la serviette qui sortait de sa bouche. Elle tira dessus, en dégagea un bout puis le laissa échapper.

Miranda poussa un cri exaspéré. Son père se pencha de nouveau, l'encourageant à poursuivre. Ce fut un succès qu'elle réitéra avec chacun.

— Mon Dieu ! quelle épreuve ! s'exclama Stanley. Merci.

— J'avais très envie de vomir, mais avec le bâillon j'avais peur de m'étouffer, expliqua Olga.

— Essaye de ne pas t'endormir, Hugo, insista Miranda une fois qu'elle l'eut délivré de son bâillon. Garde les yeux ouverts.

— Miranda, que se passe-t-il dehors ? se renseigna Stanley.

— Toni Gallo est arrivée derrière un chasse-neige qui transportait deux policiers, expliqua-t-elle. Kit les a accueillis comme si tout allait bien et la police est repartie. Toni a cependant insisté pour rester.

— Cette femme est incroyable.

— J'étais cachée dans le grenier, et j'ai réussi à la prévenir.

— Bien joué !

— Ce monstre de Daisy m'a poussée dans l'escalier mais Toni a réussi à s'enfuir. Je ne sais pas où elle est maintenant.

— Elle doit téléphoner à la police.

— Hélas ! non, le détrompa Miranda en secouant la tête. Elle a laissé son téléphone dans la poche de son blouson et Kit l'a pris.

— Elle trouvera quelque chose... Elle est pleine de ressources. D'ailleurs, c'est notre seul espoir puisque, à l'exception des enfants et de Ned, bien entendu, nous sommes coincés ici.

— J'ai bien peur que Ned ne nous soit pas d'une grande utilité, murmura Miranda. Une situation pareille requiert quelqu'un d'autre qu'un spécialiste de Shakespeare.

Elle se rappelait combien il avait été veule lorsque, la veille, Jennifer, son ex, avait jeté Miranda à la porte de chez elle. Peut-on compter sur un homme comme lui pour tenir tête à trois bandits professionnels ?

Elle regarda par la fenêtre de l'office. Le jour se levait et il ne neigeait plus. Elle voyait donc la maison d'amis dans laquelle Ned dormait ainsi que la grange où se trouvaient les enfants. Soudain, elle aperçut Elton qui traversait la cour.

— Oh ! mon Dieu ! s'écria-t-elle, il se dirige vers la maison d'amis.

— Ils rassemblent les autres, expliqua son père, pour les ligoter avant de partir. On ne peut pas les laisser s'en aller avec ce virus – mais comment les arrêter ?

Elton entra dans la maison d'amis.

— J'espère qu'il n'arrivera rien à Ned.

Miranda appréciait soudain le pacifisme de Ned car face à Elton, brutal, impitoyable et armé, son seul espoir était de suivre sans protester.

— Ça pourrait être pire, observa Stanley. Ce type

est une canaille, mais pas un psychopathe complet. La femme, si.

— Ce qui lui fait commettre des erreurs, ponctua Miranda. Tout à l'heure, dans l'entrée, ce n'est pas moi mais Toni qu'elle aurait dû tabasser.

— Pourquoi Daisy s'en est-elle prise à toi ?

— Je l'avais enfermée dans le grenier.

— Enfermée dans le grenier ?

— Elle m'y avait suivie, mais j'ai refermé la porte du dressing derrière elle et je l'ai bloquée. Ça l'a rendue furieuse.

— Courageuse petite fille, murmura-t-il, ému et admiratif.

— Mais non, rétorqua Miranda qui trouvait cette idée absurde, j'avais tellement peur que j'étais prête à faire n'importe quoi.

— Je le répète, je te trouve courageuse, maintint-il en refoulant ses larmes.

Ned sortit alors de la maison d'amis, escorté par Elton qui braquait un pistolet sur sa nuque et, de sa main gauche, tenait Tom par le bras.

Ce fut un choc pour Miranda qui croyait Tom dans la grange. Il a dû se réveiller et partir à ma recherche... dans son pyjama de Superman, pensa Miranda, les larmes aux yeux.

Le trio se dirigeait vers la maison quand un cri les immobilisa : Sophie, pliée en deux par la douleur et trébuchant dans la neige, apparut. Daisy la tirait par les cheveux.

Daisy dit à Elton quelque chose que Miranda n'entendit pas. Là-dessus, Tom cria à Daisy :

— Laissez-la tranquille ! Vous lui faites mal !

Il avait dit cela d'une voix tremblante d'enfant que la peur et la rage rendaient encore plus aiguë.

Miranda se rappela que Tom éprouvait pour Sophie une passion de petit garçon.

— Tais-toi, Tommy, murmura-t-elle bien qu'il ne pût pas l'entendre. Si on ne fait que lui tirer les cheveux, ce n'est pas trop grave.

Elton se mit à rire et Daisy à grimacer en tirant plus violemment encore les cheveux de Sophie. Ce fut sans doute de les voir rire qui fit perdre la tête à Tom ; il devint tout d'un coup fou furieux : il échappa à Elton et se jeta sur Daisy.

— Non ! cria Miranda.

Daisy fut si surprise qu'elle tomba à la renverse dans la neige et lâcha les cheveux de Sophie. Tom plongea sur elle et la frappa de ses petits poings.

Miranda criait vainement :

— Arrête ! Arrête !

Daisy le repoussa et se releva. Tom se précipita, mais Daisy le frappa à la tempe de son poing ganté et il retomba. Puis, folle de rage, elle l'immobilisa de sa main gauche tandis que de la droite elle faisait pleuvoir sur son visage et sur son corps une grêle de coups de poing.

Miranda se mit à hurler.

Soudain, Ned intervint : sans se soucier du pistolet dont Elton le menaçait, il s'interposa entre Tom et Daisy. Il lui parla, une main posée sur son bras pour la calmer – au grand étonnement de Miranda. Mais, sans lâcher Tom, Daisy envoya à Ned un coup de poing au creux de l'estomac. Il se plia en deux, une grimace douloureuse lui tordait le visage. Ce qui ne l'empêcha pas, quand Daisy prit son élan pour se remettre à frapper Tom, de se redresser et se planter devant elle. Changeant de cible à la dernière seconde, elle choisit Ned et le frappa à la bouche. Il poussa un cri, porta les mains à son visage, mais ne bougea pas.

Le sentiment de Miranda à l'égard de Ned se transforma instantanément en une profonde reconnaissance. Mais combien de temps pourrait-il supporter cette correction ?

Sans se préoccuper du sang qui coulait de sa bouche, il continuait à protester auprès de Daisy. Elle frappa une troisième fois. Sous les yeux de Miranda, impressionnée, Ned encaissait, inébranlable coup après coup, non pas pour son propre enfant, mais pour Tom. Miranda regrettait infiniment de l'avoir cru faible.

À cet instant, Sophie, la fille de Ned, sortit de son inertie, tourna les talons et s'éloigna.

Elton essaya de l'attraper au passage, mais elle lui échappa. Il chancela et Sophie en profita pour traverser la cour enneigée en bondissant telle une danseuse. Elton retrouva son équilibre, mais Sophie avait disparu.

Elton saisit Tom par le bras et cria à Daisy :

— Ne laisse pas cette gamine filer ! (Daisy semblait vouloir discuter, mais Elton reprit :) Je tiens ces deux-là. Va, dépêche-toi !

Abandonnant à regret Ned et Tom auxquels elle lança un regard noir, Daisy se lança à la poursuite de Sophie.

8 h 00

Craig tourna la clef de contact de la Ferrari : derrière lui, l'énorme moteur V12 démarra, puis s'arrêta.

Craig ferma les yeux.

— Pas maintenant, supplia-t-il en lui-même, ne me laisse pas tomber maintenant.

Il tourna une nouvelle fois la clef : le moteur tourna, hésita puis se mit à rugir. Pour plus de sûreté, Craig sollicita légèrement l'accélérateur et le grondement se transforma en hurlement.

Le cadran du téléphone affichait « Recherche » ; il pianota le 999 bien que cela fût inutile tant que la liaison avec le réseau n'était pas effective.

— Allons, insista-t-il. Je n'ai pas beaucoup de temps...

La porte de côté du garage s'ouvrit toute grande et Sophie entra en trébuchant, à la grande stupéfaction de Craig qui la croyait aux mains de l'abominable Daisy. Quand il avait vu celle-ci l'entraîner, il aurait désespérément voulu se porter à son secours mais il se savait incapable de l'emporter sur Daisy. S'efforçant de garder son calme en regardant avec quelle délectation Daisy traînait Sophie par les cheveux, il se répétait que la meilleure chose à faire pour elle était de rester libre afin d'appeler la police. En fait elle semblait avoir réussi à s'échapper toute seule. Son affolement et ses sanglots laissaient présager que Daisy était à ses trousses.

La voiture était garée tellement près du mur que Craig dut la faire passer du côté du conducteur.

— Monte vite... Passe par-dessus moi !

Elle tituba jusqu'à la voiture et s'écroula à l'intérieur. Craig claqua la portière.

Il ne savait pas comment la fermer à clef et il n'avait pas le temps de chercher parce que Daisy serait là dans quelques secondes. Pas le temps non plus de téléphoner : il fallait sortir d'ici. Tandis que Sophie s'écroulait enfin sur le siège du passager, il tâtonna sous le tableau de bord et y trouva la télécommande des panneaux basculants. Un grincement de métal mal graissé l'avertit que le mécanisme s'enclenchait. Daisy arriva, le visage congestionné et le regard brillant de rage. La neige s'était insinuée dans les plis de ses vêtements de cuir noir. Elle hésita sur le seuil, scrutant la pénombre du garage jusqu'à ce que son regard s'arrête sur Craig.

Il embraya et fit glisser la vitesse sur la marche arrière, manœuvre toujours très délicate avec la boîte à six vitesses de la Ferrari. Le levier résista, les pignons grincèrent, puis l'une des pièces s'enclencha.

Daisy se profila à la hauteur du conducteur, son gant de daim se referma sur la poignée. L'ouverture n'était pas totale, mais Craig n'avait pas le temps d'attendre et, à l'instant précis où Daisy ouvrait la portière, il relâcha la pédale d'embrayage et appuya sur l'accélérateur.

La voiture bondit en arrière comme propulsée par une catapulte. Le toit heurta bruyamment le bord en aluminium de la porte et Sophie poussa un cri de terreur.

La voiture jaillit du garage comme un bouchon de champagne. Craig freina à fond. Le chasse-neige avait dégagé la neige tombée devant le garage, mais il en était tombé encore un peu depuis et le terre-plein était glissant. La Ferrari dérapa vers l'arrière et s'arrêta brutalement contre une congère.

Craig vit distinctement Daisy sortir du garage dans la lumière grise de l'aube. Elle hésitait.

Soudain la voix féminine du téléphone de la voiture annonça : « Vous avez un nouveau message. » Craig passa la première – du moins il l'espérait. Il embraya et, à son grand soulagement, les pneus mordirent et la voiture avança. Si seulement il arrivait jusqu'à l'allée, il pourrait s'échapper avec Sophie et appeler du secours.

Daisy avait dû penser la même chose car elle fouilla dans la poche de son blouson et en tira un pistolet.

— Couche-toi ! cria Craig à Sophie. Elle va tirer.

Au moment où Daisy braquait son arme sur la voiture, il appuya à fond sur l'accélérateur tout en donnant un violent coup de volant.

La voiture dérapa sur le ciment glacé, impression de déjà-vu pour Craig, complètement affolé. Hier – une éternité –, il avait dérapé avec cette voiture au même endroit. Il s'efforça de reprendre le contrôle, pourtant après la tempête de neige, par une température glaciale, le sol était encore plus glissant.

Il essaya de suivre le dérapage. Un moment, les pneus adhérèrent de nouveau, mais il avait exagéré : la voiture dérapa dans la direction opposée et fit un tête-à-queue. Sophie était bringuebalée. Le coup de feu qu'il attendait ne venait pas. Seul avantage de la situation, il était impossible pour Daisy de viser une voiture à la trajectoire aussi imprévisible.

Miraculeusement, la voiture s'arrêta au milieu de l'allée face à la route dégagée par le chasse-neige : à eux la liberté.

Il appuya sur l'accélérateur, en vain. Le moteur avait calé.

Du coin de l'œil, il vit Daisy lever son pistolet et le viser avec soin. Il tourna la clef de contact et la voiture fit un bond en avant : il avait oublié de débrayer. Cette erreur lui sauva la vie car, au même instant, il entendit le claquement bien reconnaissable d'un coup de feu, à peine assourdi par la neige. La vitre de la portière passager vola en éclats. Sophie poussa un hurlement.

Craig remit le levier au point mort et tourna la clef. Le rugissement rauque lui emplit de nouveau les oreilles. Daisy visait quand il débraya pour passer en première. Il se pencha machinalement en démarrant – coup de chance supplémentaire – car cette fois c'était sa vitre qui venait de se briser.

La balle traversa également le pare-brise, faisant au passage un petit trou rond; le verre se craquela sur toute sa surface et Craig ne voyait plus devant lui que des formes floues. Il maintint néanmoins le pied sur l'accélérateur en s'efforçant de ne pas dévier de l'allée, sachant qu'il était condamné s'il ne mettait pas de la distance entre eux et le pistolet de Daisy. Sophie s'était recroquevillée à côté de lui, les mains nouées sur son crâne.

À la périphérie de son champ visuel, il vit Daisy courir derrière la voiture. Un autre coup de feu claqua. Le téléphone de la voiture annonça : « Stanley, c'est Toni. Mauvaise nouvelle : un cambriolage au labo. Appelez mon portable dès que vous pourrez. »

Dans l'esprit de Craig, des gens avec un pistolet avaient certainement un rapport avec le cambriolage ; il y réfléchirait plus tard. Pour l'instant, il essayait de conduire en se fiant à ce qu'il voyait par la vitre fracassée. Mais, au bout de quelques secondes, la Ferrari quitta la voie dégagée et ralentit, brusquement freinée par la neige. La silhouette d'un arbre apparut au milieu des craquelures du pare-brise, Craig freina brutalement, mais trop tard et la voiture emboutit l'arbre avec un fracas terrifiant.

Craig fut projeté en avant, sa tête heurta le pare-brise, des éclats de verre lui entaillèrent le front et le volant lui écrasa la poitrine. Sophie fut précipitée contre le tableau de bord. Elle tomba, les fesses sur le plancher et les pieds sur le siège. Elle poussa un juron en essayant de se redresser, ce qui apprit à Craig qu'elle était indemne.

Le moteur avait calé.

Craig découvrit dans le rétroviseur la présence de Daisy à dix mètres derrière eux. Elle avançait résolument dans la neige, sa main gantée de daim tenant fermement le pistolet. Il comprit instinctivement qu'elle se rapprochait uniquement pour mieux viser, décidée à le tuer ainsi que Sophie.

Il n'avait pas d'autre choix que de la tuer.

Il redémarra. Daisy, à cinq mètres maintenant et juste derrière la voiture, leva son arme. Craig passa en marche arrière et ferma les yeux.

Il entendit un choc sourd, comme si quelqu'un avait laissé tomber un sac de pommes de terre dans le coffre.

Craig leva le pied et la voiture s'arrêta presque

aussitôt. Où était Daisy ? Elle avait été projetée sur le côté et gisait sur le sol, sa jambe formant un angle bizarre. Horrifié, il contempla ce qu'il avait fait.

— Oh, non ! cria-t-il en voyant qu'elle remuait.

Elle tendait un bras vers son pistolet tombé dans la neige.

Craig passa en première.

Le téléphone de la voiture disait : « Pour effacer ce message, appuyez sur 3. »

Daisy le regarda dans les yeux et braqua sur lui son arme.

Il embraya et appuya à fond sur l'accélérateur.

Le coup de feu claqua par-dessus le rugissement du moteur de la Ferrari. Daisy essaya de se traîner sur le côté mais Craig braqua délibérément dans sa direction ; un instant avant l'impact, il vit le visage terrifié et la bouche ouverte, prête à lancer un hurlement inaudible. Puis la voiture heurta Daisy avec un bruit sourd et elle disparut sous l'avant incurvé. Le châssis surbaissé frotta sur une masse inégale. Craig enfin, découvrant qu'il allait tout droit vers l'arbre qu'il venait d'emboutir, freina, mais trop tard. Une nouvelle fois la voiture s'écrasa contre l'arbre.

Le téléphone de la voiture, qui expliquait désormais comment archiver un message, s'arrêta au milieu d'une phrase. Le moteur refusa de repartir et le démarreur n'émit même pas un déclic. Aucun des cadrans ne fonctionnait et le tableau de bord n'était plus éclairé. L'installation électrique est hors service, ce qui n'a rien d'étonnant étant donné ce que j'ai fait subir à cette voiture. Impossible donc d'utiliser le téléphone, résuma-t-il en lui-même.

Et Daisy ?

Il descendit de voiture.

Dans l'allée derrière lui, un tas de cuir noir déchiré, de chair blanche et de sang tout frais.

Ça ne bougeait pas.

Sophie descendit à son tour et s'approcha de lui.

— Oh ! c'est elle ?

Craig avait la nausée. Incapable de parler, il se contenta de hocher la tête.

— Tu crois qu'elle est morte ? murmura Sophie.

Craig acquiesça de nouveau, puis la nausée le terrassa. Il se détourna pour vomir dans la neige.

8 h 15

Kit avait l'horrible impression que tout était irrémédiablement en train de foirer.

Séquestrer une honnête famille n'aurait pas dû poser de problèmes à des criminels endurcis comme Nigel, Elton et Daisy. Et pourtant tout allait mal : le petit Tom s'était lancé dans une attaque suicide contre Daisy, Ned avait défié tout le monde en protégeant Tom de la vengeance de Daisy et, dans la confusion, Sophie s'était échappée. Pour tout arranger, Toni Gallo avait disparu.

Sous la menace de son arme, Elton poussa Ned et Tom dans la cuisine : Ned saignait de plusieurs plaies au visage et Tom était couvert de contusions, mais tous deux marchaient d'un pas ferme, main dans la main.

Kit fit le compte de ceux qui manquaient à l'appel : Sophie, qui avait filé, Craig, qui ne devait pas être loin d'elle, Caroline, qui dormait sans doute encore dans la grange et Toni Gallo. Soit quatre personnes dont trois enfants. Les capturer ne prendrait certainement pas longtemps. Mais les minutes passaient. Il restait à Kit et sa bande moins de deux heures pour gagner le terrain d'atterrissage avec le virus. Leur client n'attendrait pas très longtemps, Kit en était persuadé. Si quelque chose lui semblait clocher, il prendrait la tangente.

— J'ai trouvé ce portable dans un sac à main de la maison d'amis, expliqua Elton en le lançant sur la table. Le type n'a pas l'air d'en avoir.

L'appareil – celui de Miranda – atterrit auprès du flacon de parfum.

Kit n'attendait plus qu'une chose : la livraison du virus et son argent. À la fin de la journée, espérait-il, les axes principaux seraient dégagés. Il rentrerait à Londres pour se planquer une quinzaine de jours dans un petit hôtel qu'il payerait en liquide. Ensuite il prendrait un train pour Paris avec cinquante mille livres en poche et, de là, gagnerait Lucques par le chemin des écoliers en changeant de petites sommes au fur et à mesure de ses besoins.

Mais, auparavant, il fallait retrouver tous les occupants de Steepfall pour retarder les poursuites, et cette banale opération se révélait absurdement difficile.

Pendant que Nigel attachait Tom qui reniflait encore un peu, Elton se chargea de ligoter Ned – muet mais vigilant – avant de leur faire rejoindre le reste de la famille. Kit eut alors la surprise de constater que les prisonniers avaient réussi à ôter leurs bâillons.

Ce fut Olga qui parla la première :

— Je vous en prie, faites sortir Hugo d'ici. Il est blessé et il a froid. J'ai peur qu'il ne meure. Laissez-le au moins s'allonger par terre dans la cuisine où il fait chaud.

Kit secoua la tête avec stupéfaction : il n'arrivait

pas à concevoir la loyauté d'Olga envers son coureur de mari.

— Il aurait dû y penser avant de me frapper, vitupéra Nigel.

Elton poussa Ned et Tom dans l'office.

— Je vous en prie, répéta Olga, je vous en supplie !

Elton referma la porte et Kit cessa de penser à Hugo.

— Il faut retrouver Toni Gallo, c'est elle qui est dangereuse.

— Tu as une idée ?

— Elle n'est pas dans ce bâtiment, pas dans la maison d'amis qu'Elton vient de fouiller ni dans le garage puisque Daisy en revient. Donc, soit elle est dehors – et elle ne tiendra pas longtemps sans manteau –, soit dans la grange.

— Bon, je vais dans la grange, décréta Elton.

Toni regardait par la fenêtre de la grange.

Elle avait maintenant identifié trois des quatre cambrioleurs : en premier lieu Kit, évidemment, qui avait certainement conçu le projet en apprenant aux autres comment faire échec au système de sécurité. Puis la femme que Kit avait appelée Daisy – curieux prénom pour un monstre pareil. Ensuite le jeune Noir auquel Daisy s'était adressée en l'appelant Elton – prénom ou nom de famille ? Toni n'avait pas encore vu le quatrième, mais elle savait qu'il s'agissait d'un certain Nigel car elle avait entendu Kit l'appeler dans l'entrée.

Elle était partagée entre la peur et l'excitation, la peur car, manifestement, elle s'affrontait à des criminels endurcis qui n'hésiteraient pas à la tuer s'ils le jugeaient nécessaire et qui détenaient le virus.

L'excitation, parce qu'elle aussi était coriace et qu'elle voyait une chance de se racheter en leur mettant la main dessus.

Comment trouver de l'aide sans téléphone ni voiture ? Les lignes de la maison avaient été coupées, sans doute par les bandits, et ils avaient fait main basse sur tous les portables. Et les voitures ? Il y en avait deux devant la maison et une au moins dans le garage, malheureusement Toni ignorait où l'on rangeait les clefs.

Elle serait donc seule pour arrêter les voleurs.

Elle repensa à la scène à laquelle elle avait assisté dans la cour. Daisy et Elton étaient en train de rassembler la famille quand Sophie, la petite qui ne semblait pas avoir froid aux yeux, leur avait échappé, obligeant Daisy à se lancer à sa poursuite. Toni avait ensuite entendu, au-delà du garage, des bruits de moteur de voiture, de verre brisé et des coups de feu dont elle ne put s'expliquer la provenance. Pour le savoir elle devait s'approcher et courir le risque d'être capturée.

Toni souhaitait vraiment ne pas être la seule en liberté, car les malfrats dont l'heure du rendez-vous approchait ne se mettraient pas en route avant d'avoir retrouvé tout le monde. L'affolement les gagnerait et leur ferait alors commettre des erreurs. Face à ce redoutable quatuor dont trois, d'après Steve, étaient armés d'un pistolet automatique Browning à six coups, sa seule chance serait de les affronter l'un après l'autre.

Par où commencer ? Il lui faudrait pénétrer dans la grande maison dont, par chance, elle connaissait la disposition puisqu'on la lui avait fait visiter la veille.

Malgré cela, ignorant où chacun se trouvait, elle hésitait à foncer à l'aveuglette.

Elle se creusait désespérément la cervelle quand les événements échappèrent à son contrôle : Elton sortait de la maison et se dirigeait vers la grange.

Vingt-cinq ans environ, grand et apparemment en forme, il tenait dans sa main droite un pistolet braqué vers le sol. Toni comprit que, même si elle avait été formée au combat rapproché, elle n'aurait pas raison de lui, fût-il désarmé. Le corps-à-corps avec lui était à éviter.

La grange n'offrait pas la moindre cachette. Mais à quoi bon, puisque l'affrontement était devenu inéluctable ? Le plus tôt sera le mieux, se dit-elle sans entrain. Il la recherchait, persuadé de venir, seul, à bout d'une femme.

En quelques secondes, Toni devait s'armer. Elle détailla rapidement les objets qui l'entouraient. Trop légère, une queue de billard ferait un mal de chien, mais ne mettrait pas hors de combat. En revanche les boules de billard, lourdes et solides, étaient beaucoup plus dangereuses. Elle en fourra deux dans les poches de son jean. Elle regrettait quand même de ne pas avoir un pistolet.

Toni jeta un coup d'œil vers le grenier à foin dont la hauteur présentait un avantage. Elle escalada rapidement l'échelle. Caroline dormait à poings fermés. Par terre, entre les deux lits, une valise ouverte, au-dessus des vêtements, un sac en plastique et, à côté, une cage avec des rats blancs.

La porte de la grange s'ouvrit. On entendit tâtonner, puis l'éclairage s'alluma. Toni, plaquée sur le sol, ne voyait pas le rez-de-chaussée et ne pouvait donc pas situer exactement Elton. Il ne pouvait pas mieux la voir et elle avait l'avantage sur lui d'être informée de sa présence.

Elle tendit l'oreille pour le suivre malgré les battements de son cœur. Un bruit bizarre, qu'elle mit quelques instants à interpréter, lui apprit qu'Elton retournait les lits de camp pour vérifier qu'un enfant ne se cachait pas dessous. Puis il ouvrit la porte de la salle de bains – il n'y avait personne, Toni avait déjà vérifié.

Il ne restait donc plus à inspecter que le grenier à foin. D'une seconde à l'autre, il allait escalader l'échelle. Que ferait-elle ?

Le couinement déplaisant des rats inspira une idée à Toni : sans changer de position, elle prit le sac en plastique, déposa dans la valise le paquet-cadeau : « Pour papa, joyeux Noël de Sophie avec tout son amour » qu'il contenait et ouvrit la cage des rats. Elle les prit un par un – ils étaient cinq – et les fourra dans le sac en plastique.

Aux vibrations du plancher, Toni comprit qu'Elton avait entrepris son ascension. C'était l'occasion ou jamais : elle vida le sac de rats au-dessus du sommet de l'échelle.

Elton vociféra, autant de surprise que de dégoût, en réalisant qu'il pleuvait des rats. Caroline se redressa sur son lit et hurla. Elton perdit l'équilibre et atterrit sur le sol avec un bruit sourd.

Toni se releva d'un bond pour apprécier la situation : Elton ne semblait pas sérieusement blessé, mais s'agitait frénétiquement pour se débarrasser des bestioles qui, aussi affolées que lui, couraient sur ses vêtements en cherchant désespérément à quoi se cramponner.

Elle ne vit pas de pistolet aussi, après n'avoir hésité qu'une fraction de seconde, sauta-t-elle du grenier à foin. Elle atterrit les pieds joints sur le torse d'Elton qui poussa un râle déchirant tandis que ses poumons se vidaient. Elle avait eu beau se recevoir comme une gymnaste avec une roulade avant, elle s'était quand même fait mal aux jambes.

« Mes bébés ! » se lamentait Caroline du haut de l'échelle. Elle portait un pantalon de pyjama lavande orné de petits ours en peluche. Toni était persuadée d'en avoir écrasé un ou deux, puis elle les vit s'enfuir, apparemment indemnes.

Tenant désespérément à garder l'avantage, Toni se remit debout. Elle sentit un élancement dans une cheville, mais refusa d'en tenir compte.

Le pistolet ? Il a dû le lâcher.

Comme Elton, quoique touché, n'était peut-être pas complètement immobilisé, elle tenta de prendre une boule de billard dans sa poche mais elle la lâcha. Elle connut alors un instant de pure terreur, le sentiment que, son corps refusant d'obéir à son cerveau, elle était devenue complètement impuissante. Elle recommença sa tentative à deux mains cette fois. Malheureusement Elton mit à profit ce bref répit pour récupérer. Au moment où Toni levait la main droite au-dessus de sa tête, il roula sur le côté, ruinant ses espoirs de l'assommer et l'obligeant à changer de tactique et à lui lancer la boule. Son jet n'avait pas été bien fort et, dans un recoin de son cerveau, elle entendit Frank, son ex, déclarer, méprisant : « Même si ta vie en dépendait, tu serais incapable de lancer une balle. » Sa vie, maintenant, en dépendait bel et bien et Frank avait raison : elle l'avait lancée trop mollement. Le projectile heurta pourtant le crâne d'Elton avec un choc sourd mais sans lui faire perdre connaissance. Il frotta sa tête endolorie, puis parvint à se remettre debout.

Toni prit la seconde boule tandis qu'Elton cherchait son arme des yeux.

Caroline cependant avait descendu la moitié de l'échelle et elle choisit cet instant pour sauter sur le plancher. Elle s'accroupit et attrapa un des rats qui se cachait derrière un pied de la table de billard. En se tournant pour en ramasser un autre, elle heurta Elton. La confondant avec son véritable adversaire, il lui asséna un coup de poing. Touchée à la tempe, elle s'écroula. Mais Elton s'était fait mal aussi ; Toni le vit grimacer de souffrance et replier son bras. Toni lui avait cassé probablement quelques côtes en sautant sur lui.

En suivant du regard les gestes de Caroline, Toni avait aperçu quelque chose sous la table de billard – le pistolet dont le gris mat ressortait sur le bois sombre du plancher. Déjà Elton s'agenouillait, mais Toni s'était armée de la seconde boule de billard. Elle leva le bras et le frappa de toutes ses forces à la nuque. Il s'écroula sans connaissance.

Toni se laissa tomber à genoux, totalement vidée : elle ferma les yeux un instant mais avait trop à faire pour se reposer longtemps. Elle ramassa le pistolet ; Steve avait raison, il s'agissait bien d'un browning automatique, de ceux que l'armée britannique fournissait aux forces « spéciales » pour les opérations clandestines – le cran de sûreté était sur le côté gauche, derrière la crosse. Elle le bloqua, puis glissa le pistolet dans la ceinture de son jean.

Elle débrancha le téléviseur et arracha le fil dont elle se servit pour ligoter Elton, les mains derrière le dos. Puis elle le fouilla, espérant trouver un téléphone. Affreuse déception, il n'en avait pas.

8 h 30

Craig mit du temps à rassembler assez de courage pour regarder une nouvelle fois le corps mutilé de Daisy.

Il avait longuement vomi, puis il s'était rincé la bouche avec des poignées de neige fraîche. Sophie s'était alors approchée de lui et, le prenant par la taille, l'avait serré contre elle pour l'obliger à tourner le dos à Daisy. Ils étaient restés ainsi jusqu'au moment où, les nausées enfin apaisées, il s'était senti capable de se retourner pour voir ce qu'il avait fait.

— Qu'est-ce qu'on va faire maintenant ? demanda Sophie.

Craig avala sa salive. Ce n'était pas encore fini. Il y avait les deux autres bandits... et puis il y avait oncle Kit.

— Prenons son pistolet, décida-t-il.

— Tu sais t'en servir ? fit-elle, manifestement horrifiée par cette idée.

— Ça ne doit pas être sorcier.

— Comme tu voudras, fit-elle sans enthousiasme.

Craig hésita encore un peu, puis il lui prit la main et ensemble ils s'approchèrent du corps.

Daisy avait essayé de le tuer, pourtant Craig ne

pouvait pas, sans éprouver un sentiment d'horreur, regarder son corps à ce point massacré.

Son pantalon de cuir était en lambeaux, une jambe tordue, l'autre lacérée et couverte de sang. Le blouson de cuir, semblait-il, lui avait protégé les bras et le torse, mais son crâne rasé ruisselait de sang. On ne voyait pas son visage, enfoui dans la neige.

Ils s'arrêtèrent à deux mètres d'elle.

— Je ne vois pas le pistolet, déplora Craig. Il doit être sous elle.

Ils s'approchèrent encore.

— C'est la première fois que je vois un mort, dit Sophie.

— J'ai vu Mamma Marta dans son cercueil.

— Je veux voir son visage.

Lâchant la main de Craig, Sophie s'appuya sur un genou et tendit la main vers le corps ensanglanté. Preste comme une vipère, Daisy souleva la tête, saisit le poignet de Sophie et fit jaillir sa main droite crispée sur le pistolet.

Sophie hurla de terreur et Craig bondit en arrière.

— Ne bouge pas, mon garçon ! le prévint-elle en appuyant le canon du petit pistolet gris sur la peau tendre de la gorge de Sophie.

Craig s'immobilisa.

On aurait dit que Daisy portait un bonnet sanglant. Son oreille, presque complètement arrachée, pendait affreusement au bout d'un lambeau de peau. En revanche, son visage était intact et on pouvait y lire une expression de rage sans mélange.

— Pour ce que tu m'as fait, je devrais lui tirer une balle dans le ventre et te laisser la regarder se vider de son sang en hurlant de douleur.

Craig eut un frisson d'horreur.

— Mais j'ai besoin de ton aide, reprit Daisy. Si tu veux sauver la vie de ta petite amie, tu vas faire tout ce que je dis, immédiatement. Un moment d'hésitation, et elle meurt.

Craig sentit qu'elle parlait sérieusement.

— Viens par ici, ordonna-t-elle. (Il n'avait pas le choix, il approcha.) À genoux. (Craig obtempéra.) Maintenant, petite pute, poursuivit-elle en tournant vers Sophie son regard haineux, je vais te lâcher le bras, mais n'essaye pas de t'éloigner sinon je te tire dessus et je le ferai avec plaisir. (Sa main gauche lâcha le bras de Sophie tout en gardant le canon de son arme enfoncé dans la chair de son cou. Puis elle passa le bras autour des épaules de Craig ; son poignet pendait.) Tiens-moi le poignet, mon garçon, commanda-t-elle. Et toi, ma fille, passe sous mon bras droit.

Sophie se déplaça avec précaution et Daisy posa le bras droit sur ses épaules sans cesser de garder son arme braquée sur sa tête.

— Maintenant, vous allez me soulever et me porter jusqu'à la maison. Mais doucement : je crois que j'ai une jambe cassée. Si vous me secouez, ça pourrait me faire mal et dans ce cas-là je pourrais accidentellement appuyer sur la détente. Alors, allez-y avec précaution... Soulevez-moi.

Craig serra plus fort le poignet de Daisy et se remit debout. Pour soulager Sophie, il passa le bras droit autour de la taille de Daisy pour supporter une partie de son poids. Tous les trois se redressèrent avec lenteur.

Daisy, aussi blanche que la neige, haletait de douleur. Craig lui jetant un regard en coulisse constata cependant qu'elle l'avait à l'œil.

Ils avancèrent lentement, les jambes de Daisy traînant derrière elle.

— Vous vous étiez planqués quelque part cette nuit, je parie. Qu'est-ce que vous mijotiez, hein ?

Craig ne répondit pas. Il avait du mal à croire qu'elle avait assez de souffle et de méchanceté en elle pour s'en prendre à eux.

— Dis-moi, mon gars, ricana-t-elle. Est-ce que tu as mis ton doigt dans sa petite chatte, hein ? Salopard, je parie que oui.

Craig se sentit sali par la vulgarité de Daisy. Elle avait réussi à souiller une expérience pleine d'insouciance. Il lui en voulut de lui gâter ce souvenir. Il l'aurait volontiers laissée tomber par terre, mais elle presserait la détente, sans aucun doute.

— Stop ! ordonna-t-elle soudain.

Ils obéirent et elle fit reposer une partie de son poids sur sa jambe gauche, celle qui n'était pas tordue.

Craig regarda le visage immonde : de douleur elle avait fermé ses yeux barbouillés de rimmel.

— On souffle une minute et puis on repart.

Toni sortit de la grange. Nigel et Kit qui, d'après ses estimations, se trouvaient dans la maison pourraient la voir s'ils jetaient un coup d'œil par une fenêtre. Pourtant il lui fallait prendre le risque. L'oreille tendue en attendant le coup de feu qui la tuerait, elle pataugea dans la neige jusqu'à la maison d'amis aussi vite qu'elle en était capable. Elle y parvint sans incident et, tournant au coin du bâtiment, disparut aux regards.

Elle avait laissé Caroline en larmes en train de chercher ses rats. Elton était ligoté sous la table de billard, un bandeau sur les yeux et bâillonné pour éviter que, une fois revenu à lui, il ne persuade cette petite idiote de Caroline de le délivrer.

Toni ne profita pas de ce que la porte de derrière était toujours ouverte. Elle voulait d'abord reconnaître le terrain. Elle se coula le long de l'arrière et regarda par la première fenêtre, celle de l'office. Six personnes y étaient groupées, pieds et poings liés, debout : Olga, Hugo qui semblait nu, Miranda, son fils Tom, Ned et Stanley. Elle fut soulagée en voyant ce dernier ; au fond elle avait redouté de le trouver mort. Elle retint son souffle en découvrant son visage ensanglanté et tuméfié. Là-dessus, il l'aperçut et ses yeux s'agrandirent de surprise et de plaisir : il n'a pas l'air grièvement blessé, constata-t-elle avec soulagement. Il ouvrait la bouche pour parler quand Toni, d'un doigt porté à ses lèvres, lui imposa le silence. Stanley acquiesça de la tête.

Toni passa à la fenêtre suivante, celle de la cuisine. Deux hommes étaient assis, tournant le dos à la fenêtre. L'un était Kit : Toni plaignit beaucoup Stanley d'avoir un fils capable de faire une chose pareille à sa famille. L'autre portait un chandail rose, Nigel certainement. Ils regardaient les nouvelles sur un petit poste de télévision : l'écran montrait un chasse-neige déblayant une route dans les premières lueurs de l'aube.

Songeuse, Toni se mordillait la lèvre : malgré son arme, elle pourrait avoir du mal à les maîtriser tous les deux. Mais elle n'avait pas le choix. Tandis qu'elle hésitait, Kit se leva et elle dut s'accroupir précipitamment pour ne pas être vue.

8 h 45

— Ça y est, ils dégagent les routes. Il faut partir tout de suite, décréta Nigel.

— Toni Gallo m'inquiète, répondit Kit.

— Tant pis. Si nous attendons plus longtemps, nous manquerons le rendez-vous.

— Merde, lâcha-t-il après avoir jeté un coup d'œil à sa montre.

Nigel avait raison.

— On va prendre la Mercedes qui est dehors. Va chercher les clefs.

Kit sortit de la cuisine et se précipita dans la chambre d'Olga au premier étage. Il ouvrit les tiroirs des deux tables de chevet sans trouver la moindre clef. Il vida le contenu de la valise d'Hugo sur le sol, mais il n'y eut aucun bruit métallique ; il fit de même avec celle d'Olga. Enfin il repéra le blazer d'Hugo et les clefs de la Mercedes dans une poche.

Il redescendit en hâte dans la cuisine, Nigel regardait par la fenêtre.

— Pourquoi Elton met-il autant de temps ? fit Kit qui distingua dans sa propre voix une note d'affolement.

— Je n'en sais rien, garde ton calme.

— Et Daisy ?

— Va faire tourner le moteur, se contenta de répondre Nigel, et essuie la neige du pare-brise.

En partant, Kit aperçut le vaporisateur dans son double emballage. Il le ramassa et le fourra dans sa poche de blouson.

Puis il sortit.

Toni vit Kit sortir et s'approcher du break Mercedes vert dont il ouvrit la portière.

Elle se dit que c'était sa chance.

Elle prit le pistolet d'Elton et ôta le cran de sûreté ; le chargeur était plein, elle l'avait vérifié. Comme on le lui avait appris, elle avança, le pistolet braqué vers le ciel. Son cœur battait la chamade, mais ses mains ne tremblaient pas ; elle savait comment se comporter. Elle s'engouffra dans la maison et déboula dans la cuisine. Nigel regardait dehors.

— On ne bouge plus ! cria-t-elle. (Il se retourna d'un bond. Elle braqua son arme sur lui.) Les mains en l'air !

Il hésita, sentant son pistolet dans la poche de son pantalon. Toni en avait remarqué le renflement.

— Ne pensez même pas à attraper votre arme, dit-elle. (Lentement, il leva les mains.) Par terre ! À plat ventre ! Maintenant !

Il s'agenouilla, levant toujours les mains en l'air, puis il s'allongea en écartant les bras.

Toni devait le désarmer ; elle se planta au-dessus de lui, fit passer son pistolet dans sa main gauche et enfonça le canon au creux de la nuque.

— J'ai ôté le cran de sûreté et je me sens un peu nerveuse, annonça-t-elle.

Elle se mit sur un genou et fouilla dans sa poche de pantalon.

Il réagit très vite.

Il se retourna en balançant son bras droit vers elle. Elle hésita une fraction de seconde à presser la détente, et puis ce fut trop tard. Il la déséquilibra et elle tomba de côté. Pour amortir sa chute, elle posa la main gauche à plat sur le sol et lâcha son arme.

Il la frappa violemment à la hanche. Néanmoins elle se remit debout juste avant lui et, au moment où il s'agenouillait, elle lui décocha un coup de pied en plein visage. Il recula mais il récupérait vite ; il la regarda avec une expression où la fureur le disputait à la haine, comme scandalisé par sa riposte.

Elle ramassa son arme, la braqua sur lui et il s'immobilisa.

— On recommence, dit-elle en tendant le bras devant elle. Mais cette fois, c'est vous qui sortez le pistolet de votre poche. Lentement. Faites-moi plaisir... Donnez-moi un prétexte pour vous faire sauter la cervelle. (Il exhiba le pistolet.) Laissez-le tomber par terre.

— Ça ne vous est jamais arrivé, demanda-t-il en souriant, de tirer vraiment sur un homme ?

— Lâchez-le...

— Je ne crois pas.

Il avait deviné juste. On l'avait entraînée à l'usage des armes à feu, elle en avait une au cours des opérations, mais elle n'avait jamais tiré sur rien d'autre que sur une cible. L'idée de tirer sur un être humain la révoltait.

— Vous ne me tirerez pas dessus, annonça-t-il.

— Dans une seconde, vous le saurez.

Sur ces entrefaites, sa mère entra, le chiot dans les bras.

— Ce pauvre animal n'a pas mangé, fit-elle remarquer.

Nigel leva son arme. Toni lui logea une balle dans l'épaule droite.

Elle était à moins de deux mètres et elle savait tirer : elle n'eut donc aucun mal à le blesser exactement à l'endroit choisi. Elle pressa la détente à deux reprises, comme on le lui avait enseigné. Le double bang retentit dans la cuisine de façon assourdissante. Deux trous ronds apparurent sur le chandail rose, côte à côte, à la jointure du bras et de l'épaule. Nigel lâcha son pistolet ; il poussa un cri de douleur et recula en trébuchant contre le réfrigérateur.

Ce fut un choc pour Toni : elle ne s'était pas vraiment crue capable d'un acte aussi atroce ; elle en eut la nausée.

— Salope ! cria Nigel.

Comme par magie, ces paroles lui redonnèrent tout son sang-froid.

— Estimez-vous heureux que je n'aie pas visé le ventre, rétorqua-t-elle. Maintenant, allongez-vous.

Il s'affala sur le sol et roula à plat ventre la main toujours crispée sur sa blessure.

— Je mets l'eau à chauffer, annonça la mère de Toni.

Toni ramassa le pistolet de Nigel, en bloqua le cran de sûreté, fourra les deux armes dans la ceinture de son jean et ouvrit la porte de l'office.

— Que se passe-t-il ? s'inquiéta Stanley quand elle pénétra dans l'office. Quelqu'un a été blessé ?

— Nigel, répondit-elle calmement.

Elle saisit une paire de ciseaux de cuisine et libéra Stanley ; il la prit dans ses bras et la serra très fort.

— Merci, lui murmura-t-il à l'oreille.

Elle ferma les yeux. Le cauchemar de ces dernières heures ne l'avait pas fait changer de sentiment. Elle l'étreignit en regrettant de ne pouvoir prolonger ce moment, puis elle se dégagea.

— Libérez les autres, lui dit-elle en lui tendant les ciseaux. (Elle prit l'un des pistolets.) Kit n'est pas loin. Il a dû entendre les coups de feu. A-t-il une arme ?

— Je ne pense pas, répliqua Stanley.

Toni fut soulagée : cela faciliterait les choses.

— Je t'en prie, fit Olga, sors-nous de cette pièce glacée !

Stanley se retourna pour couper ses liens.

— Personne ne bouge ! lança la voix de Kit.

Toni pivota sur elle-même, pointant son arme. Kit était sur le pas de la porte, braquant non pas une arme mais un simple vaporisateur que Toni reconnut, celui qu'elle avait vu sur la vidéo de sécurité et qui contenait du Madoba-2.

— Ce flacon, prévint Kit, contient le virus. Une giclée et vous êtes morts.

Tout le monde s'immobilisa.

Kit dévisagea Toni. Elle braquait son pistolet sur lui et lui pointait le vaporisateur vers elle.

— Si vous tirez sur moi, dit-il, je laisserai tomber le flacon qui se brisera sur le carrelage.

— Si vous vaporisez ce liquide sur nous, riposta-t-elle, vous vous tuerez en même temps.

— Je mourrai, ça m'est égal. J'ai tout mis dans ce coup-là : j'ai conçu le plan, trahi ma famille et participé à un complot où des centaines de gens, peut-être des milliers, trouveront la mort. Après cela, comment puis-je échouer ? Je préfère mourir.

En le disant, il se rendit compte que c'était vrai. Même l'argent maintenant avait moins d'importance. Tout ce qu'il voulait vraiment, c'était gagner.

— Comment en sommes-nous arrivés là, Kit ? intervint alors Stanley.

Kit croisa le regard de son père : il y lut la colère, mais aussi la tristesse, comme lors de la mort de Mamma Marta. Dommage, se dit-il hargneux, il l'a cherché.

— Le temps n'est plus aux excuses, répondit-il brutalement.

— Je ne m'apprêtais pas à en faire, murmura tristement Stanley.

Kit regarda Nigel qui, prostré sur le sol, tenait de sa main gauche son épaule droite ensanglantée. Voilà qui expliquait les deux coups de feu qui avaient amené Kit à s'armer du pulvérisateur avant de retourner dans la cuisine.

— Bon sang ! grommela Nigel en se remettant debout, ça fait mal.

— Passez-moi les pistolets, Toni, dit Kit. Vite, ou j'appuie sur le vaporisateur.

Toni hésita.

— Je crains, observa Stanley, que Kit ne parle sérieusement.

— Sur la table, ordonna Kit.

Elle les posa sur la table de cuisine, auprès du porte-documents qui avait abrité le flacon.

— Nigel, dit Kit, prends-les.

De sa main gauche Nigel ramassa un pistolet et le fourra dans sa poche. Il prit le second, le soupesa puis, d'un geste, en frappa Toni en plein visage. Elle poussa un cri et recula en trébuchant.

— Qu'est-ce qui te prend ? cria Kit furieux. C'est pas le moment ! Il faut filer.

— Tu n'as pas d'ordre à me donner, riposta Nigel. Cette salope m'a tiré dessus.

À voir son visage, se dit Kit, Toni pense qu'elle va mourir. Mais ce n'est pas le moment de savourer ma vengeance.

— Cette salope a gâché ma vie, mais je ne perdrai pas ces instants précieux à la punir, dit Kit. Laisse tomber ! (Nigel hésita, jetant à Toni un regard mauvais.) Allons-nous-en ! insista Kit.

Nigel finit par se détourner.

— Et Elton et Daisy ?

— Qu'ils aillent se faire voir.

— Je regrette qu'on n'ait pas le temps de ligoter ton paternel et sa pute.

— Imbécile, tu ne vois pas qu'on est en retard ?

Le regard que Nigel lança à Kit brûlait comme un acide.

— Comment m'as-tu appelé ?

Kit comprit que Nigel avait envie de tuer quelqu'un et que, pour l'instant, il pensait à lui. Terrifié, il brandit le vaporisateur et regarda Nigel droit dans les yeux, s'attendant à mourir sur place.

Mais Nigel détourna les yeux et dit :

— Bon, on fout le camp.

9 h 00

Kit se précipita dehors. Le moteur de la Mercedes tournait à bas régime et la chaleur faisait déjà fondre la neige sur le capot. Le pare-brise et les vitres latérales étaient en partie dégagés. Il monta en fourrant le pulvérisateur dans la poche de son blouson. Nigel se hissa à la place du passager, sa blessure lui arrachait des gémissements de douleur.

Kit poussa le levier de la boîte automatique et appuya sur la pédale d'accélérateur ; la voiture ne bougea pas d'un pouce. Le chasse-neige s'était arrêté à un mètre en formant devant le pare-chocs une congère de cinquante centimètres de haut. Kit insista et la voiture tenta de repousser la neige.

— Merde, grommela Kit, une Mercedes doit pouvoir déplacer quelques kilos de neige ! C'est quoi ce putain de moteur ?

Il appuya un peu plus fort mais en veillant à ne pas faire patiner les roues. La voiture progressa de quelques centimètres et le tas de neige parut se déplacer légèrement. Kit se retourna. Son père et Toni, plantés devant la maison, observaient la scène. Ils n'approcheront pas, se dit Kit, ils savent que c'est Nigel qui tient les pistolets.

La neige céda brusquement et la voiture bondit.

Kit s'éloignait avec bonheur de Steepfall, cette prison dont il avait cru qu'il ne s'échapperait jamais. Il passa devant le garage et aperçut Daisy. Il freina instinctivement.

— Putain, fit Nigel, qu'est-ce qui se passe ?

Daisy s'avançait vers eux, soutenue par Craig et par Sophie. Ses jambes traînaient dans la neige derrière elle et sa tête était en sang. Plus loin, on apercevait les courbes sensuelles de la Ferrari de Stanley, déformées et cabossées, et le bleu étincelant de sa peinture éraflée et griffée. Que s'était-il donc passé ?

— Arrête et fais-la monter ! dit Nigel.

Kit se rappela l'humiliation que Daisy lui avait fait subir et comment elle avait failli le noyer dans la piscine de son père.

— Qu'elle aille se faire foutre ! lâcha-t-il.

C'est lui qui tenait le volant ; il n'allait pas retarder ses plans pour elle. Il appuya sur l'accélérateur.

La Mercedes verte parut se cabrer tel un cheval impatient et elle bondit en avant. Craig n'eut qu'une seconde pour réagir : de sa main droite, il attrapa le capuchon de l'anorak de Sophie et la tira au bord de l'allée. Ils s'écroulèrent dans la neige molle entraînant avec eux Daisy qui hurla de douleur et de rage.

La voiture les manqua de quelques centimètres et Craig eut le temps de reconnaître son oncle Kit au volant. Kit a-t-il voulu me tuer, se demanda-t-il, ou bien savait-il que je réussirais à m'écarter ?

— Salaud ! cria Daisy en braquant son pistolet.

Kit accéléra, passa devant la Ferrari emboutie et s'engagea dans la partie de l'allée qui longeait le sommet de la falaise. Pétrifié, Craig regarda Daisy viser d'une main ferme, malgré la douleur qui la tenaillait. La lunette arrière vola en éclats.

Daisy suivit du bras la voiture qui s'éloignait, en tirant avec obstination. Des traces de balles apparurent sur les flancs de la voiture, puis il y eut un bruit différent : un pneu avant éclata et des lambeaux de caoutchouc en jaillirent.

Pendant une seconde, la voiture continua sur sa trajectoire, puis elle dérapa. Son capot laboura la congère du bas-côté et pulvérisa dans les airs un éventail de poudre blanche. L'arrière se déporta et percuta le muret qui bordait le faîte de la falaise. Craig entendit l'horrible crissement de la tôle fracassée.

La voiture fit une embardée. Daisy tirait toujours et le pare-brise se brisa. La Mercedes bascula lentement, parut hésiter puis culbuta sur le toit, glissa sur quelques mètres pour enfin s'immobiliser.

Daisy s'arrêta de tirer. Elle retomba en arrière, les yeux fermés, et laissa échapper le pistolet. Sophie éclata en sanglots. Craig, surveillant les yeux de Daisy de crainte qu'ils ne se rouvrissent, referma sa main sur l'arme encore tiède et s'en empara. Il glissa son doigt dans la gâchette et pointa le pistolet droit entre les yeux de Daisy. Maintenant, il ne cherchait plus qu'à éliminer ce monstre afin que, plus jamais, il ne menace ni Sophie ni la famille. Lentement, il pressa la détente ne provoquant qu'un déclic : le chargeur était vide.

Kit était couché sur le plafond de la voiture, l'habitacle au-dessus de lui. Il souffrait de tout son corps, en particulier du cou ; il parvint malgré tout à se redresser. Nigel gisait à côté de lui, inconscient, peut-être mort.

Kit actionna la poignée mais la portière refusa de bouger. Il la martela frénétiquement de ses poings, en vain ; le lève-glace n'obéit pas davantage. Devrait-il attendre l'intervention des pompiers pour être désincarcéré ? Sur le point de céder à la panique et au désespoir, il remarqua que le pare-brise était craquelé : il le poussa avec sa main et en enfonça sans mal un grand morceau.

Sans se soucier des éclats, il se glissa par l'ouverture ; il se coupa douloureusement la main, suça rapidement le sang qui coulait de la plaie, mais ne s'arrêta pas. Il se coula sous le capot de la voiture et se remit debout. Il reçut le vent de la mer en plein visage.

Il regarda autour de lui ; son père et Toni Gallo dévalaient l'allée dans sa direction.

— Qu'est-ce qui s'est passé ? demanda Toni aux enfants, terrifiés mais indemnes.

Elle avait trouvé Daisy sans connaissance.

— Elle nous tirait dessus, expliqua Craig. Je l'ai renversée.

Toni suivit le regard de Craig et aperçut la Ferrari.

— C'est pas vrai ! s'écria Stanley en découvrant l'état de sa voiture.

Toni palpa le cou de Daisy : elle perçut difficilement le pouls.

Elle est encore en vie, mais tout juste.

— Je lui ai pris son pistolet, annonça Craig. D'ailleurs, il est vide.

Toni ne s'attarda pas : ils sont sains et saufs, se dit-elle, mais Kit est en train de s'extraire de la

Mercedes. Elle se précipita vers lui, Stanley sur ses talons.

Kit suivait l'allée en direction des bois, mais, assommé par le choc, il courait sans trop savoir ce qu'il faisait. Toni comprit qu'il n'irait pas bien loin. De fait, après quelques pas, il trébucha et s'écroula. Il parut se rendre compte qu'il n'avait pas choisi la bonne direction. Il se releva et partit vers la falaise.

Un coup d'œil à la Mercedes où Nigel gisait recroquevillé sur lui-même avec ce regard vide des morts permit à Toni de faire le décompte : un malfaiteur ligoté, un sans connaissance et un mort ; ne reste donc plus que Kit.

Celui-ci glissait, tout près d'eux, sur l'allée verglacée. Il trébucha, se rétablit puis se retourna.

— Arrêtez sinon je nous tue tous, prévint-il en tirant de sa poche le pulvérisateur qu'il brandit comme une arme.

Toni et Stanley s'immobilisèrent.

Le visage de Kit n'exprimait que rage et souffrance. Cet homme a perdu son âme, comprit Toni, il est prêt à tout, à tuer sa famille, se tuer, détruire l'humanité.

— Ça ne marchera pas ici, Kit, l'informa Stanley.

Toni se demanda si c'était vrai.

— Pourquoi pas ? riposta Kit, doutant lui aussi.

— À cause du vent, les gouttelettes se disperseront avant d'avoir pu nuire, expliqua Stanley.

— Et puis merde ! cria Kit.

Il jeta le flacon en l'air et se précipita vers le bord de la falaise. Stanley se rua à la poursuite de son fils tandis que Toni réussit à rattraper le flacon avant qu'il ne touche le sol.

Stanley sauta, les bras tendus devant lui. Il faillit agripper Kit par les épaules, mais ses mains glissèrent jusqu'à une jambe qu'elles saisirent fermement ; la tête et les épaules pendaient au-dessus du précipice. Stanley se coucha sur lui pour le maintenir de tout son poids. La mer bouillonnait parmi les récifs une trentaine de mètres plus bas.

Kit se débattait, mais son père finit par avoir le dessus et l'immobilisa. Il se releva lentement en tirant Kit vers lui. Celui-ci, les yeux fermés, tremblait comme secoué par une crise de nerfs.

— C'est fini, murmura Stanley en étreignant son fils. C'est fini maintenant.

Ils demeurèrent ainsi, dans le vent, jusqu'à ce que Kit cessât de trembler. Stanley le fit alors lentement pivoter et l'entraîna vers la maison.

La famille s'était rassemblée dans le salon. Chacun se taisait, assommé et pas encore certain que le cauchemar fût terminé. Seul Stanley parlait : utilisant le portable de Kit, il s'entretenait avec le service des ambulances d'Inverburn tandis que Nellie lui léchait les mains. Olga pansait les plaies d'Hugo, allongé sur le divan, emmitouflé dans des couvertures et Miranda en faisait autant pour Tom et pour Ned. Kit était couché à même le sol, les yeux fermés. Craig et Sophie discutaient à voix basse dans un coin. Caroline, qui avait retrouvé tous ses rats, gardait leur cage à portée de main. Assise auprès d'elle, la mère de Toni caressait distraitement le chiot assis sur ses genoux. L'arbre de Noël continuait obstinément à clignoter.

— À quelle distance se trouvent les hélicoptères dont tu me parlais ? demanda Toni à Odette quand elle la joignit au téléphone.

— Ils étaient à une heure de chez vous, répondit Odette, mais je les ai déplacés dès que la neige a cessé. Ils sont maintenant à Inverburn et attendent des instructions. Pourquoi ?

— J'ai capturé la bande et récupéré le virus.

— Quoi, toute seule ? s'exclama Odette, stupéfaite.

— Peu importe. Celui qu'il faut trouver, c'est l'acheteur de cette culture, cet assassin en puissance.

— Je le voudrais bien.

— Je crois que c'est possible, à condition d'agir rapidement. Peux-tu m'envoyer un hélicoptère ?

— Où es-tu ?

— À Steepfall, dans la propriété de Stanley Oxenford, sur la falaise à vingt-cinq kilomètres exactement au nord d'Inverburn – quatre bâtiments disposés en carré et deux voitures embouties dans le jardin bien visibles par le pilote.

— Eh ben, tu n'as pas perdu ton temps.

— Il me faudrait aussi un émetteur radio miniature, comme ceux qu'on utilise dans les filatures, assez petit en tout cas pour tenir dans le bouchon d'un flacon.

— Combien de temps l'émetteur doit-il fonctionner ?

— Quarante-huit heures.

— Pas de problème, il y en a sûrement au commissariat d'Inverburn.

— Encore une chose : j'ai besoin d'un flacon de Diablerie, le parfum.

— Pour ça, il faudra entrer par effraction dans la parfumerie de la Grand-Rue.

— Nous n'avons pas beaucoup de temps... attends. (Olga lui disait quelque chose.) Qu'y a-t-il ?

— Je peux vous donner un flacon de Diablerie, exactement comme celui qui était sur la table. C'est le parfum que j'utilise.

— Merci. Oublie le parfum, dit Toni dans le

portable, on m'en donne. Dans combien de temps, l'hélico ?

— Dix minutes.

— Il se pourrait que ce soit trop tard, grimaça Toni en regardant sa montre.

— Où devra-t-il t'emmener ?

— Je te le préciserai, fit Toni et elle interrompit la communication.

Elle s'agenouilla sur le sol auprès de Kit. Très pâle, il gardait les yeux fermés mais ne dormait pas. Il avait le souffle court et il était par moments secoué de tremblements.

— Kit, fit-elle. (Il ne réagit pas.) Kit, j'ai besoin de vous poser une question. C'est très important. (Il ouvrit les yeux.) Vous deviez retrouver le client à 10 heures, n'est-ce pas ?

Un silence tendu s'abattit sur la pièce. Kit regardait Toni mais ne disait rien.

— J'ai besoin, poursuivit-elle, de savoir où. (Il détourna les yeux.) Kit, je vous en prie.

— Non, chuchota-t-il, entrouvrant seulement les lèvres.

— Réfléchissez, insista-t-elle. Cela pourrait vous valoir une remise de peine.

— Jamais.

— Si. Vos intentions étaient certes terribles, mais il n'y a pas eu grand mal puisqu'on a récupéré le virus. (Kit regarda tour à tour chacun des membres de sa famille. Toni semblait avoir lu ses pensées.) Malgré tous les torts que vous leur avez causés, ils ne semblent pas disposés à vous abandonner, mais plutôt à vous entourer. (Il ferma les yeux.) Commencez à vous racheter dès maintenant, suggéra-t-elle tout bas.

Stanley ouvrait la bouche pour parler quand, levant la main, Miranda l'arrêta pour intervenir elle-même :

— Kit, je t'en prie, après tant de saloperies, fais au moins une bonne action. Pour toi, pour que tu saches que tu n'es pas complètement mauvais. Dis-lui ce qu'elle a besoin de savoir.

Kit serra très fort les paupières et des larmes perlèrent.

— École de pilotage d'Inverburn, lâcha-t-il enfin.

— Merci, murmura Toni.

10 h 00

Toni était assise dans la tour de contrôle de l'école de pilotage, aux côtés de Frank Hackett, de Kit Oxenford et d'un inspecteur de la police locale. Dans le hangar, on avait dissimulé l'hélicoptère militaire qui les avait déposés une minute auparavant.

Pâle, le visage dénué d'expression, Kit serrait le porte-documents bordeaux contre lui. Il obéissait aux instructions, tel un automate.

Tous les regards convergeaient vers la piste couverte de neige. Les nuages se dissipaient et le soleil brillait, mais il n'y avait aucune trace d'hélicoptère.

Toni attendait la sonnerie du portable de Nigel Buchanan. Elle venait de mettre l'appareil en charge – la batterie s'était vidée durant la nuit – avec le chargeur, compatible, d'Hugo.

— Le pilote aurait dû appeler maintenant, s'inquiéta-t-elle.

— Il peut avoir quelques minutes de retard, répondit Frank.

Elle fit défiler le menu et découvrit que le dernier numéro appelé par Nigel était celui d'un portable, appel enregistré à 23 h 45 la veille.

— Kit, Nigel a-t-il appelé le client juste avant minuit ?

— Son pilote.

— C'est probablement son numéro, dit-elle en se tournant vers Frank. Nous devrions l'appeler.

— D'accord.

Elle pressa le bouton d'appel et tendit le portable à l'inspecteur de la police locale. Il le colla à son oreille et, au bout de quelques instants, il parla :

— Oui, c'est moi, où êtes-vous ? demanda-t-il avec un accent londonien qui ressemblait à celui de Nigel – raison pour laquelle Frank l'avait amené. Si près ? dit-il en regardant le ciel. On ne vous voit pas...

Au même instant un hélicoptère sortit de la couche de nuages.

Toni se crispa.

L'inspecteur raccrocha. Toni prit son portable et appela Odette qui se trouvait dans la salle des opérations de Scotland Yard.

— Client en vue.

— Son immatriculation ? fit Odette, très excitée.

— Une minute...

Toni attendit qu'elle soit lisible, puis la transmit à Odette qui la lui relut avant de raccrocher.

L'hélicoptère descendait, ses pales faisaient tourbillonner la neige. Il se posa à cent mètres de la tour de contrôle.

Frank regarda Kit et hocha la tête.

— À vous.

Kit hésita.

— Comportez-vous comme prévu, lui recommanda Toni. Dites simplement : « Nous avons eu des problèmes avec le temps, mais tout a fini par s'arranger. » Ça va aller.

Kit descendit l'escalier, le porte-documents à la main. Suivrait-il ses instructions ? Toni ne pouvait absolument pas prévoir comment il réagirait, n'ayant pas dormi depuis plus de vingt-quatre heures, victime d'un accident de voiture et à bout de nerfs. Tout était possible.

L'un des deux hommes assis aux places avant de l'hélicoptère, sans doute le copilote, ouvrit une porte et descendit, portant une grosse valise. Râblé, de taille moyenne, il portait des lunettes de soleil. Il baissa la tête et s'éloigna de l'appareil.

Un instant plus tard, Kit apparut à la porte de la tour et traversa le terrain enneigé en direction de l'hélicoptère.

Du calme, Kit, dit Toni tout haut.

Les deux hommes se rencontrèrent à mi-chemin et échangèrent quelques mots. Le copilote demandait-il où se trouvait Nigel ? Kit montra du doigt la tour de contrôle. Que disait-il ? « Nigel m'a chargé de faire la livraison » ou « La police est là-haut ». Il y eut d'autres questions et Kit haussa les épaules.

Le portable de Toni se mit à sonner : c'était Odette.

— L'hélicoptère, dit-elle, est immatriculé au nom d'Adam Hallan, un banquier londonien. Mais il n'est pas à bord.

— Dommage.

— Ne t'inquiète pas, je ne m'attendais pas à le voir. Le pilote et le copilote sont des employés. Ils ont déposé un plan de vol pour l'héliport de Battersea – de l'autre côté de la Tamise, juste en face de la maison de M. Hallan à Cheyne Walk.

— C'est le grand patron alors ?

— Et ça fait longtemps que nous le pistons.

Le copilote désigna le porte-documents bordeaux.

Kit l'ouvrit et lui montra un flacon de Diablerie niché parmi les copeaux de polystyrène. Le copilote posa alors sa valise sur le sol et montra son contenu : des liasses de billets de cinquante livres bien serrées. Il y en a au moins pour un million de livres, estima Toni, peut-être deux. Comme on le lui avait précisé, Kit prit une des liasses et feuilleta les billets.

— Ils ont procédé à l'échange, annonça Toni à Odette. Kit vérifie.

Les deux hommes sur le terrain se regardèrent, firent chacun un petit signe de tête et se serrèrent la main. Kit tendit le porte-documents puis ramassa la valise qui semblait très lourde. Le copilote regagna l'hélicoptère – qui décolla aussitôt – et Kit prit le chemin de la tour de contrôle.

Toni était toujours en ligne avec Odette.

— Tu reçois le signal de l'émetteur dissimulé dans le flacon ?

— Cinq sur cinq. On les tient, ces salauds, jubila Odette.

Le lendemain de Noël

19 h 00

Il faisait froid à Londres. Il n'avait pas neigé, mais un vent glacial fouettait les vieux immeubles et s'insinuait dans les rues étroites. Une foule frigorifiée recherchait la chaleur des pubs, restaurants, hôtels ou cinémas.

Toni partageait la banquette arrière d'une Audi grise banalisée avec Odette Cressy, une blonde d'une quarantaine d'années vêtue d'un tailleur sombre et d'un corsage rouge. À l'avant étaient assis deux inspecteurs, l'un surveillait les indications d'un détecteur de direction radio qu'il communiquait à l'autre, au volant.

La police suivait à la trace le flacon de parfum depuis trente-trois heures exactement. Comme prévu, l'hélicoptère avait déposé le pilote dans le sud-ouest de Londres où l'attendait une voiture qui lui avait fait traverser le pont de Battersea pour le conduire chez Adam Hallan, au bord de la Tamise. L'émetteur radio était resté stationnaire toute la nuit envoyant régulièrement ses bips de l'élégante demeure du XVIIIe siècle. Odette voulait capturer le plus grand nombre possible de terroristes, c'est pourquoi elle attendait encore pour arrêter Hallan.

Toni avait quant à elle passé le plus clair de son temps à dormir. Elle avait regagné son appartement juste avant midi le jour de Noël et s'était allongée, trop tendue, pensait-elle, pour s'assoupir. (Elle imaginait l'hélicoptère survolant la Grande-Bretagne dans toute sa longueur et craignait que la petite balise radio ne tombât en panne.) Malgré ses angoisses, elle sombra pourtant dans le sommeil en quelques secondes.

Dans la soirée, elle avait rendu visite à Stanley, à Steepfall. Se tenant les mains, ils avaient bavardé pendant une heure dans son bureau, puis elle avait pris l'avion pour Londres. Elle avait dormi d'un sommeil pesant chez Odette à Camden Town.

Non contente de suivre le signal radio, la police métropolitaine avait mis Adam Hallan, son pilote et son copilote sous surveillance. Dès le lendemain matin, Toni et Odette rejoignirent l'équipe qui surveillait la maison d'Hallan.

Toni avait atteint son principal objectif : les échantillons du virus mortel avaient regagné le laboratoire BRN-4 au Kremlin. Mais elle tenait aussi à arrêter les responsables du cauchemar qu'elle venait de vivre, à ce que justice soit rendue.

Hallan, ce jour-là, avait convié à un déjeuner très chic une cinquantaine de personnes de tous âges et de toutes nationalités. L'un des invités était reparti avec le flacon de parfum. Toni, Odette et toute l'équipe suivirent la trace de l'émetteur radio jusqu'à un foyer pour étudiants de Bayswater qu'ils surveillèrent tout l'après-midi.

À 19 heures, le signal se déplaça une nouvelle fois : une jeune femme sortait du foyer. À la lueur des lampadaires, Toni constata qu'elle avait de superbes cheveux bruns, lourds et brillants. Elle portait un sac en bandoulière. Remontant le col de son manteau, elle s'engagea sur le trottoir. Un inspecteur en jean et anorak sortit d'une Rover beige pour la filer.

— Je crois que ça y est, dit Toni. Elle va pulvériser le liquide.

— Il faut que je le voie, répondit Odette. Pour l'accusation de tentative de meurtre, j'ai besoin de témoins.

Toni et Odette perdirent de vue la jeune femme quand elle s'engouffra dans une station de métro et le signal radio faiblit aussitôt de façon inquiétante ; il resta régulier un moment, puis la balise se déplaça, sans doute parce que la jeune femme était montée dans une rame. L'équipe suivit le faible signal, redoutant qu'il ne s'éteigne et que leur proie ne sème l'inspecteur en anorak. Mais elle descendit à Piccadilly Circus, le policier la filait toujours. Le contact visuel fut rompu une minute environ, quand elle s'engagea dans une rue à sens unique, puis l'inspecteur appela Odette sur son portable pour signaler que la femme était entrée dans une salle de cinéma.

Ça y est, c'est là ! s'exclama Toni.

Les voitures de police banalisées s'arrêtèrent devant le cinéma. Odette et Toni entrèrent, suivies de deux policiers venant de la seconde voiture. Le film, une comédie musicale avec des fantômes, attirait un grand nombre de visiteurs américains. La fille à la superbe chevelure faisait la queue dans la file des spectateurs avec billets.

Elle prit dans son sac un flacon de parfum et, tout naturellement, se vaporisa la tête et les épaules. Sans doute veut-elle être parfumée pour celui qui va la rejoindre, se dirent – à supposer qu'il y en eût – ceux qui l'avaient vue faire. Mais son parfum était – curieusement – inodore, ce que personne ne parut relever.

— Excellent, applaudit Odette. Laissons-la recommencer.

Le flacon ne contenait que de l'eau, ce qui n'empêcha pas Toni de frissonner lorsqu'elle respira. Si elle n'avait pas procédé à l'échange, cette seule bouffée de Madoba-2 l'aurait tuée.

La femme présenta son billet et entra. Odette montra sa carte de police à l'ouvreuse ; flanquée des inspecteurs, elle emboîta le pas à la jeune femme. Celle-ci se pulvérisa les cheveux au bar, aux toilettes puis à sa place à l'orchestre. Elle compte sans doute, estima Toni, utiliser encore plusieurs fois le pulvérisateur, pendant la séance puis dans les couloirs bouclés à la sortie. Ainsi, à la fin de la soirée, tous les spectateurs ou presque auront inhalé le produit de son flacon.

Du fond de la salle, Toni identifiait les accents autour d'elle : une femme originaire d'Amérique latine qui portait une magnifique étole en cachemire ; un Bostonien qui se demandait où il avait garé sa voiture ; un New-Yorkais qui avait payé cinq dollars une tasse de café. Si le flacon de parfum avait contenu le virus comme prévu, ils seraient maintenant contaminés par le Madoba-2. Ils auraient repris l'avion, retrouvé leurs proches, leurs voisins, leurs collègues et parlé à tout le monde de leurs vacances en Europe. Une dizaine de jours après, ils seraient tombés malades. « J'ai attrapé un mauvais rhume à Londres », auraient-ils expliqué en éternuant, contaminant ainsi parents, amis, collaborateurs. Les symptômes se seraient aggravés et les médecins auraient diagnostiqué la grippe puis, voyant tomber leurs patients comme des mouches, quelque chose de bien pire. À mesure que la redoutable infection se répandrait de rue en rue et de ville en ville, le corps médical commencerait à comprendre à quoi il était confronté ; mais il serait trop tard.

Cet épouvantable scénario n'aurait pas lieu. Toni frémit néanmoins en pensant qu'il s'en était fallu de bien peu.

Un homme en smoking s'approcha, très nerveux.

— Je suis le directeur du cinéma, se présenta-t-il. Que se passe-t-il ?

— Nous allons procéder à une arrestation, lui annonça Odette. Vous devrez peut-être retarder d'une minute le lever du rideau.

— J'espère qu'il n'y aura pas d'incident.

— Moi aussi, je vous assure.

Les spectateurs étaient assis.

— Bon, dit Odette à ses inspecteurs, nous en avons assez vu. Arrêtez-la, mais en douceur.

Ils descendirent chacun une travée et se plantèrent aux deux extrémités de la rangée où avait pris place la femme ; elle les regarda tour à tour.

— Suivez-moi, je vous prie, mademoiselle, dit le plus proche des deux inspecteurs.

Le silence se fit dans la salle, le public regardait. Une animation spéciale ? se demandait-on.

La femme se contenta de sortir son parfum et de le vaporiser une nouvelle fois.

— Suivez-moi immédiatement, ordonna l'inspecteur en se frayant un chemin jusqu'à elle. (Elle se leva, brandit le flacon devant elle et en pulvérisa une giclée dans l'air.) Ne vous donnez pas ce mal, ce n'est que de l'eau, lui précisa-t-il avant de la prendre par le bras et de l'entraîner au fond de la salle.

Toni dévisagea la prisonnière. Jeune, séduisante, elle s'apprêtait pourtant à commettre un attentat suicide. Pourquoi ?

Odette lui prit le flacon des mains et le déposa dans un sac à scellés.

— Diablerie, dit-elle, un mot français. Savez-vous ce qu'il signifie ?

La femme secoua la tête.

— Œuvre du diable. (Odette se tourna vers l'inspecteur.) Passez-lui les menottes et emmenez-la.

Le jour de Noël

Un an plus tard

19 h 50

Sans prendre la peine de passer un peignoir, Toni sortit de la salle de bains et traversa la chambre d'hôtel pour répondre au téléphone.

— Dieu ! que tu es belle ! s'exclama Stanley depuis le lit.

Elle regarda son mari en souriant. Il était vêtu d'un peignoir en tissu-éponge bleu trop court pour lui, qui révélait ses longues jambes musclées.

— Tu n'es pas mal non plus, affirma-t-elle en décrochant. (C'était sa mère.) Joyeux Noël.

— Ton ancien petit ami passe à la télévision, lui annonça sa mère.

— Il entonne des chants de Noël avec le chœur de la police ?

— Non, il est interviewé par Carl Osborne et explique comment il a capturé les terroristes, Noël dernier.

— Comment *il* les a capturés, s'indigna Toni un instant. Bah, se reprit-elle, si cette publicité peut l'aider à obtenir de l'avancement... Comment va ma sœur ?

— Elle prépare le repas de Noël.

Toni regarda sa montre : ici, aux Caraïbes, il n'était

pas tout à fait 18 heures ; pour sa mère, en Angleterre, près de 22 heures.

Chez Bella, on mangeait toujours tard.

— Que t'a-t-elle offert pour Noël ?

— Elle attendra les soldes de janvier, c'est moins cher.

— As-tu aimé mon cadeau ?

Toni lui avait offert un cardigan en cachemire rose saumon.

— C'était ravissant, merci ma chérie.

— Comment va Osborne ?

Sa mère avait adopté le chiot qui était devenu un gros chien noir et blanc tout ébouriffé avec des poils qui retombaient sur ses yeux.

— Il est très sage et n'a pas eu d'accident depuis hier.

— Et les petits-enfants ?

— Ils sont très occupés à ouvrir leurs cadeaux. Je te laisse maintenant ; la reine passe à la télé.

— Au revoir, maman. Merci d'avoir appelé.

— Je pense que nous n'avons pas le temps avant le dîner pour un petit..., commença Stanley.

— ... on vient à peine de terminer le précédent petit... ! s'offusqua-t-elle en riant.

— Il y a des heures de ça ! Mais, c'est vrai, tu as le droit d'être fatiguée... Quand une femme atteint un certain âge...

— Un certain âge ! s'exclama-t-elle en le chevauchant et en s'armant d'un oreiller.

Paralysé par le rire, il implora miséricorde. Elle la lui accorda et l'embrassa.

Elle s'attendait que Stanley soit performant au lit, mais pas à ce point-là. Quelle heureuse surprise que leurs premières vacances ensemble ! Dans une suite du Ritz, à Paris, il lui avait bandé les yeux et attaché les mains à la tête de lit. Ensuite il lui avait caressé les lèvres avec, successivement, une plume, une cuillère en argent et enfin une fraise. Jamais elle ne s'était concentrée à ce point sur ce qu'elle ressentait. Il lui caressa les seins avec une pochette de soie, une écharpe en cachemire puis des gants de cuir. Elle flottait, comme on flotte sur l'eau, doucement bercée par des vagues de plaisir. Il lui avait embrassé le creux des genoux, l'intérieur des cuisses, le dessous des bras et la gorge, tout cela distillé avec une savante lenteur, jusqu'à ce qu'elle se sentît prête à exploser de désir. Il lui effleura le bout des seins avec des glaçons, versa en elle de l'huile tiède et continua jusqu'au moment où elle le supplia de la prendre. Néanmoins il la fit attendre encore un peu.

Après cela, elle avait dit :

— C'est ce dont j'ai eu envie toute ma vie, sans le savoir.

— Je le savais, avait-il répondu.

Maintenant, il était d'humeur badine.

— Allons, juste un petit coup en vitesse. Tu seras dessus, offrit-il.

— Bon, bon, soupira-t-elle en ajustant sa position avec l'air de s'imposer une corvée. Ce qu'une femme est obligée de faire de nos jours...

On frappa à la porte.

— Qui est-ce ? cria Stanley.

— Olga. Toni devait me prêter un collier.

Toni devina que Stanley allait dire à sa fille de s'en aller, mais elle posa une main sur sa bouche.

— Une minute, Olga, lança-t-elle en se dégageant des bras de Stanley.

Olga et Miranda avaient à peu près accepté cette

belle-mère de leur âge, mais Toni ne voulait pas forcer sa chance et préférait que la propension aux cabrioles de leur père ne soit pas trop criante.

Stanley se leva et passa dans la salle de bains. Toni enfila un peignoir de soie verte et ouvrit la porte à Olga, déjà habillée pour le dîner d'une robe de coton noir très décolletée.

— Tu avais proposé de me prêter ton collier de jais.

— Bien sûr. Attends que je le retrouve.

On entendait couler la douche dans la salle de bains.

Olga baissa le ton, ce qui chez elle était rare.

— Je voulais te demander... est-ce qu'il a vu Kit ?

— Oui. Il est allé à la prison avant de prendre l'avion.

— Comment va mon frère ?

— Comme on pouvait s'y attendre, il n'aime pas la prison. Il est frustré et il s'ennuie, mais personne ne l'a battu ou violé et il ne prend pas d'héroïne. (Toni retrouva le collier et le passa autour du cou d'Olga.) Il te va mieux qu'à moi : le noir, ce n'est vraiment pas ma couleur. Pourquoi ne demandes-tu pas directement à ton père des nouvelles de Kit ?

— Il est si heureux, je ne veux pas lui gâcher son plaisir. Ça ne t'ennuie pas, n'est-ce pas ?

— Pas du tout. (Toni au contraire était flattée : Olga lui posait les questions auxquelles les hommes n'aiment pas répondre, comme une fille le ferait avec sa mère.) Tu savais qu'Elton et Hamish sont dans la même prison ?

— Non... quelle horreur !

— Oh ! ça va plutôt. Kit apprend à lire à Elton.

— Elton ne sait pas lire ?

— À peine. Il reconnaît seulement quelques mots des panneaux routiers : autoroute, Londres, centre-ville, aéroport.

— Mon Dieu, quelle curieuse tournure prennent parfois les événements ! Et tu as su pour Daisy ?

— Non.

— Elle a tué une codétenue et a été jugée pour meurtre ! C'est une de mes jeunes consœurs qui l'a défendue, mais elle n'a pu lui éviter la perpétuité en plus de la peine qu'elle purgeait déjà. Mais en comptant les remises de peine, elle restera en prison au moins jusqu'à soixante-dix ans. Dans un cas pareil, je regrette que la peine de mort ait été abolie.

Toni comprenait la haine d'Olga : Hugo ne s'était jamais complètement remis des coups de matraque assénés par Daisy. Il avait perdu un œil et – plus grave – son entrain d'autrefois. Taciturne, sombre, il ne souriait que rarement et ne batifolait plus.

— Dommage que son père soit toujours en liberté, dit Toni.

Harry Mac avait été poursuivi comme complice, mais le témoignage de Kit n'avait pas suffi à le faire condamner ; les jurés l'avaient déclaré non coupable. Il avait repris aussitôt ses activités criminelles.

— On a des nouvelles de lui aussi, raconta Olga. Cancer du poumon bien métastasé, on ne lui donne plus que trois mois à vivre.

— Il y a une justice, après tout, conclut Toni.

Miranda avait préparé les vêtements de Ned pour la soirée : pantalon de toile noire et chemise à carreaux. Il ne lui en demandait pas tant mais elle préférait éviter qu'il ne descende dîner en short et

T-shirt. Elle avait fini par accepter sa distraction, son inattention.

Elle avait compris qu'il ne se lancerait jamais d'emblée dans une bagarre, même pour la protéger. En revanche, elle savait que, dans une véritable crise, c'était un roc. La façon dont il avait encaissé l'un après l'autre les coups de Daisy pour protéger Tom en était la preuve.

Elle était déjà prête : une tunique de coton rose sur une jupe plissée qui lui alourdissait un peu la taille, c'est vrai, mais Ned l'aimait bien comme ça.

Elle entra dans la salle de bains où il lisait, assis dans la baignoire, une biographie de Molière en français. Elle lui prit le livre.

— C'est le maître d'hôtel qui a fait le coup.

— Maintenant que tu as gâché le suspense..., fit-il en se levant.

Elle lui tendit une serviette.

— Je vais voir où en sont les enfants.

Avant de quitter la chambre, elle prit sur sa table de chevet un petit paquet qu'elle fourra dans son sac du soir.

Les bungalows longeaient la plage. Une brise tiède caressait les bras nus de Miranda tandis qu'elle se dirigeait vers la chambre que son fils Tom partageait avec Craig.

Craig se mettait de la laque sur les cheveux tandis que Tom laçait ses chaussures.

— Ça va, les garçons ? demanda Miranda.

Question superflue : ils étaient bronzés et manifestement ravis après une journée entière de surf et de ski nautique.

Tom n'était plus un petit garçon ; en six mois, il avait grandi de cinq centimètres. Surtout, il avait cessé de tout raconter à sa mère, ce qui attristait Miranda car, pendant douze ans, elle avait été tout pour lui. Il dépendrait d'elle quelques années encore, mais la séparation s'amorçait.

Elle laissa là les garçons et passa au bungalow suivant que Sophie partageait avec Caroline. Elle trouva Sophie seule, plantée en sous-vêtements devant sa garde-robe. Elle choisissait une robe. Miranda constata avec désapprobation qu'elle portait un soutien-gorge de dentelle noire très sexy et un string assorti.

— Ta mère a vu cette tenue ? demanda Miranda.

— Elle me laisse porter ce qui me plaît, rétorqua Sophie d'un ton maussade.

— Viens ici, fit Miranda en s'asseyant. Il faut que je te parle.

Sophie s'exécuta à contrecœur ; elle s'installa sur le lit, croisa les jambes et regarda ailleurs.

— Je préférerais vraiment que ce soit ta mère qui te dise ça mais, comme elle n'est pas là, je suis obligée de le faire.

— Me dire quoi ?

— J'estime que tu es trop jeune pour avoir des rapports sexuels. Tu as quinze ans. Craig n'en a que seize.

— Presque dix-sept.

— Il n'empêche que ce que vous faites est illégal.

— Pas ici.

Miranda avait oublié qu'ils n'étaient pas en Grande-Bretagne.

— Quoi qu'il en soit, tu es trop jeune.

— Oh..., soupira Sophie en levant les yeux au ciel.

— Je savais que ça ne te plairait pas, mais il fallait que quelqu'un te le dise, insista Miranda.

— Eh bien, maintenant c'est fait, répliqua Sophie.

— Pourtant je ne peux pas t'obliger à faire ce que je te demande.

Sophie parut surprise, elle ne s'attendait pas à des concessions.

— Alors, si tu décides de me désobéir, je veux que tu utilises ces préservatifs, dit-elle en lui tendant le paquet qu'elle avait mis dans son sac.

Sophie les prit sans un mot, stupéfaite.

— Je n'ai pas envie que tu tombes enceinte quand tu es sous ma responsabilité, expliqua Miranda en se levant et en se dirigeant vers la porte.

Dans son dos, elle entendit Sophie murmurer :

— Merci.

Grand-père avait réservé pour les dix membres de la famille Oxenford un des salons privés du restaurant de l'hôtel ; un serveur circulait en versant du champagne. Sophie était en retard. Ils l'attendirent un moment, puis grand-père se leva et tout le monde se tut.

— Nous avons du steak pour dîner, commença-t-il. J'avais commandé une dinde mais apparemment elle s'est échappée.

Rires dans l'assistance. Il reprit d'un ton plus grave :

— L'an dernier, nous n'avons pas connu un vrai Noël, alors j'ai pensé que celui-ci devrait être un peu spécial.

— Merci de nous avoir emmenés ici, papa, intervint Miranda.

— Ces douze derniers mois ont été les plus terribles de ma vie et aussi les plus heureux, reprit-il. Aucun de nous ne se remettra jamais complètement de ce qui s'est passé à Steepfall il y a un an aujourd'hui.

Craig pensa que pour son père, avec son œil à demi fermé et son sourire absent, ce serait effectivement le cas. Ces derniers temps, il avait souvent l'air de décrocher.

— Sans Toni, poursuivit grand-père, Dieu seul sait comment tout cela se serait terminé.

Craig jeta un coup d'œil vers Toni, superbe dans une robe de soie marron foncé qui faisait ressortir ses cheveux roux. Grand-père est fou d'elle ; il éprouve sans doute à peu près ce que je ressens pour Sophie, se dit-il.

— Ensuite il nous a fallu revivre à deux reprises ce cauchemar, reprit grand-père. D'abord, avec la police. Au fait, Olga, pourquoi prend-on les dépositions de cette façon ? On vous pose des questions, on note vos réponses. Après quoi, on rédige un rapport qui ne correspond pas à ce que vous avez déclaré, qui contient d'innombrables erreurs et qu'on qualifie de déposition.

— L'accusation, expliqua Olga, est attachée à ses propres formulations.

— Comme, par exemple : « Je progressais en direction de l'ouest... »

— C'est ça.

— Enfin... Ensuite, ce fut le procès où l'on nous a reproché d'avoir blessé des personnes qui s'étaient introduites chez nous, qui nous avaient agressés et ligotés. Stupides insinuations reprises par la presse.

Craig n'oublierait jamais : l'avocat de Daisy avait prétendu que Craig avait tenté de la tuer parce qu'il l'avait écrasée pendant qu'elle lui tirait dessus.

Hypothèse ridicule mais qui, quelques instants, avait paru plausible.

— Ce cauchemar, reprit grand-père, en me rappelant la brièveté de la vie, m'a poussé à vous parler à tous, et sans perdre plus de temps, de mes sentiments pour Toni. Inutile de vous dire à quel point nous sommes heureux. Ensuite, on m'a autorisé à tester mon nouveau médicament sur des humains. L'avenir de la compagnie étant ainsi assuré, j'ai pu remplacer ma Ferrari – et offrir des leçons de conduite à Craig.

Les convives rirent et Craig devint tout rouge. Il n'avait jamais parlé à personne de la première fois où il avait embouti la voiture. Seule Sophie était au courant. Il en était encore gêné et en éprouvait des remords. Il se dit que lorsqu'il serait vieux, à trente ans ou quelque chose comme ça, il l'avouerait peut-être.

— Assez parlé du passé, poursuivit grand-père. Portons un toast. Joyeux Noël à tous.

— Joyeux Noël, reprirent-ils tous en chœur.

Sophie arriva, éblouissante, au moment où on servait le premier plat. Elle avait relevé ses cheveux et portait de ravissantes boucles d'oreilles. Qu'elle paraît mûre ! Au moins vingt ans..., se dit Craig, la bouche sèche à l'idée qu'elle était à lui.

En passant derrière sa chaise, elle lui souffla à l'oreille :

— Miranda m'a donné des préservatifs.

Il en fut si surpris qu'il renversa son champagne.

— Quoi ?

— Tu as bien entendu, dit-elle en allant s'asseoir.

Il la regarda en souriant. Bien entendu, il avait son

propre stock. Cette vieille tante Miranda, elle est vraiment marrante !

— Qu'est-ce qui te fait sourire, Craig ? demanda grand-père.

— Je suis tout simplement heureux, grand-père. Tout simplement.

Remerciements

J'ai eu le privilège de visiter deux laboratoires de niveau de sécurité 4. Au Centre scientifique canadien pour la santé humaine et animale de Winnipeg, dans le Manitoba, j'ai bénéficié de l'aide de Stefan Wagener, de Laure Douglas et de Kelly Keith et, à l'Agence de protection sanitaire de Colindale, à Londres, de celle de David Brown et d'Emily Collins. De leur côté, Sandy Ellis et George Koch m'ont fourni de précieux renseignements sur les laboratoires de niveau de sécurité 4 et sur les procédures utilisées.

Pour les problèmes de sécurité et de biosécurité, j'ai été conseillé par Keith Crowdy, Mike Bluestone et Neil McDonald. Afin d'avoir des précisions sur les réactions possibles de la police devant les biorisques, j'ai discuté avec la commissaire principale adjointe Norma Graham, le commissaire divisionnaire Andy Barker et l'inspecteur Fiona Barker, tous appartenant au commissariat central d'Écosse de Stirling.

Concernant les jeux d'argent, je me suis entretenu avec Anthony Holden ainsi qu'avec Daniel Meinertz-hagen, et j'ai pu lire le manuscrit du livre de David Anton *Stacking the Deck : Beating American Casinos at their own Game.*

Daniel Starer de Research for Writers, à New York, a trouvé pour moi un bon nombre des experts mentionnés plus haut.

Je remercie pour leurs commentaires sur diverses étapes de ce livre mes éditeurs, Leslie Gelbman, Phyllis Grann, Neil Nyren et Imogen Tate ; mes agents Al Zuckerman et Amy Berkower ; ainsi que ma famille, et notamment Barbara Follett, Emanuele Follett, Greig Stewart, Jann Turner et Kim Turner.

Achevé d'imprimer par N.I.I.A.G. en octobre 2005 pour le compte de France Loisirs, Paris
N° d'éditeur : 44004 Dépôt légal : Août 2005 Imprimé en Italie